KB190086

# 영광의 해일로
## 1

# 영광의 해일로 1

하제
현대 판타지 소설

테라코타

이 글을 웹소설로 연재하는 동안, 그리고 완결한 다음에 사람들이 가장 많이 한 질문이 있습니다.
'영광의 해일로'는 무슨 뜻인가요?
작중 주인공인 헤일로(HALO)의 의미가 영광이고, 헤일로가 얻게 된 새로운 이름 노해일의 영문명이 'Haeil Roh'이기 때문에 중의적으로 해석할 수 있습니다.

1. 헤일로(HALO)의 노해일: 헤일로가 노해일이 됨
2. 영광된 노해일: 노해일이 영광을 차지함
3. 헤일로의 해일(海溢)로: 헤일로가 일으킨 자연재해

그리고 마지막으로, '영광의 해일(海溢)로'.
어떤 해석도 틀리지 않고 모두 이 작품의 줄거리를 의미합니다.

헤일로가 노해일이 되어 영광을 차지하고, 헤일로의 물결을 일으키며, 다함께 영광의 해일을 맞이합니다.

다만, 마지막 해석 '영광의 해일로'는 단순히 작품 내의 이야기만 의미하는 건 아닙니다. 성공한 인생을 산 헤일로는, 그가 사랑하는 사람들과 함께 영광을 맞이하며 비로소 행복을 깨닫게 됩니다. 그에게 있어서 영광은 성공이 아닌 다함께 행복해지는 삶이었죠.

이 글을 쓰는 동안 저는 영광의 해일에 같이 빠진 것처럼 무척 행복했습니다. 이 책을 읽는 분들도 영광의 해일을 맞이하며 더 행복한 시간을 보내셨으면 좋겠습니다.

하제

차
례

# 1. 영광의 순간

참 아름다운 밤이다. 새로운 해를 기념하여 밤은 어느 때보다 화려했다. 간판과 조명, 그리고 폭죽…. 모든 것들이 태양에 지지 않으려는 듯 투쟁하는 것처럼 빛났다. 지금 온 힘을 다해야 한다. 온 생명을 불살라가면서 빛나야 낮이 되어도 초라해 보이지 않을 것이다.

"뭐라고? 은퇴?! 헤일로 지금 은퇴라고 말한 거야?"

매니저 제임스의 갑작스러운 고함에 운전석에 있던 로드 매니저가 화들짝 놀라 뒤를 돌아봤다. 제임스가 전방을 주시하라고 눈치를 주자 마지못해 고개를 돌렸지만 여전히 귀를 쫑긋하고 있었다.

"이 좋은 날에 은퇴?!"

제임스가 믿기지 않는 듯 같은 말을 반복했다.

"아니, 시상식 가서 은퇴하겠다는 미친 새끼가 어디 있어!"

고용주가 아니었다면 헤일로는 그의 고릴라 같은 팔에 멱을 잡혔을 것이다.

"담배만 뻑뻑 피우지 말고 변명이라도 해봐, 헤일로. 네가 멋대로 사는 새끼긴 해도 이렇게까진 아니었잖아."

헤일로가 담배를 피우다 말고 피식 웃었다. 하얗게 염색한 머리카락 끝처럼 삐죽한 웃음이었다.

"'이렇게'가 어떤 건데."

"오, 미안하지만 내 여자친구처럼 굴지 말아줄래? 벌써 트라우마가 올라오거든. 그보다 진심으로 하는 말이냐고! 농담인 거지?"

"글쎄."

헤일로는 금방이라도 주먹을 휘두를 것 같은 제임스의 태도에 아랑곳하지 않았다. 좌석 위에 올라간 그의 긴 다리가 리듬을 따라 흔들렸다. 절대 말할 생각이 없다는 제스처다. 매니저로서 이대로 넘어갈 수 없었다. 헤일로는 그가 보아왔던 어떤 사람보다 인생 멋대로 사는 놈으로 진짜 시상식 가서 은퇴 발언할 미친 사람이었다.

제임스가 아이를 달래듯 부드럽게 말했다.

"헤일로, 시상식까지 가서 그러진 말자. 다른 것도 아니라 그래미잖아. 지들 잘난 맛에 살던 놈들이 드디어 너한테 무릎을 꿇은 거라고! 승리에 취해도 모자란 밤이잖아. 오케이, 알았어! 앞으로 무슨 짓을 하든 한 번은 봐줄게. 심사위원한테 욕을 하든 발가벗고 나가든. 시발, 열애설을 내도 내가 책임질게. 대신 범죄랑 은퇴는 안 돼."

처절한 부탁에 헤일로가 킥킥 웃었다.

"뭘 그렇게까지 해. 그래미가 별거야?"

"그래미는…. 별거지."

"그래 봤자 아메리칸 호박파이야. 지들끼리 '참 잘했어요' 등 두

드려주다 말 나오니까 눈치를 본 거라고. 아니면 네가 좀 쥐여줬
냐?"

"쥐여주다니? 뭘."

매니저의 표정이 굳어졌다. 정말 화가 났을 때 나오는 얼굴이다.
생김새와 달리 독실한 신자인 매니저는 연예계에 가장 어울리지
않은 도덕적인 사람이었다. 헤일로는 "아차" 하며 두 손을 들었다.

"미안. 어제 먹은 약이 덜 깼나봐. 혹시 남은 술 없어?"

"안타깝지만 방금 네 발언을 듣곤 못 주겠다."

"한 번만 봐줘."

"절대 안 돼. 말 돌리지 말고 약속이나 해. 절대 은퇴의 은 자도
안 꺼내겠다고."

"…."

"하아!"

돌아오는 대답이 없으니 매니저는 한숨을 참지 못했다. 그는 저
미치광이의 기행을 도저히 이해할 수 없었다. 가능하다면 어떤 방
식으로 사고하는지 머릿속을 들여다보고 싶었다.

"하나만 물어보자. 모든 걸 버리고 싶은 거야? 갑자기 사치와 향
락에 질리기라도 한 거냐고."

"그런 건 아니야."

"그럼, 왜 갑자기 은퇴한다는 건데. 사춘기 소년처럼 굴지 말고
똑바로 말해봐."

"내가 사춘기 소리나 들을 나이는 아니지 않나."

"어른이면 어른답게 스스로 한 말에 책임을 지던가."

"마음만은 언제나 청춘이지."

"씹."

결국, 제임스의 입에서 욕이 터져 나오자 헤일로는 킥킥 웃으며 고개를 돌렸다.

창 너머에는 드문드문 길을 비추던 가로등도 보이지 않았다. 넓은 땅덩어리를 전부 비출 수 없는 모양이다. 그의 앞에 완연한 어둠이 펼쳐졌다. 아무리 노력해도 잠겨버리고야 마는 길은 그가 걸어온 길과 같았다.

헤일로가 매니저의 말처럼 모든 걸 버리려는 건 아니다. 죽을병에 걸린 것도 아닌데 왜 버리겠는가. 그는 절약보다는 소비를 좋아했고, 부와 지위로 얻을 수 있는 쾌락을 추구했다. 성실과 금욕, 절제, 이런 건 그의 사전에 존재하지 않는다. 게다가 그가 모든 걸 버리고 싶다고 버릴 수 있는 위치인가. 돌이킬 수 없는 사고를 친다면 가능하겠지만 남들에게 좋을 일은 하고 싶지 않았다.

'다만, 뭐랄까.'

별처럼 빛나는 저 조명들이 실은 전기로 만들어진 볼품없는 덩어리라는 걸 알았을 때처럼 모든 게 허무해서인지도 모른다. 음악과 노래가 싫증 난 건 아니다. 그는 여전히 자신의 음악에 대한 열정이 있었고 직업을 사랑했다. 다만, 문득문득 '이미 모든 걸 다했다'는 생각이 들었다. 어렸을 적에 세운 수많은 목표를 겨우 서른두 살의 나이에 끝냈다. 평생 노력해야 하나라도 제대로 이룰 줄 알았는데 말이다.

'이젠 할 수 있는 게 없어.'

한눈팔지 않고 무작정 앞만 보며 달렸고 이른 나이에 정상에 올랐다. 그의 인생이 영화였다면 엔딩 크레디트가 올라갈 차례다. 그가 만든 가장 멋진 음악이 배경음악으로 깔리고 배우부터 감독, 프로덕션에 도움을 준 모든 사람의 이름이 올라갈 것이다. 그리고 마지막에 이런 문구가 나올 것이다.

'이 영화는 실화를 바탕으로 만들어졌습니다.'

이것 참 완벽한 이야기가 아닌가.

표정이 심각한 제임스의 머릿속엔 지금 별의별 생각이 다 떠다녔다. '헤일로가 돌이킬 수 없는 사고를 친 게 아닐까' 하는 데까지 생각이 미친 그는 눈물이 줄줄이 쏟아질 것만 같은 눈망울로 헤일로를 보고 있었다.

참 덩칫값 못하는 매니저를 보며 헤일로는 흘러나오려는 웃음을 꾹 참았다.

"됐다."

"뭐?"

아니, 결국 못 참았다. 매니저의 표정이 보통 못생긴 게 아니라서 그가 미친놈처럼 바라보건 말건 헤일로는 웃음을 멈추지 못했다.

"헤일로, 뭐가 됐다는 건데."

"하하하!"

"뭐가 됐냐고!"

매니저는 진지하며 간절하기까지 했다. 헤일로는 요즘 고혈압 걱정하는 매니저를 배려해 한 번만 봐주기로 했다.

"은퇴한다는 거 농담이라고."

헤일로가 그냥 한번 해본 말이다. 늘 그렇듯이 갑작스러운 변덕이었다. 인생이 영화라니, 꼭 사춘기 소년이 할 법한 망상이 아닌가.

'은퇴! 어림도 없다.'

그래미에서 은퇴한다면 화제가 되겠지만 그를 욕하던 놈들이 곧 신나게 활개를 칠 것이다. 그는 그 꼴은 절대 못 본다. 박수 칠 때 떠나긴 무슨, 벽에 똥칠할 때까지 남을 것이다.

"여, 역시 농담이었던 거지?"

믿고 있었다는 듯 제임스가 반색했다.

"야! 하하하! 꽤 재미있는 농담이었어! 진짜 한 10년 동안 기억 날 거 같은 농담이야!"

좋아하는 건지, 비꼬는 건지 모를 그의 말에 헤일로는 못된 마음이 들다 말았다.

"새 앨범도 내고 토크쇼도 해야지. 은퇴는 무슨 은퇴."

그래, 헤일로의 앨범 발매일이 머지않았다. 4년마다 찾아오는 특별한 날에 사람들은 그들이 바라던 선물을 받게 될 것이다.

헤일로는 차 안을 두리번거렸다.

"내 마리는 어디 있어?"

"여기."

매니저가 통기타를 건네주었다. H가 각인된 세련된 유선형의 포크 기타는 깁슨에서 헤일로를 위해 만들어준 세상에 단 하나뿐인 기타 '마리안느'였다.

"음음…."

그는 마리안느를 품에 안고 짧게 허밍했다.

'새벽이 오기까지는(Until dawn comes)'은 이제까지 그가 했던 음악답지 않게 잔잔한 어쿠스틱 사운드가 중점이 되는 곡이다. 문학적인 가사가 돋보이는 곡이라 이 밤과 잘 어울렸다. 평론가들이 이 곡을 듣는다면 헤일로도 한물갔다고 평가할지 모르겠다. 하지만 자기들끼리도 충돌하는 평론가들의 말은 옛날부터 신경 쓰지 않는 헤일로였다.

그는 노래를 이어 부르며 창 너머로 고개를 돌렸다. 곡의 가사처럼 눈부신 빛이 그를 향해 달려오고 있었다.

'벌써 아침이 오나? 아직 해가 뜨기엔 이른 시간인데.'

무언가 이상하다고 느낀 것도 잠시, 그는 더 이상 감상을 이어갈 수 없었다.

쾅! 콰광!!

커다란 자동차 굉음과 누군가의 비명이 울려 퍼지고 순식간에 눈앞이 새하얗게 물들었다.

그게 헤일로의 마지막 기억이다.

* * *

헤일로의 인생은 영화와 같았다.

어릴 때부터 음악에 재능이 있었던 소년은 부모의 반대에 부딪혀 집에서 뛰쳐나와 사기와 폭행, 무시와 불합리라는 혹독한 세상에 내던져지지만, 결국 살아남아 세계 최정상 자리에 오르고야 만다.

헤일로(HALO). 그의 본명보다 더 널리 알려진 이명은 구겨진 과학 교과서에서 대충 골랐지만, 모든 이들이 이보다 더 잘 어울리는 이름은 없을 거라고 말한다. 모든 걸 빨아들이는 은하, 해와 달을 둘러싼 훈륜(暈輪), 그리고 영광.

그의 인생은 이름처럼 흘러갔다. 아폴론의 현신이라 부를 만큼 특출난 외모와 가창력, 세상과 타협하지 않는 가치관, 가출청소년에서 세계 최고의 가수가 되기까지의 특별한 서사, 무엇보다 그가 선보인 음악은 많은 사람을 빨아들였다. 심지어 가장 '영광스러운' 상을 받으러 가던 '순간'이 그의 마지막이 되지 않았는가.

"영화 같다고 말하긴 했지만 이런 엔딩을 바라진 않았는데."

그는 자조적으로 중얼거렸다.

정말로 이런 걸 바라지 않았다. 잠깐의 망상이었을 뿐이다. 그는 젊었고 하고 싶은 것도 많았다. 아직은 아니라고 그는 억울한 마음으로 외쳤다. 대답은 없었다. 그의 목소리를 들어줄 사람이 없으니…. 그는 진짜 죽은 것이다.

깨달음과 함께 그의 온몸에 힘이 빠졌다. 손에 쥐고 있던 담배가 땅에 툭 떨어졌다. 보이질 않으니 그게 담배인지도 몰랐다. 아무것도 보이지 않는 이곳에서 그는 아무것도 할 수 없었다.

'정작 필요할 때 들어주지도 않더니, 이걸 이렇게 끝내네.'

바닥에 털썩 주저앉았다. 턱을 괴고 가만히 허공을 바라봤다. 진짜인지 모를 갑갑함마저 허공에 흩어졌다. 그때였다.

틱.

어디선가 들려온 소리에 청각이 예민하게 반응했다. 여전히 보이는 것은 없다. '잘못 들었나?' 하고 다시 고개를 묻으려던 찰나.

틱. 틱.

이번에는 연속적으로 들렸다. 환청이 아니었다. 그는 참지 못하고 자리에서 벌떡 일어났다.

'어디야. 어디냐고?'

소리는 마치 그를 부르는 것처럼 반복적으로 울렸다. 언뜻, 시계가 똑딱이는 소리 같았다. 무언가 떨어지는 소리 같기도 한 "틱. 틱" 소리는 규칙적인 간격으로 들렸다.

그는 가만히 있을 수 없었다. 이곳에서 벗어나기 위해 소리에 의지한 채 걸어 나갔다.

　틱. 틱. 틱. 틱.

　그는 이 소리가 무엇인지 그제야 알 것 같았다. 규칙적인 박자로 얇은 플라스틱이 부딪치는 이 소리는.

　"메트로놈?"

　그 순간 세상이 밝아졌다.

## 2. 노해일이라는 소년

"학생! 지금 뭐 하는 거야!"

누군가가 고함을 지르며 그의 어깨를 잡고 흔들었다. 그는 고개를 저으며 빛에 익숙해지려고 했다.

'죽은 게 아니었나?'

혼란스러운 머리를 짚었다.

"학생! 정신 차려!"

이번엔 누군가 아플 정도로 어깨를 두드리는 바람에 화들짝 놀라 옆으로 비켜섰다. 의사도 매니저도 아닌 처음 보는 동양인이 화난 얼굴로 그를 들여다보고 있었다.

'이 사람은 누구지? 여긴 어디고.'

헤일로는 믿을 수 없는 광경에 눈만 깜박였다. 자신이 있는 공간이 한눈에 들어왔다. 세련되고 깨끗하고 넓다. 때가 묻지 않은 투명한 유리와 곡선을 가진 방음벽, 동그란 조명과 깨끗한 마룻바닥, 콘

덴서 마이크와 보면대, 유리창 너머 컨트롤 룸이 있는 이곳은 누가 봐도 녹음실이다.

"녹음실?"

"그래, 잘 아네. 여긴 녹음실이야. 수면실이 아니고!"

헤일로는 감탄하며 주변을 둘러보았다. 그가 아는 곳 중에 이렇게 깨끗한 녹음실은 없었다. 어디든 간에 잡지와 음반, 담배, 술병들이 너저분히 널려 있었다.

"녹음실에 와서 2시간째 목만 다듬으면 어쩌자는 거야, 학생."

'그런데 이 사람은 뭐길래 아까부터 소리를 지르는 거지.'

헤일로는 인상을 찌푸렸다.

"댁은 누군데 나한테 명령을…."

"이제 예약 시간도 다 돼가는데 이대로 돌아갈 거야? 이러려면 왜 예약했어?"

"도대체 뭔 소리를 하는 거…."

'내 목소리 왜 이래!'

자꾸 제게 무언가를 요구하는 남자가 짜증 난 것도 잠시 헤일로는 이상한 소리가 나는 자기 목을 잡았다. 이건 자신의 목소리가 아니었다. 그의 목소리는 이렇게 얇지도 맑지도 않았다. 헤일로가 더 듬거리며 자기 옷을 만졌다. 먼지 하나 묻지 않은 깨끗한 운동화와 주름이 잡히지 않은 정장, 아니 이건 정장이 아니라 어디 런던 사립학교 꼬맹이들이 입을 법한 교복이었다.

"뭐야! 거울. 거울은 어딨어?"

그러고 보니 자기 입에서 나오는 언어도 이상했다.

'생전 처음 듣는 언어를 어떻게 이렇게 유창하게 쓰고 있는 거지?'

"저기 있긴 한데. 근데 갑자기 웬 반말이지?"

다크서클이 턱까지 내려온 남자가 얼굴을 일그러트리며 한쪽을 가리켰다. 헤일로는 아랑곳하지 않고 거울로 달려갔다.

'이건 뭐야?'

이건 자신의 얼굴이 아니었다. 무언가 잘못 돌아가고 있다. 좀 달라진 정도가 아니라 그에게서 절대 나올 수 없는 얼굴이다.

분명 교통사고가 났던 거로 기억한다. 충격이 컸으니, 죽지 않았다면 크게 다쳤을 테고 얼굴에 흉이 생겼을 수 있다. 얼굴에 칼을 대야 할 사정이 있었던 거다. 하지만 어떤 수술로도 인종과 나이까지 고치지 못한다. 그가 갑자기 타임머신을 타고 뇌 이식 수술이 가능한 미래로 가지 않는 이상. 그러면 이건 어떻게 설명해야 할까? 그는 교복과 무척 잘 어울리는 꼬맹이가 되어 있었고 인종도 달라졌다. 아예 다른 사람이 되어 있었다.

'이 애는 누구지? 나는 왜 이 꼬맹이가 되어 있는 걸까? 여긴 어디고 뭐가 어떻게 돌아가는 거지?'

그때, 그를 빤히 바라보고 있던 남자가 짜증을 내며 말했다.

"녹음 안 할 거야?"

"녹음이라고?"

당황스러운 상황에서도 귀는 익숙한 단어를 쫓았다.

남자의 손가락 끝이 바닥에 떨어진 기타와 노트를 향해 있다. 헤일로는 천천히 그것을 주웠다. 이국적인 글자가 표면에 쓰여 있었다.

"준비는 다 끝났어?"

"그…."

헤일로가 아니라고 하면 곧바로 쫓아낼 것 같은 분위기다. 상황을 파악하려면 시간이 좀 필요해 그는 머뭇거리다 입을 열었다.

"시간이 필요해."

"뭐?"

어느새 단호한 표정으로 팔짱을 끼고 서 있는 남자를 보니 헤일로는 뭐라고 변명이라도 해야 할 것 같았다.

"모, 목이 덜 풀렸어."

"풀렸어?"

"요."

어설픈 존댓말에 남자의 눈썹이 꿈틀거린다.

"2시간이나 풀었는데 얼마나 더 풀려고? 게다가 예약 시간이 얼마 안 남은 건 알고 있지?"

"얼마나 남았는데? 요."

"1시간도 안 남았다."

"1시간이라…."

헤일로는 목을 틔웠다. 천천히 음계를 높이며 목 상태를 확인했다. 목은 가수의 것이라고 하기에 매우 부족하고 연약하다. 이런 몸으로 뭘 녹음하려고 했나 싶었지만, 지금 이 자리에 있는 건 헤일로다.

"그 정도면 충분해."

"그래?"

믿는 눈치는 아니었지만 남자는 알아서 하라는 듯 천천히 녹음실 밖으로 나갔다. 아마 예약 시간을 조금이라도 넘기면 곧바로 쫓아낼 것이다. 헤일로는 남자가 프로듀서라는 걸 금방 알게 되었다. 녹음실 바깥에서 그를 주시할 사람은 매니저나 프로듀서 둘 중 하나밖에 없을 것이다.

"아아!"

그는 눈치를 보며 짧게 허밍했다. 프로듀서가 무섭게 쳐다보고 있어 딴짓할 수가 없었다. 놀랍게도 목 상태가 깨끗하다. 오랜 세월 훈련한 그의 목과 달리 어린아이의 목은 걸리는 게 없다. 게다가 남자애치고 음역이 자유로워 잘 두드리면 좋은 목이 될 것이다.

갑자기 흥미가 샘솟았다. 자신의 몸이 아니라는 건 알지만 그래도 인생을 다시 시작하는 기분이었다. 이미 한번 갔던 길이기에 좀 더 효율적으로, 더 훌륭하게 만들어놓을 수 있다. 아직 아무것도 채워지지 않은 백지를 그가 가장 좋아하는 색으로 칠할 수 있겠다 싶었다. 욕심이 들끓는 건 본능과도 같았다.

목이 거의 다 풀리고 헤일로는 이제 생각이라는 걸 해야 했다. 떠오르는 음악은 많지만 그의 눈은 이 꼬마가 녹음하려고 했던 것으로 향했다. '네가 원했던 음악은 무엇일까?'라고 생각하며 무의식적으로 꼭 쥐고 있는 노트를 들어 올렸다. 여기에 그 답이 있을 것이다.

녹음실 밖에서 강영민은 '역시 예감이 안 좋더라니' 하며 혀를 찼다. 강영민이 운영하는 HY스튜디오는 주로 입시생이 이용하는 곳이다. 다만 입시 시즌이 아닐 때는 일반인부터 다양한 고객들이 방문했다. 개인 방송이 확산된 요즘 너튜브를 막 시작한 초보자들이 녹음을 위해 예약하곤 했다. 강영민은 저 학생도 그런 이들 중 하나일 거로 여겼다. 일이 쉽게 끝나지 않을 것 같은 불길한 예감이 들었다.

"오늘도 피곤하겠군."

보통 처음 녹음실에 방문한 사람들은 두 가지로 나뉜다. 첫째는 의욕이 과하게 넘치는 유형이다. 이들은 본인이 납득할 때까지 다음 구절로 넘어가지 않는다. 너무 많이 연습해서 목이 쉬어버리는 바람에 녹음이 어려워진 적도 있고, 본인의 실력에 만족하지 못하기도 했다. 이 경우 녹음실이 연습실이 되어버린다.

그리고 다른 유형은 강영민이 곤란하게 생각하는 유형으로 이들은 과하게 긴장하고 자신감도 부족하다. 의욕이 넘치면 차라리 낫다. 어떻게든 지시하고 설득하면 되니까. 그러나 긴장한 상태라면 녹음이 제대로 이루어질 리 없다. 뭐라고 지시하면 기가 더 죽어서 목소리가 나오지 않기도 했고, 심지어 울기도 한다. 갑자기 울어서 1시간 동안 달래준 적도 있다. 완주해야 보정이라도 하지, 예약 시간이 끝났는데도 녹음이 반도 안 됐을 때는 정말 돌아버릴 것 같다.

약 2시간 전 근처에서 보지 못한 교복을 입은 학생이 녹음실 문을 열고 들어왔다. 단정한 차림과 단정한 얼굴의 소년은 기가 죽은 사람처럼 몸을 웅크리고 연신 눈치를 봤다.

"예약하셨어요?"

"네."

"이름이랑 핸드폰 번호요."

"노….'"

목소리가 점점 작아진다. 끝까지 다 들은 게 용할 정도다.

강영민은 예약확인을 마친 후 학생을 녹음실로 안내하며 세상의 모든 신께 기도했다. 제발 자신의 예상이 빗나가길. 그리고 놀랍게도 신은 죽었다! 그의 예상이 적중했다. 인내하며 인내했는데, 학생은 그가 본 두 번째 유형 중에서도 그 정도가 심했다. 노래는커녕 2시간째 목만 풀었다. 자신감 없는 태도로 노트를 흘끔흘끔 보고, 그의 눈치도 보면서 "시작할까요?"라고 물으면, 고개를 젓고 좀 더 시간을 달라고 했다.

그의 인내심이 바닥을 드러낸 건 딱 2시간이 지나서였다. 갑자기 허공을 보는 학생이 이상해서 문을 열고 들어갔다. 공황장애나 폐소공포증이라도 왔나 싶었다. 그런데 갑자기 반말하질 않나, 무슨 이중인격처럼 태도가 돌변했다.

"내 팔자야. 걱정은 무슨."

강영민은 의자에 거칠게 앉았다. 의자가 뒤로 주르륵 미끄러진다.

"2시간째 목만 풀어놓고 뭘 더 푼다는 건지. 예약 끝나면 바로 아웃이야."

딱 정각에 내쫓을 거라고 다짐했다. 그때였다.

아아 아… 아아아아….

녹음실에서 들려오는 소리에 강영민은 안으로 고개를 들이밀었다. 그게 더 잘 들리는 것도 아닌데 헤드폰 너머로 들려오는 소리가 그를 이끌었다.

"잘못 들었나? 되게 감미롭게 들렸는데."

음음 음…

"뭐지?"

다시 들려온 멜로디에 강영민은 잠이 확 깼다. 잘못 들은 게 아니었다. 뭔가 달라졌다. 조금 전까지 뻣뻣하게 굳어 있던 소년의 어깨가 펴지고 고개가 정면을 향해 있다. 녹음실에 있는 모습이 편안해 보이며 눈빛도 살아난 것 같다. 강영민이 무엇보다 먼저 알아차린 건 소리였다. 같은 사람이라고 생각할 수 없을 정도로 달라졌다. 무언가 변화가 일어나고 있었다. 소리가 더욱 뚜렷해지고 울림이 커졌다. 호흡 자체가 전문적으로 훈련받은 입시생 혹은 꽤 오래된 연습생처럼 달라진 덕분이다. 자연스러운 시선 처리와 감미로운 멜로디가 소년을 특별하게 보이도록 만들었다(기대치가 바닥이라 그렇게 느끼는 건지도 모르겠지만). 다른 건 모르겠지만 하나는 확실했다. 음색이 좋았다. 노래해야 하는 음색이다. 강영민은 왠지 그의 노래가 듣고 싶어졌다.

녹음실 안에 있는 헤일로는 그를 뚫어져라 쳐다보는 프로듀서에도 아랑곳하지 않고 노트를 넘겼다.

"흠."

그에게 시선은 익숙했다. 얼마든지 쳐다봐도 몸이 뚫릴 일은 없을 것이다. 그보다 중요한 건 이 몸 주인의 노트였다. 작사와 작곡, 진로에 대한 고민이 가득한 이 노트는 그의 흥미를 자극하기에 충분했다.

"편곡도 하고 작곡도 했어? 기특하네."

헤일로는 간간이 웃으며 악보를 넘겼다. 몇 살인지 모르겠지만 작곡에 공을 들인 게 기특했다. 그게 괜찮은 결과든 아니든 열정만으로 보기 좋았다. 옛날 기억이 나기도 했지만 지금은 감상에 빠질 때가 아니다.

그는 슬쩍 컨트롤 룸에 있는 프로듀서를 확인했다. 1시간 내로 녹음을 끝마쳐야 한다. 그가 아닌 꼬마의 몸이긴 하지만 어떻게 된 영문인지 모르는 이상, 최소한의 책임은 져야 했다. 녹음이 어려운 것도 아니고 이렇게 열정 넘치게 준비한 노트를 보니 도와주고 싶었다. 헤일로는 주변을 둘러보다가 굴러다니는 볼펜을 들었다. 단색 볼펜은 다행히 검은색 잉크가 잘 나왔다.

"시간 얼마나 남았어요?"

그의 물음에 프로듀서가 화들짝 놀랐다가 시계를 확인했다.

"45분. 이제 시작하게?"

"10분만 주세요. 수정할 게 있어서."

"30분 안에 녹음 끝낼 수 있겠어?"

끝날 기미가 보여서인지 프로듀서의 말투가 좀 더 부드러워졌다.

"그 정도면, 뭐."

그는 코웃음을 치며 펜을 쓱쓱 그었다.

30분? 곡의 길이가 30분이 되지 않는 이상 다 채울 일은 없을 것이다. 악보를 보면 2분이 조금 넘었고 조금 더 채워도 3분이면 끝날 것 같았다.

"제가 마지막이에요?"

"예약 말하는 거야? 아닌데 왜?"

헤일로는 이제 입에서 흘러나오는 외국어마저 익숙했다. 스페인어에서도 잘 활용하지 않던 존댓말이 그리 낯설지 않았다.

"아깝네. 일찍 퇴근할 수 있었을 텐데."

"…뭐라고? 허허허."

우스워하는 건지 어떤 건지 잘 모르겠지만 헤일로에게 무시는 익숙하다. 이 나이쯤에 받았던 게 다 비슷하니까.

*"네가 뭔 음악을 한다고."*

*"가수는 아무나 하냐?"*

*"조잡하고 촌스럽군. 기본기도 없고 어설퍼. 이딴 음반은 어디에서도 받아주지 않을 거야."*

글씨가 엇나간다. 소년의 깔끔한 글씨를 검은색 잉크가 덮어버린다. 그는 최대한 소년의 흔적을 지우지 않으려고 애썼다. 이 몸의 주인이 언제 돌아올지 모르니 마음대로 건드릴 수 없다.

"많이는 안 건드렸다. 네 거니까."

헤일로는 짧게 중얼거리며 노트를 탁 덮었다. 처음 볼 때부터 악보는 이미 머릿속에 있었다.

"그래도 여전히 촌스럽긴 한데… 나도 촌스러운 거 좋아해."

헤일로는 언제 돌아올지 모를 소년을 위해 미리 길을 터놓기로 했다. 첫 녹음이라는 기념비적인 순간을 빼앗은 건 미안하다. 그래도 자신은 아무나 만날 수 있는 사람은 아니니 좀 위로가 되지 않을까 싶다. 그래서 노트 마지막에 그의 이니셜을 새겼다.

'영광으로 알아라, 꼬맹아.'

"시작할게요."

그런데 장르가 마음에 들지 않았다. 블루스도 블루스인데 심지어 헤일로가 태어나서 단 한 번도 불러보지 않은 감성적인 사랑 노래다.

'학생이면 공부나 할 것이지. 벌써 사랑 노래라니. 사랑이 뭔지 알기나 하나.'

애인이 불러달라고 해도 절대 부르지 않았던 걸 꼭 해야 하나 싶었지만, 나중에 제2의 헤일로가 될지도 모르는 꼬마를 위해 부르기로 결심했다.

'이게 처음이자 마지막이다.'

강영민은 녹음을 한 번에 끝내겠다고 말하는 학생이 건방져 보이면서도 이상하게 잘 어울려 보여 "허!" 하고 헛웃음을 쳤다. 한

번에 끝낼 거라고 기대는 안 했지만 얼마나 잘 부를지 호기심이 생겼다. 갑자기 영감이 온 것처럼 노트를 끄적이는 것도, 곡을 수정했다면 반주 파일을 못 쓸 텐데 어떻게 할 생각인지 모두 궁금했다.

그는 학생이 자연스럽게 통기타를 드는 걸 보며 중얼거렸다.

"어이가 없어선. 어디 한번 해봐라."

강영민은 일찍이 재능의 한계를 깨닫고 가수를 포기했지만, 귀가 좋다는 말은 자주 들었다. 스스로 자부심도 꽤 있고. 그는 기대해보기로 했다. 적당히만 불러도 음색 덕분에 나쁘지 않겠지만, 적어도 소년이 보인 자신감만큼 책임을 졌으면 했다. 한껏 기대를 높여 놨으니 말이다. 이윽고 잔잔한 멜로디와 함께 목소리가 들려왔다.

밤새 하고 싶은 말이 있어
모든 순간 흘러가는 대로 들어줘

놀랍게도 첫 소절 만에 강영민의 손이 미끄러지며 상체가 앞으로 기울었다. 강영민은 제가 "어, 어…" 하는 이상한 탄식을 한 것도 모른 채 눈을 동그랗게 떴다. 녹음실에 있는 건 분명 평범한 학생인데 노래가 평범하지 않다.

이상하게 보일지도 모르지만
떨리는 걸음으로 너와 한 걸음 가까워지고 있어
내가 무슨 말을 하더라도 네가 떠나지 않는다면
이 밤이 두렵지 않도록 더없이 밝은 미소로 나를 반겨준다면 그의 머리가 돌처럼 굳어버렸다.

"좋다."

감상은 이 하나면 충분했다. 더 수식어구를 붙일 필요 없었다

우리가 가장 기다려왔던 순간이 오게 될 거야

학생은 후렴을 부르는 와중 강영민을 돌아보며 씩 웃었다. '좋지?' 하고 묻는 거처럼. 발라드를 부르는 사람답지 않았지만 그 여유로운 모습이 썩 어울렸다. 간주 후 2절은 멜로디가 더욱더 다채로워졌다. 첫 파트가 담백하다면 다음 파트는 보다 간절하게 들린다. 기승전결이 있는 드라마 서사 같으면서 복잡하거나 조잡하지 않다. 강영민은 소리에 귀를 기울였다. 원래 한 번 끊고 녹음했어야 하는데 도저히 끊을 수가 없다.

"이걸 어떻게 끊어. 막귀도 아니고."

녹음은 잘 됐을 것이다. 확인은 여운이 가신 후 해도 늦지 않다. 지금은 가사처럼 모든 순간을 만끽하고 싶었다. 강영민은 턱을 괴고 눈을 감았다. 플레이리스트에 담아두고 생각날 때마다 꺼내 듣고 싶은 노래다.

한편, 헤일로는 아쉬운 부분이 많았다. 꼭 장르를 말하는 게 아니다. 어디까지 실제 작곡가의 허가를 받은 게 아니기에 타협해야 했고, 아쉬움이 꽤 남았다. 더 손보면 완전히 다른 노래가 되어버릴 테니까. 그가 잘 알고 지내는 음악 하는 놈들은 대개 자기 음악에 대한 자부심이 컸다. 프로듀서나 소속사 사장의 설득, 강요, 협박에도 절대 타협하지 않는 이들이 얼마나 많았던가. 심지어 프로듀서

가 허가 없이 곡에 손을 대자 주먹을 날린 미치광이도 있었다. 그가 아주 잘 아는 사람이다.

'이후에 내 것에 손대는 놈은 없었지.'

어쨌든 헤일로는 이 꼬마의 음악을 존중했고 최소한만 수정했다. 허가 없이 더 손대지 않을 것이다.

"어때. 만족하냐?"

당연하게도 대답은 없다. 지금 이 몸을 통제하는 건 헤일로였으니까. 그는 기지개를 한번 켜고 녹음실에서 나왔다. 녹음이야 잘 됐겠지만 그래도 한번 들어볼 생각이었다.

"녹음은 잘 됐나….'

헤일로는 말을 더 이을 수 없었다.

"학생! 그 노래 도대체 뭐야!"

강영민이 흥분한 얼굴로 헤일로의 양어깨를 잡고 호들갑을 떨며 찬사를 퍼부었기 때문이다. 헤일로에게 새삼스러울 것도 없었다. 물론 칭찬과 찬사는 언제나 듣기 좋지만, 수염 듬성듬성 난 아저씨한테 붙잡혀 있는 건 썩 좋은 기분이 아니다.

헤일로는 씩 웃으며 자연스럽게 뿌리치려 했다. 이 몸에 최소한의 힘이 있었다면 말이다. 그는 강영민을 뿌리치지 못했다. 얇고 하얀 팔은 비쩍 마르고 근육이 하나도 없다. 다리가 후들거리고 머리도 좀 멍했다. 전형적인 체력 부족이다. 이딴 몸으로 가수를 하려고 했다니 생각지도 못한 문제였다.

"누구 노래야? 처음 들어보는 건데. 내가 아는 가순가."

'이 자식은 또 뭔 소리야.'

"제 노랜데요."

"뭐?"

"아까 못 봤어요? 스케치하는 거."

"아니, 보긴 봤는데. 그 노래가 학생 거라고?"

그는 믿을 수 없어 입만 뻐끔거렸다.

"진짜 처음부터 끝까지 학생이 작곡한 거라고? 전문가의 손길 없이?"

"전문가의 손길은, 이제부터 받아야죠."

"누구? 나?"

헤일로가 고개를 끄덕이자 강영민은 눈을 번쩍 떴다.

"…그렇지! 이제부터 만져야 하지."

믹싱도 하고 보정도… 사실 이 자체로 이미 완성도가 있어 할 게 많진 않았다. 강영민은 여전히 믿기지 않았다.

'어떻게 혼자 이런 곡을 만들 수가 있지? 천재인가?'

저 여유롭고 능숙한 태도만 아니었다면 의심했을 것이다.

"학생!"

강영민은 컴퓨터를 보다 말고 다시 소리쳤다. 그는 자신이 몹시 흥분했다는 걸 인지하지 못했다.

"그, 이거 너튜브에 올릴 거야?"

"예?"

"요즘 다들 하잖아. 학생도 너튜브에 올리려는 거 아니야? 아니 면 입시용?"

강영민의 당연하다는 듯한 태도에 헤일로는 태연한 얼굴로 너 튜브가 뭔지 곰곰이 생각했다. 뉘앙스를 보면 대충 라디오국을 의 미하는 것 같았다.

"거긴 아무나 안 받지 않나요?"

라디오국에서 아무 노래나 받아줄 리 없었다. 물론, 그는 아무나가 아니지만, 보는 눈이 없다면 말이 달라질 것이다.

"안 받다니?"

강영민이 고개를 기울였다.

"너튜브엔 누구나 올릴 수 있는데."

"누구나?"

"계정만 있다면야."

'계정은 또 뭔가. 은행 계좌나 시민증을 말하는 걸까?'

강영민의 말에 헤일로는 멀뚱히 있을 수밖에 없었다.

"폰 줘봐. 알려줄게."

강영민은 아직도 아직도 너튜브에 대해 잘 모르는 애가 있다는 게 신기하기도 하고, 다시 들어보고 싶은 노래이기도 해서 특별히 친절하게 알려주기로 했다.

"폰이요?"

"가방에 넣어놨어?"

헤일로는 얼떨결에 고개를 끄덕였다.

강영민이 문밖으로 나갔다. 헤일로는 그 뒤를 따라가며 그가 말한 너튜브에 대해 다시 생각해봤다. 라디오국이나 방송국은 누구나 올려주는 데가 아니다. 돈이 있거나 연이 있거나 이름이 있지 않은 이상.

'그럼 도대체 너튜브가 뭐지?'

아무리 생각해보아도 답이 나오지 않았다. 음반사 중에 아무 음반이나 내주는 회사가 있는지 몰라도 그가 아는 제작사 중에는 그런 식의 봉사활동을 해주는 곳은 없었다.

"자."

강영민이 캐비닛에서 가방을 꺼내주었다. 몸 주인의 가방 속에는 수학 문제집, 토플책, 노트, 그리고 볼펜과 샤프가 있었다. 가수지망생의 가방인지, 모범생의 가방인지 모를 소지품에 헤일로는 정말 그의 것인지 의심이 들었다.

"앞주머니도 있네."

강영민의 말에 주머니를 열자 스마트폰과 카드가 바닥으로 툭 떨어졌다.

"거기 있구나."

헤일로는 플라스틱 카드를 집었고 강영민은 기계를 가져갔다. 헤일로는 그 카드를 쥔 채 강영민과 함께 핸드폰을 들여다봤다.

"뭐야, 왜 너튜브가 없지?"

강영민은 혼자 구시렁대며 무언가를 누르더니 곧 경쾌한 표정이 되었다.

"아, 폴더에 넣어두었으니 못 찾지. 이걸 왜 이렇게 숨겨뒀어."

헤일로는 멀뚱히 강영민이 하는 행동을 그대로 쳐다봤다.

"계정도 있네. 아무것도 모르는 척하더니."

옆에서 가만히 바라보는 그에게 잘 보라며 '+'버튼을 가리켰다.

"PC는 방법이 좀 다를지도 모르는데 비슷할 거야. 이거 누르면 동영상을 업로드할 수 있어."

"…동영상."

"영상이든 뭐든 올려서 사람들이 많이 보면 수익 창출도 할 수 있고. 이건 뭐, 나보다야 네가 더 잘 알겠지."

'돈을 벌 수 있다고? 무슨 원리로 이걸 올리는 거고 무슨 원리로 돈을 버는 거지? 이건 도대체 뭐지?'

헤일로는 놀란 기색을 티 내지 않으려 애쓰며 혼자 속으로 되물었다. 갑자기 별세상에 떨어진 것 같았다.

'루이스 캐럴의 소설은 내 취향이 아니었는데.'

"녹음은 잘 됐어. 내일까지 이메일로 보내줄게."

"예."

"대충 보니까 영상도 잘 찍혔더라. 우리는 영상 전문이 아니라 카메라 한 대밖에 없는데 액션이 워낙 좋아서 말이지."

헤일로는 강영민의 말을 흘려들었다. 그의 정신은 반쯤 강영민이 돌려준 '너튜브'에 가 있었다.

\* \* \*

'아차.'

헤일로는 계단을 내려오며 번쩍 고개를 들었다. 짐은 잘 챙겨서 나왔지만 '너튜브'에 정신이 팔려서 정작 해야 할 생각을 하지 않았다. 그의 매니저가 봤다면, 한숨을 푹 내쉬었을지도 모른다.

"이제 어디 가지?"

건물을 나와 눈앞에 펼쳐진 고층빌딩 숲을 보고 놀란 헤일로의 입이 천천히 벌어졌다. 언뜻 보기에 뉴욕 같지만 뉴욕은 아니다. 간판은 영어가 아닌 다른 문자로 쓰여 있고 거리를 지나가는 사람들도 대개 동양인이다.

북적이는 도시. 헤일로는 멍청하게 감탄하다가 곧 정신을 차렸다. 여긴 어디고 그는 누구인지 적당히 생각 좀 하고 나왔어야 했는데…. 후회는 길지 않았다. 그는 주변을 두리번거리다가 유리문을 등지고 깨끗한 길바닥에 털썩 주저앉았다. 기타를 든 채 앉아버리자, 잠깐 관심을 보인 사람들이 곧 지나가버린다.

헤일로는 주머니에서 카드를 꺼냈다. 신분증으로 보였던 카드에는 사진과 이름, 생년월일, 그리고 학교 이름이 쓰여 있다. 집 주소는 아무리 찾아봐도 보이지 않았다.

'선연 사립중학교 3학년 1반.'

9학년이면 생각보다 나이가 많았다.

"열네다섯 정도인가? 16년 11월 14일생, 노해일. 잠깐, 이거?"

밑에서부터 위로 읽어오던 헤일로는 영문 이름을 보곤 정색했다.

'Haeil Roh.'

우연이라고 하기에 보통 비슷한 발음이 아니었다. 심장 소리가 점점 커지는 것 같았다. 헤일로는 깊게 심호흡했다.

"한번 정리해보자."

일단 이건 자신의 몸이 아니다. 설사 뇌를 이식했더라도 녹음실에서 깨어났을 리는 없으니 공상과학적인 상상은 버려야 한다. 오히려 그가 사탄처럼 남의 몸을 빼앗았다고 보는 게 진실에 더 가까웠다.

'Fuck. 이게 SF랑 뭐가 다르지?'

그는 열다섯 살짜리 동양인 가수 지망생이 된 것 같다. 심지어 녹음실 바깥은 신문물이 가득한 외국이다. 이 꼬맹이는 어디 갔는지 모르겠고, 뭘 해야 할지도 모르겠다(엑소시스트라도 찾아야 하나 고민이다). 그 옛날 가출청소년으로 돌아간 것처럼 길바닥에 앉아 있다가 신분증을 확인했더니 이 꼬마의 이름이 '해일 로'란다.

'설마 아직 술이 덜 깼나? 아님 정신착란? 꿈?'

헤일로는 제 하얀 주먹을 내려다보다가 허벅지를 쳤다.

"앗!"

아픈 걸 보면 현실이 분명했다. 헤일로는 혼란스러웠다. '세상에 천국과 지옥, 신이란 게 진짜 있는 걸까? 이대로 조현병에 걸리는 게 아닐까' 싶은 그때였다.

"뭐야, 노해일?"

어떤 무리가 그의 앞에 멈춰 섰다.

"여기서 뭐 하냐? 노숙자처럼."

누군가 그의 앞으로 걸어 나왔다.

\*\*\*

"오."

"아무거나 만지지 마."

그를 아는 한 학생(아마도 동급생)과 그 무리가 안내한 곳은 서늘하고 쿰쿰한 냄새가 나는 어느 반지하 아지트였다. 한두 번 사람을 초대한 게 아닌 듯 그들은 거리낌이 없어 보였다. 헤일로는 대충 소파에 가방을 내려놓고 선반에 다가갔다. 한쪽 구석에는 악기가 모여 있고, 음반과 악보 파일이 잔뜩 쌓여 있는 작업실에선 어쩐지 익숙한 정취가 느껴졌다.

"뭐, 망가트리지만 않으면 되지. 그냥 내버려둬."

"맞아, 진수 친구면, 우리 친구지."

처음 보는 아이를 기꺼이 자기 작업실로 데려온 남자는 초겨울에 맞지 않는 차림새처럼 시원시원하게 웃었다.

"바람 좀 쐬고 올래?"

"오키. 진수야, 형들 다녀올 테니 자리 좀 데우고 있어라."

"아니 또요? 아, 나도 담배나 피울까."

"진수, 너는 이런 거 하지 마라. 후."

그들은 두 손가락으로 담배를 잡은 척하며 한껏 허세를 부린 후 바깥으로 우르르 몰려 나갔다.

어느새 작업실엔 헤일로와 소파에 앉아 헤일로를 주시하는 동급생 장진수만 남았다. 장진수는 헤일로가 제멋대로 돌아다니는 걸 못마땅하게 바라봤다. '형들'만 아니었으면 쫓아냈을 것이다. 반면 헤일로는 전혀 신경 쓰지 않았다. 파일을 제 것인 양 꺼내 보면서 연신 탄성을 뱉었다.

"이거 다 네 거야?"

"내 거겠냐. 형들 거지. 애초에 이 아지트도 형들 거라고."

"형들은 뭐 하는 사람인데."

딱 보아도 록 그룹이란 건 알 수 있지만 헤일로가 원하는 건 좀 더 자세한 이력이다. 음반이라거나 활동 영역, 어떤 음악을 주로 하는지 등.

"클럽에서 일해."

정진수는 질문의 의도를 파악하지 못하고 단답형으로 대답했다. 헤일로가 보기에 말귀가 밝은 녀석은 아니었다.

"그룹 이름이 뭔데?"

"아니, 홍대 클럽에서 일한다고. 진영이 형은 DJ하고, 공학이 형은 음향 엔지니어야. 덕수 형은…. 뭐더라 대충 백수?"

"그리고?"

"그리고 뭐? 부업 한다는 소리는 없었는데."

장진수는 말귀만 못 알아듣는 게 아니라 판단력도 다소 떨어졌다. 이런 작업실을 만들 정도면 뭐라도 했을 것이다. 물론 말로만 음악하고 인생을 허비하는 놈들도 있긴 하다.

"그럼 너는 뭔데?"

"나? 나는…. 난데?"

'멍청한 새끼.'

헤일로가 답답함을 참지 못하고 노려보자 장진수가 입술을 실룩였다.

"형들이 작곡이나 작곡 프로그램 다루는 법 알려준다 해서 배우려고 따라다니는 거야. 나는, 그… 〈쇼유〉에 나가고 싶어서."

"그래?"

"…응."

대답하는 목소리가 점점 작아지고 눈치까지 보는 장진수를 보며 헤일로는 〈쇼유〉가 이상한 건가 하는 의문을 가졌다. 스트립바에 들어갈 나이는 아닌 것 같고. 그럼 그냥 클럽일 것이다. 아니면 어느 그룹에서 오디션을 하는 걸지도 모른다고 거의 근접하게 답을 추측한 헤일로는 파일 하나를 꺼내 들었다.

'1963년. 플리즈 플리즈 미(Please Please me). 비틀스(Beatles).'

처음 보는 이름을 발견하곤 파일을 앞으로 넘겼다. 악보는 시간대 순으로 끼워져 있었다.

"야."

정적이 내려앉은 작업실, 갑자기 부르는 소리에 장진수가 화들짝 놀랐다.

"왜 또? 근데 넌 집 안 가냐?"

"그게 중요한 게 아니라."

혜일로는 파일을 끼워 넣고 음반을 마저 살폈다. 비슷한 시대는 다 살펴봤는데 아무리 봐도 없었다.

"넌 음악을 한다는 애가 어떻게 혜일로 음반이 하나도 없냐?"

혜일로가 뻔뻔하게 자신의 이름을 찾았다. 선반에는 HALO의 H도 보이지 않았다. 음악 한다는 사람들이 맞나 의심이 갔다. 듣도 보도 못한 뮤지션만 있고 혜일로가 없다는 게 어이가 없었다. 아무리 그가 일찍 죽었어도 히트한 앨범이 몇이며 음악사에 얼마나 큰 족적을 남겼는데.

"여기 내 아지트가 아니라니까."

장진수는 혜일로가 얼마나 진지하게 말하는지도 모르고 답답한 소릴 해댔다.

"그럼 너희 집엔 있어?"

"아니. 근데 혜일로가 뭔데."

"뭐?"

혜일로는 정색하며 장진수를 돌아보았다. 놀랍게도 장진수는 진짜로 모르는 얼굴이다.

"인디에서 유명한 래퍼야? 처음 듣는데."

'이건 뭔 개소리야??!'

"내가 힙합 말고는 잘 몰라서."

'나를 모른다고?'

이곳이 별세계 혹은 먼 미래라 잊힌 것인지 혜일로는 오늘 중 가장 혼란스러웠다.

"야, 비켜봐. 검색해볼게. 별거 아니기만 해봐."

정진수는 컴퓨터 앞에 털썩 주저앉았다. 헤일로는 그에게로 다가가 뒤통수를 노려보았다. 아무리 생각해도 안티팬이 악질적으로 모르는 척하는 게 아니면 불가능했다.

타다닥. 탁. 정진수는 검색창에 '헤일로'를 입력하고 스크롤을 내렸다. 과학 시사, 비디오 게임, 그리고 아무것도 없다.

"아무것도 안 나오잖아!"

"무슨 소리야. 내가 얼마나 열심히 살았는데….”

"봐봐.”

장진수가 자리를 비켜줬다. 헤일로는 장진수의 자리에 앉아 그가 검색한 기록을 보았다. 장진수는 친절하게 스크롤을 직접 내려가며 헤일로와 관련된 건 '지식백과'와 '비디오 게임 시리즈'밖에 없다는 걸 강조했다.

이건 말도 안 된다!

"이게 맞아?"

"그럼 틀리겠냐? 인터넷에 없으면 없는 거지. 뭘 보고 훈수질이야. 뭐, 럽라 이런 건 아니지? 음원도 앨범도 안 낸 사람이면 인터넷에 없을 수 있긴 해. 언더에서 노는 사람이면 자료가 없을 수 있지.”

"그건 말이 안 되는데.”

그가 그날 입은 옷부터 발언, 행동 모든 게 기사화되고, 앨범을 냈다 하면 세계가 들썩한다. 그가 서 있는 자리가 바로 메이저 중 메이저다.

'나한테 언더라고?'

헤일로는 머리를 짚었다. 덥수룩한 머리털은 상한 부분 없이 부들부들하다. 이게 중요한 게 아니다.

"야, 괜찮아? 너 왜 그래?"

헤일로는 고개를 번쩍 들었다. 장진수가 했던 그대로 따라서 그가 아는 모든 스타를 검색했다.

"어디 아파?"

헤일로의 얼굴이 점점 창백해졌다. 그는 자신이 단순히 미래에 떨어진 게 아니라는 걸 깨달았다. 그가 아는 이름은 존재하지 않거나 다른 사람의 것이 되어 있었다. 자신을 포함하여 아는 모든 인간이 존재하지 않는 세계, 완전히 다른 역사를 가진 세계에 떨어진 것이었다. 그가 알던 세상이, 그가 가진 상식이 완전히 뒤집힌다.

"야, 노해일!"

그건 굉장히 이상한 기분이었다.

* * *

"어, 벌써 가니? 그러니까 이름이….""

"형, 저 잠깐 나갔다 올게요."

"진수 넌 어디 가?"

"얘가 갑자기 집 주소가 기억이 안 난다고 해서 학교에 데려다주게요."

"엉?"

"학업 스트레스 같은 건가 보죠. 이게 중요한 게 아니고 형, 저 〈쇼유〉 나갈 곡 녹음해놨는데 한번 봐주세요!"

"오 드디어 만들었구나! 그래, 다녀와라."

석촌호수가 한눈에 보이는 엘리베이터는 빠른 속도로 고층을 향해 올라갔다. 원래 학교까지만 데려다주려고 했지만 친구가 제

정신이 아니다 보니 얼떨결에 집까지 같이 온 장진수는 엘리베이터 유리 벽을 통해 아래를 내려다보며 휘파람을 불었다.

"와, 노해일 너 금수저였냐? 범생인 줄은 알았는데 금수저인 줄은 몰랐네."

한강 뷰도 부럽지 않은 호수 뷰다.

"우리 학교 애들이 다 잘살기는 하는데 너도였냐. 흙수저는 나뿐인가?"

혼잣말을 중얼거린 장진수는 노해일을 들여다보았다. 노해일은 여전히 제정신이 아니었다. 아무렴, 집 주소를 까먹었다는 말에 선생님들도 황당해했지만, 얼마나 얼굴이 창백한지 걱정하며 주소를 알려줬다. 모범생이라 더 잘 봐주는 것도 없잖아 있었다. 기말고사가 남았음에도 모두 노해일의 외고 입학을 확정으로 여겼다.

'내가 저랬으면 장난치지 말고 공부나 하고 가라 하지 않았을까. 참, 불공평한 세상이다.'

장진수는 부루퉁한 얼굴로 노해일을 흘겨보았다.

'그런 새끼가 왜 기타를 들고 홍대 길바닥에 앉아 있었는지 몰라. 대치동에나 갈 것이지. 너무 의외라서 친하지도 않은데 이름까지 불러버렸잖아.'

띵. 27층에서 엘리베이터 문이 열렸다. 장진수는 가만히 서 있는 노해일을 밀어냈다.

"설마 비밀번호도 까먹은 건 아니지?"

'시발, 정신 차리면 노해일 이 새끼한테 뭐라도 받아내야지.'

딩동. 장진수는 굳은 얼굴로 벨을 눌렀다.

"안녕하세요."

그는 문을 열고 나온 여자에게 공손히 인사했다.

"노해일이 집을 못 찾길래 데려다주러 왔습니다."

"누가 집을 못 찾…! 어머, 해일아! 이 시간에 왜 집에…."

곱게 화장한 여자가 창백한 노해일을 발견하고 놀랐다. 온화했던 목소리 톤이 점점 올라간다. 그러다가 이 자리에 그들만 있는 게 아니라는 걸 인지하고 부드럽게 웃는다.

'이 동네 사는 아줌마들은 다 이런가?'

차가운 분위기에 장진수는 정자세로 서 있었다.

"아줌마가 좀 정신이 없었지? 미안, 우리 해일이 데려다줘서 고마워."

"아닙니다. 전 이만 가볼게요."

"잠깐 있어 보렴. 집에 마실 게 없을 텐데. 잠깐만."

여자는 지갑에서 5만 원짜리 지폐 두 장을 꺼냈다.

"괘, 괜찮은데…."

"가면서 음료수라도 사 마시렴. 어른이 주는 건 사양하지 않는 게 예의인 거 알지?"

"…예."

"근데 이름이 뭐라고 했더라?"

"장, 장진수입니다."

"그래, 진수구나."

장진수는 얼떨결에 5만 원권 두 장을 받았다. 받고 싶지 않았는데 어떻게 거절해야 할지 몰랐다. 일단 그는 묘하게 불편한 아줌마의 시선에서 벗어나고 싶었다. 노해일이 무슨 말이라도 하길 바랐지만 멍하니 서 있는 그는 도움이 안 됐다.

"진수는 우리 해일이랑 많이 친하니?"

"예?"

"처음 보는 친구라서."

곡선을 이루는 입술, 하지만 여자의 차가운 눈이 장진수를 살핀다. 피어싱에 교복이 아닌 찢어진 청바지, 그리고 야상을 걸친 장진수는 일단 모범생으로 보이지 않았다.

"아."

장진수는 본능적으로 이 아줌마가 저를 긍정적으로 생각하지 않는다는 걸 깨달았다.

"그냥… 같은 반 친구 같은 거죠."

"그렇구나."

여자가 다시 우아하게 웃는다. 그 모습이 곱고 예뻤지만 백설 공주에 나온 마녀 같다.

"저. 저는 그럼 가보겠습니다."

"어머, 내가 너무 붙잡고 있었지? 그래, 조심히 가렴."

"옙."

장진수는 재빨리 허리를 꾸벅 숙였다. 그는 이 자리에서 빨리 벗어나고 싶었다. 그러나 하늘은 그를 도와줄 생각이 없는 모양이다. 엘리베이터가 이미 아래로 내려가버렸다. 그는 엘리베이터 버튼을 연타했다. 뒤에서 여자의 목소리가 들려왔다.

"해일아, 어디 아파? 엄마랑 링거 맞으러 갈까? 이제 기말고사도 얼마 안 남았는데 컨디션 관리해야지."

노해일은 어떨지 모르겠는데 장진수는 그 소리에 숨이 막혔다. 애가 이상할 정도로 창백한데 시험 얘기를 꺼내는 게 맞나 싶었다.

"근데 그건 뭐니? 못 보던 물건인데."

장진수는 흘끗 뒤를 살폈다. 여자가 노해일의 어깨에 멘 기타를 빤히 바라보고 있었다. 딱 봐도 그리 좋은 반응은 아니었다.

"해일아, 대답해야지?"

솜털이 곤두서는 분위기에 노해일은 한마디도 안 한다.

"아빠한테 말씀드려도 돼?"

한 마디 한 마디 들릴 때마다 중력에 짓눌리는 것 같다.

'시발, 어떡하지. 저대로 내버려둬도 되나? 보통 무서운 아줌마가 아닌 것 같은데. 내가 무슨 상관이야. 그냥 무시해. 아니, 쟤 그래도 나쁜 애는 아니던데. 〈쇼유〉 나간다고 할 때 비웃지도 않고.'

장진수의 머릿속에 오만 가지의 생각이 들었다. 이성이 오지랖 부리지 말라고 외쳤지만 그럴 수가 없었다. 심호흡한 장진수가 "아!"하고 크게 소리쳤다.

"아. 이. 쿠. 깜. 빡. 하. 고. 내. 기. 타.를. 두. 고. 갈. 뻔. 했. 잖.아!"

여자가 깜짝 놀라 눈을 동그랗게 떴다.

"해, 해일아. 맡아줘서 고마워. 많이 무거웠지?!"

장진수는 자신이 친하지도 않은 녀석한테 무슨 의리를 지키려는 건지, 왜 이딴 짓을 하는 건지 도저히 이해가 가지 않았다. 그는 노해일에게 다가갔다. 아직도 안 갔냐는 듯 여자의 눈이 묘해지더니 마주치자 곱게 접힌다.

"이거 네 거였니?"

"예, 아주머니."

장진수는 노해일의 옆구리를 보이지 않게 툭 치며 속삭였다.

"도와줄 테니 내놔."

"왜?"

드디어 노해일이 반응을 보였다. 다만, 그가 원치 않는 반응이었다.

"내 기타 내놓으라고."

장진수가 보이지 않게 다시 한번 툭 쳤다.

"니 기타를 왜 나한테서 찾아?"

'이 멍청한 놈이.'

장진수는 속으로 욕을 참으며 억지로 웃었다.

"니가 메고 있잖아, 내 기타."

"뭐?"

무슨 소리냐는 듯 미간을 찌푸리는 노해일은 눈치가 없는 인간임이 분명하다. 왜 이런 녀석을 도와주려고 했는지 장진수는 후회했다.

"그거, 내놓으라고."

"뭔 소리를 하는 거야."

"너희 어머니가 보고 계시잖아. 내, 내 기타 주고 들어가라고."

이 정도로 큰 힌트를 줬으면 좀 말을 들었으면 했다.

"해일아, 그래 친구 거 돌려줘야지."

노해일의 어머니도 말을 보탰다. 노해일이 장진수와 제 어머니를 번갈아 보더니 곧 무언가 눈치챈 듯 눈을 번쩍 떴다.

'그래, 그거 바보야.'

장진수는 정말 울고 싶었다.

"빨리 내…."

"이거 제 건데요."

"뭐?"

분위기가 순식간에 싸해진다. 장진수는 터져 나오는 욕을 참으며 입술을 악물었다. 노해일은 이 싸한 분위기를 감지하지 못했는지 태연히 장진수를 돌아보았다.

"데려다줘서 고맙다."

"그, 노해일….."

"또 보자."

"그, 그래."

이제 더는 장진수가 할 수 있는 게 없었다. 그는 떨리는 발로 뒤돌아섰다.

"정수야 조심히 들어가렴."

노해일의 어머니가 손을 흔들었다. 이름을 틀렸다는 건 모르는 눈치다. 애초부터 그의 이름을 기억할 생각도 없었을 것이다.

"예, 예."

장진수는 굳은 얼굴을 숨기며 엘리베이터에 들어갔다. 괜히 끼어들었나, 하는 후회와 쪽팔림과 원망, 온갖 감정이 휘몰아쳤다. 다행히 엘리베이터에 아무도 없었다. 그가 마지막으로 고개를 들었을 때 노해일의 어머니가 완전히 굳은 얼굴로 아들을 향해 입을 여는 것이 보였다.

"해일아, 엄마한테 해야 할 말이 있는 거 같은데. 그거 어디서 났어?"

'괜히 끼어든 게 아니잖아! 쟨 어쩌자고 솔직하게…!'

엘리베이터 문이 쿵 닫혔다.

# 3. 장진수와 아지트 사람들

엘리베이터를 타고 내려가는 내내 오만 상상을 다한 장진수의 걱정이 무색하게 잠실 레이크타운 27층에선 큰 소란이 일어나지 않았다.

"머리가 복잡해서 혼자 있을게요."

문제가 발생하기도 전에 헤일로가 방 안으로 들어가버렸기 때문이다.

"해일아, 많이 아프니?"

노해일의 어머니 박승아는 학교에서 무슨 일이 있었는지 담임 선생에게 전화해야겠다고 생각하며 아들의 방문 앞에서 서성였다. 굳게 닫힌 방문은 열릴 기색이 없어 결국 들어가지 못했다.

"아프면 엄마한테 아프다고 말해. 너 오늘 수업도 안 가고…."

인기척이 느껴지지 않는 방문 앞에서 박승아는 "학원 가야지"라고 말하려다 한숨을 쉬곤 팔짱을 꼈다. 다이어리를 펴 일정을 살펴보았다. '국어(대비/예비), 영어(대비/토익/회화), 수학(대비/예비/경시), 한자, 불어, 논술, 토론' 등 수업 일정이 빼곡히 차 있었다.

"뭐, 하루쯤 쉬어도 성적이 떨어지진 않겠지."

아들이 곧 고등학생이 되어 마라톤을 시작할 테니 하루쯤은 봐줘도 될 거로 생각했다. 반항하는 듯해 못마땅하지만 원래 이 나이쯤에 다 사춘기를 겪으니 이 정도 반항은 허용할 수 있다. 박승아는 핸드폰에서 마트 앱을 열어 전복죽 재료를 장바구니에 담았다. 그러곤 통화버튼을 누르니 학원 원장님과 담임 선생과의 통화 목록이 떠올랐다. 원장(56:59), 담임(1:12:38), 첨삭(27:29)…. 박승아는 그중 가장 상단에 있는 원장 선생님을 눌렀다.

"선생님, 저 해일이 엄만데요. 오늘 애가 아픈 것 같아서요. 하루만 쉬어야 할 것 같아 연락드렸어요. 네. 늘 감사드립니다. …아, 입시야 해일이가 결정할 사안이죠. 부모가 참견하면 되나요. 저는 외고든 자사고든 해일이의 의견을 존중할 생각이에요. 물론, 민사고가 제일 좋지만요, 호호호. 네? 입시 설명회요? 무슨 설명회를 말씀하시는 건지…. 벌써 대입을요? 어머, 엄마로서 그보다 더 중요한 게 있나요. 다른 일정 다 빼고 달려가야죠. 그러니까 언제라고요?"

그로부터 긴 통화가 이어졌다.

\* \* \*

"후…."

해일로는 침대 위에 가방을 던지고 바닥에 기타 케이스를 내려놓았다. 묵직한 무게가 사라지며 몸은 어느 때보다 가벼워졌지만 여전히 무형의 압력이 느껴졌다. 그래도 아까보다는 나았다. 집까지 걸어오는 내내 생각했더니 어느 정도 정리가 되었다. 이제 혼란 스럽거나 어지럽지 않다. 부정, 분노, 타협, 우울을 넘어 마침내 수용 단계에 도달했다.

"현실적으로 생각해."

헤일로는 분명 죽었거나 혹은 죽음 가까이 도달했다. 그 충격으로 그는 낯선 세상에 떨어졌다.

"이게 다야."

이해할 수 없지만 명백한 현실이었다.

"그럼 이제 뭘 해야 할까?"

사실 이 답도 명료했다. 그에겐 이 기이한 현상을 이해하고 해결할 수 있는 수단이 없다. 이 현상에 대해선 무력했기에 무엇이든 받아들여야 했다. 설사 언젠가 이 몸에서 쫓겨난다고 할지라도 혹은 영원히 이 몸에 붙어 있게 될지라도 그는 맞설 수 없었다. 헤일로는 그 무력함과 불확실성이 싫었지만 두렵지는 않았다. 그는 언제 올지 모를 위기를 대비하기보다는 현재 그 자체를 누리는 인간에 가까웠다. 죽음도 그에게 큰 영향을 주지 않았다. 따라서 그는 이 몸으로 앞으로 뭘 하고 살지 고민했다.

사실, 평소의 그였다면 무엇이든 이미 실행에 들어갔을 거다. 손에 박힌 가시처럼 한 가지가 걸리지 않았다면 말이다.

"넌 뭘 하고 싶냐, 꼬맹아."

처음부터 끝까지 영혼이 없던 몸이라면 신경 쓰지 않겠지만, 이 몸엔 주인이 있었다. 다른 건 몰라도 녹음실까지 왔던 건 헤일로의 의지가 아니다. 그가 정신을 차리기 전까지 분명히 진짜 몸의 주인이 따로 있었다. 허락받지 않은 남의 옷을 훔쳐 입은 느낌에 거부감이 불쑥 솟는다. 그는 그리 신실한 인간은 아니지만 그렇다고 타인을 해치는 데서 즐거움을 느끼는 부류가 아니다. 한참 거리를 떠돌 땐 또 말이 다르긴 하지만, 아무튼….

"내가 뭘 해주길 바라지?"

헤일로는 신경질적으로 이마를 쓸었다. 천하의 헤일로가 사춘기 꼬마처럼 군다. 《데미안》을 읽고 감상문을 쓰라고 했을 때도 이 따위 고민을 안 한 그다. 늘 자신이 뭘 해야 할지 알고 있었으며, 늘 자신의 재능에, 더 나아가 인생에 확신이 차 있었다. 무일푼으로 집에서 뛰쳐나올 때조차 망설이지 않았다. 후에 그의 이야기를 들은 매니저가 "제대로 미친놈"이라고 감탄했을 정도다. 그에게 이런 고민을 안겨준 건 노해일, 헤일로와 이름이 비슷한 이 꼬맹이가 처음이었다.

그의 방문 앞에서 서성이던 기척도 점점 멀어지고 방 안이 마침내 고요해졌다. 아무리 기다려도 사라진 몸 주인의 목소리가 들려오지 않았다. 결국, 헤일로는 대답 듣기를 포기했다.

바닥에 널브러진 기타에 머물던 시선이 가방에 닿았다. 헤일로는 가방에 있던 것을 침대로 차곡차곡 옮겼다. 노해일의 문제집과 필통부터 작곡 노트, 핸드폰까지. 강낭콩같이 생긴 액세서리를 베개 옆에 던져놓고 작곡 노트를 다시 살폈다.

"흐음."

말이 작곡 노트지 음악에 대한 고민부터 메모, 끄적인 낙서까지, 이건 노해일의 일기장이다. 가장 마지막 페이지에 있는 것은 노해일이 만든 유일한 악보였다. 음악을 하고 싶은 마음과 탈선을 하고 있다는 배덕감이 존재하는 일기장을 보니 헤일로의 입술이 뒤틀렸다. 그의 마음에 안 들었다. 뭐든 하나만 했으면 좋겠다. 모범생이 되고 싶다는 건지, 음악이 하고 싶다는 건지. 앞으로 달려나가도 부족한 시간인데 노해일은 우유부단하게 사는 겁쟁이였다. 헤일로는 이런 유형을 별로 좋아하지 않았다. 당연히 이대로 살아갈 생각도 없다.

"네가 못 정하겠으면 내 맘대로 살게."

헤일로는 노트를 침대에 툭 집어 던졌다.

"난 욕심이 많아. 하고 싶은 것도 많고. 너처럼 고민하고 있을 시간이 없어."

그는 이 세계가 어떤 세상인지도 알아야 하고 앞으로 해야 할 게 많다.

"그냥 적당히 쓸게."

헤일로는 창가에 붙어 있는 데스크톱을 발견하고는 일어났다.

"너도 오래 놀다 와라. 안 오면 더 좋고."

그는 이 세상을 알아야 했다. 이 세상의 역사를 알고 싶고 더 나아가 음악을 탐욕스럽게 맛보고 싶었다. 그가 한 번도 듣지 못한 음악이 이 세상을 점령하고 있을 테니까.

헤일로는 낯선 기기에 손을 올렸다. 장진수가 보여줬던 것처럼 똑같이 따라 하자 곧 적응할 수 있었다. 아무렴, 그는 이제 막 30대가 된 청춘이니 신세대 기기에 금방 적응할 수 있다. 그는 유명한 지휘자처럼 손을 휘둘렀다. 마우스 커서가 유연히 움직였다. 이윽고 다리가 책상 위로 올라갔다. 헤드폰을 쓴 채 눈을 감으니 수많은 음악이 파도처럼 밀려왔다. 이 세상은 미쳤다.

헤일로는 노크 소리에 잠깐 고개를 돌렸다가 다시 컴퓨터에 빨려 들어갔다. 너튜브의 알고리즘은 그의 시간을 늪처럼 빨아들였다. 특히, 장진수의 아지트에서 보았던 록 그룹의 이름을 검색하고 그들의 음악을 듣고 또 들었다. 딱정벌레, 구르는 돌, 비행선, 여왕님… 마음에 꼭 드는 이름만큼 그들의 음악은 훌륭했다. 아껴 먹고 싶은가 하면 한입에 삼키고 싶다. 그만큼 매력적인 음악이다. 감칠맛에 발이 달달 떨렸다. 만약 죽지 않았다면 그의 세상에도 이렇게 많은 음악이 나왔을까? 역시 오래 살았어야 했는데 하는 아쉬움이 드는 순간, 이 세상의 소리가 그의 사고를 앗아갔다.

"해일아, 학교 가야지."

다시 한번 노크 소리가 들렸다. 몇 날 며칠 이 좁은 공간에서 혼자 음악을 만끽하고 싶은데 현실은 그를 내버려두지 않는다.

'학교가 뭐라고 꼭 가야 하나. 내가 학교에 갈 나이도 아니고.'

그가 하려는 음악에 학위는 중요하지 않았다.

똑똑. 문 두드리는 소리가 점점 거세졌다. 밤을 새운 피로가 뒤늦게 올라오며 짜증이 일어났다. 그곳에 들어올 사람이 매니저였다면 고함을 질렀을 것이다. 하지만 이곳은 노해일의 집이며 문을 두드리는 건 그의 어머니다. 그 사실이 헤일로의 마지막 신경줄을 붙잡았다.

"네."

헤일로는 헤드폰을 내려놓았다. 바닥에는 노트 몇 장이 굴러다녔다. 좋은 음악을 들으니 가만히 있을 수가 없었다. 짧은 밤사이 오간 영감의 흔적이다.

"어머."

문이 열림과 동시에 그윽한 커피 냄새가 났다.

"밤새웠니?"

"예, 대충."

헤일로는 기지개를 켜며 커피 냄새가 나는 곳으로 향했다. 연기가 폴폴 나는 그릇을 지나쳐 커피포트에 도달해 커피를 따랐다. 의자에 털썩 기대어 앉아 커피 향을 음미하고 있자니 미묘한 시선이 느껴졌다.

"왜요?"

"음, 아니, 아니야."

아저씨 같은 모습에 할 말이 많았지만 박승아가 하고 싶은 말은 따로 있었다. 어제 못했던 말이다.

"그보다 그 악기는 뭐야? 진짜 네 거니? 그거 어디서 났어?"

헤일로는 이런 달콤한 향은 별로라고 생각하며 태연히 잔을 내려놓았다.

"어디서 났긴요. 샀죠."

노해일이 샀을 것이다.

'설마 훔치진 않았겠지?'

아파트에 사는 게 좀 의외지만 어머니의 의상이나 자세를 보면 노해일의 집안은 못 사는 것 같지는 않았다. 또한 모국어가 아닌 나라 언어에 포시(posh) 악센트가 따로 있는지는 모르지만, 그녀의 발음이 뚜렷한 걸로 봐서 적어도 빈민층은 아닐 것 같았다.

"샀다고 네가? 무슨 돈으로?"

"아르바이트?"

"네가 알바 할 시간이 어디 있다고. 결제 문자가 따로 오진 않았는데…. 설마 세뱃돈 통장에서 현금 인출했니?"

헤일로는 대강 고개를 끄덕였다.

박승아의 눈이 뾰족해졌다가 바로 돌아왔다. 그녀는 곧 뭐라고 그럴 것처럼 입술을 달싹였지만 별말 하지 않았다. 한 번만 봐준다는 표정으로 그릇을 밀었다.

"이제 밥 먹어. 빈속에 커피 마시면 속 버린다."

아들에게 한마디 한 박승아도 커피를 마셨다. 우유와 각설탕을 듬뿍 넣어서. 헤일로는 단맛을 상상하고는 인상을 찌푸렸다.

'그나저나 노해일의 어머니가 생각보다 거세게 반응하지 않는데. 내가 아는 어느 독실한 기독교 집안은 기타를 보자마자 악마를 보는 것처럼 경악했었지.'

"다음엔 세뱃돈 함부로 쓰지 마. 그거 지금 쓰라고 모아놓는 거 아냐. 대학 입학한 후 써도 늦지 않아. 엄마가 늘 그러잖아. 대학 가고 나서 놀아도 늦지 않다고."

박승아는 얼마나 썼는지 묻지 않고 마음대로 썼다는 행위를 나무랐다. 헤일로가 고개를 주억이자 그녀는 뒤로 다가와 어깨를 주물렀다.

"그리고 다음엔 엄마한테 말해. 사고 싶으면 사고 싶다고. 자식이 새로운 취미를 만들고 싶다는데 엄마가 반대하겠니? 게임 같은 것도 아니고 이런 취미면 얼마든지 환영이야."

"…취미요?"

"그래, 취미. 뭐, 엄마는 바이올린이나 피아노가 더 낫다고 생각하지만. 너도 요즘 애들이니."

"아!"

헤일로의 입에서 가벼운 탄성이 튀어나왔다. 노해일의 어머니가 순순히 넘어가는 이유를 알게 됐다. 취미…. 생각보다 개방적인 집안인 줄 알았는데 선이 확실한 걸 깨닫고 그는 입꼬리를 삐죽 올렸다. 나이 서른이 되어도 죽지 않은 반항심이 올라왔다.

"취미로 할 생각이 없다면요?"

"그건 무슨 소리야?"

박승아가 정색한다. 목소리도, 얼굴도, 어느 정도 차이가 있을 뿐 헤일로가 아는 그들과 다르지 않다. 헤일로는 노해일이었다면 어떻게 반응했을까 상상해봤다. 아쉽게도 답은 알 수 없다. 지금 여기 있는 건 노해일이 아니라 헤일로니까.

"취미로 할 생각 없다고 했는데요."

그는 다시 한번 말했다. 잘못 들었다고 생각하지 않도록 예의 바르게. 그의 옛 기억 속 어머니처럼 박승아의 얼굴도 악마를 본 것처럼 하얗게 질렸다.

"취미로 할 생각 없으면, 어떡하게?"

"어떻게 할 거 같아요?"

아들의 되물음에 박승아의 얼굴이 붉으락푸르락 달아올랐다.

"너 지금 아침부터 엄마한테 장난치는 거야?"

부모는 어느 나라나 비슷하다. 헤일로는 뭐라고 답할까 고민했다. 객관식 답안에는 그의 매니저가 바랄 법한 착하고 예의 바른 말이 없다. 그때 '삐비빅' 알람이 울렸다. 시계는 7시를 가리키고 있다. 등교 시간이다. 헤일로는 악동처럼 삐죽 웃고 가방을 들었다. 어제 들어 있었던 그대로.

"학교 다녀올게요."

"방금 무슨 말이냐고. 해일아!"

문이 쾅 닫혔다. 헤일로는 순식간에 웃음을 지웠다. 입매가 바닥으로 떨어졌다. 그는 노해일이 우유부단하게 나온 이유를 대충 알게 됐다. 이 집안은 노해일이 음악하는 걸 받아들일 분위기가 아니다. 너튜브를 숨겨놓았다는 프로듀서의 말, 기타를 보고 정색하던 어머니의 표정, 은근히 도와주려는 장진수까지 따져보면 전조가 한두 개가 아니었다.

어렴풋이 옛 기억이 떠올랐다. 그는 부모와 거세게 부딪혔다. 결국 열세 살에 그 집을 뛰쳐나왔고 몸은 힘들지만 화려한 인생을 살았다. 서른에 이르러 화해했지만 그렇다고 그 시절이 미화되는 건 아니다.

"내가 또 이런 건 잘하지."

이미 한 번 겪어봤던 일이다. 이미 한 번 극복했기에 곤란하진 않다.

'좀 지겨울 뿐이지.'

헤일로는 목을 조여오는 넥타이와 꼭 맞는 교복, 그리고 몸을 휘감은 와이셔츠의 감촉이 마음에 들지 않았다. 머리에 쓴 헤드폰만이 위로하듯 경쾌한 멜로디를 내뱉었다.

"해일아, 괜찮니?"

학교에 가자마자 마주친 선생님이 친절하게 물었다. 어제 그에게 집 주소를 알려줬던 사람이다. 대강 고개를 끄덕이자 그는 들어가라고 교실을 가리켰다. 교실에 들어가니 자리에 앉아 있거나 기대 있던 학생 몇이 그를 보며 손짓했다. 대충 거기가 자신의 자리겠거니 하고 헤일로는 가방을 바닥에 내려놓았다.

"야, 노해일 너 어제 학원 왜 빠졌냐?"

"아파서."

"아프긴. 존나 멀쩡한데. 개뻔뻔하네 킥킥."

"배신자 놈. 빠질 거면 말을 하지. 어제 우리 모의고사 본 거 아니냐?"

헤일로가 보기에 노해일은 친구 관계가 무난한 것 같았다. 학교에서도 적당히 잘 지내는 것 같고.

'나는 어땠더라.'

그는 오래된 기억을 떠올리다 말았다. 종과 함께 담임 선생님이 들어왔다. 멍하니 칠판을 보던 그는 헤드폰을 지적받았다. 음악이 멀어지자 답답함이 올라온다. 다리가 달달 떨렸다.

"안 온 사람? 음흠… 장진수는 또 지각이야?"

헤일로는 익숙한 이름에 주변을 둘러보았다. 유일하게 단 한 자리만 비어 있다.

한두 번 지각한 게 아니라 선생님은 무심하게 출석표를 체크하고, 아이들에게 조용히 하라고 지시했다.

헤일로는 기계적으로 교과서를 펴는 아이들을 보며 마음속으로 '머리에 피도 안 마른 꼬맹이들이 참 열심히 산다'는 감상평을 내놓았다. 그리고 그 일사불란한 움직임 속에서 혼자 동떨어진 느낌을 받았다. 뭐랄까, 공장에서 똑같은 옷을 입고, 똑같은 표정으로 일사불란하게 움직이는 노동자들이 나오는 흑백영화가 그의 눈앞에 그려졌다. 그러다 갑자기 컨베이어벨트를 타고 상품이 아니라 사람이 나오는 것이다. 청바지를 입은 가수와 그의 그룹.

"오!"

의식의 흐름을 따르던 헤일로는 탄성을 뱉었다.

'재밌겠다. 그럼 노래는 무슨 노래를 부르지?'

헤일로는 손가락으로 책상을 살짝 두드리다 두리번거렸다. 고요한 분위기, 똑같은 옷을 입은 학생들, 선생님은 칠판에 무언가를 적다가 소리가 나 뒤를 쳐다보고는 다시 칠판에 집중한다. 그곳에 꼭 일정한 규칙이 있는 것 같다. 아이들은 눈치를 보며 소음을 낸다. 그들은 저희가 음악을 만들고 있다는 걸 눈치채지 못할 것이다.

딸칵이는 볼펜 소리, 연필이 종이에 스치는 소리, 지우개를 빡빡 문지르는 소리가 난다. 누군가 고민하며 손가락으로 책상을 두드리고 누군가는 한숨을 혹은 신음을 흘린다. 손가락과 볼펜은 드럼이 되고 지우개는 베이스가 된다. 그 위에 키보드와 일렉 기타 반주가 잔잔하게 흐른다. 갑자기 전화가 울리고 선생님이 돌아보면 긴장감이 올라가고 박자와 리듬이 모여 선율이 만들어진다. 그러고 엔딩은….

딱!

헤일로가 학교에 있다는 걸 잊고 핑거스냅을 쳤다. 그 순간 헤일로는 환상에서 나왔고 교실 안의 시선이 모두 그에게 향했다. 판서 소리 외에 교실에 소음이 없었던 터라 마찰 소리가 유독 크게 들렸다. 다행히도 헤일로는 어떤 시선이든 익숙한 편이었다.

"해일아, 질문 있니?"

"아니요."

헤일로는 태연하게 씩 웃어 보이고 서랍에서 노트를 꺼냈다. 겉은 여유롭지만 손은 다급하게 오선을 그린다. 선생님은 그가 오늘따라 좀 이상하다고 생각했지만, 곧 기말고사가 다가오니 지적하지 않았다.

"그럼, 질문 있는 사람?"

"선생님, 저요. 180페이지에⋯."

학교는 어디나 비슷하다. 시간이 흐를수록 사람들에게서 혼이 빠져나간다. 무덤에서 기어 나오는 시체 같은 눈을 마주하니 헤일로는 그저 뛰쳐나가고 싶은 생각뿐이었다. 노해일의 인생에 대한 호기심이 존재하지 않았다면 그는 진짜 나가버렸을 것이다. 그래도 다행인 건 이 이국적인 나라에 깔린 묘한 개인주의다. 소음을 내지 않는 선에서 그가 뭘 하든 신경 쓰지 않고, 심지어 잠들어도 깨우지 않았다.

'학교에 나오지 않아도 신경 쓰지 않으려나?'

헤일로는 손가락으로 펜을 돌리다 멈췄다. 그는 30분 만에 완성한 노트를 들여다보았다. 뭔가 아쉬웠다. 자극적이면서 톡톡 쏘는 맛이 부족하달까. 팔짱을 끼고 노트를 노려보고 있다가 저도 모르는 새 잠들어버렸다. 선생님들은 모범생인 노해일을 굳이 깨우지 않았다. 어제 창백한 몰골을 봐서 더 그랬다.

"으윽."

헤일로는 뻐근한 몸과 저린 팔 탓에 부스스 일어났다. 어느새 1시간 반이 삭제된 듯 흐르고 점심시간이 되어 있었다. 다들 점심 먹으러 가 자리가 비어 있었다.

'아까 누가 뭘 먹으러 가자고 깨우는 것 같더니 점심을 말하는 거였군.'

기지개를 켠 헤일로가 고개를 돌리자마자 장진수와 눈이 마주쳤다.

"뭐야!"

분명 조금 전까지 아무도 없었던 터라 갑자기 등장한 사람에 깜짝 놀랐다.

"일어났어?"

교복을 재킷처럼 걸치고 안에 검은 티를 입은 장진수가 반색했다. 그는 노해일이 일어나길 기다리고 있었다.

"그, 있잖아, 괜찮냐?"

장진수는 소심하게 말문을 열었다.

"뭐가?"

"어제 그, 별일 없었냐고."

조심스러우면서 걱정 어린 얼굴이었다.

'별일?'

헤일로는 질문의 의도를 고민하다 뒤늦게 그가 쓸데없이 편들어준 걸 기억했다.

"아. 없었는데?"

헤일로가 태연히 부정하자 장진수가 당황했다.

'어제 그 아줌마 성질이 보통 아닐 것 같았는데 별일 없었다고?'

거짓말하는 얼굴은 아니지만 장진수는 혹시나 했다.

"그럼 기타는?"

"기타?"

장진수가 '역시 엄마한테 빼앗겼나' 하는 생각을 하는 사이 헤일로가 가볍게 어깨를 으쓱였다.

"당연히 두고 왔지. 어떻게 들고 다녀. 무겁게."

"그… 건, 그렇지. 그렇긴 한데….'

여상한 얼굴에 장진수는 말문이 막혔다.

'시발, 진짜 별일 아니었나? 혼자 개쌩쇼를 한 건가? 저 새끼 성격에 거짓말하는 건 아닌 것 같고.'

허무하면서 괜한 참견이었다는 후회가 들었다.

"뭐. 됐다."

더 물을 것도 없고 괜히 혼자 창피해진 장진수는 교실 밖으로 휙 나가버렸다.

"뭐야?"

본론을 기다린 혜일로는 어이가 없었다.

'저런 걸 물으려고 이제까지 기다렸나? 참 할 일 없는 놈이다.'

때마침 교실 문을 열고 학생들이 들어왔다. 혜일로의 옆과 뒤에 앉은 A, B, C였다. 끼리끼리 논다는 말처럼 노해일의 친구는 체구도 머리 스타일도 비슷해 구분이 쉽지 않다. 아이들은 교실 밖으로 뛰쳐나가는 장진수를 흘끗 보고는 호기심 어린 얼굴로 혜일로에게 다가왔다.

"쟤, 장진수 아냐?"

"맞는 거 같은데."

"야, 노해일. 너 장진수랑 친해?"

"왜?"

아이들이 당연하다는 듯 말했다.

"장진수 일진이잖아."

"일진?"

"몰랐어?"

'일진이 뭐야?'

어리둥절한 표정의 혜일로를 본 무리는 답답하다는 얼굴로 그의 앞에 털썩 주저앉았다.

"쟤 결석도 마음대로 하고, 게다가 담배도 피우잖아."

"고등학생 형들이랑 어울리고 소문도 안 좋아."

"선생님들도 쟤 개싫어해."

"음….'

'애들이 갱을 말하는 것 같은데. 장진수가 갱이라고? 저게?'

헤일로가 보기에 장진수는 한 대 맞으면 쓰러질 것 같았다. 성격도 유약해서 총을 가져와도 얌전히 반납할 것이다. 약을 하는 것 같지도 않았고 말이다.

"쟤가 왜 갱, 아니 일진인데? 교복도 잘 입고 있잖아."

"저게?"

넥타이도 없고 와이셔츠도 풀어 헤쳤지만 헤일로의 눈엔 잘만 입고 있는 거로 보였다. 그가 아는 갱들은 보통 교복을 아예 안 입었으니까.

"그리고 쟤 담배 피우는 건 맞긴 하냐? 안 피우는 것 같던데."

그의 말에 애들이 억울한 표정으로 항변했다.

"쟤 지나갈 때마다 담배 냄새 쩔잖아."

"그거야 뭐."

옆에 골초 하나만 있어도 냄새는 심할 수 있다.

"쌤들도 그렇고 부모님도 웬만해선 친하게 지내지 말라고 하던데."

"그래? 근데 난 원래 엄마 말 잘 안 듣는데."

"어? 너두? 야나두 큭."

"야, 그건 언제 적 드립이야."

한 아이가 웃자 다른 꼬마들도 따라 웃는다. 왜 웃는 건지 모르겠지만 헤일로는 나뭇잎이 떨어져도 웃을 나이니 그러려니 했다.

한참 웃다가 A가 말했다.

"야, 노해일. 장진수랑 노는 거 니네 엄마가 제일 안 좋아할걸."

"뭐래."

헤일로는 어깨를 으쓱하며 넘겼다. 결국, 별거 아닌 소문이었다. 그는 꼬맹이들 말이라 처음부터 그리 신뢰하지도 않았다. 꼬마들 수준에 맞춰주는 것도 슬슬 피곤해져 슬쩍 자리에서 일어났다.

"나 보건실 좀."

"니가 보건실을 왜 가?"

"아파서."

헤일로는 2시간 동안 책상에 엎드려 자느라 온몸이 뻐근했다. 좀 전에 누군가 보건실에서 쉬다 왔다는 말을 듣고 정신이 번쩍했다. 쉬는 데가 있는 줄 알았으면 진작 갔을 것이다.

"니가 아프다고?"

"엉."

아무리 봐도 전혀 아파 보이지 않는 얼굴에 아이들이 떨떠름하게 반응했다. 헤일로는 아랑곳하지 않고 교실을 나섰다. 점심시간을 맞이한 학교는 어느 때보다 소란스러웠다. 그는 복도에서 질주하는 학생들과 반대 방향으로 걸어갔다. 보건실이 어디 있는지 모르니 이제부터 찾아볼 요량이었다. 그의 바람은 '그곳에 아무도 없었으면 좋겠다. 혼자만의 시간을 만끽하고 싶다'뿐이었다. 그러려고 헤드폰도 가져왔다.

"이제야 찾았네."

혜일로는 점심시간이 다 가기 전에 보건실을 찾아냈다. 5층에서 2층까지 내려온 그는 보건실이라고 쓰여 있는 문을 열었다. 선생님은 없는데 문은 다행히 열렸다. 가장 안쪽으로 들어가 침대에 앉아 핸드폰을 찾아보았다.

'이 부분부터 들으면 되려나.'

짧은 다리가 허공에서 대롱대롱 흔들린다. 혜일로는 팔짱을 끼고 벽에 등을 기댔다. 그리고 음악을 들으려는데… 창 바깥에 익숙한 뒤통수가 눈에 들어왔다. 오래된 파고라 안에 있는 뒤통수는 노해일의 친구들이 이야기하던 일진 장진수의 것이 분명했다. 손바닥보다 작은 빨간색 주스를 쥐고 마시고 있는 그의 다른 한 손엔 빵이 들려 있었다. 쪼그리고 앉아 혼자 빵을 먹는 꼴이 초라하기 짝이 없다.

'저게 갱이면 나는 마피아다.'

다시 한번 생각해도 어이가 없다. 혜일로는 헛웃음을 터트리고 눈을 감았다. 곧 감미로운 음악이 그를 잠식했다.

학교가 끝나자마자 누구보다 빨리 뛰쳐나온 혜일로는 앞질러나가는 장진수를 보고 물었다.

"야, 너 약 하나?"

"풋!"

갱은 아닌 것 같고 약은 하나 싶어 물었더니, 그 순간 장진수는 점심시간에도 먹던 빨간색 주스를 허공에 뿜었다. 사과가 그려진 주스에 '피크닉'이라고 쓰여 있었다. 사레가 들린 듯 한참이나 컥컥대던 장진수가 곧 발작했다.

"약? 무슨 약?"

"약이 따로 있냐? 콕이나 위드. 뭐 그런 거."

"아니, 내가 왜 그런 걸 해! 시발, 너 미쳤냐? 갑자기 뭘 그런 걸 물어?"

'혹시나가 역시나군. 갱은 무슨!'

피어싱과 파마, 교복을 적당히 풀어헤친 장진수는 역시나 모범생이 맞았다.

"시발, 그리고 또 왜 쫓아와. 갈 데 없냐?"

장진수는 괜히 화를 버럭버럭 냈다. 그래 봤자 소심한 놈인 걸 헤일로는 이미 눈치챘다.

"어."

"어?"

"갈 데 없다고. 그러니까 안내해."

"뭘?"

"어디겠냐."

헤일로가 장진수에게 바라는 게 뭐가 있겠는가. 그는 학교와 집, 그 두 곳에는 전혀 오래 있고 싶지 않았지만 당장 갈 곳이 없었다. 진짜 헤일로 많이 죽었다. 원래였으면 호텔에 가든 비행기를 타든 미인들과 어울리든 했을 것이다.

"설마 거기?"

장진수가 그제야 말귀를 알아듣고 멈춰 섰다.

"니가 거길 왜 가?"

"내가 가고 싶으니까."

"뭐?"

정상인인 장진수는 도저히 노해일의 말을 이해할 수가 없었다.

노해일이 왜 갑자기 친한 척을 하는지, 왜 아지트에 가고 싶다며 제게 안내하라고 하는지. 모범생인 줄 알았던 노해일은 꽤 뻔뻔한 성격의 소유자가 분명했다.

"아니, 그….."

장진수는 뒤통수를 문지르다 문득 길에 서 있는 학원 등원용 밴을 발견했다.

"너 학원은 안 가? 곧 기말이잖아."

"내가 왜 가?"

"너 범생이 아녔냐? 서울대 막 그런 데 가려는 거 아녔냐고?"

"빨리 가기나 해. 하고 싶은 게 많으니까."

"그, 형들한테 허락받아야 하는데….."

"아직도 안 했냐?"

'씹…' 하고 장진수의 입에 욕이 차오른다. 그는 지금 기분이라면 디스 랩도 무난히 해낼 것 같다. 그는 어찌해야 할까 고민했다. 형들 성격이면 무난히 허락할 것 같지만 왜 저가 노해일을 아지트에 데리고 가야 하는가.

그때, 노해일이 아무렇지 않게 말했다.

"너 준비한 곡 있다며."

"뭐?"

노해일이 제 신발 끈이 풀린 걸 발견하고 묶는 사이 장진수는 이때 확 뛰어가야 할까 고민했다.

"네 자작곡."

"있긴 한데 그게 왜?"

노해일이 신발 끈을 다 묶고 일어섰다. 덥수룩한 머리카락 사이로 눈이 드러나자 희미한 인상이 선명해진다. 순간이지만 인상이 확 변했다. 마치 다른 사람인 것 같아서 장진수는 한 걸음 물러났다.

"혹시 아냐? 내가 들어줄지."

노해일이 입꼬리를 올리며 말했다.

그의 거만한 태도에 빈정 상하고, 방금 자기가 범생이한테 쫄았다는 걸 인지한 장진수가 버럭 소리 질렀다.

"안 보여줄 건데?"

"그럼 말고."

노해일이 마치 후회하게 될 거라는 듯 어깨를 으쓱하는 바람에 장진수는 뒤늦은 반발감이 튀어나왔다.

"아니, 니가 뭔데 내 곡을 듣는다 만다야."

"나?"

장진수가 버럭 외치자 노해일이 당연하다는 듯 말했다.

"난데."

그걸 누가 모르나. 참 어이없는 답변이다. '네가 뭐냐'고 한마디 해야 하는데, 장진수는 마주친 눈이 어느 스타보다 뜨겁게 빛나 아무 말도 못 했다. 난생처음 무대라는 것을 보았을 때처럼 강렬한 무언가에 압도되는 것 같았다.

\*\*\*

"어제랑 또 다르네."

이곳에 온 첫날은 상황이 상황인지라 제대로 감상을 못 했는데, 지금 혜일로는 간혹 넋을 잃을 정도로 신기한 것들에 매료되어 있었다. 익숙한 것은 없었다. 두 번째로 온 이 동네는 어제와 또 다른 느낌이었다. 헤일로는 뉴욕이라고 했던 어제의 말을 혼자 조용히 취소했다. 뉴욕이 거대하고 화려하며 정돈된 느낌이 강하다면, 이곳은 화려함보다는 생기와 정서가 넘친다. 젊음, 사람, 열정, 음악 등 서툴면서 아름다운 것들이 눈에 들어왔다. 양쪽에 늘어선 상가와 마켓, 한쪽엔 버스킹을 준비하는 젊은이들. 파티나 시상식과 다른 이 활기가 반가워 그는 발을 쉽게 떼지 못했다.

"야. 노해일, 뭐 해. 빨리 와. 홍대 한두 번 오냐? 하고 싶은 것도 있다며."

"그건 그런데 당장 할 건 아니야."

거북이만도 못한 걸음에 보다 못한 장진수가 그를 재촉했다.

"빨리 와라. 확 두고 가기 전에."

'성질 급한 새끼.'

음악 하는 사람이라면 이 분위기에 감응되지 않을 수 없는데 장진수는 군인처럼 성큼성큼 걷기만 했다. 헤일로는 요즘 애들은 참 감성이 없다 생각하며 장진수와 거리의 사람들을 번갈아 보다가 미련을 버렸다. 이곳에 오는 법을 제대로 배웠으니 다음에는 혼자 올 생각이었다.

"안녕, 진수 친구? 또 보네."

"안녕하세요."

헤일로가 장진수의 형들을 발견한 건 아지트로 들어가는 입구 앞이었다. 바닥에 떨어진 셀 수 없는 담배꽁초를 본 그는 장진수의 흡연설이 어디서 나왔는지 알게 됐다. 아지트 안에서는 몰랐는데 그들은 제대로 된 골초였다.

"형들은 언제 출근하세요?"

장진수가 그들을 둘러보며 묻자 두 명의 얼굴이 환해졌다.

"난 오늘 비번."

"난 백수."

"젠장!"

"공학이 형만 출근인가 보네. 큭큭."

"재밌냐?"

그룹보다는 군인 혹은 헬스 트레이너가 어울리는 반삭의 남자가 비꼬며 물었다. 위협적인 덩치에도 장진수가 낄낄낄 웃음을 터트렸다.

"아직은 재밌지? 너도 곧이다."

"형, 저 이제 고등학생 되는데요?"

"너 그것밖에 안 됐냐?"

다른 사람이 담담하게 담뱃재를 털었다.

"야, 우리 중딩 때 쟤들 태어났어."

"와. 진짜 애기구나."

그들은 장진수와 노해일을 번갈아 보며 새삼 감탄했다. 그러곤 괜히 피우던 담배를 껐다. 아기 앞에서 흡연하는 기분이라 양심에 찔렸다.

"자, 들어가자. 우리 잼민이 친구들 환영하고. 저번에 못 들었던 거 같은데 진수 친구는 이름이 뭐라고?"

"…노해일이요."

'잼민이는 뭐지?'

뉘앙스 상 듣기 좋은 말은 아니라 헤일로가 눈썹을 찌푸리자 레게머리를 한 남자가 입꼬리를 올렸다. 딱 보아도 애를 보는 표정이라 헤일로는 마음에 들지 않았다.

"난 한진영. 진영이 형이라고 부르면 돼. 홍대 퍼스트에서 DJ를 하고 있고, 음…. 내 소개는 대충 여기까지. 우리 해일이 친구는 뭐 하러 왔어?"

헤일로는 대답하기보단 한진영의 손가락을 빤히 바라보았다. 손가락이 길쭉하면서 끝이 뭉툭하고 굳은살이 박여 있다. 그에겐 익숙한 손이다.

"기타리스트?"

"어?"

"베이스도 다루는 것 같은데. 메인이 뭐예요?"

"그야…. 베이스지."

헤일로가 제 손을 빤히 바라보고 있는 걸 깨달은 한진영이 두 손을 쥐었다. 손에 피가 묻은 것도 아닌데 죄지은 사람마냥.

"그룹은 셋이 다예요?"

"그룹? 밴드 말하는 거지? 응, 셋이 다야."

"그럼 보컬은 누가….""

"우리 친구는, 밴드에 관심이 많은가 보네?"

그룹이 셋인 건 이상하지 않다. 셋이든 넷이든 다섯이든 음악을 만드는 데 수가 중요하진 않으니까. 하지만 여기엔 보컬리스트 특유의 단단한 목소리와 존재감을 내는 사람이 보이지 않아 물으려는데, 한진영이 헤일로의 말을 자르고 수납함 쪽으로 재빨리 움직였다.

'왜 피하지? 괜찮나? 그렇다면 작업실을 여전히 가지고 있을 리 없지. 그럼, 해체?'

이상한 일은 아니다. 록 그룹의 해체는 비일비재하다. 계약 문제가 없으면 어제 잘 놀다가도 오늘 파투 날 수 있는 게 그룹이다. 아무리 친한 친구라도 의견 갈리는 일이 생기는데 개성 강한 사람들이 모이는 그룹이니 어떻겠는가. 제 그룹에 대해 길게 얘기하고 싶어하지 않는 한진영은 전형적으로 그룹 해체 후 혹은 해체 직전의 모습이다.

'심각한 분위기론 안 보이는데.'

하지만 헤일로가 보기에 그들은 모호한 태도를 제외하곤 편해 보였으며, 해체 직전 특유의 아슬아슬한 분위기도 전혀 없었다. 게다가 이들과 오래 알고 지낸 장진수는 공학이 형이라고 불렀던 남자와 대화를 나누고 있다. 녹음곡 피드백이라도 받는지 표정이 조명처럼 켜졌다 꺼졌다 한다. 해체 분위기면 이방인이 여기서 떠들고 있을 일도 없을 것이다.

'뭐, 해체한 게 이들이 아닐 수도 있고.'

"해일아, 혹시 이거 아니?"

수납함 쪽에 고개를 박고 있던 한진영은 음반을 하나 들어 올렸다. 자세히 보니 1980년대에 나온 꽤 오래된 음반이었다.

"그게 뭐예요?"

"이게 뭐냐! 바로 황룡필 3집 LP 초판본!"

"…."

"아니, 요즘 애들은 황룡필 모르나? 진짜 귀한 거야. 옥션같은 데 올리면 장난 아닐걸?"

헤일로는 한진영의 반응을 보고 황룡필이 꽤 유명한 가수라고 짐작했다. 한진영이 건네준 음반을 받아 든 그는 곧 특이한 부분을 발견했다.

"이거 파트가 나누어져 있네요."

음반이 꼭 어때야 한다는 법칙은 없지만 파트를 나누어서 내는 건 보기 드문 방식이다. 곡도 한두 개가 아닌데 말이다.

"다 이유가 있지. 아마 CD에는 합쳐져 있을 텐데, 원래는 1면 2면으로 나누어져 있었어."

"뭘 위해서요?"

"음. 뭘 위한다기보다는 이 당시 가수가 자작곡을 앨범에 넣는 게 흔치 않았던 일이라 이렇게 구성한 거지. 소속사… 그러니까 어른들만의 사정이랄까."

"아."

헤일로도 익숙한 일이라 바로 이해했다. 음반사에서 자작곡을 반대했고 타협 끝에 1면과 2면을 구성했다는 말이었다.

"그럼 2면이 가수가 원했던 진짜 앨범이에요?"

"그렇지."

세상은 어딜 가나 비슷하다. 이곳도 가수가 자작곡 앨범을 만들지 못할 정도로 음반사 간섭이 꽤 극심하다. 가수가 자신의 음악을 하겠다는데 뭘 그리 끼려고 하는지. 헤일로였다면 2면이고 뭐고 정말 개같이 싸웠을 것이다. 자신의 앨범에 자기 노래가 아닌 다른 사람의 노래라니, 허용할 수 없다.

'물론 난 앨범 구성보단 장르나 규격으로 정말 많이 싸웠지.'

음악이 낯설다, 애들 노래 같다, 너무 길다, 대중음악에 웬 클래식이냐. 헤일로가 많이 들어온 말이다. 누구의 도움 없이 성공한 그인데 안 된다는 건 왜 그렇게 많은지. 그의 곡을 제멋대로 건드리려

하지 않나, 훈수를 두지 않나. 세상에 그의 편은 없었고 늘 홀로 싸워야 했다. 홍역을 치른 후엔 좀 덜해졌다.

"턴테이블 어디다 났더라. 야, 공학아 턴테이블 어딨냐?"

한진영은 특별히 초판본을 들려주기 위해 턴테이블을 찾았다.

"몰라. 소파 아래?"

"그게 왜 거기 있지? 아무튼 혹시 듣고 싶은 거 있어? 마음에 드는 제목이라거나."

"음."

헤일로가 가장 들어보고 싶은 건 역시 2면이다. 가수가 원래 원했던 앨범부터 곡의 제목까지 다 마음에 들었다.

〈1.떠나간 너를 위하여 2.비상 … 6.큰 것으로부터의 자유〉

'어쩌면 이 사람 나와 꽤 잘 맞는 사람이 아닐까?'

"그냥 처음부터 들어볼래요."

그러나 헤일로는 2면은 아껴놓기로 했다. 가수의 의견을 꺾고 넣은 1면이 얼마나 잘났는지 보고 난 후 들어도 늦지 않다.

언젠가는 그대를 위해 바람이 되어 날개를 들어주고
구름이 되어 비바람을 몰겠네
길 잃은 그대가 다시 날 수 있도록 북두칠성이 되어 어둠을 비추리
나를 위해 이 세상을 위해 모든 것을 사랑해주오


이제까지 헤일로가 주로 익숙한 언어의 음악을 들었다면 지금의 그는 굳이 언어에 구애받을 필요가 없다고 느낀다. 아니면 몸이 기억하고 있는 언어이기에 그런 걸까.

2면에 있는 '비상'이라는 제목의 곡은 이 가수의 진가를 담고 있다. 리드미컬한 전주를 지나 들려오는 탄탄한 보컬, 두성과 가성이 자연스럽게 오가고 결정적인 뮤팅에 여운이 짙게 남는다. 곡 하나에 수많은 감각이 엿보인다. 그는 특히 이 앨범의 주인이 소리를 잘 어루만지는 사람이라고 확신했다. 소리에 대한 감각은 그가 배워야 할 정도로 뛰어났다. 답답하고 어려운 환경에서 결국 희망을 노래하는 곡의 드라마틱한 구성이 그의 음악과 얼핏 닮아 있어서 기분이 묘했다.

'아주 먼 세계에서도 나와 같은 음악을 하는 사람이 있었구나.'

그는 이게 무슨 감정인지 말로 설명하기 어려웠다. 정말 반가운 친구와 만나 배부른 식사를 나누는, 그런 기분이었다.

"'비상' 진짜 쩔지 않냐? 난 4중주 부분 들을 때마다 아직도 소름이야."

"4중주?"

"왜 진성에서 가성까지 더블링한 부분 있잖아. 아카펠라처럼."

"어딜 말하는지 알겠는데 4중주가 아니에요. 5중주지."

헤일로가 당연하다는 듯 말했다.

"5중주라고?"

"네."

헤일로의 확신하는 태도에 한진영은 반박하지 못했다.

'아무리 생각해도 4중주인데. 내가 몇 번이나 들었는데.'

4중주임을 증명하고 싶은 한진영은 곧장 핸드폰을 켰다. '황룡필 비상 4중주'라고 입력하자 역시나 결과가 주르륵 나온다. '역시 맞잖아' 하고 어깨를 으쓱하고는 잠시라도 기가 눌렸던 걸 반성했다. 음악 한 지 몇 년인데 어린애의 자신감에 위축된 것이다. 그러다가 그는 한 비평을 보았다. 성악을 전공한 유명한 평론가의 비평이었다.

> 무엇보다 황룡필의 가창력을 빼놓고 말할 수 없다. 코러스 5중주 합창은, 황룡필의 목소리를 겹겹이 더블링한 것인데….

"잠깐 5중주라고?"

그는 믿기지 않아 5중주로 검색해봤다. 인터넷엔 4중주냐, 5중주냐, 그게 뭐가 중요하냐로 싸운 키보드 혈전의 흔적이 남아 있었다. 답은 5중주가 맞았다.

"너 이거 처음 들은 거 아냐?"

"네."

"한 번 듣고 맞췄다고?"

노해일은 아무렇지 않게 대답하곤 황룡필의 곡을 다시 감상했다.

'내가 딱 한 번 들은 애보다 못하다고?'

한진영은 충격에 정신이 멍하지만 어떻게든 납득해보려고 했다.

"해일아, 너 귀가 좋은 편이구나."

"그냥 집중해서 들으면 들려요."

"하하 그래?"

한진영은 동의할 수 없었다. 20년 동안 간간이 생각날 때마다 들었는데 5중주라고 단 한 번도 생각해본 적이 없다. 그는 문득 밴드를 탈퇴한 멤버가 생각났다. 너희와 있다간 성공 못 하겠다며 뛰쳐나간 재수 없는 놈. 그땐 전혀 이해할 수가 없었는데 지금에 와서 보면 현명한 놈이었다.

"해일아, 혹시 음악 정식으로 배워볼래?"

귀가 좋고 음악에 관심 있는 소년에게 한진영은 충동적으로 말했다. 긍정 아니면 의문, 그런 반응이 돌아올 줄 알았는데 반응이 이상했다. 소년은 굉장히 떨떠름한 시선으로 마치 '너한테?'라고 말하는 듯하다. 무시하는 것 같아 자존심이 상했다.

"내가 이래 봬도 잘나가는 DJ거든. 어렸을 땐 밴드 활동도 꽤 오래 했고. 혹시 악기 다룰 줄 아는 거 있어? 음악에 관심 있는 것 같은데 진수 친구니까 특별히 알려줄게."

'지금, 나한테 뭐라고 하는 거야?'라고 생각하며 해일로는 고개를 저었다. 그가 누군가에게 무언가를 배울 단계도 아니고 기타나 베이스는 이미 다룰 줄 알았다.

"됐어요."

"그럼 어쩔 수 없지."

큰 의미가 있었던 건 아닌 듯 한진영은 거절에 기분 나빠하지 않았다. 웃으며 한마디 할 뿐이었다.

"나중에 후회할걸? 베이스 잘 치면 여자들한테 얼마나 인기가 많은데."

"흠."

"어쭈, 이게 안 믿는 눈치네."

한진영이 허허롭게 웃었다.

해일로는 그냥 넘어가려다 이 사람이 얼마나 잘 치는지 한번 보는 것도 괜찮겠다 싶었다.

"뭐, 한번 보여주면 마음이 바뀔 수도 있고요."

당황한 얼굴에 헤일로는 쐐기를 박았다.

"자신 없으면 어쩔 수 없고."

"너…."

한진영은 갑작스러운 도발에 당황했지만 불쾌하진 않았다. 모르는 이의 말이었다면 기분 나빴겠지만 중학생의 도발은 귀여운 건방짐 정도로 치부할 수 있다.

"푸하하!"

뒤에서 웃음소리가 들려왔다. 구석에 앉아 무언가를 읽던 장발 머리의 김덕수가 시원하게 웃었다.

"진영아, 진수 친구가 너 무시하는데?"

"그러니까. 내가 또 무시당할 레벨은 아닌데."

"안 되겠다. 리더답게 잼민이 참교육 가자."

김덕수는 재미있어하는 얼굴로 한진영을 부추겼다.

"아아, 한번 보여줘?"

한진영도 장난 어린 말투로 소매를 걷는다. 라틴어로 된 문신 'Dum spiro spero(숨이 붙어 있는 한 희망은 있다)'가 드러났다.

헤일로는 턴테이블을 내리고 팔짱을 꼈다. 이건 이따가 다시 들으면 되고 그에게 음악을 알려주겠다는 건방진 청년의 실력을 보고 싶었다.

한진영은 조금 주저했지만 분위기를 이기지 못하고, 베이스기타를 들어 올리며 현에 손을 올렸다. 그리고 "둥…" 연주를 시작했다. 아니, 시작하다 말았다. 그 모습에 헤일로의 눈썹이 살짝 찌푸려졌다. 설마 했는데, 한진영이 베이스를 연주한 지 좀 오래된 것 같이 보였기 때문이다. 덜덜덜 떨리는 손은 보는 사람까지 긴장하게 했다. 한진영도 자기가 심하게 긴장했다는 걸 알았는지 입술을 악문다. 그럼에도 여전히 손이 떨렸다.

"그, 나…."

'형편없어.'

헤일로가 한숨을 내쉬려던 찰나였다. "꼬르륵" 하고 뜬금없는 소리가 들려왔다. 얼어붙었던 분위기가 반전되었다. 한진영과 김덕수는 소리가 들려온 곳을 향해 고개를 돌렸다. 헤일로도 장진수를 바라보았다.

"저, 아닌데요?"

범인이 귀가 새빨개진 채 잡아뗐다.

"저 아니라니까요?"

'그래, 이 정도로 아니라고 하면 한 번쯤 믿어줘야지' 하며 다들 넘어가려던 찰나 "꼬르륵" 하고 확인 사살하듯 다시 공복 소리가 들려왔다. 작업실에 정적이 내려앉았다. 뭐랄까. 콩트 같은 상황이었다. 장진수의 얼굴이 점점 달아올랐다.

"진수야, 너 진짜."

먼저 웃음을 터트린 건 자연스럽게 베이스를 내려놓은 한진영이었다. 이어서 다른 사람들도 연쇄적으로 웃기 시작했다.

"진수 배고프구나. 뭐 먹으러 갈까?"

"배 안 고픈데…."

"지금 몇 시야? 벌써 6시네. 어쩐지 슬슬 배고프더라. 공학아 넌 언제 출근이냐."

"곧. 밥 먹으러 가자."

"진수야, 뭐 먹고 싶은 거 있어?"

"전, 안 먹어도 된다니까요?"

"해일이는 어때?"

헤일로가 어깨를 으쓱하니 한진영이 뺨을 긁으며 말했다.

"삼겹살 먹을까? 형이 사줄게."

"오! 형, 잘 먹겠습니다."

신속한 대답이 들려왔다.

"진수야, 근데 배 안 고프다며."

"배 안 고파도 공짜 삼겹살은 먹을 건데요."

"귀여운 놈."

모두 나갈 채비를 하는 중에 헤일로에게 다가온 장진수가 팔꿈치로 툭툭 쳤다. 기분 나쁜 표정으로 물러나는 헤일로에게 장진수가 능글맞게 말했다.

"야, 내 덕분에 삼겹살 먹는 거다."

"…."

"고마워하라고."

장진수가 보기에 아무리 일깨워줘도 노해일은 눈치가 없었다.

* * *

지이잉, 헤일로의 핸드폰이 울린다. '엄마'라는 글자가 떠오르는 걸 본 헤일로가 빨간 버튼을 누르자 거절 메시지 목록이 떴다. 다시 아무거나 눌러 가장 상단에 있던 '수업 중입니다. 잠시 후 연락드리겠습니다'라는 멘트를 전송하고 젓가락을 들었다.

"개잘먹네."

헤일로를 향해 그렇게 말한 장진수야말로 게걸스럽게 입에 쌈을 쑤셔 넣었다. 몹시 경박스러운 모습이라 헤일로는 인상을 찌푸렸다. 그는 신사답게 그릇에 삼겹살 조각을 옮겼다.

"아니, 노해일. 야, 다 가져가지 말라고."

"얘들아, 싸우지 마. 형이 하루 굶어서라도 더 시켜줄게."

"형, 사람은 3일까지 굶어도 된대요."

"진수야, 잠깐 나와볼래?"

"잘못했습니다."

그들이 정겨운 대화를 나누는 사이 헤일로는 고기가 탈까 걱정되어 다 옮겨뒀다. 스테이크 부위가 아닌 지방 덩어리를 바비큐 한다는 소리에 경악했지만, 지방 덩어리는 스테이크와 다른 의미로 맛있었다. 그 기름에 달구어진 곁요리들도. 몸의 입맛을 따라가는 걸까? 아니면 그냥 이 음식이 맛있는 걸까? 혀에 남은 기름과 고춧가루 맛을 쩝쩝 맛본 그는 원래 몸으로 먹어도 맛있었을 거라고 확신했다.

"진짜 욕심 개많네. 야, 하나만 줘라."

"네가 익혀 먹어."

"아씨, 니가 다 가져갔잖아."

투덕거리는 어린애들의 모습을 보며 한진영이 아빠 미소를 지었다. 옆에선 배공학이 재킷을 들며 나갈 준비를 했다. 그는 출근 때문에 정신 없었다.

"계산하고 톡 해."

"됐어, 그냥 내가 살게."

"오! 난 사양 안 한다."

"형, 다녀오세용!"

장진수가 배공학에게 인사하자 헤일로도 따라 대충 고개를 꾸벅였다. 무뚝뚝한 인상의 배공학이 고개를 한 번 끄덕이고 떠났다.

"저분이 드럼이에요?"

헤일로의 물음에 한진영이 옅게 웃었다.

"다들 그렇게 묻더라. 놀랍게도 아니야. 공학인 키보드."

"예?"

키보드라면 신시사이저 혹은 전자오르간을 뜻한다. 큰 덩치의 배공학이 섬세한 연주를 한다는 게 상상이 안 됐지만 한진영이 그를 속일 이유는 없을 것이다.

"공학이 형이 진짜 잘 쳐."

덧붙이는 장진수의 말을 들어도 여전히 상상은 어렵다.

"그럼 형은?"

"내가 드럼이지."

'한진영 베이스, 배공학 키보드, 김덕수 드럼. 이런 구성이구나.'

헤일로는 대충 고개를 끄덕이고 고기를 건졌다. 고기는 푸르게 타오르는 불꽃에 금방 익었다. 이 레스토랑은 코스 구성도 좋았다. 고기를 익히는 불판에 볶음밥과 프라이를 하고 무엇보다 계란찜에 모차렐라 치즈를 뿌리는 건 일류 셰프도 내지 못할 아이디어였다. 헤일로는 32년 인생을 손해 본 듯했다. 포만감은 불쾌하면서도 초겨울 몸을 따뜻하게 덥혀주었다.

식사를 마치고 밖으로 나오니 거리엔 오가는 사람들이 많았다.

"여긴 몇 시든 시끄럽네요."

"한창 시끄러울 시간이지."

저녁 7시, 해는 저물지만 조명이 피어오르는 시간이다. 연인 혹은 친구, 혼자보단 둘이 함께 오가는 사람이 많았다. 그들은 서로 대화하거나 멈춰서 상품을 구경하고 마음에 드는 버스킹 근처에 자리 잡기도 한다. 그 수많은 평범한 사람들처럼 헤일로도 간혹 멈춰서 버스킹을 구경했다. 어떤 건 귀가 아프지만 어떤 건 나쁘지 않았다. 그의 지갑에 돈이 있었다면 벌써 던졌을 텐데 플라스틱 카드밖에 보이지 않는다. 낭만이 없다.

"형들은 버스킹 안 해요?"

버스킹 하는 곳에서 멀어질수록 그들의 작업실이 가까워졌다. 그들이 연주를 자주 하지 않는 것이 의아했던 헤일로가 물었다. 대답은 한참 있다 들려왔다.

"우리가 버스킹할 나이는 아니지."

"버스킹하는 데 나이가 필요해요?"

"아니, 그런 건 아니고. 늙어서 기력이 부족하다고."

헤일로에게 참 마음에 안 드는 답이다. 갖가지 핑계 속에 두려움이 보였다. 자존심 상해서 진지하게 연주하려던 건 뭐였나 싶었다.

"보컬도 없고."

변명도 형편없다. 헤일로는 길 건너에 있는 사람을 가리켰다.

"저 사람도 노래 안 부르는데요."

할 말이 없는지 더 돌아오는 대답은 없었다. 마침 지하 작업실에 도착했기에 자연스러웠다. 한진영은 어색하게 웃으며 아이들을 돌아보았다.

"얘들아, 이제 집에 돌아가자. 저녁도 먹었겠다. 너희 부모님께서 걱정하시겠다."

"네, 내일 뵙겠습니다, 형!"

"그래, 해일이도 자주 놀러 오고."

"…네."

추방령에 더 할 말은 없었다. 어쨌든 이 작업실은 그들의 것이었으니까. 헤일로는 순순히 재킷을 들고 나와 그들에게 다시 한번 인사하고 계단을 올라갔다. 앞장서 걷던 장진수가 작업실에서 멀어지자 불현듯 고개를 돌렸다.

"야, 노해일. 넌 눈치도 없냐."

'이 녀석이 지금 나한테 뭐라고 하는 거지?'

"형들 딱 봐도 곤란해하는 눈친데 계속 캐물어야겠냐. 눈치를 못챈 거야 뭐야."

"알아."

"아는데 그래? 적당히 해. 형들이 착해서 넘어가준 거지…. 예의는 지키자고."

설마 은근히 피하려는 태도를 헤일로가 몰랐겠는가.

"그래서 더 찌른 거야. 어중간하게 굴지 말고 하나만 하라고."

"어중간은 뭘 어중간이야. 아까 진영이 형이 알려준다고 한 것도 거절해놓고."

"엿들었냐?"

"그냥 들렸는데."

고집은 있어 한마디도 안 지려는 장진수를 보며 어른인 제가 참자고 생각한 헤일로는 더 반박하지 않았다. 그냥 무시하고 지하철로 가려 했다. 그러나 그는 그 다짐을 몇 분도 지키지 못했다.

# 4. 쇼 앤 프루브

"오, 저 사람 뭐야."

버스킹 존에 새로운 사람이 보였고 꽤 많은 사람이 모여 있었다. 기타 연주와 보컬 실력으로 그 사람들을 모두 불러들인 것이었다. 꽤 높게 올라가는 고음과 샤우팅에 사람들이 같이 환호성을 질렀다. 헤일로와 장진수가 동시에 멈춰 섰다.

"아직 막차도 멀었는데. 좀 구경하고 갈까?"

"그래."

캡을 쓴 남자의 실력은 객관적으로 훌륭하다 칭할 수준은 아니었다. 다만 선곡이 나쁘지 않고 열창하는 모습도 좋았다. 버스킹과 잘 어울렸다. 관중들이 가수를 따라 떼창하고 호흡을 맞추었다. 즐겁고 신나는 분위기다. 헤일로도 그 분위기에 휩쓸렸다. 떠나가는 사람과 새로 합류한 사람의 사이에서 점점 더 앞으로 나아가 결국 가장 앞자리에 앉게 되었다. 헤일로는 그의 무대가 마음에 들었다.

서투르든 어설프든 열정이 충분히 전달되었다. 그거면 다 한 거다.

얼마나 시간이 흘렀을까. 어느새 장진수는 땀범벅이 되어갔고 그들과 반대쪽 옆에 앉은 여자애들의 얼굴은 빨갛게 물들었다. 그리고 센스가 좋은 남자가 마지막 곡임을 알렸다. 쉬어버린 목과 부족한 체력… 남자는 박수 칠 때 떠나야 한다는 걸 인지한 것이다. 버스킹은 2시간 예약 중 40분을 남기고 끝났다.

"들어주셔서 감사합니다."

후회 없는 깔끔한 인사에 헤일로는 박수와 환호로 격려를 표했다. 짧은 시간을 특별하게 만들어준 가수로서 마땅히 받아야 할 찬사였다.

공연이 막을 내리고 군중이 흩어지기 시작했다. 그 자리에 마지막까지 남은 건 재킷을 낑낑대며 입는 장진수와 이를 한심하게 쳐다보는 헤일로였다.

"저, 애들아."

그때 버스킹 남자가 음향기기를 정리하다 말고 다가왔다.

"예? 저희요?"

"응, 너희. 너희가 처음부터 있던 애들이지? 들어줘서 고맙다. 이 말 하려고 온 거야."

모자를 벗은 버스킹 가수는 꽤 선한 인상을 하고 있었다.

"아니에요. 노래 잘 들었습니다. 노래 진짜 잘 부르시던데요. 기타도 진짜 굿이고."

"그래?"

장진수의 칭찬에 남자가 소탈하게 웃었다.

"실수 엄청 많이 했는데 잘 들었다니 다행이다. 네가 열심히 따라 불러줘서 덕분에 잘 숨겼어.”

“아 진짜요? 적당히 부를걸. 제 노래 열중하느라.”

“크큭, 솔직해서 마음에 드네.”

남자는 그러곤 멀뚱히 서 있는 헤일로를 바라보았다.

“근데 이쪽 친구는 원래 조용한 편? 처음부터 끝까지 안 불러주던데. 내가 그래도 관객 호응은 잘하는 편이라 진짜 열심히 불렀는데 정말 끝까지 안 해주더라. 좀 별로였니?”

“너 그랬냐?”

장진수가 몰랐다는 듯 되물었다.

“아니요, 잘 들었어요. 호응도 좋고 무대 매너도 좋았어요. 제가 안 부른 건 그냥….”

“그냥?”

진짜 궁금한 얼굴에 헤일로가 담담히 말했다.

“모르는 노래라서요.”

“뭐?”

헤일로의 대답에 남자가 눈을 번쩍 떴다. 한 번도 생각해본 적 없는 답이었다.

“아니, 진짜 유명한 노래만 불렀는데. 너 ‘파이’ 몰라? 아이돌 노래 안 듣니? 그럼 무슨 노래 듣는데.”

“보통… 외국 노래?”

헤일로는 여기에 온 후 들은 음악이 아직 많진 않아서 어느 것 하나 제대로 안다고 말하기가 어려웠다. 그래도 가장 많이 들은 건 자국어로 된 명곡이었다.

남자는 “그래도 모를 수가 있나?” 하고 연신 중얼거리다가 순순히 넘어갔다.

"그래서 안 부른 거였구나. 난 또…. 물어보길 잘했네. 진짜 궁금했거든. 내 노래가 별로인가 하고. 아니라서 다행이야. 이제 발 뻗고 잘 수 있겠어."

남자는 정말 후련한 표정이었다.

"근데 팝송 들으면 주로 무슨 노래 듣는데? 아무래도 어리니까 힙합? 그냥 빌보드 곡 들으려나."

헤일로는 지난밤 들었던 노래들을 떠올렸다. 많은 곡을 들었지만 그중에서 가장 먼저 떠오르는 노래가 있었다.

"요즘은 비틀스?"

"비틀스?! 오! 요즘 애들도 비틀스 아니?"

옛날 노래를 어린 학생이 안다고 하자 남자가 흥분했다.

"캬아! 비틀스 좋지. 비틀스 하니까 비틀스 노래 부르고 싶네."

남자가 짧게 흥얼거렸다. 시원시원한 음색이었다.

"남은 시간 아까웠는데 오랜만에 팝송 좀 불러볼까?"

"오, 더 부르시게요? 전 좋아요!"

"음음 음음….."

남자가 몇 번 더 흥얼대더니 인상을 찌푸렸다. 너무 신나게 부른 바람에 목이 다 쉬어버렸다. 전날 마신 술도 원인이다. 이렇게 마무리하긴 아쉬워 남자는 입술에 침을 축이다 앞에 있는 두 아이를 바라봤다. 눈을 초롱초롱 빛내는 아이 하나와 시큰둥하게 앉아 있는 또 다른 아이. 아까 열심히 따라와준 걸 보면 끼도 있어 보였다.

"난 이제 무리고 너희가 할래?"

"예?"

"어때? 어렵지 않아. 아까처럼 하면 돼. 대신 내가 반주해줄게."

"저희가요?"

장진수가 흠칫 놀라며 저를 가리켰다.

"아직 30분 남았거든. 어때? 싫으면 안 해도 되고. 강요하는 건 아니야. 편하게 말해."

"전…."

장진수가 눈치를 봤다.

못 한다고 해도 남자는 그냥 받아들이려고 했다. 그때….

"코드는 얼마나 아세요?"

장진수가 놀라 눈을 크게 뜨며 남자에게 질문하는 헤일로를 바라봤다.

'얘가 지금 뭐라고 한 거지?'

남자도 의외라 생각하며 대답했다.

"네가 부르게? 나야 유명한 곡은 다 알지."

"타이틀 곡 다요?"

"유명한 것만?"

'얼마나 안다는 건지 모르겠네. 뭐 부르다 안 되면 내가 연주하면 되겠지'라고 생각하며 헤일로는 가방을 내려놓고 앞으로 나아갔다.

그를 바라보는 장진수도 남자도 어리둥절했다.

"첫 곡은 뭐로 할 거야?"

"아는 거로 해주세요."

"그럼 '렛잇비(Let it Be)'?"

비틀스 하면 가장 먼저 생각나는 노래다. 헤일로는 남자에게 마이크를 받고 그 옆에 주저앉았다. 남자는 당황하다 결국 기타를 들었다.

* * *

여기 평범한 한 사람이 있다. 평범하게 학교를 졸업하고 평범하게 사회에 나와 평범하게 직장을 잡고 평범하게 인생을 보내고 있다. 그는 어디에서나 볼 법한 그런 사람이다. 그는 여느 사람들처럼 퇴근 후 바로 집에 가지 않고 가장 익숙한 거리를 돌아다녔다. 그가 아는 가게가 여전히 있는 걸 감탄하고 모르는 가게가 생긴 걸 한탄한다. 아무런 의미가 없는 행위라는 걸 알지만 어쩔 수 없었다. 피곤함에도 집에 갈 수 없었다. 젊은 날 친구들과 함께했던 이 거리에 왜 다시 온 걸까? 그는 자신의 의도를 알지 못했다. 잃어버린 무언가를 찾으려는 것 같기도 하고 무언가를 기다리는 것 같기도 하다. 그게 도대체 뭔지 몰라 스스로가 답답했다.

그때 아주 익숙한 노래가 들려왔다. 아주 익숙한 반주와 아주 익숙한 멜로디, 그리고 가장 익숙한 가사까지. 그는 무의식적으로 익숙한 노래가 들리는 곳으로 향했다. 그곳엔 이미 많은 사람이 모여 있었다. 그들은 본능적으로 아는 노래를 따라 부르고 있었다. 머리를 흔들고 노래를 부르며 자신들이 거기 있다는 것을 표현했다.

그는 이들이 무얼 보고 있는지 알고 싶었다. 조심스레 그 틈으로 들어갔다. 놀랍게도 그 속에 있는 건 아름다운 미인도 불쌍하게 몸이 휘어버린 노인도 따뜻하게 포옹해줄 신부님도 아니다. 그냥 평범한 아이가 있었다. 교복을 입은 남학생이 바닥에 앉아 노래를 부르고 있었다. 그게 다였다. 특별한 건 없었다. 그러나… 정말 아름

다운 소리가 들려왔다

I wake up to the sound of music(내가 음악을 들으며 깨어날 때)
Mother Mary comes to me(성모마리아께서 내게 다가와)
Speaking words of wisdom(지혜로운 말을 건네죠)


그는 저도 모르게 말했다.

"렛 잇 비."

홍대에 사람이 많은 건 하루 이틀이 아니지만 유독 몰려 있으면 관심이 없다가도 생기는 법이다.

"뭐야, 어디 연예인 왔나?"

약속이 있어서 멍하니 기다리고 있던 사람도 뒤풀이 후 집에 가려던 대학생도 괜히 한번 주변을 서성였고, 곧 불나방처럼 뜨거운 열기에 이끌렸다.

시간은 야속하게 흘러간다. 약속이 있어 어쩔 수 없이 자리를 떠나야 하는 사람들은 머뭇거리며 몇 번이나 걸음을 멈췄다. 반대로 오랜만에 바깥으로 나온 사람은 나오길 잘했다고 생각하며, 초겨울 추위에 손이 하얗게 질려도 핸드폰 카메라를 끌 수 없다. 기억은 영원하지 않다. 노래를 부르는 소년을 앞으로 볼 수 없을지도 모르기에 더 간직하려고 한다. 아니, 어쩌면 나중에도 볼 수 있지 않을까.

반주하다 결국 기타를 뺏기고 만 남자는 다른 관중들처럼 핸드폰을 들지도 못하고 멍하니 소년을 바라보았다. 기타를 빼앗길 수밖에 없었다. 그는 '렛 잇 비'의 첫 소절을 듣자마자 손을 내려놓았기 때문이다. 어쩔 수 없었다. 도저히 줄을 튕길 수 없었다. 몸에 전율이 일어났다. 팔에 소름이 돋았고 다리는 땅에 박힌 듯 움직이지 않는다. 그대로 홀려버린 듯 눈을 뗄 수 없다. 단순히 가졌던 걱정과 잡념이 먼지처럼 흩어진다. 잘 부른다, 좋다, 감탄도 못 하고 바보처럼 멍하게 들었다.

'이 애는 도대체 뭐지? 어떻게, 어떻게 저게 가능하지?'

단순히 첫 소절 만에 사람들을 멈춰 세우고, 약속이 있는 사람들을 오랜 시간 붙잡는 건 아무나 할 수 있는 일이 아니다. 설사 아주 유명한 곡을 부른다고 하더라도 아는 곡이기에 오히려 쉽게 흘려보낼 수 있다. 하지만 소년은 모르는 사람이 없는 유명한 곡을 불렀음에도 세상에 처음 나온 곡인 양 속여버린다.

재능이 없다는 걸 일찍이 깨달았지만, 그런데도 음악을 꾸준히 사랑하고 훈련했던 남자는 이 자리에서 자신에게 없었던 재능이란 걸 보았다. 그가 100년 동안 연습해도 지금의 저 소년이 될 수 있을까? 자신 없었다. 질투가 나진 않았다. 저 소년이 당장 유명하지 않을지라도 곧 유명해질 거라는 게 보이니까. 저 아이가 성공하지 못한다면 우리나라에서 누가 성공할 수 있겠는가 싶었다. 오히려 미래의 스타를 먼저 발견한 기분에 아드레날린이 솟구쳤다.

이건 그만 느끼는 게 아니다. "와!" 하며 놀라는 사람들의 입 모양이, 점점 많아지는 눈과 카메라가 증명하고 있었다. 예약 시간은 초과한 지 오래였다. 하지만 다음 예약자들은 소년의 앙코르 무대를 허락했고 모두가 황룡필의 '비상'을 불렀다. 이 순간 이곳은 눈이 오는 런던에서 90년대 한국으로 바뀌었다. 노래가 점점 끝나간다. 끝을 아는 사람들의 얼굴에 아쉬움이 물들었다.

언젠가는 그대를 위해 바람이 되어 날개를 들어주고
나를 위해 이 세상을 위해 모든 것을 사랑해주오

소년이 허리를 숙여 군중에게 인사하자 모두가 환호성을 질렀다. 해당 시간에 예약한 밴드가 무거운 악기를 쥔 채 자기들은 무대를 하러 온 게 아니라 보러 온 거라고 고집을 부렸지만, 소년은 옅게 웃으며 배려를 사양했다. 박수가 끝나지 않는다. 사람들은 남자의 무대는 쉽게 잊었지만, 소년의 무대에서 아직 빠져나오지 못했다. 소년이 가기 전까지 움직이지 않을 기세다.

"야, 너 도대체 뭐야!"

소년의 실력을 몰랐던 소년의 친구는 경악했다.

누군가 바닥에 대충 던져진 기타 케이스에 돈을 넣자 유행처럼 다른 사람들도 따르기 시작한다. 누군가는 소년에게 다가와 사인을 해달라 하고 누군가는 같이 사진을 찍자고 했다. 소년은 그게 부담되지도 않는지 환하게 웃으며 받아들인다. 하얀색 종이에 쓰이는 H. 한쪽에 몰려 있는 여학생들도 사인을 받아 간다.

덥수룩한 앞머리 사이로 간혹 소년의 또렷한 눈매와 이목구비가 드러났다. 평범한 인상이라고 생각했던 소년은 이대로만 자라면 꽤 인기가 많을 것이다.

"빌려주셔서 감사합니다."

소년이 기타를 남자에게 돌려줬다. 가슴이 여전히 두근거려 남자는 아무 말도 못 하고 소년을 빤히 바라보았다.

"덕분에 즐거웠습니다."

"저도⋯."

남자는 저도 모르게 경어체를 쓰며 고개를 숙였다. 멍청한 모습일 게 뻔한데 소년은 당연하다는 듯 환하게 웃는다.

"누가 보면 톱스타인 줄 알겠다."

사람들에게 능숙하게 사인해주는 헤일로를 보며 장진수는 좀 어처구니가 없었지만, 친구를 다시 보게 되었다.

"진짜…."

완성되지 못한 말들이 입안에서 맴돌았다. 장진수는 처음으로 노해일이 무척 멀리 있는 사람처럼 느껴졌다. 그가 닿을 수 없는 곳. 이런 비유가 웃기긴 한데 진짜 스타 같았다.

* * *

'으…. 아쉽다, 아쉽다, 아쉽다!'

헤일로는 지하철에 앉아 다리를 가만히 내버려두지 못했다. 보여줄 게 많았는데 너무 아쉬웠다. 자신의 노래도 보여주고 싶었고 다 같이 뛰고 싶었는데, 이 몸이 너무 허약했다. 목도 약하고 더 부실한 건 몸뚱이 자체. 서서 노래를 불렀다면 약해 빠진 다리가 견디지 못하고 넘어졌을 것이다. 헤일로는 트레이닝의 필요성을 절실히 느꼈다.

"으아 죽겠다!"

노래를 부른 것도 아니면서 같이 지친 장진수가 신음을 흘렸다. 헤일로가 그 모습을 한심하게 쳐다보자 묻고 싶은 게 많았던 장진수는 눈을 반짝였다. 그는 주변에 사람이 있다는 걸 인지하곤 작게 속삭였다.

"너 원래 노래 그렇게 잘했냐?"

"어."

"기타 연주도?"

헤일로가 고개를 까딱였다.

"어디서, 아니 얼마나 배웠는데?"

"음."

헤일로가 대답하기 힘든 질문이었다. 정식으로 기타를 배운 적은 없었으니까. 어렸을 때 우연히 길거리에서 누군가 기타를 연주하는 걸 보고 매일 가서 구경했다. 그러다 운 좋게 기타를 얻은 날 그가 했던 것처럼 따라 했다. 똑같은 자세, 똑같은 손동작으로 어설프게.

'그것도 배운 건 맞지.'

"한 25년 전쯤?"

"말하기 싫으면 그냥 싫다고 해."

사실이지만 장진수가 믿지 않는 게 당연하다. 25년은 헤일로의 이야기이니, 그는 노해일이 기타를 얼마나 배웠을지 가늠해보았다.

'손가락의 굳은살을 보면 그리 오래 배운 것 같지 않은데. 아니면 티 나지 않게 살살 쳤나? 그러면 실력이 늘지 않을 텐데.'

헤일로는 손을 뚱하게 바라보다 말했다.

"한 반년쯤?"

그가 보기에 1년은 절대 아닌 같았다.

"시발. 됐어."

"어쩌라고."

'이 답도 싫다, 저 답도 싫다. 같이 어울려주기 피곤하네.'

다행히 장진수는 매우 단순하고 궁금증을 참지 못하는 성격이라 언제 짜증을 냈냐는 듯 바로 질문을 던졌다.

"근데 아까 아저씨랑 어떤 누나들한테 받은 건 뭐야? 돈이야?"

"아, 그거."

헤일로는 주머니에 대충 구겨 넣었던 걸 꺼내 보여줬다. 처음엔
흐리멍덩하게 보던 장진수의 얼굴이 경악으로 물든다. 짜장면 쿠
폰처럼 구겨진 그것들은 다름 아닌 기획사 명함이었다. 심지어 익
숙한 이름이 몇 보였다.

"와 씨 이게 뭐야? SH, GOD, 가우스… 와 씹 유명한 데 거는 다
받았네. 노래 존나 잘 부르긴 했지만…. 와, 너 개쩐다."

"유명한 데야?"

"엥! 몰라? 너 한국 노래 안 듣는다고 했나. 아니 그래도 모를 수
가 있냐. SH하면 헤이즐! GOD는 캐러멜! 가우스는 그 뭐지, 남
자… 아, CB, 콜드브루! 너도 들어봤을 거 아냐."

"헤이즐? 캐러멜? 콜드브루?"

음반사인 줄 알았던 헤일로는 떨떠름하게 말했다.

"커피숍이야?"

정색하는 장진수 표정에 헤일로는 진심으로 억울했다.

"암튼 이거 주면서 뭐래? 널 최고의 가수로 만들어주겠대?"

"음반사가 맞구나."

"음반사라기보단 기획사지. 뭐니지뭔트!"

어설픈 발음이지만 헤일로는 대충 알아들었다. 매니지먼트, 그
러니까 음반사라기보다는 에이전시라는 소리였다.

"음반도 안 냈는데 매니징을 해준다고?"

"보통 오디션을 보고 싹이 보이는 애들과 계약한 후 회사에서 전

문적으로 키우는 거지. 무대에 오를 정도로."

"그런 게 잘돼?"

"왜 안 돼. K-POP 몰라? 우리나라 엔터테인먼트 산업이 얼마나 큰데. 연습생 시스템도 유명하고."

"오, 그래?"

헤일로도 그런 사업을 하려던 사람들을 알고 있었다. 싹이 보이는 인재를 발굴하여 투자하는 시스템을 어떻게든 개발하려고 했다. 다른 가수들은 훌륭한 가수는 공장처럼 찍어낼 수 있는 게 아니라며 부정적인 견해를 가졌지만, 헤일로는 나쁘지 않다고 생각했다. 가난한 뮤지션들을 위한 학교나 강연이 있다면 얼마나 좋을까. 만약 자신을 초청한다면 강연에 나갈 생각도 있었다.

"그래서 넌 어디 들어갈 거야? 너한텐 가우스가 맞을 거 같기도 한데."

"내가 왜 들어가?"

"어, 음…. 들어가면 좋지 않나?"

장진수는 할 말을 잃었다. 아무나 받을 수 있는 대형 기획사 명함이 아니기 때문이다. 게다가 노해일의 외모가 그리 특출난 것도 아니다. 잘만 하면 일생일대의 기회가 될 수 있다.

"나름 긍정적인 거 아니었어?"

"긍정적이긴 하지."

심해에 묻힌 뮤지션을 발굴한다. 좋은 비전이다. 하지만 그건 그 사람들의 이야기일 뿐 헤일로 자신의 이야기는 아니다.

"근데 나는 그런 도움 필요 없어서."

"뭐?"

그는 이미 완성형이다. 현재 이 몸이 좀 부실해서 그렇지 헤일로라는 영혼의 재능은, 실력은 여전했다. 누군가의 도움은 필요 없다. 그는 스스로 어떻게 나아갈지 잘 알고 있었다.

"간섭도 싫고."

사장 때문에 엄청난 스트레스를 받았던 그는 독립을 꿈꾸었고 결국 레이블을 만들었다. 사장과도 모든 계약을 끝냈다.

"그럼 어디와도 계약할 생각 없는 거야?"

"당장은?"

그에겐 음악적 케어는 필요 없고 나중에 음반 계약 등 법적 문제에 대해서 에이전시가 필요할 일은 있을 것이다. 나중에는 말이다. 당장 데뷔할 것도 아닌데 매니지먼트는 중요하지 않다. 지금은 해결해야 할 과제가 있다. 세상에 대한 부족한 지식을 채워 넣어야 하는 데다 적응할 것도 많았다. 그리고 가장 시급한 건 트레이닝. 부실한 체력을 키우고 마음에 들 만큼 성대도 두드려야 한다. 그는 하고 싶은 게 많았다. 낯선 세상을 알아가는 즐거움을 좀 더 오래 누리고 싶었고, 무엇보다 이 세상의 미친 듯한 음악을 만끽하고 싶었다.

"배부른 새끼."

장진수의 질투 어린 투정에 헤일로가 툭 대답했다.

"난 아직 배고파."

잠실역에 지하철이 멈추자 헤일로와 장진수는 허겁지겁 내렸다. 조금만 늦었으면 그대로 다음 역까지 갈 뻔했다. 헤일로가 주머니 안에 거슬리는 쓰레기를 버리려고 하자 장진수가 갖고 있으라고 했다. 헤일로는 순순히 수긍했다.

"야!"

지하철역에서 나와 인사 대신 눈만 까딱이고 갈 길을 가려던 혜일로는 장진수의 부름에 멈춰 섰다.

"왜."

"그, 있잖아."

장진수는 바로 말하지 못하고 자꾸 뭘 찾아댔다.

"말해."

"…봐주면 안 되냐?"

아까부터 들려오던 핸드폰 가게의 음악 소리가 갑자기 커져 장진수의 말이 묻혔다. 혜일로는 인상을 찌푸리고 고개를 돌렸다. 핸드폰 가게 알바생이 허겁지겁 컴퓨터를 만지고 있다.

"뭐라고?"

"그, 내 노래. 네가 봐준다고 했잖아."

"네 노래?"

"〈쇼유〉 제출할 자작곡…."

"아."

장진수는 안 보여주겠다고 큰소리쳤던 터라 말을 바꾸는 지금 상당히 쪽팔렸다.

"그냥 어떤지만. 좋은지 나쁜지만 알려달라고."

"그래."

"진짜?"

"응. 뭐 어려운 것도 아니고."

"고맙다. 집에 가서 보내줄게."

혜일로는 고개를 끄덕였다. 그는 밝은 얼굴로 뒤돌아가는 장진수를 보며 지하철에서 계속 이것저것 물어본 게 이 부탁을 하기 위한 빌드업임을 눈치챘다. 다 좋은 데 티가 너무 많이 났다. 누가 봐도 신이 나 달려가는 소년을 보며 헤일로는 "쯧" 하고 혀를 차고 몸을 돌렸다.

"저게 어딜 봐서 갱이란 건지."

그때 다시 한번, 핸드폰 가게의 노래가 "쾅" 하고 울렸다. 지하철에서 나온 사람들이 인상을 찌푸리고 빠른 걸음으로 지나간다. 핸드폰 가게 안의 알바생이 다시 허겁지겁 컴퓨터를 만진다. 옆에 있는 점장의 표정으로 보아 곧 잘릴 것 같다.

'노랜 나쁘지 않네.'

짧은 감상과 함께 집에 가려던 헤일로는 귓가에 흘러들어 온 멜로디에 문득 걸음을 멈췄다. 익숙한 멜로디다. 악기도, 박자도, 곡의 분위기도, 쓰임도 다르지만 분명 익숙한 전개다. 4분의 4박자.

"하나, 둘, 셋."

딱 세 마디.

"…이럴 리가 없는데."

헤일로의 얼굴이 딱딱하게 굳었다. 그는 음악이 끝날 때까지 듣다가 곧장 핸드폰 가게로 들어갔다.

\* \* \*

금요일의 아침은 고요하게 시작됐다. 텅 빈 집, 헤일로는 눈을 비비고 나오며 아무도 없는 것을 확인했다. 헤일로가 아직 못 본 노해일의 아버지는 출장 중이었고 어머니는 외출 중이었다.

헤일로는 7시가 되자 본능적으로 학교로 향했다. 싸늘한 집보단 적당히 시끄러운 학교가 생각을 정리하기에 편했다. 이른 아침, 아무도 없는 교실에 가장 먼저 도착한 그는 가방을 집어 던지듯 내려놓았다. 그러곤 털썩 자리에 앉아 머리를 거칠게 쓸어올렸다.

"하! 이런 일이 일어날 줄 몰랐는데."

저도 모르게 미간을 찌푸린 헤일로는 답답한 마음에 책상을 두드렸다.

'아니, 정말 몰랐냐?'

내면의 목소리가 던지는 물음에 헤일로는 입을 다물었다. 정말 자신이 몰랐던 건지 확신이 서지 않았다.

그는 밤을 새웠다. 방문을 걸어 잠그고 조금 익숙해진 컴퓨터를 켜 여러 창을 띄우고 정신없이 검색했다. 그가 알고 있는 모든 가사를 검색하고 멜로디를 찾았다. 시간은 부족했고 인터넷을 다루는 능력도 부족했다. 그 이상으로 어떻게 찾아야 할지 알 수 없었다. 이렇게 발전된 세계라면 작곡과 관련된 기술도 발전되었을 것이다.

"일단은 더 없었어."

그가 찾아본 것 중에 완전히 같거나 유사한 것은 일단 없었다. 휴대폰 매장에서 들었던 음악의 몇 마디만 제외하곤 아직 찾을 수 없었다. 헤드폰으로 들려오는 노래에 문득 짜증이 일었다.

"왜 이렇게 썼지?"

다시 들어보니 듣기 좋은 노래는 아니다. 질질 짜는 것도 지질한 가사도 하나같이 그의 마음에 들지 않았다. 완성도도 미흡하고 꼭 이렇게 작곡해야 했나, 꼭 이렇게 불러야 했나 싶었다.

'내가 더 잘 부르는데. 내 음악이 더 좋은데.'

헤일로의 첫 번째 앨범인 〈투쟁(Struggle)〉의 수록곡과 딱 세 마디가 유사했다. 표절까지는 아니었다. 세 마디가 똑같은 걸 빼면 박자, 장르, 분위기, 역할 모든 게 달랐다. 이걸 표절이라 한다면 세상에 음악 대부분이 표절로 걸릴 것이다.

그렇다고 그의 불쾌함이 없어지는 건 아니었다. 처음 들었을 땐 온전히 자신의 전유물이라 여겼던 것을 빼앗길지도 모른다는 생각에 덜컥 겁이 났다. 어쩌면 이 세상의 즐거움에 중독되어 가장 중요한 의심을 한구석에 묻어버렸던 걸지도 모르겠다. 의심하고 싶지 않았다. 음악이 홍수처럼 넘쳐나는 이 시대에 자신의 음악과 비슷한 음악이 없겠냐는 가정, 잘못하면 자신의 음악이 자기의 것이 아닌 다른 누군가의 것이 될지도 모른다는 가정 말이다. 누군가가 우연히 떠올린 멜로디가 다른 누군가의 것과 겹칠 수도 있다는 걸 간과하고 있었다.

"이대로 놀면 안 돼."

가장 중요한 건 이 세상에 대해 배우는 것도, 이 세상의 음악을 들으며 영감을 얻는 것도 아니다. 자신의 것을 빼앗기기 전에 먼저 선점해야 했다. 방법은 명료하다. 어차피 그는 자신의 앨범을 다 기억하고 있다. 그가 작곡한 것이고 직접 불렀기에 모를 수가 없다. 연주자를 구해서 녹음하고 음반을 빨리 내면 해결된다. 그러다 그는 문제를 한 박자 늦게 인지했다.

'지금 어떻게?'

선연중학교 3학년 1반의 하루는 평소처럼 시작되었다.

"얘들아, 불 좀 켜고 살자. 너희가 어둠의 자식들이냐?"

8시쯤 우수수 들어온 아이들은 여느 때처럼 떠들기 시작했고 20분쯤 뒤 선생님이 들어와 불을 켰다.

"자, 모두 기말까지 이제 2주도 안 남은 거 알지?"

선생님은 교탁을 붙잡고 교실을 둘러보았다.

"그래서 다음 주는 대체로 자습할 거다. 공부할 거 알아서 가져와야 해. 알았지? 열심히 공부해서 아쉬움 없이 마무리하기 바란다. 모두 노력한 만큼 좋은 성적을 받을 거라고 선생님은 믿는다."

담임 선생님은 이따 수업 때 보자며 다시 자리를 비웠다. 교실은 금세 장터로 변했다.

"야, 노해일. 너 학원 그만뒀냐?"

"리얼. 어제도 왜 안 옴?"

A가 물었지만, 헤일로는 그 아이가 A인지 B인지 기억을 못 했다.

"글쎄."

성의 없는 대답에 아이들이 고개를 갸웃거렸다.

"너 요즘 좀 이상하다? 무슨 일 있냐?"

"그러니까. 장진수랑 노는 것도 그렇고."

"학원도 땡땡이 두 번이나 치고 엄마랑 싸웠냐?"

아이들은 귀엽다가도 귀찮다. 헤일로는 아이들을 별로 좋아하지 않았다.

"다 어른의 사정이란 게 있어."

헤일로의 말에 애들이 인상을 구겼다. 다들 진심을 받아들이지 않고 서로 눈을 마주치곤 음흉하게 그를 쳐다봤다.

'이번엔 또 뭐지? 애들의 텐션은 따라갈 수가 없군.'

"너 설마… 요즘 연애하냐? 배소연? 설마 세화중 걔? 김민서?"

"김민서는 니가 좋아하는 애고."

"닥쳐."

변성기가 지난 목소리가 자글자글 깔렸다. 소음이 한 귀로 들어와 한 귀로 흘러나갔다. 헤일로는 턱을 괴고 창 너머를 바라보았다. 다만 그가 실제로 보고 있는 건 빈틈없이 빼곡하게 솟은 아파트단지가 아니다.

'이곳에선 음반을 어떻게 내지?'

다른 면이 많지만 그래도 비슷할 거로 여긴 것도 잠시, 헤일로는 곧 현실적인 문제에 직면했다. 노해일은 레이블이 없다. 모든 문제는 여기에서부터 시작한다. 음반을 찍어내려면 돈이 필요하다. 그걸 찍어줄 사람이 있거나 우연히 하늘에서 100만 파운드가 떨어지지 않는 이상, 필연적으로 음반사와 계약할 수밖에 없다.

'내가 돈 문제를 걱정하게 되다니.'

녹음도 그렇다. 마음만 먹으면 악보를 써낼 수 있다. 다만, 노해일의 목이 아직 완성되지 않았다는 건 둘째치고, 그가 모든 악기를 연주할 수 있는 게 아니니 세션맨(sessionman)이 필요하다. 완벽하지 않은 녹음을 그는 절대 만족할 수 없을 테니 여기에도 필요한 건 돈 혹은 사람이다.

'…사람이라.'

"야, 노해일."

헤일로는 고개를 들었다.

책상에 고개를 처박고 내내 자던 장진수가 점심시간 워리어(warrior)가 되어 그를 찾아왔다. 무언가 기대하는 기색이 역력한 표정에 헤일로는 의문을 가졌다.

"들어봤나?"

"뭘?"

장진수의 텐션이 천천히 가라앉는다. 자존심이 상한 그는 돌아가려다 곧 다시 멈춰 선다.

"내 곡 들어준다며."

"아."

그제야 헤일로는 장진수와의 약속이 떠올랐다. 곡을 봐주겠다고 약속해놓고 자신의 노래를 누군가에게 빼앗길지도 모른다는 충격 때문에 깜박했다. 그는 해야 할 일이 있지만 장진수의 곡을 봐줄 여유는 있어 지금이라도 들어보기로 했다.

"지금 있냐?"

"벌써 보냈다. 메일 확인해봐."

"메일?"

장진수는 별 의미 없이 말했지만 헤일로는 너튜브와 검색창 외에 다른 기능은 한 번도 써보지 않았기에 사고가 정지했다. 그러나 그는 메일이 뭔지 묻는 대신 태연한 얼굴로 핸드폰을 내밀었다.

"무슨 메일?"

장진수는 아무런 의심 없이 노해일의 핸드폰을 받아 편지봉투 같은 모양을 누르고 파일을 내려받는다. 그제서야 헤일로는 '핸드폰'에 서로의 음악을 공유하는 기능까지 있다는 걸 깨달았다.

'오! 언제 날 잡고 이 핸드폰의 기능을 분석해봐야겠다.'

장진수는 세팅을 끝낸 후 핸드폰을 돌려주었다.

'어디 한번 들어볼까?'

헤일로는 헤드폰에 귀를 기울였다. 흘러나오는 비트. 그러나 멜로디는 따로 없다. 대신 가사가 들려왔다.

쇼 곱하기 쇼 곱하기 쇼는 쇼

'어? …이게 뭐야.'

헤일로는 저도 모르게 꺼버렸다.

그가 살던 세상에서 헤일로는 늘 많은 관심을 받았다. 그가 입은 옷은 유행을 몰고 왔고 파파라치는 늘 사생활을 찍으려 했다. 그의 발언은 간혹 사회면을 장식하기도 했고 가는 곳마다 그에게 손을 뻗는 수많은 대중이 있었다. 당연하게도 그 인기는 대중의 관심으로만 남지 않았다. 남녀노소 모두 그에게 관심을 가졌고, 권력자, 재력가, 인기인들도 예외는 아니었다. 모두가 그와 만나고자 했기에 그는 많은 자리에 초대받기도 했다.

헤일로는 다양한 사람들과 어울렸다. 술과 음악, 사람이 있는 자리를 즐기며 개성이 강한 사람들의 의견을 듣는 것을 좋아했다. 단연코 그가 가장 좋아하는 부류는 음악을 하는 사람들이었다. 자국의 음악가부터 타국의 신흥 강자까지. 최근, 그러니까 죽기 직전쯤 관심을 가진 건 뉴욕 할렘가에서 떠오른 신흥 음악가들이었다. 그들은 한 번도 보지 못한 형태의 음악과 신념을 가지고 있었다.

당시 이들에 대해선 호불호가 거셌다. 그들을 뮤지션(musician)이라고 할 수 있는가에 대한 의문도 있었다. 누군가는 음악(music)이 들어가지 않았으니 음악가라 할 수 없다 했고, 누군가는 리듬만으로 충분히 음악이 될 수 있다 했다. 헤일로는 후자에 가까웠다. 그것이 음악이든 아니든 이들이 부르는 '랩(rap)'은 흥미로운 구석이 많았다. 그들은 멜로디가 없는 비트를 반복적으로 사용했다. 그리고 귀에 가사를 속사포같이 내뱉었는데 주로 일상이나 사회에 대한 견해를 이야기했다.

헤일로는 장진수가 보여준 곡의 장르가 바로 이 새로운 음악 형태인 랩이라 생각했다. 반복되는 비트와 빠르게 읊어지는 가사. 다만, 헤일로가 음악을 꺼버린 건 이 형태가 낯설기 때문이 아니었다. 그냥….

"왜, 왜 그래?"

"이게 뭐야?"

"힙합인데 왜?"

긴장이 역력한 얼굴에 대고 헤일로는 솔직하게 말했다.

"존나 별로야."

열두 마디까지 듣고 헤일로는 소름이 돋아 꺼버렸다. 장르의 문제가 아니라 듣는 사람까지 오글거리게 만드는 가사, 비트에 힘들게 딸려 가는 랩핑, 비트도 뭔가 이상하다. 의도한 불협화음인지 아니면 잘못 만들어진 비트인지 가늠이 되지 않았다. 모든 게 잘못되었다. 곡의 뼈대라 할 수 있는 비트는 철이 아니라 모래로 만들었고 가사와 랩핑은 파도처럼 모래를 덮쳤다. 남은 건 흔적도 없이 무너진 모래성의 잔해뿐이다.

"어, 어디가 어떻게 별론데?"

처음부터 끝까지 별로라 굳이 말해야 하나 싶지만 헤일로는 조금 더 친절하게 말해줬다.

"일단 첫 소절부터 못 듣겠어."

"아!"

무슨 말을 하는지 알아들은 듯 장진수가 눈이 커졌다.

"아, 역시 그건 저작권이 있으니 빼는 게 좋으려나. 알았어. 뺄게. 그럼 뒷부분은? 뒷부분은 어때?"

"음."

"괜찮아?"

"아니."

밝았던 장진수의 얼굴이 굳었다. 그로선 생각지도 못한 혹평이었다. 하지만 헤일로는 이걸 듣고 괜찮다는 말이 나오길 기대했다는 게 오히려 이상했다. 심지어 이 곡은 그만 들은 게 아니었다.

"비트는 누가 만든 거야?"

"내가 만들고 형들이 고쳐준 건데."

"···이게?"

"응."

장진수는 핸드폰을 켜고 재생 버튼을 눌렀다.

헤일로는 "음" 하고 한숨을 들이쉬었다. 뭐라고 말해야 할지 몰랐다.

"어디가 어떻게 별론데?"

문제가 하나둘이 아니었다. 버려야 할 것도 한두 개 아니고 고친다면 뭘 살려야 할까. 헤일로는 책상을 툭툭 두드렸다. 이걸 꼭 써야 하는 게 아니라면 차라리···.

"그냥 다시 만드는 게 어때."

장진수가 말문이 막힌 듯 입을 뻐끔거렸다.

"아, 안 돼."

"왜?"

"시간이 얼마 안 남았어."

장진수의 말에 헤일로가 입을 다물었다. 그러면 절대 이런 퀄리티로 제출하지 않겠지만 이 곡은 자신의 것이 아니었으니 말이다.

"얼마나 남았는데?"

"일요일 자정까지야."

"그럼 많이 남았는데."

"새로 비트 짜는 데 이틀은 걸릴 텐데."

장진수는 곡을 새로 만드는 걸 원치 않았다.

"조금이라도 고친다면 어떻게 하는 게 좋을 것 같은데?"

"글쎄."

어디서부터 고쳐야 할지 헤일로는 몇 가지 생각나는 게 있었지만 장진수가 하기 쉬운 일은 아니었다. 옆에서 이런 장르를 잘 아는 사람 혹은 유능한 프로듀서가 컨트롤해야 할 것 같은데 장진수의 옆에 그런 사람이 있을지…. 헤일로는 냉정하게 판단했다.

"넌 힘들걸."

장진수의 얼굴이 창백하게 질렸다. 헤일로가 무슨 말을 더 하기도 전에 그는 드르륵 문을 열고 뛰쳐나갔다.

'내 문제도 복잡한데 지금 뭐 하는 건지.'

헤일로는 팔짱을 끼고 노트를 바라보았다. 노트 위에는 그가 최근 받았던 명함들이 쌓여 있다. 하나같이 주름이 져 있었다. 하지만 그의 눈엔 명함이 하나도 들어오지 않았다. 무심하게 손가락으로 책상을 톡톡 두드리는 그의 머릿속엔 노트의 이상한 비트가 반복적으로 울릴 뿐이다. 수수께끼같이 엉킨 비트를 어떻게든 풀어보려 했다.

'근데 여긴 뉴욕도 아닌데 랩이 유행할 수가 있나? 원래는 뉴욕 할렘가 쪽에서 있던 건데.'

헤일로는 고개를 갸웃하다 핸드폰을 들어 '랩'을 검색해보았다. 수많은 시각 자료들이 차르륵 펼쳐졌다. 그중 가장 돋보이는 건 상단 위에 있는 이미지였다. 하이라이트가 비추는 무대, 중앙에 뮤지션이 마이크를 들고 있는 화려한 포스터, 그리고 금색 글씨로 이렇게 쓰여 있었다.

'Show your show S. 3'

\* \* \*

"그렇게 별로라고?"

장진수는 제 녹음 곡을 심각한 얼굴로 바라보았다. 곡이 완벽하다고 생각한 적은 없지만 혹평을 넘어 다시 만들라는 소리까지 들을 줄 몰랐다. 형들에게 예선 합격할 수 있을 거란 말을 들어서 더 그랬다. 제출 날까지는 겨우 이틀 남았다. 현실적으로 제출하는 게 맞는데 노해일의 혹평이 계속 마음에 남았다. 원래는 좋은 평이든 나쁜 평이든 흘려들으려고 했는데….

'그 새끼 평이 뭐라고.'

괜히 신경 쓰여 잠이 오지 않았다. 노해일은 팝송 같은 거나 들으니 힙합은 잘 모를 것이다. 게다가 음악이란 건 호불호가 갈리니 그냥 노해일 취향에 안 맞아 그럴 수 있다.

"그런 걸 텐데…."

제출 조건대로 1분 이내 영상 하나와 MR(Music Recorded) 제거 버전 영상까지 두 개 만들었다. 비트가 바뀌면 가사도 건드려야 하고 영상도 다시 찍어야 한다. 분명 불가능했다. 그런데 그의 열정이 속삭였다.

'그게 최선이야?'

최선이다. 최선을 다해 이 곡을 만들었으니.

'네 친구가 한 피드백은?'

"씨발! 호불호라니까."

장진수는 소리를 지르며 자리에서 벌떡 일어났다. 결국 제출 버튼을 누르지 못했다. 그는 대충 패딩을 걸치고 방에서 나왔다. 거실을 굴러다니는 소주병과 담배 전 내에 인상을 찌푸렸다. 불길한 예감이 들었다.

'이 인간 또 비트코인에 꼴아박은 건 아니겠지?'

결국, 장진수는 지하철에 올랐다. 그는 자기 몸에서 혹시 담배 냄새가 나나 팔을 코에 대고 킁킁 맡아봤다. 그의 코는 무척 둔감해 아무 냄새도 나지 않는 것 같았다.

장진수는 형들이 쓰는 아지트에 도착했다. 백수인 김덕수만 만화책을 들고 소파 겸 침대에 누워 있다.

"제출했어?"

"아니요."

"왜? 곧 제출일 아니야?"

"곧 제출할 거예요."

"…오늘 안 좋은 일 있었어?"

김덕수의 말에 장진수는 가만히 멈춰 섰다. 그에게 말하는 게 맞는지 알 수 없었지만 누군가한테 하소연하고 싶은 심정이 더 컸다.

"아니, 그, 저 말고 제 친구 얘긴데요."

"그래."

김덕수가 입꼬리를 올리며 만화책을 내려놓았다.

"제 친구가 숙제로 곡을 하나 만들었거든요. 진짜 열심히 만들었는데 누가 그걸 듣더니 처음부터 끝까지 별로라고 그냥 다시 만들라고 그랬대요."

"으음."

"근데 숙제 제출일이 얼마 남지 않은 일인 데다 한 사람 말만 듣고 또 만들기 그렇잖아요. 그렇다고 무시하긴 신경이 쓰이고. 형이라면 어떡할 거 같아요."

"그러니까 네 친구가 〈쇼유〉에 나간다는 거지?"

"아닌데요."

장진수는 제 이야기를 하는 게 아니라고 하려다 하회탈처럼 웃고 있는 김덕수를 보고 말았다. 아니라고 해도 안 믿을 얼굴이다.

"근데 어려운 문제네. 누가 혹평했는지가 제일 중요할 거 같은데."

"그냥 아무나요."

"아무나 그랬다면 웬만해선 무시할 거 같은데. 확실하게 무시 못 할 이유가 있어?"

장진수는 자신도 이상하다 싶었다. 노해일이 분명 특별한 구석이 있다는 건 인정한다.

'노래 존나 잘 부르고 기타도 잘 치고. 그래, 뭔가 다르다는 건 아는데 그렇다고 작곡에서 특출난 능력을 보여준 건 아니잖아.'

그러나 무시하지 못하는 건….

*"혹시 아냐. 내가 들어줄지."*

어디에서 나온 건지 모를 그 자신감, 순간 보았던 낯선 얼굴, 어른처럼 여유로운 제스처가 뭔가 있어 보여서다.

"좀 애매한데."

"뭐, 그럼 단순하지."

복잡한 심경도 모르고 김덕수가 단순하게 말했다.

"한번 보여달라고 해."

"예?"

"그냥 비판하는 건 좀 무책임하지 않나? 네 말에 신뢰가 부족하니까 능력을 한번 보여달라고 해. 우리 세계엔 이런 말이 있지."

김덕수가 다시 만화책을 들었다. 귀여운 여자 캐릭터 아홉 명이 그려진 만화책이었다. '러브 라이브! 걸스 선샤인!'이라고 큼지막한 글씨로 쓰여 있다.

"쇼 앤 프루브(Show and Prove)."

* * *

「야, 노해일.」

전화가 왔다. 헤일로에게 익숙하지 않은 노란색 화면에 익숙한 이름이 보였다. 퉁명스러운 목소리는 분명 객관적인 피드백을 듣고 삐진 장진수였다.

「니가 쓰레기 같으니까 다시 만들라고 했지?」

"쓰레기라곤 안 했지만, 그렇지."

쓰레기라기보단 애들이 만든 엉성한 모래성이나 발로 그린 그림 같았다.

「근데 난 못해.」

헤일로 생각에도 그럴 것 같았다. 겁에 질린 얼굴의 장진수는 새로 만들 엄두도 내지 못했다.

「내 곡이 나쁜지도 모르겠어.」

그럴 수 있다. 대개 자기 음악에 객관성을 유지하기 힘들다. 물론, 그를 제외한 다른 사람의 이야기다.

「진짜 열심히 만든 비트인데, 이야기하고 싶은 게 있는데, 어떻게 해야 잘 전달할 수 있는지도 모르겠고. 근데 넌 비트 만들 줄은 아냐?」

감성에 젖어 말하다 화가 났는지 장진수의 목소리 톤이 높아졌다.

「내가 네 말을 믿을 수 있게. 한번 증명해봐. 네 말이 맞다는 걸.」

"증명?"

「그, 그래. 너를 증명하라고.」

"하."

헤일로는 저도 모르게 입꼬리를 비틀어 올렸다.

'이 건방진 새끼. 나한테 증명하라고?'

그는 태어나서 증명해보라는 소리를 처음 들었다. 누군가 그의 음악을 혹평하기도 했지만 그에게 증명하라고 하지는 않았다. 누가 그에게 증명하라고 할 수 있겠는가. 복잡한 머리가 차게 식고 투쟁심이 타올랐다. 역시 그는 복잡한 것과 맞지 않는다. 그가 어설픈 도발을 받아들였다.

「그, 쇼 앤 프루브! 그런 말이 있잖아.」

헤일로는 대답 없이 전화를 끊어버리고 자리에서 일어났다.

'랩이라….'

그가 한 번도 시도해본 적 없는 음악의 형태다. 난제라면 난제라고 할 수 있다. 그런데 다른 건 뭐 잘 알고 만들었던가. 헤일로는 음악을 정식으로 배운 적이 없었다. 흑백 텔레비전이, 길거리의 고주망태가, 바에서 일하는 가수와 오래된 음반이 이런 것도 있다고 보여줬을 뿐이다. 그는 랩이든 뭐든 그렇게 다를까 싶었다. 음악에 한해서는 한계가 없다고 일컬어지던 그인데.

헤일로가 1시간 넘게 지하철로 달려가 홍대 반지하에 있는 아지
트 문을 열자 장진수와 김덕수가 화들짝 놀랐다.

"너 화난 거 아니었어?"

헤일로는 아랑곳 않고 기타를 내려놓았다.

"한번 불러봐."

"갑자기? 뭘?"

한번에 못 알아듣는 장진수가 답답했지만 헤일로는 이젠 새삼
스럽지도 않았다. 기대하지 않으니 실망할 이유가 없는 것이다.

"네 기본 좀 보게."

"아. 그럼 그렇게 말하지. 근데 뭘 불러?"

'얘는 기본이 안 돼 있네'라고 생각한 헤일로는 혀를 한번 쯧 차
고 말았다.

"라이브 해봐."

"라이브? 녹음한 거 들었잖아."

"똑같이 부를 수 있어?"

"아니."

장진수가 당연하다는 듯 말했다. 그러곤 눈치를 보며 MR을 찾
는다.

장진수가 랩을 들려주지 않았다면 헤일로는 랩을 할 생각도 하
지 못했을 것이다. 뉴욕 할렘에서 랩을 했던 애들을 아는 만큼 긴
시간이 흐른 후 변할 순 있겠지만 말이다.

"아, 아."

김덕수가 재빠르게 비트를 틀어줬다.

다시 들어도 이상한 비트였다. 헤일로는 이번엔 아무 말 없이 팔짱을 꼈다. 다행인 점은 장진수는 적어도 랩을 하며 그 얼타는 모습을 보여주지 않았다는 것이다. 프로페셔널까지는 아니어도 긴장해서 덜덜 떠는 모습이 아니었다.

가장 해괴한 첫 소절이 제거된 다음이 나왔다. 훅(hook) 없이 빠르게 이어진 두 번째 벌스, 억지로 빠른 비트를 타는 장진수의 랩은 역시나 듣는 사람도 힘들고 초조하게 만들었다. 굳이 따라갈 수 없을 정도로 우다다 쏟을 이유가 있을까 싶을 때, 발음이 뭉개졌다.

'일단 박자는 그렇고.'

두 번째 문제는 음악의 하이라이트가 없다는 거였다. 랩으로 치자면 펀치 라인 혹은 훅? 하고 싶은 말이 많은 건 알겠는데 한번 정리해줄 필요가 있다. 헤일로는 지하철에서 들었던 랩, 정확히 최근 힙합 음악을 머릿속에서 나열하며 장진수와 가장 어울릴 곡을 골랐다. 곧 비트가 끝났다.

장진수는 다시 멍청한 표정이 되어 헤일로의 피드백을 기다렸다.

"어, 어때?"

이번엔 신랄한 혹평도 받아들이겠다는 마음으로 눈을 질끈 감았다. 아쉽게도 헤일로는 장진수의 기대를 충족시켜줄 의사는 없었다. 그는 했던 말을 또 하는 취미는 없었기에 곡을 만들기 전 몇 가지 확인할 것에만 집중했다.

"음역 확인 좀 해보자."

"갑자기 내 음역은 왜? 랩하는 데 음역대가 왜 필요한데."

헤일로의 눈썹이 찌푸려지는 순간 다행히도 다른 곳에서 대답이 들려왔다.

"진수 음역은 평범한 편이야."

"아, 형."

"너 좀만 높아져도 익룡 되잖아, 큭큭."

장진수는 만화책에 고개를 박은 채 제 단점을 폭로하는 김덕수를 노려보다가 억울한 얼굴로 고개를 저었다.

"내가 그래도 그 정도는 아니다. 한번 테스트해볼까?"

"됐어."

오디션에서 볼 만한 건 기초와 개성이다. 장진수가 노래도 잘한다면 좋겠지만 음역이 넓은 것도 기교가 대단한 것도 아니다.

'나중에 맞춰보면 알 수 있겠지.'

헤일로는 장진수가 보여주고 싶은 게 랩이라는 데 집중했다. 복잡한 음역의 소리까지 집어넣는다면 웬만한 실력이 아니고서야 곡이 산만해질 뿐이다. 게다가 그가 이곳에 오면서 들었던 〈쇼 유어 쇼(show your show)〉의 힙합곡은 누구나 듣기 좋고, 따라 부를 수 있는 훅으로 이루어져 있었다. 어려운 노래만 명곡이 될 수 있는 건 아니다.

"너 근데 힙합이 뭔지 알기는 하냐?"

"오면서 들었어. 대충."

"오면서 들었다고?"

시간상 한계로 많이는 못 들었지만 헤일로는 장진수가 나간다는 〈쇼유〉의 음원은 다 들었다. 오디션이란 것에 별로 긍정적인 편은 아니지만 대충 어떤 콘셉트인지는 파악했다.

"근데 거기 꼭 랩만 나오진 않던데."

헤일로의 말에 장진수가 재빨리 반박했다.

"주 취지는 '자기만의 쇼(show)'를 보여주는 거니까. 발라드, 록, 댄스 상관없이."

그렇게 말한 장진수는 무언가 생각난 듯 다급하게 덧붙였다.

"아, 근데 꼭 자기 노래로만 해야 해. 팝송은 힘들 거야."

헤일로는 나갈 생각도 없는데 속이 들여다보이는 견제에 '뭐 어쩌라고' 하는 표정으로 바라보았다. 장진수는 창피함에 얼굴이 붉게 물들었다.

"그나저나 프루브는 언제 할 거야? 비트 만들어준다며."

"다 했어."

"뭐…. 뭐라고? 뭘 다해? 너 비트 뽑아왔어?"

"그건 아니고."

"벌써 다했다고? 나도 볼래!"

곡을 뽑은 후 좀 더 보완해야겠지만 그건 이후의 얘기다.

"근데 문제가 있어."

"무슨 문제?"

헤일로는 팔짱을 꼈다. 곡은 다 만들었는데 가장 현실적인 문제에 직면했다.

"이제 세션맨을 구해야 한다는 거지."

다 비슷한 문제다. 곡을 연주할 악기가 필요하고 그 악기가 되어줄 세션맨이 필요하다. 그는 작곡은 해줄 수 있어도 세션맨을 구해줄 능력은 없다. 그의 음악에 필요한 세션맨을 구하는 데도 난제에 빠졌는데 장진수의 문제까지 해결할 능력은 없었다. 물론 현재의 그는 말이다.

헤일로의 말에 장진수가 고개를 기울였다.

"세션맨이 왜 필요해?"

"세션이 필요하니까."

"그니까. 세션이 왜 필요하냐고? MIDI(Musical Instrument Digital Interface)로 하면 되잖아."

간단하다는 듯 말하는 장진수의 대답에 혜일로는 MIDI가 세션 맨을 구할 수 있는 인력회사라고 짐작했다.

"미디(MIDI)가 뭔데?"

혜일로의 질문에 장진수가 당연하다는 듯 대답했다.

"디지털 작곡 프로그램. 거기 웬만한 가상 악기 다 있어."

혜일로가 여전히 알아듣지 못하는 기색이자 장진수가 직접 컴 퓨터로 이동해 MIDI의 기능을 보여줬다.

"어때?"

처음에 팔짱을 낀 채 가만히 서 있던 혜일로의 얼굴이 급변했다. 놀람, 경악, 충격 더 나아가 이해와 기쁨이 공존했다.

'그러고 보니 여긴 먼 미래였지.'

단순히 멀리 있는 사람과 연락할 수 있다는 간략한 설정뿐인 SF 가 아니라, 정말 모든 게 급변하고 발전한 시대. 서로의 음악을 공 유하고 언제든 들을 수 있게 만든 시대에 작곡 기술이 그대로일 리 없다.

'그래도 이건….'

옛날에 빌리거나 구매하지 않는 한 만들 수 없었던 소리가 순간 의 딸깍임만으로 만들어진다. 누군가의 망상이라고 여겨졌던 것이 현실이 되었다. 경제적 혹은 어떤 한계에 구애받지 않고 누구나 음 악을 만들 수 있는 시대가 온 것이다.

"그래서 이렇게 음악이 풍부한 세상이 된 건가."

"뭔 소리야."

뜬금없는 소리에 핀잔이 돌아왔지만 헤일로는 전혀 신경 쓰지 않은 채 컴퓨터를 지그시 바라보았다.

'이게 있다면….'

장진수의 도발을 받아준 건 변덕이었을 뿐인데 어쩌다 보니 헤일로가 고민하던 문제까지 해결되었다. 이걸로 소리를 만들 수 있다면 그는 더는 녹음에 골머리 썩지 않아도 된다.

"내가 아는 건 여기까지야. 나머지는 진영이 형이나 공학이 형한테 물어봐. 나도 형들한테 배운 거거든."

몇 가지 더 묻자 장진수가 바로 난색을 표했다. 그는 정말로 자신의 노래에 썼던 기본 비트를 제외하곤 아는 게 별로 없었다. 모른다니 어쩔 수 없었다. 헤일로는 배움에 대한 욕구를 잠시 미뤄두고 초조해 보이는 장진수의 곡부터 만들기로 했다.

장진수가 자리를 바로 비켜주었다. 헤일로는 복잡한 프로그램 앞에서 깊게 호흡했다. 그러고는 마우스를 잡고 딸깍, 움직이기 시작했다. 그에게 랩은 여전히 신세대 음악이자 낯선 영역에 가까웠다. 그래도 그가 만나온 래퍼들이 들려준 걸 기반으로 생각해보자면 랩의 진수는 절대 속도가 아니었다. 물론 1초에 17음절을 소화하는 랩핑이 멋지다는 데 동의한다. 하지만 그건 그 랩핑이 능숙할 때 이야기지 가사를 절고 듣는 사람을 초조하게 만드는 아마추어 같은 실력이라면 안 하는 것만 못 하다.

제대로 다룰 수 있는 비트를 가져가야 한다. 장진수가 왜 빠른 비트를 고집했는지 안다. 오디션에 지원한 수많은 사람 중에서 돋보여야 하니까. 그러나 랩의 진수는 속도가 아니니 돋보이기 위해 속도를 고집할 필요가 없다.

"야, 솔직히 네 자작곡 따라가기 힘들지?"

"어… 조금."

"조금은 무슨."

헤일로는 장진수의 답을 비웃으며 엉터리 같았던 랩을 떠올렸다. 옆에서 누가 툭 치지 않았는데도 알아서 무너지는….

"노해일 진짜 잘 만들고 있는 건 맞냐? 힙합 잘 안 듣는 것 같은데."

"잘 안 들어보긴 했지."

"그럼 어떻게?"

사실 정말 박자만 있는 곡이었다면 완성한 후에 확신하지 못했을 것 같다. 그건 정말 가수 혹은 래퍼의 실력에 의존해야 하기 때문이다. 하지만 지하철을 타고 오며 들었던 〈쇼유〉에 나왔던 힙합곡은 할렘가에 있는 애들의 것과 좀 달랐지만 오히려 좋았다. 그가 가장 자신 있는 '멜로디'가 합쳐진 퓨전이었으니까.

헤일로가 만들고자 하는 건, 사실 비트보다 그 비트 뒤에 이어질 멜로디다. 통칭 '훅'이라고 칭할 부분이다. 비트는 장진수가 만든 것에서 원형만 빼내 변주할 생각이었다. 여전히 장진수는 투덜거리고 있지만 곧 완성된 MR을 듣고 나면 입을 다물 것이다. 제 곡과 비교할 수 없을 정도로 훌륭할 테니.

"그…!"

역시나 어떻게든 면박을 주려던 장진수가 곧 입을 다물었다. 아니, 입을 떡 벌리고 음악을 경청했다. 끝날 때까지 말이 없었다. 당연히 그럴 수밖에 없다. 헤일로가 처음 만들어본 장르라 이게 얼마나 히트할지는 몰라도 막힘없이 잘 들렸을 것이다.

헤일로는 몇 분 만에 만들어진 곡을 당연하게 여겼다. 제 노래였다면 이대로 만족하지 않았겠지만, 이번 곡의 목표는 쉽게 부를 수 있는 곡이었다.

"이걸 네가 만들었다고?"

"네. 대충 살만 덧붙여서."

"진수 곡을 말하는 거라면 완전 다른데."

아지트 사람들 중 가장 나중에 곡을 들은 배공학은 블랙프라이데이 아줌마보다 더 시끄럽게 굴던 다른 이들과 달리 담백하게 감탄했다. 헤일로는 이 사람은 호들갑을 떨지 않아 그나마 낫다고 생각했지만, 다른 이들은 알았다. 배공학이 정말로 많이 놀랐다는 것을. 그는 원래 감정 폭이 크지 않고 무심한 인간인데 보기 드물 정도로 반응하고 있는 것이다.

"형도 이게 더 괜찮은 거 같아요?"

장진수는 가사를 고치고 있다가 고개를 번쩍 들었다. 이미 얼굴이 밝았다. 제출 마감에 초조해하는 기색은 없다. 그는 처음 곡을 듣자마자 '내 거'라고 선언한 상태다.

"훨씬."

"나만 좋은 게 아니었구나."

장진수는 이미 제 자작곡을 기억에서 지운 듯했다.

"진영이 형은요?"

"좋네."

"그죠?"

작업실이 고요해진다. 장진수는 눈치를 채지 못하고 고개를 내렸지만, 한진영을 잘 아는 이들은 괜히 등을 툭툭 쳤다. 한진영은 티를 내지 않으려 했지만 복잡한 얼굴이다.

"담배 마렵지 않냐?"

"나가자."

헤일로는 그들에게 MIDI를 좀 알려달라 하려고 했는데 타이밍이 좀 늦어버렸다.

'이따가 말하면 되지.'

그는 장진수가 가사를 고칠 때까지 기다리는 동안 집에서 가져온 기타를 쳤다.

둔둔둔.

1집 〈투쟁〉에 들어갈 네 곡이다. 어두운 음조에서 점점 강해지고 경쾌해진다. 프랑스혁명을 이끌었던 민중의 노래처럼. 하지만 이건 민중의 혁명을 위한 곡이 아니라 보다 개인적인 투쟁에 가깝다. 이 앨범을 만들었던 10대에 그는 더 화가 가득했고 자신을 억압하려는 사회와 싸우고 싶어했다. 따라서 〈투쟁〉에는 당시 그의 정서가 가득 반영되어 있다. 어떻게 보면 촌스러울 정도로 빼곡히.

장진수는 신나는 선율에 발을 구르고 고개를 들었다 심각한 얼굴을 발견하곤 다시 종이에 고개를 처박았다.

헤일로의 시작이라고 할 수 있는 〈투쟁〉은 당시 발매된 지 2주도 걸리지 않아 NME 차트 1위를 쟁취했고, 무려 3주간 왕좌를 차지했다. 그리고 해외에서도 서서히 반응이 왔다. 도저히 신인이라고 볼 수 없는 기록에 그는 곧바로 스타가 되었다. 〈투쟁〉에 대해 평론가들은 전형적인 식스틴의 음악, 또는 모범생을 선동하는 곡이라 했다. 작곡도 음악도 하나도 모르는 놈이 운과 앨범 표지로 따낸 1위라고도 했다. 그때 헤일로는 '그저 잘생긴 남자 모델을 앨범 표지에 박은 천박한 프로파간다'라고 비평했던 평론가를 비웃고 말았는데, 지금에 와서 쳐보니 아쉬움이 들었다. 곡의 짜임새나 구성이 보이기 시작한 거다.

'바꿀 생각은 없지만.'

헤일로의 손이 제멋대로 움직인다. 좀 더 나은 방향으로. 그때의 풋풋함은 남기되 어른의 성숙함을 넣어서.

'나중에 시간이 되면 이렇게 리메이크해도 좋겠네.'

바꿀 생각이 없다는 건 음악에 과거가 그대로 남아 있기 때문이다. 그의 10대는 이러했다는 것이. 어설펐던 과거가 부끄럽지 않다. 오히려 그 시절이 지금의 그를 만들었기에 자랑스러웠다.

"설마 그것도 네가 작곡한 거야?"

가사를 다 고쳤는지 장진수는 아예 연필까지 내려놓았다. 헤일로가 당연하다는 듯 고개를 끄덕이니 그가 고함을 지르면서 자리에서 벌떡 일어났다.

"진짜로? 아니 진짜 니가 그런 곡을 썼다고? 진짜?"

"어."

"어, 어떻게?"

장진수는 바보 같은 얼굴을 한 채로 제 팔을 문질렀다.

"너 도대체 뭐야?"

"가사는 다 고쳤냐?"

한마디에 장진수는 호들갑을 멈추고 고개를 떨구었다. 대충 다 고쳤지만 자신이 없었기 때문이다.

허섭한 곡을 가지고 자신 있게 들려준 장진수가 왜 갑자기 자신 감이 없어졌는지 헤일로는 알고 싶지 않았다. 다만 제대로 소화할 수 있을지만 걱정했다.

"다 했으면 한번 불러봐."

"MR 없이?"

"일단 틀어줄게."

곡을 만들어줬으면 다 한 것 같지만, 하는 짓이 영 만족스럽지 않 아 헤일로는 하나하나 다 짚어주기로 했다.

'내가 베이비시터까지 해야 한다니.'

헤일로는 투덜거리며 스페이스바를 딸칵 눌렀다.

"다시."

담배를 태우며 배공학은 인상을 찌푸린 헤일로와 그 앞에 주눅 들어 있는 장진수를 떠올렸다. 동갑이자 친구라고 알고 있었는데 꼭 프로듀서와 그가 케어하는 연습생을 보는 것 같았다.

'다른 애들이었으면 그냥 귀엽다 했을 텐데.'

배공학이 이 아이들을 몰랐다면 프로듀서와 가수 놀이를 하고 있다고 생각했을 것이다. 하지만 배공학은 아이들을 잘 알고 있기 에 그렇게 생각할 수 없었다.

'특히, 그 아이.'

배공학은 팔짱을 낀 채 하나하나 지적하고 있던 노해일을 생각 했다. 생긴 건 분명 평범한 중학생이었다. 성장이 조금 더딘 그저 그런 아이. 처음에 남의 작업실에 와서 편하게 있는 게 특이해 보 였다. 뭐랄까, 여느 중학생처럼 거침이 없긴 한데 중학생의 탈을 쓴 능글맞은 뱀 새끼가 보일 때가 있었다. 눈치가 없는 것도 아닌데 계속 한진영의 역린을 살살 찌른다거나, 가끔 보이는 거만함과 자신감은 평범한 중학생이 가질 법한 것이 아니라서 특이하다고 생각했을 뿐이다. 그런데 특이한 게 아니라 특별한 거였다.

'특이함'에서 '특별함', 단지 한 음절 차이가 나는 이 단어는 사전적으로도 거의 유사하다. 하지만 사람들은 무의식적으로 다른 의미로 정의 내리곤 한다. 예컨대 특이한 건 그냥 보통과 다른 거고 특별한 건 보통보다 뛰어나다는 거다. 배공학은 이제야 깨달았다. 노해일, 저 중학생 아이는 단지 이상한 게 아니라 비범하다. 그리고 어쩌면 굉장히 특출날지도 모른다. 그렇다고 그가 노해일에게 갑자기 질투를 느끼는 건 아니다. 그는 선천적으로 담담한 성격이었으며 나이를 먹어감에 따라 무뎌진 면도 없잖았다. 비슷한 또래였다면 어쩌면 질투했을지도 모르지만 노해일은 중학생일 뿐이다. 중학생을 질투할 만큼 그는 자신의 인생과 재능을 회의하지 않는다. 다만 이건 배공학의 이야기다. 한진영은 조금 다른 것 같았다.

"중학생일 뿐인데, 저게 가능해?"

장진수의 자작곡이 어설프다는 걸 알았지만 난감한 부분이 커서 크게 고칠 수 없었던 한진영은 노해일이 만들어준 곡을 듣고 흔들렸다.

"언제 들었던 음악인데 혹시 착각하는 게 아닐까? 왜 그럴 수 있잖아."

"뭐, 그럴 수도 있지. 그건 이따 프로그램을 써서 비교해보면 되는 문제고. 근데 넌 왜 이렇게 심각해."

"안 심각할 수 있냐? 중학생이 만든 곡이 내 것보다 좋은데, 하하."

한진영이 웃으며 말했지만 배공학과 김덕수는 그 안에 있는 열등감을 발견했다. 한진영도 제 자신의 모습을 알고 쓸쓸하게 웃는다.

"나 지금 좀 그렇냐?"

"조금?"

"많이."

배공학의 말에 한진영이 고개를 끄덕였다.

"미안하다. 그냥 갑자기 현타가 와서. 그래도 한 번만 봐줘. 저 꼬맹이들한테 티 안 낼 거니까."

"적당히 피우고 술이나 하자."

"고맙다."

한진영이 숨을 내뱉었다. 한숨에 나온 회색빛 입김은 마치 그의 심란한 마음을 반영하는 것 같다.

"배공학 넌 아무 생각도 안 들어?"

"어, 그냥 어린데 대단하다. 이 정도?"

"너답네."

배공학은 한진영의 질문을 더 깊게 생각해보았다.

"그리고."

"어?"

"궁금하기는 해. MIDI는 서툴러 보이던데 가르쳐주면 얼마나 할 수 있을지."

"더 보여주면 자괴감이 들 거 같은데."

"뭐, 그럴 수도 있겠지만. 반대로 뿌듯할 수도 있겠지."

"어떻게?"

"내가 잘 가르쳤구나 하고."

"쟤는 대충 가르쳐줘도 잘할 거 같던데."

"그건 모르지. 알잖아. 잘 알려진 음악가 대부분이 훌륭한 스승이 있었다는 거. 심지어 모차르트도 아빠가 음악가였잖아. 뭐, 스승이 없었어도 잘 될 수 있었을진 모르지만, 지금처럼은 아니었을 수도. 왜 이상한 인간 만나서 인생 말아먹는 애들 있잖아."

"뭐, 살리에리 같은 걸 말하는 건가?"

"야!"

한진영의 물음에 갑자기 김덕수가 버럭 고함을 질렀다.

"니가 무슨 말을 하고 싶은지는 알겠는데 그건 잘못된 사실이야. 우리 살리에리 센세는 모차르트를 괴롭힌 적 없어. 오직 영화 〈아마데우스〉에서 각색한 거지. 모차르트도 존경할 만큼 완벽하고 대단하신 분이었다고! 명예훼손으로 소송해줄 후손이 없다는 게! 우리 센세의 유일한 흠이야."

"쟤 갑자기 왜 저래?"

"쟤가 보는 만화에 살리에리가 나왔나봐."

"아. 근데 쟤가 보는 애니 여자애들만 나오지 않나?"

"우리 안토니아 살리에리 센세가 얼마나 불쌍한지 니들이 알아?"

"안토니'아'라고?!"

"후손을 꼭 낳았어야 했네."

배공학의 단조로운 말에 한진영이 빵 터졌다. 김덕수의 발언이 어이없긴 해도 안 좋았던 기분이 나아졌다. 한참 웃던 한진영은 담배를 끄고 말했다.

"가르치는 건 네가 가르쳐라. 난 못 하겠으니까."

"나보단 니가 더 잘 가르치잖아."

"못 하겠다고."

배공학이 한진영의 어깨를 툭 쳤다.

"진수 가르쳐준 것처럼만 해."

* * *

"스포트라이트가 내 크흠… 죄송합니다. 다시 하겠습니다."

'역시 연습이 부족했나.'

헤일로는 팔짱을 낀 채 장진수를 주시했다. 유리 너머 보이는 장진수는 좀 얼어붙은 것 같았다.

"뭐 할 말이라도?"

헤일로와 함께 장진수를 보던 강영민이 물었다.

헤일로는 어깨를 으쓱했다. 어떻게 이 쉬운 파트에서 음 이탈을 낼 수 있나 싶지만, 따질 생각은 없다. 이 곡은 이미 그의 손을 떠났다.

"저도 앉아도 될까요? 저 때문에 더 못하는 것 같은데."

"그래."

강영민이 마이크로 장진수에게 뭐라 뭐라 지시한다. 헤일로는 뒤에서 플라스틱 의자를 가져와 털썩 주저앉았다. 놀랍게도 컴퓨터 모니터에 가려질 만큼 체구가 작아 녹음실에선 그의 모습이 보이지 않는다.

다시 녹음이 시작됐다. 디지털시계는 일요일 오후 12시 42분을 나타냈다. HY스튜디오에 온 지도 1시간이 다 돼간다. 헤일로는 그래도 무난히 되어가는 녹음이 다행이라고 생각했다. 정확히 2시간 전만 하더라도 핸드폰으로라도 녹음할까 궁리하고 있었으니까. 플라스틱 의자에 깊게 기대어 앉으니 폭풍 전야와 같았던 아침이 떠올랐다.

"어, 어떡하지?"

장진수가 초조한 얼굴로 되돌아봤다.

오디션 지원 마감이 일요일 11시 59분 59초니, 24시간도 채 남지 않았다. 진즉 녹음을 끝내고 파일을 보내야 했는데 난관에 봉착했다.

"어제부터 하루 종일 찾아봤는데, 다 예약이 불가능하대."

단지, 입시 시즌이란 게 문제가 아니었다. 사실상 다음날, 혹은 당일 예약이 가능한 스튜디오를 찾는 게 어려웠다.

"그냥 핸드폰으로 찍어서 내야 하나?"

장진수가 덜덜 떨었다. 지원공고에 mp4나 mov 형식도 허가하고 있으니 써도 될 것이다. 실제로 핸드폰 녹음을 제출하는 사람도 꽤 있는 걸로 알고 있다. 자기의 실력만 보여주면 파일 형식이 뭐가 중요하겠는가. 다만 그건 제 실력에 자신이 있는 사람들의 이야기다. 무언가 하나라도 아쉬운 게 있다면 이런 형식이라도 제대로 만들고 싶은 것이다.

"점심 전까지만 더 찾아보자. 아직 여유 있어."

김덕수도 만화책을 내려놓고 핸드폰을 들었다. 아는 사람들한테 이미 연락을 돌려봤다. 다들 반가워했지만 당일 예약에 한해서는 난처해했다. 한참 부산스러운데 어디선가 진동이 울렸다.

"야, 니 건데."

장진수는 헤일로의 재킷을 들어 올렸다. 최신형 핸드폰이 털썩하고 소파에 떨어졌다. 그는 빨리 전화를 받으라는 듯 손짓하고 창백하게 질린 얼굴로 제 가사를 읽었다.

010-****-****

노해일의 어머니인 줄 알았는데 모르는 전화였다.

「여보세요? 아.」

기계음이 섞인 목소리는 어디서 들어봤던 것 같으면서도 낯설다.

「노해, 일 학생?」

"누구세요?"

「학생! 나야 나.」

어디서 들어본 음성인데 싶은 순간 전화 너머의 남자가 말했다.

「HY스튜디오. 우리 수요일에 봤잖아.」

"아."

「기억났지? 아니, 파일 이메일로 보냈는데 하도 확인을 안 해서 전화했어.」

헤일로는 그제야 이곳에 처음 와서 보았던 남자를 떠올렸다. 프로듀서, 아니 스튜디오의 주인이었던 엔지니어다. 노해일의 자작곡과 그 이후의 혼란까지 연쇄적으로 기억났다. 워낙 정신이 없어 깜빡 잊고 있었다.

'그래, 여기 오자마자 녹음을 하나 했었지.'

「그래서 메일은 왜 확인 안 한 거야. 내가 밤새 믹싱에 마스터링 까지 완벽하게 다 했는….」

굉장히 깨끗하고 쾌적했던 녹음실, 이 사람의 실력은 보지 못했지만 나쁘지 않았던 작업환경이 머릿속에 그려졌다. 헤일로는 김영민의 말을 흘려보내고 입을 열었다.

"혹시 스튜디오 비었어요?"

「어?」

강영민이 목소리가 잠깐 끊겼다 다시 들려왔다.

「설마 녹음 다시 하게? 왜? 뭐가 마음에 안 들었는데. 오늘 오후 캔슬돼서 스케줄이 비긴 하는데….」

"몇 시까지 비어요?"

「넉넉하게 2시 반?」

헤일로는 시계를 확인했다. 이제 막 11시 30분이 되었다.

"충분하네."

「아니, 잠깐 학생 그래서 뭐가 문젠데.」

"가서 이야기할게요."


강영민은 헤일로에게 하고 싶은 말은 많았지만 일단, 장진수와 녹음을 시작했다.

"〈쇼유〉 지원 곡인가?"

"어! 어떻게 아셨어요?"

"딱 보면 딱이지. 근데 오늘 마감 아닌가? 왜 녹음을 지금 하고 있어?"

"이야기하자면 긴데… 중간에 곡을 바꿔서요."

"흠, 그래."

작은 의문을 마지막으로 작업에 돌입했다. 전문적인 엔지니어답게 장진수를 딱딱 잡아줬다.

"곡이 좋네."

한참 장진수의 음악을 듣던 강영민이 한마디 내뱉었다. 헤일로는 입꼬리를 쓱 올렸다.

"사장님도 저 붙을 거 같아요?"

잠시 물을 마시던 장진수가 반색했다.

"나야 모르지. 근데 1차는 붙을 거 같다. 곡이 그만큼 좋아."

"실력은⋯."

실력도 중요하긴 한데, 아무래도 노래가 좋으면 사람 마음이 더 갈 수밖에 없으니까.

"이거 학생 노래야?"

"어⋯."

장진수가 천천히 눈을 돌렸다. 노해일은 뭐라 하든 관심 없는 표정이었다. 노해일이 장진수의 곡을 베이스로 만들었다고 말하긴 했지만 완전히 새로운 곡이라 그는 고민하며 눈을 데굴데굴 굴렸다.

"글쎄요."

"글쎄는 무슨 의미야. 나중에 누가 물어보면 어떡하려고?"

"물어보면⋯."

그는 뭐라고 대답해야 할지 오랫동안 고민하다가 입을 열었다.

"친구가 다듬어줬다고⋯."

"친구? 누구?"

장진수의 시선이 움직였다. 그를 따라 강영민의 시선도 따라 움직였다.

"설마 이 곡도 학생이 만든 거야?"

노해일을 발견한 강영민은 곧 화들짝 놀랐다. 그 순간 다듬어줬다는 단어는 이미 기억에 남지 않았다. 그는 이미 노해일의 자작곡을 들은 적이 있었다. 보컬만큼 작곡 실력이 예사롭지 않다는 것쯤 잘 알고 있었다. 그러니 곡의 출처에 대해 납득이 가다가 다시 한번 당황했다.

"이걸?"

그땐 장르가 발라드였는데 지금은 전혀 다른 장르였으니까.

"이건? 아니, 그땐 발라드였고 이건 장르가 완전히 다른데?"

게다가 그땐 그래도 풋풋함이란 게 있었다. 학생이 만들었다고 생각할 법한 가사나 몇 가지 멜로디에서 풋풋함이 느껴졌다. 하지만 며칠 만에 재회해 듣게 된 이 곡은, 이전 발라드가 전혀 생각나지 않을 정도로 트렌디하고 정교하다. 같은 작곡가의 흔적이나 버릇이랄 게 느껴지지 않는다. 그러니까 완전히 다른 작곡가가 만든 곡 같았다.

"…이걸 만드느라, 이메일 확인을 안 했구나."

사실, 헤일로는 그저 깜빡했지만 어쨌든 납득한 강영민은 새삼 감탄했다.

"그럴 수 있지."

여전히 이런 곡을 어린애가 만들었다는 게 믿기지 않았다. 그래도 이젠 그럴 수 있다고 생각한다. 15분 만에 뚝딱 곡을 만들었던 어린 천재라면 이런 베리에이션도 가능할지도 모른다.

"자, 다시 시작하자."

강영민은 장진수를 다시 녹음실 안에 밀어넣었다. 2시 안으로 끝내려면 일정이 빠듯했다. 중간에 곡을 바꿨다고 하더니 연습 부족이 눈에 보일 정도라 강영민은 좀 더 신경 써야 했다. 노래를 못하는 사람도 노래를 잘하는 것처럼 보이게 만드는 게 엔지니어의 능력이니까.

'2차는 앞으로 이 학생의 몫이고.'

정확히 오후 2시. 폭풍 같은 녹음을 마치고 장진수는 기진맥진

해 좀비처럼 비틀거렸다. 폐에서 모든 산소를 뽑아낸 것 같은 얼굴이었다.

"내가 오늘은 특별히 사정 봐줬어. 대신 다음부터는 절대 안 봐줄 거야. 오케이?"

"정말 감사합니다."

"꼭 〈쇼유〉에 붙어 학생. 붙어서 잘되면 나중에 알지?"

강영민의 말에 장진수가 실실 웃으며 고개를 끄덕였다. 그는 지금 무슨 말을 하든 상관없는 것 같았다.

"내가 이런 말 잘 안 하지만, 파이팅해."

"넵! 반드시 1등 하겠습니다!"

강영민이 흐뭇하게 격려하곤 옆을 바라보았다. 서론은 끝났고 본론을 내놓을 때다. 여전히 강영민은 노해일에게 하고 싶은 말이 많았다. 일이 있어서 아껴두었을 뿐.

"학생은 앞으로 뭐 할 거야?"

"저요?"

"진수 친구는 〈쇼유〉에 나간다는데 학생은 무슨 계획 없어?"

"아."

헤일로는 고개를 끄덕였다. 그래, 그에게도 할 일이 있었다. 장진수의 사정이 훨씬 급하고 자신이 관여한 게 있어 봐줬을 뿐이다. 그의 과제는 이제부터 시작이었다. 다행히 앨범을 녹음하는 데에 있어 난관은 다 풀렸다. MIDI에 대해 가르쳐달라는 부탁을 아지트 사람들은 흔쾌히 승낙했다. 매일 아지트에 오면 알려주겠다고 했다. 한 번 거절한 전적이 있어 쉽게 받아줄 줄 몰랐던 헤일로는 겨우 며칠 본 애한테 잘해주는 그들이 특이할 정도로 이타적이라 생각했다. 세션은 MIDI로 해결했으니 남은 과제는 앨범 작업. 이건 아직 해결하지 못한 문제다.

'이 사람은 업계 사람이니 좀 더 잘 알려나.'

강영민은 아무 말이라도 해보라는 듯 집요하게 기다렸다. 헤일로는 대답이 아닌 질문으로 말문을 열었다.

"여기선 보통 앨범을 어떻게 내요?"

"앨범을 내려고? 오!"

강영민이 기다리고 있었다는 듯 반색했다.

곧 헤일로가 대답이 아닌 질문을 했다는 걸 인지한 그는 진지하게 대답했다.

"음, 앨범을 내려면 보통 기획사 같은데 들어가서 만들지. 아무래도 제작이든 유통이든 기획사를 껴야 할 수 있으니까."

"그럼 바로 만들 수 있나요?"

"아니."

순진한 질문에 강영민은 노해일도 중학생이구나 싶었다.

"애초에 앨범을 만들려면 데뷔 멤버로 결정돼야지. 그것만 몇 년 걸리는 애들 있어."

"데뷔하면 바로 만들 수 있어요?"

바로 던지는 질문에 자신감이 묻어 있었다. 헤일로는 무조건 데뷔할 수 있을 테니.

"아니, 데뷔 결정을 하고 나서 앨범을 준비할 테니. 적어도 6개월에서 1년은 생각해야지."

"늦네요."

"늦긴, 적어도 반년이란 거지. 더 오래 걸리기도 해."

헤일로의 얼굴이 순식간에 어두워졌다.

급하게 앨범을 낼 이유라도 있는 건지, 강영민은 저 작은 머릿속에 무슨 사고가 이루어지고 있는지 궁금했다.

"다른 방법은요?"

"기획사 들어가서 데뷔하는 게 아니라면, 아!"

강영민이 탄성을 내질렀다. 그러곤 옆에 멀뚱히 서 있는 장진수를 가리켰다.

"얘처럼 오디션에 가야지. 요즘은 인기만 있으면 음원 바로바로 내주더라."

"오디션."

"근데 요즘 오디션 프로그램이랄 게 많지 않을 텐데."

두 사람의 대화를 듣던 장진수의 얼굴이 천천히 어두워진다. 무슨 생각을 하는지 뻔하게 드러났다.

"그건 얼마나 걸리는데요?"

"1차 붙고 2차 붙고 TV 나올 거 생각하면 그래도 두세 달은 잡아야지."

"아."

이것도 늦다.

"너도 〈쇼유〉 나갈래…?"

장진수가 기어들어 가는 목소리로 물었다. 마음에도 없는 소리다.

"됐어."

헤일로는 코웃음을 치며 고개를 저었다. 어린애 밥그릇 뺏을 정도로 자존심이 없지는 않다.

"다른 방법은 없어요?"

"그게 아니면 개인이 직접 만들어야 할 텐데. 우리나라는 기본적으로 음반사 안 끼면 유통을 안 해줘서, 계약을 생각하긴 해야 할 거야."

헤일로가 의자의 모서리를 툭툭 두드렸다. 하나같이 마음에 들지 않는다.

'그놈의 계약. 그놈의 음반사.'

얽히고 싶지 않은데 그쪽으로 계속 얽히게 된다.

강영민은 더 이상 제시해줄 해결책이 없어 어깨를 으쓱했다.

"그나저나, 우리 수요일에 녹음했던 곡 말인데 그건 어떻게 할 생각이야? 묵혀두긴 아깝지 않나."

강영민이 본론을 꺼냈다. 그는 작업해준 녹음 곡을 노해일이 어떻게 써먹을지가 가장 궁금했다. 그리고 그 좋은 노래를 개인 보관용이나 입시 제출용으로만 쓰지 말고 좀 더 많은 사람들에게 들려주면 좋겠다 싶었다.

"너튜브에 안 올릴 거야?"

작곡 실력이 이 정도라면 사실 이미 알려졌어야 했다. 하지만 알려지지 않은 건 제 작업물을 타인에게 전혀 드러내지 않는 행보 때문이 아닐까, 라고 착각한 강영민은 그답지 않게 재촉했다.

"너튜브요?"

"왜 내가 알려준 거 있잖아. 그때."

강영민은 되짚어보듯 제 말을 따라 하는 소년이 답답했지만, 사실 그 순간 헤일로는 '너튜브'를 떠올리고 있었다. 강영민의 생각과 달리 헤일로는 너튜브에 관심이 많을 뿐만 아니라, 그가 들은 수많은 음악의 보고는 바로 너튜브였다. 그는 거기서 어떤 비용도 지

불하지 않고 초시대적으로 사랑받는 명곡을 들었다. 헤일로가 생각하는 너튜브는 '음악의 도서관'이었다. 그는 이전에 강영민이 "누구나 너튜브에 자기의 작업물을 올리고 공유하며 돈을 벌 수 있다"고 말했던 걸 떠올렸다. 그러고는 고개를 번쩍 들었다. 강영민의 스튜디오 선반에 쌓인 앨범들이 별똥별처럼 스러진다.

'왜 음반 형태에 집착했지?'

당연히 사각형의 앨범을 남겨야 한다고 생각했다. 그게 헤일로가 살던 세상의 유일한 앨범이었으니까. 하지만 이 세상은 다르다. 그가 사각형의 앨범을 구매하지 않아도 앨범은 실존했고 심지어 누구나 들을 수 있었다.

'내 목적은 단순히 앨범을 내는 게 아니야.'

앨범은 그저 수단이다. 그의 본 목적은 누구나 그의 노래를 듣고, 이게 그의 곡이라는 걸 인지하는 것이었다.

'유레카!'

헤일로는 발을 내디뎠다. 누가 저를 부르건 중요하지 않았다. 모든 난제가 풀렸으니 이제 그가 해야 하는 건 나아가는 것뿐이다.

# 5. 다시, 투쟁

너튜브. 누구나 자유롭게 영상을 올리거나 볼 수 있는 세계 최대 규모의 비디오 플랫폼이다. 너튜브는 New(새로운)의 어원인 'Nu' 와 텔레비전의 별칭으로 사용되는 'Tube'를 더한 것으로 '늘 새로운 텔레비전'을 의미한다. 헤일로는 처음으로 너튜브에 대해 찾아볼 생각을 했다. 단지 음악의 보고, 미래형 도서관 정도로만 여겼던 너튜브는 생각보다 큰 기능이 있었다.

"쉽게 말하면 개인방송국이란 거네."

그것도 자본이 거의 들어가지 않는 무료 방송국이라고 볼 수 있다. 그래서 누구나 돈을 벌 수 있는 거다. 헤일로는 수익 창출에 대해 대충 이해했다. 더 자세한 기술적 원리에 대해선 알고 싶지 않았다. 어차피 들어봤자 이해하지 못할 테다. 그에게 중요한 건 이제 그걸 어떻게 써야 하는가이다. 헤일로는 자기 채널에 들어가 빈 화면을 들여다보았다. 익숙지 않은 기술에 멍해지는 건 어쩔 수 없다.

'그러니까 첫 번째로.'

헤일로는 더듬더듬 헤드폰을 썼다. 메일로 보냈다는 파일을 지금 확인했다. 노해일의 자작곡 녹음, 정확히 말해선 영상 파일 말이다.

…우리가 가장 기다려왔던 순간이 오게 될 거야

새삼 보컬이 낯설게 들렸다. 아무래도 그가 평생 들어오던 것과 완전히 다른 목소리였으니까. 시간의 흐름과 흡연, 음주로 허스키하고 거칠어졌던 그의 목소리는, 변성기도 오지 않은 미형의 것이 되어 있었다. 변성기가 오면 어떻게 될지 모르겠지만 소년 성가대원 같은 목소리는 듣기 나쁘지 않았다. 낯선 건 목소리만이 아니다. 목소리보다 더 낯선 건 얼굴. 유약한 인상 사이로 선이 고운 얼굴이 한눈에 들어온다. 노해일은 그의 어머니를 닮았다. 행복하게 웃고 있는 소년의 얼굴로 끝나는 영상. 헤일로는 저도 모르게 제 입술을 쓸었다.

'내가 이렇게 웃었던가. 나쁘진 않네.'

전체적인 영상미와 음악 모두 괜찮았다. 촌스럽다고 여겼던 멜로디도 영상으로 어우러지니 자연스럽다. 딱 풋풋하다고 해야 할까.

"그나저나, 우리 수요일에 녹음했던 곡 말인데 그건 어떻게 할 생각이야? 묵혀두긴 아깝지 않나."

강영민 엔지니어는 너튜브에 올리기를 은근히 종용했다.

'올려도 상관없지.'

헤일로는 팔짱을 낀 채 고개를 끄덕였다. 그는 원래 타인의 관심을 좋아하는 성격이었기에 거리낄 게 없었다. 영상과 음악이 아쉽지 않으니 다들 꽤 좋아할 거란 생각도 들었다. 그런데 문제가 있다. 헤일로는 미간을 찌푸렸다.

'이건 내 노래가 아니잖아.'

헤일로가 고치긴 했어도 이건 엄연히 노해일의 음악이다. '그'의 방송국에 이 곡을 올릴 수 없었다. 그가 설사 노해일의 몸으로 이 노래를 불렀다고 할지라도. 한참이나 너튜브를 노려본 헤일로는 간단한 결론을 내렸다.

분리하면 된다. 너튜브에 이미 'wave_r'라는 채널이 있다. 아마 노해일이 직접 만든 그의 방송국일 것이다. 처음에 채널명만 바꾸려 했지만 마음이 바뀌었다. 찾아보니 무한대로 방송국을 만들 수 있다고 했다. 헤일로는 차라리 'HALO'라는 이름의 방송국을 새로 만들기로 했다. 귀찮긴 해도 이게 더 맞다는 생각이 들었다.

"이게 네가 원했던 건지 모르겠지만."

헤일로는 wave_r 채널을 열어 업로드 버튼 위에 마우스 커서를 올렸다. 연결된 건 그가 다운받은 mp4 파일이다. 제목은 '고백'. 노해일이 진짜 원하는 것이었는지 알 수 없었기에 잠시 머뭇거렸다.

"너도 누군가에게 이 곡을 들려주려고 만든 거잖아."

달콤한 사랑 노래인 만큼 대상이 있을 것이다. 헤일로는 그게 누구인지 궁금했지만 꼬맹이의 사생활을 애써 파헤치진 않을 것이다.

"혹시 몰라. 정말 누가 이 노래를 우연히 듣게 될지도."

노해일이 이 노래를 들려주고 싶었던 사람이 우연히 이 노래를 발견할지도 모를 일이다. 사실, 현실적으론 못 들을 가능성이 크다. 그는 앞으로 이 계정을 쓰지 않을 테고 이 계정은 기억 속에 잊힐 것이다. 노해일이 돌아오지 않는 한 이 채널은 수많은 영상 사이에 묻히게 될 것이다. 헤일로는 엔터를 눌렀다. 여유롭게 wave_r에 영상이 업로드되는 걸 기다렸다.

새로운 계정명과 새로운 채널 'HALO_Official'에는 아직 아무것도 없지만 곧 그의 색깔로 채워질 거다. 헤일로가 입꼬리를 올렸다.

"이제 시작이다."

\* \* \*

헤일로는 학교에 가는 시간을 제외하고, MIDI를 배우고 트레이닝 하는 것으로 하루를 구성했다. 당연하게도 매일매일 몹시 바쁜 일정이었다. 노해일의 몸은 아무것도 없는 백지나 다름없었고 그는 목부터 모든 걸 새롭게 만들어야 했다. 간단히 기타를 연주할 때는 몰랐는데 오래 연주하니 손가락이 아팠다. 이제 겨우 굳은살이 생기기 시작한 손가락에 오랜만에 느낀 통증은 헤일로의 승부욕을 자극했다. 그는 언제 괜찮아질까 오기가 생겨 더 줄을 튕기다가 피도 여러 번 봤다. 피를 흘리면서도 웃으며 연주하는 광기 어린 모습에 아지트 사람들과 장진수는 당연히 기겁했다.

오후부터 밤이 올 때까지 연습하고 한밤중엔 배웠던 걸 복습하고 당연히 학교에선 대부분 잠을 잤다. 밤새 열심히 공부해서 그러려니 하고 아무도 헤일로를 깨우지 않았다. 그는 다가올 기말고사에 신경 쓸 여력도 없었다. 놀랍게도 노해일의 어머니도 어느 순간 터치하는 걸 멈췄다. 학원에 가지 않아도 아무 말이 없다.

'진짜 포기했나?'

헤일로는 지난 세상의 기억을 떠올리며 고개를 갸웃했다. 과거의 그들은 끝까지 헤일로를 포기하지 않으려 했다.

'뭐, 나야 좋지.'

헤일로는 어깨를 으쓱이곤 집을 나섰다. 그는 가방을 메고 있었지만 습관처럼 가지고 다녔던 문제집과 교과서는 없다. 가방 안엔 늘 가지고 다니던 문제집과 교과서 대신 직접 쓴 단출한 악보 노트만 들어 있었다.

"드디어 오늘이네."

헤일로는 헤드폰을 목에 건 채 빠르게 걸었다. 긴장한 얼굴의 아이들이 하나둘 보인다. 그는 그들과 달리 긴장하지 않았다. 외려 기대감에 심장이 쿵쿵 뛰고 있었다. MIDI를 배우며 하나둘 만들었던 음악이 드디어 완성되었다. 그의 1집 앨범 〈투쟁〉의 네 곡이 완성된 것이다. 타이틀인 '투쟁'부터 나머지 세 곡까지. 그런데 그가 기분이 좋은 건 단지 앨범을 완성했기 때문이 아니다. 학교가 끝나면 홍대에 갈 것이고, 오늘 그는 새로운 인생을 위해 한 발 내디딜 것이다.

"드디어 오늘이다, 애들아."

탁탁. 담임 선생님은 여상한 얼굴로 교탁을 두드렸다. 늘 똑같은 행위지만 오늘만큼은 아이들의 반응이 다르다. "우우!" 하며 야유하고 몸부림을 치기 시작했다. 담임 선생님이 아랑곳하지 않고 칠판에 무언가를 쓱쓱 적는다.

"오늘부터 3일간 기말고사다."

싫어! 으아악! 여기저기서 비명이 들려왔다.

'기말고사?'

헤일로는 턱을 괴고 주변을 둘러보았다. 그는 대개 선생님의 말을 흘려들어 영문을 알 수 없었다.

"다음 주에 성적이 나온 순간, 입시가 시작될 거고 너희의 고등학교가 결정될 거다."

'성적?'

"내가 할 말은 여기까지다. 다들 무운을 빈다."

담임 선생님이 나가고 얼마 후 수업 종이 치자 도덕 선생님이 들어왔다. 그녀가 들고 온 묵직한 봉투, 그리고 그곳에서 나온 아찔할 정도로 두툼한 종이 뭉치를 발견하자마자 헤일로는 눈을 번쩍 떴다.

'맞다. 노해일이 9학년이었지.'

그는 잊고 있었다. 노해일이 학생인 게 무슨 의미인지. 대충 흘려들었던 시험이 오늘인 줄은 몰랐다. 그리 중요한 것도 아니지만 시험은 그 자체로 스트레스를 준다.

'아니지. 빨리 끝나니까 오히려 좋아.'

칠판에 적혀 있는 시험 끝나는 시간을 확인하니 이른 시간이었다. 설마 시험을 보는 날 수업을 하진 않을 테니 헤일로는 '오늘이 시험인 줄 알았으면 일찍 예약했을 텐데' 하고 적당히 아쉬워하며 앞에서 넘겨주는 시험지를 받아들었다.

'미술 시험인가? 왜 도형에 숫자가 쓰여 있지?'

헤일로는 3초 정도 시험지를 보았다. 삼각형과 원형이 기하학적으로 그려져 있다. 무슨 무슨 값을 구하라는 질문은 눈에 들어오지 않는다.

'피타코라스라…. 어디서 많이 들어봤는데. 그림 좀 그리는 영감이었던가. 대충 찍고 자야겠다.'

헤일로는 오지선다 중 가운데에 일자를 내리긋고 책상에 엎어졌다.

*　*　*

한진영은 홍대 반지하 작업실에서 새빨간 눈으로 컴퓨터 모니터를 응시하고 있다.

"진짜 만들었네."

불시에 들려온 목소리에 고개를 돌려보니 언제 왔는지 배공학이 신기하다는 듯 모니터를 쳐다보고 있었다.

"어?"

"해일이 말이야. MIDI 배운 지 얼마나 됐다고 바로 곡을 뚝딱 만들었잖아. 진짜 천잰가?"

"…그러게."

배공학이 담백하게 감탄했다. 한진영은 자신도 배공학처럼 정말 순수하게 감탄만 했으면 좋겠다고 생각했다. 한진영이 아무런 말이 없자 배공학이 화면에 잡힌 노해일의 곡을 가리키며 물었다.

"음악은 어때?"

"아직 못 들어봤어?"

"어. 완성되면 들려준다기에 안 들었지. 괜찮냐?"

"괜….."

말문이 막힌다. 한진영은 노해일에게 MIDI를 가르쳐주면서 가장 먼저 그의 음악을 들었다. 너튜브에 올릴 앨범이라기에 그때는 그냥 그렇구나 싶었다. 단지 실행력 좋게 배운 걸 바로 써먹는다 싶어 기특했다. 처음 MIDI를 배웠기에 특별한 게 나올 거란 기대 없이 세션을 하나만 써서 만들어도 칭찬해줄 생각이었다. 그런데….

"괜찮기만 하면 다행이지."

"왜? 좀 별로야? 하긴, MIDI가 쉽진 않지."

"허."

한진영은 저도 모르게 배공학의 말을 비웃었다. 배공학은 기분 나빠하기보다는 의아하게 한진영을 쳐다보았다.

"야, 공학아."

"어, 말해."

"공학아, 신주혁 걔가 보통 작곡하면 얼마나 걸렸지?"

오랜만에 듣는 이름에 배공학은 잠깐 당황했다가 곧 아무렇지 않게 말했다.

"그때그때 다르긴 한데."

"녹음까지 다 합쳐서."

"그 새끼 히스테리까지 합치면 그래도 몇 달은 걸렸지. 마음에 들 때까지 계속 만들었잖아. 물론 금방 만든 것도 있지만."

"그러니까. 보통 몇 달이 걸리잖아? 괜찮은 곡 하나 나오려면."

"영감이 오면 바로 나올 때도 있었지."

"그건 진짜 드물고, 미니앨범(EP)으로 낼 만큼 제대로 만들면 몇 달은 걸렸잖아."

"그렇지."

"그러니까. 그런데 걔는 어떻게 했지?"

겨우 며칠이었다. 겨우 며칠이었을 뿐. 한진영의 동공이 가만히 있질 못했다.

"뭔 개소리야. 너 취했냐?"

"영감이 막 시시때때로 찾아오는 건 아니잖아."

"어."

"아무리 잘 만들었다고 생각해도 수정할 부분이 꼭 생기고."

"그래서 뭔 말이 하고 싶은데."

배공학이 답답하다는 듯 물었다.

"미리 만든 건가?"

"해일이가 만든 곡 좋다는 소리냐? 그렇게 좋냐?"

한진영이 고개를 천천히 끄덕였다.

"혹시 몰라서 멜로디 판별 프로그램 밤새 돌려봤거든?"

기존에 있는 곡일 수도 있으니까. 어디서 들었던 곡을 떠올린 걸 영감이라고 착각하는 예도 간혹 있다.

"어플에서 말한 노래들 다 찾아서 들었는데."

세상에 저작권이 걸려 있는 음악의 코드나 화성, 가사를 일일이 비교분석 해주는 프로그램은 존재하지 않는다. 그런 게 있었으면 표절 분쟁에서 자유로워졌을지도 모른다. 그래도 비슷한 기술은 있다. 음원을 듣고 제목을 알려주는 어플은 여럿 있었으니까. 한진영은 그걸 활용해서 밤새 찾았봤다.

"하나도 걸리는 게 없었어."

"다행이네."

"그렇지."

배공학이 뭐가 문제냐는 듯한 얼굴이다.

"그래서 문제야."

"뭐가? 아까부터 뭔 소릴 하는 거야. 야, 비켜봐. 그냥 나도 한번 들어볼게."

"공학아."

"어."

"내가 무슨 괴물을 만든 건지 모르겠다."

한진영은 눈을 감았다. 완성된 음악이 그의 머릿속에서 유영한다. 그건 쉽게 떠나가지 않는다. 불후의 명곡이 된 어떤 오래된 영화의 오리지널 사운드트랙처럼 화르륵 타오른 불길이 꺼지지 않았다.

"제목이 뭐야?"

"투쟁."

"오. 뭔가 있어 보이는 제목이네."

배공학은 그렇게 말했지만 이해가 가진 않았다. '투쟁'은 웬만해선 노래 제목으로 어울리지 않는 단어였다. 한진영도 이에 대해 굳이 설명할 생각이 없었다.

"한번 들어봐."

한진영이 스페이스바를 딸칵 눌렀다.

시작은 잔잔했다. 마치 고요한 호수에 물방울이 툭 떨어진 것처럼. 슬프게 느껴지는 선율이 어느 적막한 거리로 인도했다. 삭막한 거리엔 통기타를 맨 남자가 떠돌고 있다. 남자는 배가 고파 식당 앞에서 기웃거리다 주인한테 쫓겨나고 어떤 사람들은 그를 보고 피해 간다. 남자는 주머니를 뒤진다. 나온 건 동전 몇 개와 왜 있는지 모를 냅킨. 그걸로는 아무것도 할 수 없다는 걸 알고 남자는 멈춰 서고 만다. 쇼윈도에 비친 자신은 초라하다. 더러운 옷가지와 메마른 몸뚱어리. 남자는 피로에 절어 있는 추한 제 모습을 발견하곤 의심하고 만다. 자신은 도대체 왜 이러고 살고 있는지.

툭. 누군가 동전을 던진다. 술취한 사람이 던진 페니가 그의 종아리를 맞고 튕겨 나온다. 데구루루 구르다 쓰레기통 앞에서 멈춘 동전은 마치 자신의 모습과 같다. 남자의 머리 위로 비가 툭툭 쏟아지기 시작한다. 그는 등에 멘 기타를 풀었다. 연주를 하기 위해서가 아니었다. 남자는 기타의 머리를 잡은 채 그걸 내리치려고 했다. 기타가 땅에 부딪혀 박살 나기 직전, 그가 돌연 고개를 들어 올렸다.

강렬한 눈빛이 하늘로 향한다. 고픈 배도 동정도 고난에도 굴하지 않겠다는 듯 남자는 기타를 고쳐 쥐었다. 그 순간 심장이 '쿵!' 하고 뛰었다.

둥! 둥! 드럼이 울린다. 연약하게 끊길 듯 말 듯 이어지던 피아노 선율을 뒤덮는 신시사이저. 그를 따라 불꽃이 튀어 올랐다. 남자는 괴로움을 연주하기 시작한다. 파괴적인 선율은 곧, 일렉 기타.

"이거 설마…!"

배공학은 저도 모르게 헐떡거리면서 외쳤다. 팔엔 어느새 닭살이 돋았고 배 속에서 무언가가 꿈틀거린다. 참을 수 없는 전율이 올라왔다.

"록이야?"

대답을 바란 건 아니다. 단지 확인하듯 외친 그의 물음에 대답해 줄 사람도 없다. 한진영은 그의 목소리를 듣지 못한 것처럼 모니터를 보고 있다. 아니, 선율에 홀려 있었다. 배공학도 순식간에 선율의 파도에 휩쓸렸다.

"허. 허허."

배공학은 그저 웃음밖에 안 나왔다. 일렉 기타가 심장을 쥐고 흔들며 장난치는 순간부터 배공학도 정신을 놓았다. 정신 차렸을 땐 음악이 이미 끝난 다음이었다.

"투쟁."

더는 말이 필요 없었다. 보컬이 입혀지지 않았지만 누구나 이 곡을 듣는다면, 그처럼 자연스럽게 제목을 떠오르리라. 아드레날린

이 뿜어져 나온다. 배공학은 당장에 무언가라도 연주하고 싶었다. 손가락이 자기 맘대로 움직였고 목이 메말랐다. 이 음악의 주인공처럼, 어떤 위기에도 포기하지 않고 달려가고 싶었다.

"이, 이게 해일이가 만든 거라고?"

말이 제대로 나오지 않는다. 배공학은 괜히 '아에이오우' 입 운동을 하며 차분해지려고 노력했다. 이 열기는 또 얼마 만인가. 오랜만에 겪는 열정에 침착함이 쉽게 찾아오지 않았다.

"그래."

"이게…."

'이게 겨우 열여섯 살이 만든 거라니, 이게 말이 되나?'

그는 한진영의 반응을 이제야 이해할 수 있었다. 왜 자꾸 헛소리하고 말도 안 된다고 주절거렸는지도.

한진영은 배공학의 반응이 이해되는 듯 웃었다. 그러곤 덧붙인다.

"더 놀라운 게 뭔지 알아?"

"또 뭐가 있어?"

여기서 더 놀랄 수 없을 것 같은데, 이미 신경세포가 팽팽 돌고 있는데, 어느새 기름을 붓고 활활 타오르고 있는데 한진영이 조곤조곤하게 덧붙였다.

"이게 하나가 아니야."

배공학이 눈을 번쩍 떴다. 손가락을 저도 모르게 까딱했다.

한진영이 마우스 커서로 MIDI 파일을 가리켰다.

'Struggle(4)'

폴더에 있는 건 한 곡이 아니었다.

"앨범을 낸다고 하는 건 들었어."

노해일은 제 앨범을 내고 싶다고 했다. 기획사나 소속사에 들어가지 않고 오로지 자기 힘만으로 앨범을 만들겠다고. 어려울 거로 생각했지만 배공학은 격려했다. 어쨌든 좋은 경험이 될 거고 MIDI를 배우는 데도 효과적일 테니. 다만, 앨범의 규모는 당연히 싱글이라 생각했다. 누가 정규앨범까지 생각하겠는가. 노래 하나라도 제대로 만든다면 대단한 거다. 그런데 노해일은 배공학이나 한진영의 예상보다 더 큰 그림을 가지고 있었다.

"더더 놀라운 건 뭔지 알아?"

"뭔데."

배공학은 이제 기대감을 넘어 무섭기까지 하다. 그의 감정을 읽은 듯 피식 소리가 들려왔다.

"이런 퀄리티로 네 곡을 꽉꽉 채워 만들었어."

"뭐? '투쟁' 같은 퀄리티로 만들었다고? 그게 말이 돼?"

노해일이 MIDI를 배운 건 겨우 며칠이었는데 이건 다른 의미로 말이 되지 않았다. 아무렇게나 만들고 그걸 곡이라고 부를 수 있다면 지나가는 유치원생도 네 곡은 만들 수 있을지도 모른다. 하지만 완성된 곡이라면, 더 나아가 '투쟁'이라는 곡과 비슷한 퀄리티라는 건 도저히 믿을 수 없다. 이건, 천재와 영재 그런 재능을 넘어 물리적으로 불가능해 보였다.

"들어볼래?"

한진영의 목소리에 기대감이 묻어나온다. 평소 감정 기복이 없는 배공학이 이렇게까지 반응하는 게 즐거웠다.

"어."

배공학은 대답했다.

'투쟁'의 퀄리티라니 믿기지 않지만, 심지어 무섭기까지 하지만, 한때 음악에 큰 꿈을 가졌던 배공학은 좋은 노래에 대한 갈증을 늘 가지고 있다. 더 좋은 노래를 듣고 싶고 알고 싶은 그런 욕심 말이다. 매일매일 생산되는 수백 수천 개 곡 사이에서 마음에 드는 걸 찾기 어려워 요즘 쉬고 있었기에 아직 듣지도 않았는데 벌써 입맛이 다셔졌다.

'이건 얼마나 좋을까.'

동태에서 생태가 된 배공학의 눈에 한진영이 킥킥 웃었다.

"근데 좀 걱정되기는 하네."

스페이스 바를 누르려던 한진영이 멈칫거렸다.

"뭐가?"

"곡이 좋잖아."

"그렇지?"

"근데 작곡이랑 보컬은 다르잖아. 해일이가 잘 소화할 수 있을까."

작사 작곡뿐만 아니라 일렉 기타 연주에 보컬까지 한다고 했다. 배공학은 노해일이 기타를 치는 건 몇 번 봤어도 보컬은 들어본 적이 없다. 걱정이 되는 건 어쩔 수 없었다.

"별걸 다 걱정한다."

한진영의 말에 배공학이 고개를 기울였다.

"해일이 노래 들은 적 있냐? 개가 여기서 뭘 부르진 않았던 거 같은데."

"여기선 안 했지."

"그럼 뭐 다른 데선 불렀나?"

아무리 생각해도 모르겠다는 표정에 한진영은 친절히 대답해주는 대신 스페이스 바를 딸칵 눌렀다.

"오늘 녹음하잖아. 이따 들어."

* * *

헤일로는 교실 책상에 엎드렸다.

'아, 피곤하다.'

시험 기간이라 더 피곤한 것 같다. 열심히 풀진 않았지만 긴장된 분위기 때문에 피로가 쌓였다. 점심 먹고 끝나면 좋을 텐데 아쉽게도 점심시간 이후에 시험이 하나 더 남아 있다. 헤일로 옆에는 A, B, C가 앉아서 떠들고 있다. 시험이 어려웠다느니 몇 번 답은 몇 번이라느니 하는 소리가 처음엔 시끄럽더니 이젠 잠이 솔솔 오는 배경음악처럼 들릴 뿐이었다.

"야, 노해일."

장진수의 목소리였다.

장진수가 다가오자 A, B, C는 모두 어깨와 척추가 뻣뻣하게 굳어 입을 다물고 공부하는 척했다. 헤일로는 '이상한 놈들이네' 하고 넘겼다.

장진수는 헤일로를 보고는 나가자고 고개를 까닥였다. 그냥 여기서 말해도 될 텐데 장진수도 참 피곤한 놈이라 생각하며 그는 자리에서 일어났다.

"그, 고맙다."

"뭐가?"

뜬금없는 감사에 헤일로가 되묻자, 장진수는 자잘한 간식들이 잔뜩 담긴 비닐봉지를 건넸다. 이걸 어쩌란 거냐는 의미로 혜일로가 눈썹을 까딱이니 그가 다시 입을 열었다.

"그, 곡 만들어줘서 고맙다고. 저번엔 제대로 고맙다고 못 한 것 같아서."

"아."

"피드백도 고맙고. 그땐 솔직히 받아들이기 힘들었는데. 이젠 그냥 고맙다. 그런 객관적인 피드백이 필요했던 거 같아. 〈쇼유〉 지원하고 한참 있다가 내 자작곡, 그거 다시 들어봤는데 진짜 별로더라."

"음."

결국 모든 게 감사의 의미였다. 돈을 포함해 이런저런 감사의 선물, 사랑이 담긴 편지 같은 건 많이 받아본 혜일로지만 이런 선물은 처음이다.

"나도 오늘 솔직하게 해줄게."

혜일로가 검은 비닐봉지에 든 걸 보고 있는데 또 장진수가 뜬금없이 말했다.

"뭘?"

"피드백 있잖아. 너 오늘 녹음하는 거."

"…그러니까 지금 내 노랠 네가 피드백하겠다고?"

혜일로의 되물음에 장진수가 진지하게 고개를 끄덕였다.

천천히 이해한 혜일로는 입꼬리를 실룩였다.

'얘가 나한테 피드백을?'

이건 웃겼다. 우습다기보다는 그냥 웃겼다. 진지한 표정으로 객관적인 솔직한 평가를 해주겠다며 비장하게 말하는 모습에 그냥 웃음이 피시식 새어 나왔다.

"괜, 흐흠."

이제 막 오디션에 지원했을 뿐인데 이미 1등 한 것마냥 공치사를 두는 것도 웃기고, 음악적으로는 대선배라고 할 수 있는 헤일로한테 피드백을 해주겠다고 하는 것도 웃겼다.

"그래. 잘해봐."

웃음을 억누르며 헤일로가 꾸역꾸역 말을 내보냈다.

웃음기가 드문드문 묻어나와 의아했지만 장진수는 곧 결연하게 고개를 끄덕였다.

"진짜 솔직하게 널 위해서 해주는 거니까, 충격받지 마라."

헤일로는 대강 고개를 끄덕이고 더 이상 할 말이 없어 보이는 장진수를 뒤로 하고 교실로 들어가려고 발길을 돌렸다. 히터가 들어오지 않는 싸늘한 복도의 공기에 메마른 몸이 움츠러들었다. 그때 돌연 장진수가 헤일로에게 물었다.

"야, 갑자기 생각나서 묻는 건데, 너 부모님께 음악하는 거 허락받았냐?

헤일로는 멈춰 섰다가 고개를 돌렸다.

"내가 허락을 왜 받아야 하는데."

"어?"

"하고 싶은 거 하는 건데."

"그, 너희 어머니께서 별로 안 좋아하시던 거 같은데."

"그게 나랑 무슨 상관이지?"

"그…."

장진수는 말문이 막혔다. 당연하다는 듯한 표정에 할 말이 없었다. 노해일이 화를 내거나 짜증을 내지도 않고 너무 태연한 얼굴로

156

물으니 장진수는 자신이 질문을 잘못했나 싶었다.

"그, 래도 부모님과 대화는 해봐야 하지 않나?"

아무런 대답이 들려오지 않았다. 장진수는 오지랖이었나 싶어 괜히 뒤통수를 긁었다.

"아니다. 뭐, 니가 알아서 하겠지. 들어가자."

* * *

헤일로는 오늘 일정이 많았다. 아무래도 MIDI 사운드로 아쉽게 들리는 부분이 있어서 보컬 녹음을 하기 전에 일렉 기타 반주를 따로 녹음하기로 했다. 연습도 빡빡하게 했으니 손가락이 좀 버텨줄 거로 믿었다.

"후….."

헤일로가 숨을 크게 들이마셨다.

"해일이 긴장한 것 같은데."

"쟤가요?"

바깥의 목소리는 녹음실 안에 닿지 않았다. 헤일로는 일렉 기타를 잡고 그 당시 자신의 삶을 떠올렸다. 그의 인생을 다시 한번 추억하는 거다. 그리 재밌는 기억은 아니지만 지금의 헤일로를 있게 해주었던. 헤드폰으로 MR이 들려오기 시작한다. 길바닥에서 강렬하게 피어나는 용맹, 꼭 성공하고야 말겠다는 의지가 피어오른다. 눈을 한 번 감았다 떴을 때 헤일로는 흑백 영화 속 황량한 거리에 놓여 있었다.

너튜브에는 매일 수백 수천 개의 영상이 올라온다. 하루치 업로드 영상을 다 보려면 82년이 걸린다는 말이 있을 정도다. 당연하게도 사람들은 이 모든 영상을 볼 수 없다. 아무리 정말 재미있는 영상이라도 잘못하면 그 수많은 영상 더미에 묻히게 될 것이다. 그러나 결국 재미있는 스토리, 특별한 콘텐츠, 높은 퀄리티의 영상이라면 언젠가 뜨게 된다. 누구도 그 원리에 대해 정확하게 설명하지 못하지만, 그래도 하나의 이유를 댄다면 보통 '알고리즘'을 말한다.

너튜브엔 알고리즘이란 게 있다. 오래 학습된 인공지능이 시청자에게 영상을 추천해주는 것이다. 누구도 알고리즘의 정확한 근거에 대해 모르지만, 지금까지 밝혀진 것으론 조회 수와 시청 시간이 있다. 이를 바탕으로 특정 영상을 판단한다고 한다.

"그러니까 너도 언젠가 뜨게 될 거야."

장진수의 위로에 왠지 헤일로는 열이 받았다.

"처음부터 너무 실망하지 마. 원래 너튜브는 대기만성이라고 했어. 꾸준히 올리면 된다는 거지."

그의 녹음을 듣고 아무 말도 못 했던 그 장진수가 맞나 싶다.

"그래서 진짜 올려? 자, 잠깐만!"

업로드에 커서를 올리자 장진수가 갑자기 호들갑을 떤다. 중학생의 심리를 헤일로는 도저히 이해 못 하겠다. 옆에서 다리를 덜덜 떨고 있으니 보통 거슬리는 게 아니다.

"왜 이렇게 떨어."

헤일로는 보다못해 한소리 했다.

"아니, 니가 이상할 정도로 태연한 거야! 처음 올리는 건데 긴장도 안 돼?"

"응."

"아니, 막 그런 거 있잖아. 사람들이 욕하면 어떡하지 그런 거. 물론, 니 노래가 진짜 너랑 안 어울리게 멋있긴 한데 사람들은 아닐 수도 있잖아. 아님 아무 관심도 못 받는 거 아냐? 알고리즘은 진짜 로또 같은 거라서 평생 안 뜰 수도 있어."

"그럴 리가."

시기의 차이는 있어도 곧 모두가 듣게 될 것이다. 사람의 귀는 시대와 상관없이 비슷하기에 헤일로는 장진수처럼 걱정하지 않았다. 다만, 순수하게 궁금하다. 'HALO'라는 이름이 유명해지는 데 이번엔 얼마나 걸릴지. 그가 살던 세상의 시대와 워낙 다르니 좀처럼 감이 오지는 않았다.

"아니, 어떻게 그렇게 확신할 수가 있지?"

'아니'만 연속으로 세 번 들으니 헤일로는 이쯤 돼서 장진수를 의심했다. 격려가 아니라 망하라고 저주를 거는 것 같다.

장진수는 이해가 안 된다는 듯 말했다.

"어떻게 그렇게 자신감이 넘치지?"

헤일로야말로 자신의 노래를 듣고서도 저렇게 말하는 장진수가 이해가 안 됐다.

"내기할래?"

헤일로의 말에 다리를 떨던 장진수가 멈췄다.

"내기? 언제 10만 달성하나 뭐 그런 거?"

"응."

"와, 너 내기 걸 돈은 있나?"

"없어도 돼. 어차피 내가 이길 건데."

"미친놈."

헤일로의 말에 장진수가 혀를 내둘렀다. 장진수는 다른 건 몰라도 자신감 하나는 배우고 싶었다.

'쟤처럼 재능이 있으면 저렇게 자신감이 차고 넘칠 수 있을까?'

"그래, 하자. 조회 수 몇으로 할래? 백만… 은 에바고, 만 어때. 조회 수 만!"

백만 너튜버야 쉽게 달성할 조회 수지만, 헤일로는 어디까지나 초보 너튜버. 장진수는 앨범 하나, 총 네 곡의 영상으로 구독자 한 명 없는 노해일이 1만을 달성하는 데도 한참 걸릴 거로 예상했다.

"기간은 니가 정해."

헤일로는 '투쟁'이 NME 차트 1위에 달성했던 기간을 떠올렸다. 발매된 지 단 2주도 걸리지 않았었다. 헤일로는 과거의 자신과 싸워보기로 마음먹으며 입꼬리를 올렸다.

"2주."

"뭐? 내가 잘못 들었나? 두 달? 아니, 진짜 2주? 2주 만에 만을 어떻게 달성해?"

헤일로가 아무런 대답 없이 웃자 장진수가 입을 쩍 벌렸다.

"진짜 2주로 해? 나야 손해 볼 거 없긴 한데 진짜?"

"그래."

"남자가 한 입으로 두말하기 없기다. 응? 2주 안에만 넘으면 니가 이긴 거고, 아니면 내가 이긴 거야. 이긴 사람 소원 들어주기. 무조건."

반박이 오기라도 할까봐 장진수는 귀를 막고 대화를 거절했다. 내기 전에 보상에 대해 말한 적은 없지만 헤일로도 딱히 반박할 생각은 없었다. 무얼 걸든 상관없으니 말이다.

'1만'이라는 숫자가 참 애매하다. 적은 건 아닌데 그렇다고 그렇게 많게 느껴지지 않기도 한다. 그건 그가 이미 유명한 음악들의 조회 수를 보았기 때문일까. 아니면 옛날 통장에 찍혔던 액수나 팔렸던 앨범에 비해 작은 숫자이기 때문일까.

'1만이라…. 그래도 질 것 같지는 않은데.'

헤일로는 이제 막 업로드돼서 조회 수 0이 찍힌 그의 채널을 보았다. 아직 그의 채널은 여기저기 빈 것이 많다. 프로필 사진은 헤일로의 H가 박혀 있을 뿐이고 채널 이름도 'HALO_Official'로 특별할 게 없다. 채널 아트는 흑백 통기타 사진이었다. 업로드한 네 개의 곡도 같은 커버 이미지를 공유하고 있다. 어찌 보면 옛날보다 더 형편없는 환경이다. 그때는 음반사에서 홍보와 마케팅 유통을 담당했으니까. 앨범엔 그의 사진을 박았고 그것도 음반 판매에 큰 영향을 미쳤을지도 모른다. 그런데 이상하게도 망할 거라는 생각은 들지 않았다. 오히려 잘될 것 같다는 막연한 기대가 든다.

재밌다. 오랜만이다. 헤일로가 이렇게 심장이 쿵쿵 뛰는 건. 앞으로 그가 할 수 있는, 또는 해야 할 일이 무궁무진한 미래 때문에 즐거워 미칠 것 같았다. 내기는 사실 그 즐거움에 새 발의 피도 미치지 못한다.

'백퍼 내가 이겼네. 불쌍하긴 하지만. 어차피 잘될 새끼니 한 곡만 더 만들어달라고 해야겠다'라고 생각하는 장진수와 '그냥 돈으로 달라고 할 걸 그랬나. 쟤를 어디다 쓰지?'라고 생각하는 헤일로, 동상이몽을 꾸는 그들은 이때까지 내기가 어떤 방향으로 흘러갈지 상상도 못 했다.

# 6. 고백

"어머 오랜만이에요. 해일이 어머님."

노해일의 엄마 박승아는 익숙한 얼굴들이 보이자 고개를 살짝 까딱이며 인사했다. 선연 중학교 학부모 모임이 있는 레스토랑에 이미 학부모회 인사들이 자리해 있었다. 박승아가 빈자리에 앉자 웨이터가 다가와 와인을 따라주었다.

"다들 잘 지내셨나요?"

그녀가 웃으며 묻자 가장 중앙에 앉은 여자가 와인 한 모금을 음미하곤 말했다.

"뭐 늘 같죠. 아들 챙기고 큰아들 챙기면 시간이 부쩍 흘러 있더라고요."

"맞아요. 어느새 정신을 차리니, 벌써 고등학교에 간다네요."

비슷한 말들이 들려왔다. 박승아는 늘 그렇듯 반응해주다가 대화가 잠깐 잦아들었을 때 와인을 마셨다. 그녀는 와인의 드라이한

맛을 그리 좋아하지 않았지만 인상을 찌푸리지 않았다.

"그나저나 해일이 어머님은 잘 지내셨나요?"

"저도 비슷해요."

박승하는 자신에게 꽂히는 시선에 태연하게 대답하며 와인잔을 내려놓았다. 평소처럼 흘러갈 줄 알았던 질문이다. 하지만 오늘, 시선이 쉽게 떨어지지 않았다.

"듣자 하니 해일이 학원 그만뒀다면서요."

아무렇지 않게 나온 말에 그녀는 이 시선의 이유를 알 수 있었다.

"네, 그만뒀죠."

그녀가 뭐라고 반응하길 바랐는지는 모르겠는데 이 여자들이 바라는 건 분명 있었다.

"좀 갑작스럽네요. 해일이가 사실 가장 성실한 아이였잖아요. 그래서 전, 해일이가 가장 먼저 그만둘 줄 몰랐어요."

"그러게 말이에요. 전 끝까지 다닐 줄 알았는데."

다른 여자가 덧붙였다.

"게다가 해일이 어머님도 대입 세미나 참석하셨잖아요. 원장 선생님도 당황하셨더라고요."

특히 집요하게 구는 건 노해일과 같은 학원에 다니는 아이들의 엄마들이다. 그들은 먹이를 찾은 암사자처럼 박승아와 노해일의 주변을 배회했다.

"좀 의외네요."

박승아는 속으로 코웃음을 치며 말했다.

가장 마지막으로 말했던 여자가 눈알을 굴린다.

"뭐가 의외라는 거죠?"

"전 찬수 어머니가 이렇게 우리 아이한테 관심이 많은 줄 몰랐어요. 뭐, 하기야. 이해해요."

"뭘요?"

찬수 엄마의 동공이 수축된다. 그녀는 박승아가 무슨 말을 할지 불안했다.

"찬수요, 애가 똑똑하잖아요. 말도 잘 듣고. 다른 데였으면 1등 하고도 남았을 텐데. 정말 안타까웠지 뭐예요. 다행히 찬수가 어머님을 닮아서 참 착하고 긍정적이에요."

찬수 엄마의 뺨이 파르르 떨린다. 만년 2등이라 돌려 까는 말에 화가 치밀었지만 이 자리에서 차마 화를 낼 수도 없으니 그녀는 더 말을 잇지 않았다.

KO승. 박승아는 속으로 비소하며 주변을 둘러보았다. 이제 다른 화제로 돌릴 때가 되지 않았나 은근히 종용하는 시선을 보냈다. 하지만 여자들은 한번 찾은 먹잇감을 쉽게 놓아주지 않았다.

"정말 해일이 어머님이 부러워요. 어떻게 그렇게 애가 공부를 잘하나. 이렇게 말하면 좀 부끄럽지만 다들 아시잖아요. 저희 애는 성적이 좀 아슬아슬해요."

박승아는 이들이 한발 물러난 줄 알았다.

"해일이 어머님이 비법 좀 공개하면 안 될까요?"

"비법이라면?"

"해일이 학원을 그만둔 이유를 말이에요. 사실 조금 이해는 가요. 아무리 A반이라 해도 그 안에서도 분명 차이가 있으니, 해일이도 어머님도 좀 아쉬운 게 있었던 거죠."

"그, 렇죠."

박승아는 목이 메말라 와인잔을 다시 들었다. 그때 예상치 못한 소리가 들려왔다.

"그래도 조금 서운하네요. 이 자리는 우리 아이들의 미래를 위해 만들어진 자린데, 해일이 혼자만 과외시키고."

"예?"

뜬금없는 소리에 박승아의 눈이 동그래진다. 연기한다고 생각했는지 여자가 새초롬하게 눈을 떴다.

"수완이한테 들었어요. 해일이 맨날 학교에 와서 잔다고. 노트는 절대 보여주지 않고."

"아아."

그녀는 살짝 현기증이 났다. 무릎 위에 올린 손이 떨려왔다. 설마 학교 가서 자는 줄은 꿈에도 몰랐다.

"해일이 입시 준비에 들어간 거죠."

"예?"

박승아는 입 위에 살짝 손을 올렸다. 다행히 입은 굳게 닫혀 있다. 멍청하게 되물은 게 자신이 아니라서 다행이었다.

"입시라면 대입이요? 흠흠."

처음 박승아를 공격했던 찬수 엄마가 당황하여 쇳소리까지 내며 물었다. 그녀의 물음에 수완이 엄마가 수더분하게 답했다.

"이상할 것도 없죠. 해일이가 또 선행이 빨랐잖아요. 그리고 잊으셨어요? 해일이 아버님 한국대 교수님이시잖아요."

"어머."

찬수 엄마는 이 사실을 몰랐던 듯 눈을 껌벅였다.

"설마 해일이 한국대 졸업생들한테 따로 수업받는 건가요?"

"그거야 모르죠. 해일이 어머님만 알고 계실 테니."

"세상에, 해일이 어머님. 어떻게 말씀도 안 하시고."

물어뜯으려던 게 누군데 다들 배신이라도 당했다는 듯이 박승아를 바라본다. 박승아는 대화가 왜 이렇게 흘렀나 싶으면서도 오히려 다행이라 생각했다. 아들이 갑자기 사춘기가 와서 말을 안 듣는다고 어떻게 말하겠는가.

불편한 식사를 끝낸 박승아는 화장실에 들어왔다. 핸드폰을 들어 아들에게 보낸 카톡을 열어봤지만 이젠 당연하게 확인도 안 한다. 도대체 어디서 뭘 하고 다니는 건지, 날이 추운데 감기에 걸리지 않을까 걱정이 들다가 곧 화가 났다. 하고 싶은 거 참고 엄마로서 오로지 아들의 인생을 위해 사는데 도대체 자신이 뭘 잘못했다고 이러는지 알 수가 없었다. 이럴수록 독하게 굴어야 한다.

'기말고사 성적 나오기만 해봐. 조금이라도 떨어졌으면 가만 안 둘 테니'라고 생각하던 박승아는 거울을 보고 깜짝 놀랐다. 거울 속에 표독스러운 얼굴의 마녀가 있다. 서둘러 표정을 지우고 백에서 립스틱을 꺼내 든다.

"어머, 해일이 어머니 여기 계셨군요."

거울 너머로 화장실에 막 들어온 찬수 엄마가 비쳤다. 찬수 엄마는 파마머리를 쓰다듬곤 역시 핸드백에서 쿠션팩트를 꺼내 화장을 고친다.

"하고 싶은 말씀이라도?"

거울로 확연히 보이는 시선을 모른 체할 수 없어서 박승아가 물었다.

"해일이 과외 하는 게 맞나요?"

조금 전 테이블에서 던진 질문의 연장이다. 웃으며 넘기긴 했지만 사실이 아닌지라 찔리는 게 있었다. 그래도 심문당하는 기분에 짜증이 밀려왔다.

"아까 말씀 다 드리지 않았나요?"

찬수 엄마가 무언가 말하려는 듯 머뭇거렸다.

"할 말 없으시면 먼저 가도 될까요?"

박승아가 립스틱을 집어넣고 몸을 돌렸다. 그 순간, 작은 목소리가 얼핏 들려왔다.

"그럼 그건, 해일이가 아닌가?"

"예?"

"아, 아무것도 아니에요."

분명 아들의 이름이 들렸다.

"…방금 제가 잘못 들은 게 아니라면 제 아들 이야기를 하신 것 같은데 엄마로서 그냥 넘어갈 수가 없네요. 무슨 말씀이시죠?"

그냥 넘어갈 수 없는 건 아들이 어디서 뭘 하고 다니는지 모르기 때문이다. 박승아 목소리에 담긴 화를 느꼈는지 찬수 엄마가 사과했다. 박승아가 원하는 건 사과가 아니다. 초조함을 누르며 혀를 굴렸다.

"찬수 어머님, 혹시 찬수도 그러나요?"

"예? 뭐가요?"

"해일이가 고입을 앞두고 있어 그런지 말이 좀 없어진 편이에요. 다 컸으니 그러려니 하려다가도 속상한 건 어쩔 수 없더라고요."

"그건 다들 그래요. 찬수도 요새 그러더라고요."

"네, 그래도 엄마라 아이의 이야기가 늘 궁금해요. 해일이가 학

교에서 어떻게 지내는지, 친구들하고 잘 지내는지. 혹시 해일이에
대해 찬수한테 들은 게 있나요?"

"이게 학교 얘기는 아닌데⋯."

박승아가 선하게 웃자 찬수 엄마가 조심스럽게 말문을 열었다.

"저희 아들이 너튜브에서 해일이를 봤다고 그러더라고요."

"너⋯ 튜브요?"

* * *

'인생에선 언제나 예기치 못한 일이 일어난다.'

이 말은 어디에서나 쉽게 쓰인다. 우리의 일상뿐만 아니라 드라
마나 영화에서 특별한 장면을 연출할 때 이 마법의 문장을 언급하
곤 한다. 또 하나의 경우가 있다. 분명 잠깐 보려고 들어갔을 뿐인
데 어느새 너튜브 최초의 영상부터 시작해 바다코끼리가 먹이를
먹는 모습을 구경하고 있을 때가 있지 않은가? 사람들은 이를 너튜
브 알고리즘이라고 말하기로 약속했다. 그러니까 장진수가 〈쇼유〉
클립을 찾아보다가, 우연히 친구가 담긴 한 영상을 찾은 것도 이 너
튜브 알고리즘에 의한 것일지도 모른다.

흐리멍덩한 눈으로 너튜브를 보던 장진수는 문득 스크롤을 멈
췄다. 자동 재생된 영상에서 음악은 들려오지 않았지만 이상한 게
보였기 때문이다.

"이게 뭐야⋯?"

눈을 의심하며 영상을 봤다. 익숙한 홍대 거리가 찍힌 영상은 무
려 2주 전에 올라온 영상이었다. 출처는 버스킹 영상을 종종 올려
주는 채널이고 제목도 특별할 게 없었다. '구경하던 남학생의 소름

돈는 버스킹 난입 라이브 #지림주의'라는 언제 적 멘트일지 모를 제목이었다. 그러나 장진수가 이 구시대적인 멘트의 영상을 넘길 수 없었던 건 영상 속에 익숙한 얼굴이 보였기 때문이다.

이날이 언제인지는 곧바로 알았다. 홍대 버스킹 거리에 정말 수많은 사람이 모여 있는 건 흔치 않은 일이었기 때문이다. 특히 정장을 입은 회사원과 중년의 부부, 외국인까지 남녀노소를 가리지 않은 공연은 섬네일만 봐도 누를 수밖에 없게 만들었다.

굳이 영상을 눌러 목소리를 확인한 장진수는 기겁하며 자리에서 일어나 전화를 걸었다.

"야, 빨리 받아라. 이 새끼 전화를 왜 이렇게 안 받아. 야! 노해일, 큰일 났어!"

장진수는 혹시나 해 덜덜 떨리는 손으로 영상의 조회 수를 확인한다.

"흐억."

심상치 않은 숫자에 입을 막아버렸다.

\* \* \*

[구경하던 남학생의 소름 돋는 버스킹 난입 라이브 #지림주의] (조회 수 48만 회. 12일 전)_'한국 버스킹(KOREAN BUSKING)'

"뭐."

태연한 반응에 장진수는 답답한 듯 제 가슴을 두드렸다.

"아니, 너 이거 오면서 안 봤어?"

"봤는데."

"근데 반응이 왜 그래? 나였으면 진짜 오두방정 다 떨었을 것 같은데."

"죄지었냐?"

노해일은 제가 버스킹한 게 어떤 반응을 받고 있는지 관심도 없었다.

'이 새끼 쿨찐인가?'

노해일을 의심스럽게 바라본 장진수는 영상을 다시 한번 눌러 보았다. 이미 지하철로 오는 내내 보았지만 보고 또 보아도 제 가슴이 다 떨려왔다.

영상은 꽤 일찍부터 시작한다. 버스킹 하던 남자의 공연이 끝나고 몇몇이 돌아가지 않고 그들을 지켜보고 있다. 노해일이 그 남자의 제의를 받고 마이크를 받고 앞에 선다. 이때까지는 지나가는 사람들은 누구도 이들에게 관심을 두지 않았다. 이때, 버스킹 하던 남자가 기타를 치기 시작했다. 모두가 다 아는 '렛 잇 비'의 반주였다. 익숙한 반주에 몇몇 사람들이 반응을 보였다. 물론 힐끗 보고 지나가는 사람들이 많았다. 하지만 노해일이 입을 여는 순간, 앞에 지나가려던 사람이 그대로 멈춰 섰다. 핸드폰에 정신이 빠진 대학생, 친구와 떠들던 여자들이 대화를 멈추고 동시에 고개를 돌렸다. 거기서 장진수는 묘한 쾌감이 일었다.

불에 나방이 이끌리듯 사람들이 모여든다. 노해일의 주변을 둘러싼 건 순식간이었다. 사람이 모여들면 긴장이 될 만도 한데 노해일은 제 노래에 심취해 있을 뿐이다. 청아한 목소리가 거리에 뻗어 나간다. 부르는 건 분명 비틀스의 노래인데 성가처럼 성스럽다. 장진수는 정말 어울리지 않게 치유 받는 기분이었다. 그만 그렇게 느긴 게 아닌 듯 어느새 관중이 빼꼼 입을 움직이며 노래를 따라 부르고 고개를 천천히 흔들었다. 어느 중년의 눈은 촉촉하고, 누군가는 충격받은 것처럼 뚫어져라 쳐다본다. 아쉽게도 영상은 그리 길지 않다. 배터리가 다 되었는지 아니면 다른 문제인지 노해일의 앙코르 곡까지는 찍히지 않았다.

장진수는 영상을 보다 말고 '한국 버스킹' 채널의 다른 영상을 확인했다. 최근 48만을 찍은 영상은 없었다. 많아야 6만, 백만이 넘은 건 몇 년 전 영상이었다. 영상 반응이 심상치 않다는 건, 단지 평균 조회 수 3만 채널에서 2주 만에 48만을 찍었다는 게 아니다. 댓글 반응이 특히 장난 아니었다. 알고리즘을 타고 들어왔다는 댓글은 3일 전부터 몇 초 전까지 최근 것들로 따끈따끈했다.

[이게 왜 일반인…?]
[1:24부터 기타 연주 멈췄네요.]
└ 이왜진.
└ 분명… 들렸는데? 이게 뇌내완성이라고?
[와… 이런 말이 맞는지 모르겠는데… 뭔가 울컥하네요… 왜 자꾸 눈물이 나지.]
[난입했다길래 욕하려고 들어왔는데… 4시간째 이것만 돌려보는 중.]
[주작 소리가 안 나오네 비틀스에 황룡필 커버라니. 그 용기에 감탄했다가 첫음절 듣고 지렸다.]
[제가 저기 처음 나오는 여학생인데 진짜 분위기 장난 아니었어요ㅠㅠ ㅠㅠ 친구들이랑 만나기로 했는데 끝날 때까지 못 움직임 결국ㅠㅠ 개 욕먹었지만 절대 후회 안 해요ㅠ 여기선 잘렸지만 앙코르로 황룡필 비

상 불렀는데 그게 진짜 쩔었음ㅠㅠ 감상하느라 못 찍었는데 정말 감사
합니다ㅠㅠㅠ]

이외에도 주로 한국어 댓글로 가득 차 있었고 외국어도 하나둘
보였다. 어쨌든 여기서 알 수 있는 건 이 영상이 막 뜨고 있는 영상
이라는 것이다.

"어딜 가나 악플은 있네."

[딱 입시생 수준ㅋ] (싫어요 329개)
　└ ?
　└ 실례지만 혹시 버클리 다니세요?

악플이 있어도 크게 신경 쓰이지 않을 만큼 반응이 좋았다.

"야, 봐봐."

장진수는 악플이 보이지 않게 밀어놓고 노해일에게 핸드폰 화
면 전체를 보여줬다. 댓글을 몇 개 읽은 노해일의 표정이 묘해진다.
역시 이렇게 관심받는 데 신경이 안 쓰일 리가 없다.

"어때? 신기하지 않냐."

"…신기하긴 하네."

하지만 혜일로의 신기하다는 말은 장진수의 말과는 의미가 달
랐다. 48만 조회 수라는 건 쉽게 말하자면 48만 명의 사람들이 이
영상을 보았다는 거다. '너튜브'라는 수만 개의 방송국이 존재하는
세상에서. 그게 신기하면서도 감응이 잘 오지 않는 게 맞았다. 아무
래도 실제로 48만 명의 사람을 본 건 아니었으니까.

"니 건 반응 어때?"

장진수가 조심스럽게 물어보자 헤일로는 '그냥 물어봐도 상관
없는데'라고 생각하며 자기 채널의 네 개 영상의 조회 수를 떠올렸
다. 당연하지만 이 버스킹 영상보다 적다. 어깨를 으쓱하니 장진수
는 안쓰러운 표정을 짓는데 입꼬리는 올라간다.

"내기 취소 못 하는 거 알지?"

이렇게 물을 줄 알았던 헤일로는 코웃음을 치고 MIDI 프로그램
을 켰다.

"뭐 해?"

"뭐 하겠냐."

그는 이제 막 1집 앨범 하나를 올렸을 뿐이다. 네 곡으로 이루어
진 앨범을. 아직 올리지 못한 앨범이 많다는 의미다.

'이번엔 좀 더 트레이닝을 해야겠어.'

1집 〈투쟁〉을 올리면서 여유로워진 것도 없잖아 있지만 무엇보
다 아쉬움이 컸다. 부족한 몸뚱이의 체력, 특히 목을 집중적으로 두
드려야 할 때가 왔다. 사실 이번에 네 곡을 부르며 소리를 무리하게
낸 감이 없잖아 있다. 녹음에도 힘이 든 게 단번에 부르려다가 목이
나가버리려고 해서 3일에 나눠서 불렀다. 원래의 헤일로였다면 일
어나지 않았을 일이다. 헤일로는 이번 겨울, 마지막 책임을 다했을
때부터 몸을 제대로 만들 것이다. 언제까지 애 같은 몸으로 살 수
없다.

"이제 곧 성적 나오네."

장진수가 기지개를 켰다.

"성적? 네가 언제부터 신경 썼다고."

"아니, 기말 말고, 〈쇼유〉 1차 결과가 나와. 3주 정도 걸리거든. 그러고 보니 그쯤 학교 성적도 나오겠다."

학교 성적은 헤일로도 신경 쓰지 않는 것이라 무심히 넘겼더니 의아한 목소리가 들렸다.

"이번 시험 잘 봤냐? 외고 가려면 잘은 모르지만 1,2등 해야 하잖아."

"내가 거길 왜 가?"

"…외고 준비하던 거 아니었어?"

외국어고등학교. 엘리트들이 가는 사립학교를 의미한다고 대충 알고 있다. 헤일로는 당연하다는 듯이 고개를 저었다.

"고등학교는 안 가도 되잖아."

"에?"

"의무교육은 9학년 아니, 중학교까지니까."

노해일은 뭐가 문제냐는 얼굴이다.

'외고에 가려고 준비하던 노해일이 갑자기 중졸로 남겠다고? 이 게 그, 얌전한 새끼가 부뚜막에 먼저 올라간다는 상황인가.'

장진수가 느끼기에 노해일은 극단적일 때가 있었다. 언제는 약을 하냐고 묻지를 않나, 이번엔 고등학교에 안 간다고 하지 않나.

"대학도 아니고 고등학교 안 가는 건 좀 그렇지 않아?"

"대학에 갈 것도 아닌데 고등학교에 왜 가."

"아니, 대학을 가고 싶을 수도 있잖아. 뭐, 지금은 아니더라도 나중에."

사실 장진수는 자기가 부모도 아닌데 왜 이런 말을 해야 하나 싶다. 그 역시도 대학에 관심이 없는 건 마찬가지다. 하지만 노해일을 이대로 두면 안 될 것 같았다. 노해일이 자신보다 큰 재능을 가지고 있다는 건 안다.

"딱히."

하지만 미래에 대해 어떻게 저리도 단호하게 자를 수 있을까?

"아니면 예술계통 고등학교는 어때? 너 성적도 좋고 노래도 잘 부르잖아. 웬만하면 붙을걸? 거기 가서 비슷한 꿈을 가진 애들이랑 뭐, 경쟁도 하고 연애도 하고."

"굳이?"

정말 관심 없어 보이는 노해일의 얼굴에 장진수는 '걔들은 경쟁도 안 된다 이건가?' 하는 아니꼬움을 뒤로 하고 가장 마음에 걸리는 부분을 짚어주었다.

"그리고 야, 내가 이런 말 하면 마마보이 같긴 한데 너 고등학교 안 간다는 거 부모님께 말하긴 했냐? …안 했지?"

역시나 노해일은 부모님에게 말하지 않았다.

"뭘 하기 전에 부모님과 대화 먼저 해보는 게 어때? 대한민국의 어떤 부모라도 자식이 고등학교에 진학을 안 한다면 반대할 게 뻔하거든. 기획사 들어간 애들도 다 고등학교는 다녀. 애초에 고졸은 몰라도 중졸은 우리나라에 거의 없고."

장진수가 노해일을 걱정할 처지는 아니지만 저 단호한 태도가 언젠가 부딪힐 게 보여서 걱정이 되었다. 나쁜 애는 아닌 걸 아니까.

"네가 하고 싶은 게 많다는 건 알겠는데. 그 안에 부모님과 싸우고 벽 쌓고 지내는 건 없을 거 아냐. 그게 진짜 니가 원하는 거야?"

헤일로는 왜 자신이 스무 살은 어린놈한테 이런 소리를 들어야 하나 싶었다. 그래서 말을 끊으려는데 마지막 질문에 입을 다물었다.

'내가 진짜 원하는 거?'

뼈가 있는 질문이다. 장진수는 몰라도 헤일로는 그렇게 느꼈다. 사실 헤일로의 입장에선 노해일의 부모는 전혀 중요하지 않다. 그가 가야 할 길에 노해일의 부모는 존재하지 않았다. 그는 누군가의 도움이 그리 필요 없었다. 옛날에도 그랬고 지금도 마찬가지다. 그는 스스로 잘 살아갈 수 있었다. 하지만 한 가지 걸리는 게 있다. 그가 오직 '헤일로'의 입장만 생각할 수 없는 이유, 그에게 이 몸을 준 '노해일'이 마음 한편에 걸렸다.

'노해일이 원하는 건 내가 알 수가 없는데.'

그는 노해일과 대화를 할 수 없다. 당연하게도 몸은 하나고 그가 노해일의 몸을 가졌으니, 진짜 노해일은 어디 있는지도 모르고 노해일이 원하는 걸 알 수 있을 리가 없었다. 그나마 노해일이 제 흔적을 남긴 건 그 비밀 노트가 전부다. 노해일의 자작곡 외에 낙서, 잡다한 고민으로 이루어진 일기장 말이다. 노트를 정독했지만 노해일이 원하는 어떤 것도 찾지 못했다. 노해일이 굉장히 우유부단해서 어떤 결정도 하지 못했다는 사실만 깨달았다.

'노해일이었으면 뭘 했을까?'

사실 큰 기대는 없다. 노트의 흔적만 봐선 결국 부모의 말을 들었을 것 같다. 반대하면 반대하는구나, 하고 포기했을 것 같다는 소리다. 물론, 이는 그의 추측일 뿐이니 실제론 달랐을지 모르겠다. 헤일로처럼 집을 나왔을 수도 있고 둘 다 포기하지 않았을 수도 있다.

"그… 화났으면, 미안."

"화 안 났어."

노해일의 얼굴이 굳어지자 소심한 사과가 돌아왔다.

'소심한 놈. 이런 놈을 갱으로 오인하다니.'

헤일로는 양손을 머리 뒤로 깍지 껴 의자에 기대앉았다.

*"사춘기처럼 굴지 말고 똑바로 말해. 어른이면 어른답게 책임을 지든가."*

늘 그에게 애 같다고 잔소리하던 매니저가 생각나서 그럴까. 헤일로는 매니저의 잔소리를 농담으로 받아치곤 했지만 부정하지는 않았는데, 실제로 자신이 제대로 된 어른이라고 생각한 적이 없기 때문이다. 그냥 시간이 흘러간 거다. 언제나 그는 열여섯 살, 집에서 뛰쳐나왔던 그 아이였다. 크게 달라진 건 없었다. 그렇다고 진짜 애한테 '나도 애야!'라고 외칠 수도 없는 법이다. 어쨌든 그는 나이를 먹었으니까.

"어렵네."

"뭐, 뭐가?"

"받은 게 있으니 무시할 수도 없고."

"내가 뭘 줬던가?"

헤일로는 장진수의 착각을 굳이 고쳐주지 않고 허공을 주시했다.

"내가 하고 싶은 것만 하기엔 신경이 좀 쓰이는데."

"…역시 그렇지?"

이 역시 장진수에게 하는 말은 아니지만 부정하진 않았다.

"그럼 진짜 원하는 게 뭘까?"

"그거야 니가 알겠지?"

"흠."

한숨이 나온다. 장진수가 거슬리기 때문이 아니라 진짜 고민이 됐다. 사실, 장진수가 그에게 잔소리하지 않으면 이런 고민을 하지도 않았을 거다. 헤일로는 그냥 헤일로처럼 굴었겠지.

그때, 장진수가 말했다.

"뭐, 이런 말 하면 좀 웃기고 오글거리는데. 음악엔 작곡가의 당시 생각과 감정이 담겨 있대. 음악을 듣고 우리가 눈물을 흘리거나 웃을 수 있는 건, 비슷한 생각을 공유하고 감정을 나누기 때문인 거지. 이게 네 고민을 해결해줄지는 모르겠지만, 너도 잘 만들려고 하지 말고 그냥 아무렇게나 음악을 만들어보는 게 어때? 그 음악에 네가 정말 원하는 게 담겨 있을 수도 있으니까."

허공을 보던 헤일로의 시선이 천천히 장진수에게 향한다.

'시바, 역시 너무 오글거렸나. 그냥 입 다물걸.'

"너 뭐라고 그랬냐?"

역시 헤일로의 목소리는 곱지 않다.

"아, 아무 말도 안 했는데?"

장진수의 말에 헤일로는 잠깐 가만히 있다가 돌연 벌떡 일어났다. 소파로 다가가 가방을 열다 다시 멈춰 장진수를 주시한다.

"왜?"

"혹시 노해일, 아니 내 애인 아냐?"

"?! 뭔 개소리야? 그걸 내가 어떻게 알아?"

"…역시 모르나."

장진수는 그 뜬금없는 질문에 의아해하다가 곧 입꼬리를 올렸다. 문득 노해일이 교문 앞에 여자애들이 몰려 있으면 피해 돌아간 게 생각났다.

"아니, 근데 갑자기 애인은 무슨, 모태솔로새끼가. 여자애들한테 말 한마디도 못 하는 게."

헤일로가 작게 중얼거렸다.

"그럼…. 그건 누군데?"

"뭐가?"

헤일로가 가방을 열고 노트를 꺼내 급하게 노트를 넘겼다.

노해일이 늘 갖고 다니는 노트였기에 장진수는 '저기에 뭐가 있나?' 하며 고개를 갸웃했다. 그리고 천천히 노해일에게 다가갔다.

"야, 뭔데?"

헤일로는 노트의 가장 마지막 페이지를 폈다. 그에게 가장 익숙한 오선지가 보인다. 그 안에 진하고 옅은 음표들이 유영하고 있다.

'어쩌면 내가 착각했던 걸 수도 있어.'

감성적인 멜로디와 달콤한 가사는 어딜 보나 한국에서 말하는 발라드, 그것도 연인을 향한 사랑 노래로 보였다. 그러나 노해일에게 여자친구가 없다고 한다. 장진수가 틀렸을 수도 있지만 만약 연인이나 비슷한 관계의 여자가 있었더라면 벌써 연락이 왔을 거다. 노해일이 쓴 가사를 보면 짝사랑일 리도 없다. 따라서 헤일로는 이제까지 생각해본 적 없는 가능성을 떠올렸다.

'이 노래의 주인이, 노해일이 이 노래를 들려주고 싶었던 사람이 이성적으로 관심 있는 여자애가 아니라면?'

헤일로는 '고백'의 악보를 처음부터 다시 읽어보았다.

"밤새 하고 싶은 말이 있어."

헤일로는 음정을 다 빼고 가사만 읽었다.

모든 순간 흘러가는 대로 들어줘
이상하게 보일지도 모르지만

떨리는 걸음으로 너와 한 걸음 가까워지고 있어

내가 무슨 말을 하더라도 네가 떠나지 않는다면

이 밤이 두렵지 않도록 더없이 밝은 미소로 나를 반겨준다면

우리가 가장 기다려왔던 순간이 오게 될 거야

이건 오직 너를 위한 노래 밤하늘 아래 간직한 오래된 고백

밤바다에 띄운 편지에 영원을 담아 이 밤이 지기 전에 불러줄게

오직 우리 둘만의 이야기를


애절하지만 가사 때문에 담백하다는 생각이 들었다. 그게 단지 순수하고 풋풋한 중학생의 노래라서 그런 줄 알았는데 대상을 바꾸니 다르게 들렸다.

"고백."

이 노래의 의미는 좋아하는 여자를 향한 프러포즈가 아니었다. 이제까지 어느 것도 선택하지 못했던 노해일이 드디어 제 마음을 고백하려고 했던 거다. 헤일로는 그 대상이 '어머니'일 거로 확신했다. 그동안 그가 착각했던 건 이상하지 않다. 이 노래가 사랑 노래인 건 분명히 맞으니까. '너'라는 대상을 로맨틱한 멜로디 속에 의도적으로 숨기고 있다. 노해일을 모르는 사람이라면, 이 노래가 만들어진 배경을 모른다면 모두가 착각할 수 있었다.

헤일로는 허탈하게 웃었다. 저 역시 다른 평범한 사람들처럼 이 단순한 트릭에 속았다는 것에 웃음이 났다.

"완전히 잘못 불렀어."

그리고 인정했다. 이 꼬마를 우습게 보다 한 방 먹었다는 것을.

"건방진 꼬맹이…."

혜일로는 괜히 욕을 하며 저를 속여버린 중학생 아이를 처음으로 인정하게 되었다. 노해일은 혜일로와 완전히 다르다. 겁쟁이에 머저리 같다는 의미가 아니다. 노해일은 혜일로와 완전히 다른 인간으로서 완전히 다른 길을 걸어갔다. 혜일로가 외면과 저항을 선택했다면 노해일은 대화와 화합을 선택했다. 적어도 이 노래를 그녀에게 들려주려고 했다면 그렇다. 혜일로는 노해일이 진짜 어떤 미래를 가졌을지 예측도 할 수 없다. 하지만 이제 노해일이 원했던 건 알게 되었다.

혜일로가 노해일에게 묻는다.

'이렇게 준비해놓은 건 나보고 좀 더 나은 미래를 만들라는 거냐?'

혜일로는 이 꼬맹이의 선택이 과연 좋게 끝날지 알 수 없었다. 그가 경험해보지 않은 선택이기에. 그러나 이 꼬맹이가 이렇게까지 바라고 있으니 책임감이 든다. 어른으로서의 책임감이라기보다 그냥 인간으로서의 도의, 그런 거다. 또 이런 게 진짜 통할까 하는 작은 호기심일지도 모른다.

"여기서 겁내면 내가 아니지."

\* \* \*

박승아는 식기를 정리했다. 이윽고 세탁기를 돌리고 쓰레기통을 비웠다. 창문을 활짝 열고 환풍기 전원을 켠 후 무소음 진공청소기로 넓은 거실과 안방, 작은방을 차례대로 오간다. 평소엔 집안일을 여기서 끝내지만 오늘은 이어서 할 것을 찾았다. 오랜만에 수건을 꺼내 창문을 닦고 먼지가 쌓인 책을 정리한다. 귀찮아서 미뤄두었던 낡은 옷걸이도 교체하고 이미 깨끗한 부엌을 다시 한번 확인했다. 도저히 가만히 있을 수가 없다. 복잡한 머리를 털어내기 위해서라도 그녀는 더 성실히 움직였다.

결국, 해야 할 일이 모두 사라진 때가 왔다. 그녀는 거실 한가운데서 있다가 거실 끝에 있는 아들의 방을 새삼스럽게 바라보았다. 방문이 굳게 닫혀 있다. 갑자기 '저 방문은 언제부터 저렇게 굳게 닫혀 있었을까?' 하는 의문이 들었다. 기억이 나지 않는다. 새벽 2시 넘도록 공부하던 아들은 빛이 새어 나가지 않도록 방문을 닫았다. 공부가 더 잘될 거라고 생각해서 그녀는 내버려두었고 지금까지 방문은 굳게 닫혀 있다. 워낙 깔끔한 아이라 방을 치워줄 것도 없었다.

박승아는 조심스럽게 아들의 방에 다가갔다. 그리고 천천히 문고리에 손을 올린다. 딸깍. 문은 잠겨 있지 않다. 언제든 그녀가 들어오길 기다린 것처럼. 그녀는 오랜만에 노해일의 방 안으로 들어왔다. 그리고 그녀가 마주한 건 지저분한 방 안 꼴이다. 옷이나 쓰레기들이 널려 있는 건 아니었다. 다만 바닥에 구겨진 종이들이 굴러다녔고, 생일 선물로 사줬던 에어팟이 그 옆에 떨어져 있다. 대충 구겨진 이불과 환기되지 않은 방 안에 먼지가 부유한다. 난장판인 방 안의 모습을 그녀는 담백하게 살펴보았다. 이상하게 화는 나지 않았다. 그냥 바닥에 떨어진 베개와 에어팟을 주워 제자리에 뒀을 뿐이다.

이윽고 그녀는 바닥에 굴러다니는 종이공을 모았다. 모두 쓰레기통에 버리려고 하는데 종이에 쓰여 있는 것들이 보인다. 구겨진 종이를 펴자 오선과 휘갈겨 쓴 음표들이 있다. 어느 종이에는 알파벳이, 다른 종이에는 무슨 말인지 모를 글자가 박혀 있다. 항상 단정

182

한 글씨를 보았던 그녀는 아들이 이렇게 악필일 줄 상상도 못 했다. 차마 종이를 버리지 못하고 곱게 펴서 책상 한쪽에 올려두고 아들의 침대에 털썩 주저앉았다. 이내 찬수 엄마가 알려주었던 '영상'을 떠올렸다. 그녀의 머릿속을 복잡하게 만들어버린 영상이었다.

세상에 아들을 못 알아보는 엄마는 없다. 무슨 꼴을 하고 있든 얼마나 멀리 있든 주파수가 있는 것처럼 찾아내곤 한다. 박승아도 영상 속에 자신의 아들을 발견했다. 찬수 엄마는 닮은 사람인 것 같다고 쉽게 넘어갔지만 그녀가 보기에 분명 노해일이었다. 그러나 동시에 낯설게 느껴진 건 표정도 행동도 아들을 둘러싼 모든 환경도 그녀가 상상도 하지 못한 것들이기 때문이다. 그녀는 아들이 이런 모습을 가지고 있을 줄은 몰랐다. 이렇게 많은 사람에게 둘러싸여 행복한 표정으로 이렇게 따뜻한 노래를 부르고 있을 줄 몰랐다.

"왜, 왜 말을 안 했지?"

그녀가 모르는 건 당연하다. 노해일은 그녀에게 어떤 말도 하지 않았다. 어디에 가서 뭘 하는지, 누구와 어떻게 노는지, 그 준수인가 하는 친구와 언제부터 친해졌는지 말해주지 않았다. 언제든 말할 기회가 있었으나 말할 생각이 없어 보였다.

그녀는 언젠가 아들과 싸웠던 아침을 떠올렸다. "취미로 할 생각 없다면요?"라고 하던 버릇 없는 태도를 사춘기이려니 넘긴 그 아침을.

'그때 내가 뭐라고 말했더라. 하지 말라고 했던가? 아니면 그냥 화를 냈던가.'

생각해보면 긍정적인 반응은 없었다. 당연하지만 아들은 딴짓할 시간이 없었다. 외고에 들어가는 건 시작일 뿐, 갈 길이 멀었다.

이성적으론 그랬다. 아들의 미래를 위해 더 엄격하게 대해야 한다고 생각했다. 그런데… 그 영상 속에 있는 아이가 너무 행복해 보여서, 또 그 노래를 듣는 사람들의 표정이 자신과 마찬가지로 감동에 젖은 듯해서 그녀는 지금 무엇이 옳은지 혼란스럽다.

멍하니 허공을 바라보던 박승아가 자리에서 벌떡 일어났다. 그녀는 거실에 있는 인터넷 텔레비전으로 달려가 커다란 화면에 너튜브를 틀었다. 당연하게도 최근 영상은 하나밖에 없다. 그녀가 수십 번은 돌려본 그 영상. 이제 노해일이 무슨 노래를 불렀는지, 그노래를 부르며 무슨 얼굴을 하는지도 다 외워버렸다. 그러나 이 영상이 여전히 새로운 건 노해일의 노래를 듣는 사람들의 반응이 가슴을 두근거리게 만들기 때문이다. 감동에 젖은 눈, 서로의 어깨에 머리를 기댄 연인, 같이 노래를 따라 부르는 사람, 화면 속 그들이 머릿속에서 떠나가지 않는다.

그녀는 사람들의 반응을 보기 위해 댓글 창도 열었다. 인기 댓글은 하도 많이 봐서 더는 어떤 느낌도 없었지만 계속 생겨나는 댓글이, 그 댓글의 칭송이 그녀를 설레게 했고, 악플엔 눈살이 찌푸려졌다. 그러나 비난 댓글은 '싫어요' 테러를 받았고 곧 좋은 글들에 묻혔다.


[오랜만에 눈물이 났습니다. 매일 똑같은 일상, 사직서를 품에 넣고 소주 한잔을 위안 삼아 오늘 하루도 힘겹게 보냈는데 갑자기 다 괜찮아지더군요. 언제나 힘든 건 마찬가지이지만, 그래도 세상은 여전히 살만한 것 같습니다. 오랜만에 좋은 노래를 불러줘서 감사합니다. 어린 친구인데 참 사람을 울리는 노래를 부르네요. 대한민국에 이런 노래를 부를 수 있

는 사람이 나온 게 얼마 만인지. 더 많은 노래를 불러줬으면 합니다.]

박승아는 어쩐지 눈이 뜨거워졌다. 아들을 통해 이 많은 사람이 치유받고 힘든 하루를 견딜 수 있다는 게 감동적이었다. 아침까지 분명 48만 회였던 영상이 눈 깜박할 새에 55만 회를 넘어 60만 회에 접어들고 있었다. 엄청난 성장세였다. 이 조회 수의 원인엔 알고리즘이 있겠지만 이미 본 사람 중에서 다시 보는 사람도 있었다. 댓글만 봐도 4시간째 듣고 있다고 말한다. 게다가 외국어로 된 댓글도 늘어나는 걸 보면 단지 한국인만 유입되는 건 아닌 것 같다. 그녀는 댓글을 모두 읽을 기세로 내리다 특이한 댓글을 하나 발견했다.

[이분 이 사람 아님? nutube.com/watch?v=5_RhQor [wave_r] 맞는 것 같은데]

주소창을 발견하곤 박승아는 화들짝 놀랐다. 벌써 아들의 신상이 다 알려졌나 싶었다. 집에 기자들이 몰려와 결국 이사를 하게 되는 상상까지 한 그녀는 조심스럽게 영상을 눌렀다.
"이건⋯."
박승아는 눈을 번쩍 떴다. 그녀가 발견한 건 이전의 영상과 비교되지 않을 정도로 적은 조회 수를 가진 아무것도 없는 채널과 그곳에 덩그러니 놓여 있는 하나의 깨끗한 영상이었다. 침을 꿀꺽 삼키고 덜덜 떨리는 손으로 영상을 터치한 그녀의 귀에 곧 선율이 들려왔다.

* * *

"다했어?"

"어."

헤일로는 컴퓨터를 끄고 일어났다. 온몸의 뼈가 뿌드득 소리를 냈다. 준비는 다 끝냈다. 그는 기타를 챙겼다. 작곡가의 의도를 파악하지 못했으니 기존의 노래는 실패한 노래다. 그는 다시 의도가 전달되도록 곡을 손보았고, MIDI로 인스트(Inst) 녹음을 끝냈다. 이젠 노해일의 진심을 들려줄 차례다. 헤일로가 할 수 있는 최고의 방법으로. 노해일이 녹음 스튜디오에 있었던 건 영상을 보여주려고 했던 거겠지만 헤일로는 그의 의도처럼 영상을 찍을 생각이 없다. 그보다 더 좋은 방법이 있다. 그가 더 잘 할 수 있고 아마 더 잘 전달할 수 있는.

"어때, 잘될 것 같아?"

장진수는 헤일로가 뭘 했는지도 모르면서 아는 것처럼 물었다. 헤일로는 그가 모자란 애가 아니란 걸 알기에 원래 무시할 수도 있는 질문에 답을 해줬다.

"모르지."

"오, 니가 웬일로 자신감이 없어?"

"자신 없는 건 아니야."

그 이상은 그가 할 수 있는 일이 아니라 그렇다. 헤일로는 과거의 기억을 떠올린다. 그의 아버지는 그가 음악을 한다고 했을 때 기타를 부수려고 했다. 그는 온몸을 던져 기타를 지켜냈고 아버지에게 반발했다. 그 결과 아버지는 그에게 악마가 들렸다며 체벌했고, 어머니 역시 헤일로를 나무랐다. 형제들도 그를 비난했다. 그의 간절함을 들어줄 사람은 없었다. 누구도 그의 목소리를 듣지 않았다. 벽에 외치는 기분이었다. 그는 집을 뛰쳐나온 자신의 방식을 단 한 번도 후회한 적이 없다. 그래서 더 그런지 이번엔 어떻게 될지 모르겠다. 노해일이 원하는 방법으로 최선을 다해 준비했지만 결국 받아들이는 건 그들이다.

헤일로는 크게 숨을 들이마시며 아파트 엘리베이터에 올랐다. 한 발짝 내디딜 때 다리가 단단해지고 앞을 향하는 눈엔 의지가 깃든다. 더 나은 미래를 위해.

현관문을 연 헤일로는 당황해서 멈춰 섰다.

"해일이 왔니? 일찍 왔네."

박승아도 놀랐다. 그녀는 아직 해도 지지 않은 이른 시간에 아들이 들어올 줄은 몰랐다. 어색하게 손을 흔드는 어머니에게 헤일로도 고개를 살짝 숙여 인사했다. 그리고 고개를 들어 두 눈을 의심했다. 항상 깔끔하고 고운 모습이었던 그녀는 오늘만큼은 깔끔하지 않았다. 특히 눈화장이 번진 듯 눈가가 얼룩져 있었다.

"배 안 고프니?"

"네."

헤일로는 저도 모르게 대화를 끊듯 대답해버렸다.

"그래? 그럼 다행이다. 아직 밥을 못 해서 먹을 게 없거든."

헤일로는 오늘따라 노해일의 어머니가 이상하다고 느껴지는 건 그녀를 대하는 자신의 마음이 달라졌기 때문이라 여겼다. 그는 다시 어색해지는 분위기에 입을 열려고 했다.

"그… 하고 싶은 말이…."

"엄마가 할 말이…."

동시에 나온 목소리. 동시에 입을 닫자 거실이 고요해졌다. 먼저 말하라고 양보하는 두 사람은 누가 봐도 모자지간이다.

"해일아."

정적을 깬 건 노해일의 어머니다.

"담임 선생님께 전화 왔어. 기말고사 성적 때문에…."

'성적 발표일은 수요일일 텐데.'

해야 할 일이 있는 상황에 헤일로에게 악재가 찾아왔다. 설마 미리 부모님에게 알려주는지 몰랐다.

"수학 시험에 무언가 착오가 있는 것 같다고 하시더라. 처음부터 끝까지 3번으로 찍혀 있다고. 이게 네가 한 게 맞는지 확인해 달라던데."

어머니의 질문에 헤일로는 고개를 끄덕였다.

"제가 한 게 맞아요."

"…왜 그랬니?"

"그냥 못 풀었어요."

헤일로의 답에 박승아가 입을 다물었다.

'화를 내려나?'

헤일로는 성적을 중요시하던 그녀의 모습이 떠올랐다.

"왜 못 푸는데?"

그녀의 단조로운 목소리에 헤일로는 단순히 몰라서 못 풀었다고 말하려다 말았다. 모범생인 노해일이 몰라서 못 풀었다고 하는 건 이상해 보일 터다. 그는 침묵을 선택했다.

박승아는 위축된 아들의 정수리를 보며 옅게 웃었다.

"해일아, 엄마가 할 말이 있는데."

헤일로는 고개를 번쩍 들었다. 좋은 상황은 아니었다. 이대로 둔다면 필시 갈등이 깊어질 거다.

"잠깐만요."

헤일로는 어머니의 말을 끊었다. 더 늦어서는 안 된다.

"제가 먼저 하고 싶은 말이 있어요. 들어주세요. 그러니까….."

헤일로는 거실에 놓인 소파를 가리켰다.

"저기 앉아서."

헤일로의 손짓을 따라 고개를 돌린 박승아가 의외로 순순히 고개를 끄덕였다.

"그래."

헤일로는 통기타를 들고 박승아 앞에 앉았다. 사실 이 통기타는 그렇게 고급스러운 건 아니었다. 마감도, 선율도 아쉬운 어디까지나 아마추어용이다. 그래서 분명 이걸로 완벽한 연주는 불가능할 테지만 사실 완벽한 연주는 필요 없을지도 모른다. 노해일은 분명히 이 기타로 들려주었을 것이다.

헤일로는 이제 노해일의 의도를 완전히 알았다. 또다시 실수한다면 헤일로가 아니다. 그는 이 곡이 연인을 위한 곡이 아닌, 자신이 더 안전한 길로 가기 원하는 어머니에게 들려주는 곡이란 걸 마음 깊이 새겼다. 그는 줄을 퉁기며 곧 노해일이 가장 사랑하는 사람 앞에서 입을 열었다. 어머니에게 노해일의 진심이 전달되길 바랐다.

박승아는 울컥 차오르는 마음을 다스리려 애썼지만 이미 눈에 눈물이 글썽글썽하다. 그녀는 헤일로의 예상과 달리 아들에게 그리 화낼 마음이 없었다. 물론, 성적 얘기를 전달받았을 때 충격이 컸지만 오늘만큼은 아들에게 화내고 싶지 않았다. 어쩌면 며칠 뒤엔 아들이 미워질지도 모른다. 그래도 오늘은 아니다.

박승아는 가슴이 먹먹했다. 아들이 올린 너튜브 영상에서 이미 이 선율을 들은 바 있다. 그 영상을 본 적잖은 사람들은 로맨틱하다고 말했지만, 그녀는 이 노래가 누굴 위한 노래인지 깨달았다. 영상의 주인공이 다시 그녀를 위해 노래해주고 있다. 이번엔 영상이 아닌 눈앞에서 영상보다 더 따뜻하고, 영상보다 더 예쁘게 부르고 있다.

2절까지 끝내고 헤일로는 기타를 내려놓았다. 박승아는 자신의 반응을 기다리는 아들이 사랑스럽기만 했다. 그녀는 저도 모르게 아들에게 다가가 그가 쓴 가사처럼 따뜻한 미소로 안아주었다. 공부가 아닌 다른 길로 가더라도 나는 여전히 당신을 사랑하고 있으니 미워하지 말라는 노래에 울지 않을 수 없었다.

"하고 싶은 거 해."

그녀는 감정을 꾹 누르며 말했다.

"하고 싶은 거 다 해도 돼."

뻣뻣이 굳은 그녀의 아들이 머리를 움찔한다. 박승아는 노해일의 재능이 따로 있다는 걸 미처 알아채지 못했음을 인정했다. 적어도 그렇게 행복하게 노래를 부르고 수많은 사람한테 사랑받는데 반대할 수가 없다. 언젠가 후회할지라도 이렇게 따뜻하고 예쁜 노래를 만들어 들려주는데, 어떻게 하지 말라고 다그칠 수 있을까.

그녀는 너튜브를 보고 전율을 느꼈다. 당장이라도 모두에게 소리치고 싶었다. 찬양하는 댓글을 보면서 얼마나 참았던가.

'얘가 내 아들이에요. 내 아들이 얼마나 이쁜지, 얼마나 노래를 잘 부르는지 다들 들어보세요.'

"엄마는 네 편이야."

헤일로는 어느덧 식탁에 앉아 밥을 먹고 있는 자신의 모습에 퍼뜩 놀랐다.

'이상하네.'

언제 자리를 옮겼는지, 언제부터 밥을 먹기 시작했는지, 어머니가 왜 흐뭇하게 바라보며 반찬을 숟가락 위에 올려주고 있는지 통 모르겠다. 그보다 헤일로는 자신의 방법이 진짜 통할 줄 몰랐다. 노래를 듣고 어머니가 다가올 때 때리려는 건가 의심했던 그의 사고가 따뜻한 포옹에 멈췄다. 그리고 "하고 싶은 거 해"라는 노해일이 그렇게 바랐던 한마디를 들었을 때 '왜 이렇게 쉽지?' 하는 의아함마저 들었다.

노래는 분위기를 만들기 위함이었을 뿐이다. 노해일의 어머니이니 모성애를 자극한 다음에 설득하려고 했다. 예를 들면 어른들이 좋아할 만한 앞으로의 비전, 인생 계획, 각오 그런 거 말이다. 하지만 그런 준비가 무색하게 이른 허락이 떨어졌다. 헤일로는 믿을 수가 없다. '설마 나도 노래 한번 불렀으면 그들이 허락해줬을까?' 하는 생각이 살짝 스쳤지만, 사실 그렇진 않았을 것이다. 애초에 노랠 부를 분위기도 아니었고 그가 부르던 건 이런 블루스도 아니었으니 신실한 그의 아버지 앞에서 샤우팅을 질렀으면 아마 뒷목을 붙잡고 쓰러졌을 거다.

'노해일의 부모님은 그들과 다른 사람이기 때문이 아닐까?'

헤일로는 박승아를 바라보다가 밥을 마저 먹었다. 프라이팬에 구운 햄은 짭짤하면서 맛있다. 케첩의 풍미는 말할 것도 없고 쌀밥과의 조화도 훌륭했다.

'어쨌든 성공했네.'

노해일이 바라는 대로 됐다. 생각한 것보다 수월하게 끝나서 오히려 찜찜했지만 원하는 대답을 들었으니 성공한 거다. 노해일의 아버지는 만나보지도 못했지만 마음 한구석 묵직하게 있던 돌이 빠져나간 느낌이다.

'괜찮냐?'

헤일로는 어딘가에 있을 노해일에게 물었다. 대답은 들리지 않지만 적어도 그와 마주 앉아 있는 어머니를 본다면 만족했을 거 같다.

헤일로에게 이렇게 집이 편하게 느껴진 적이 있었을까. 당장 오늘 아침까지만 하더라도 남의 집처럼 불편했는데.

"맛있지? 엄마가 스팸 더 구워줄까?"

"네."

굳이 거절하지 않았다. 그가 먹어본 소시지 중에 가장 맛있었다. 박승아는 스르륵 일어나 가스레인지 앞으로 향하며 말했다.

"어머, 맞다. 언제 그 친구도 집에 데려오렴."

"친구요?"

"새로 사귄 친구, 그러니까 준수였나. 저번에 데려다준 착한 친구 말이야."

"아, 장진수? 네, 데려올게요."

"그 친구랑 같이 그동안 돌아다녔던 거지?"

"네."

화기애애한 분위기와 대화는 계속 이어졌다. 헤일로는 어머니의 등을 바라보며 턱을 괴었다. 이건 노해일이 원했던 결말이고 자신은 여기서 제삼자일 뿐인데 기분이 이상했다.

# 7. 쇼 유 어 쇼

서울 마포구 ENS(Entertainment Network System) 방송국, 'Show your show S. 3' 명패가 달린 회의실 안에서 신음과 비명이 흘러나왔다. 커피를 들고 지나가던 사원들은 기겁하며 멀리 피해서 갔고, 사연을 알고 있는 관계자들은 안쓰러운 시선을 보내며 지나갔다.

회의실 안에서는 PD부터 막내 작가까지 금방 죽을 것 같이 온몸을 꼬며 노트북을 노려보고 있었다. 그들 앞에는 사약 같은 별다방 커피가 어지러이 놓여 있다.

"으윽…."

충혈된 눈알을 번들거리며 모니터 불빛만을 쫓는 좀비가 가득한 이곳은 지상에 펼쳐진 지옥도였다.

"슬슬 식사 시간인데 다들 점심 안 드세요?"

"밥은 무슨 밥, 당장 방영일 당겨져서 1차 결과 돌려야 하는데."

구 PD가 신경질적으로 말했다. 그나마 여유 있었던(실제로 여유 있지 않다) 1차 심사를 3주 만에 끝내야 하니, 화가 나지 않을 수 없었다. 기존에 방영되던 프로그램이 출연진의 음주운전으로 폐지되지만 않았어도 이렇게까지 촉박하게 처리하지는 않았을 것이다.

"어휴, 그래도 먹고살자고 하는 짓인데. 그래, 점심 먹고 하자."

이러다가 누구 하나 병원에 실려 가면 또 얼마나 손해인가. 21세기에 영양실조 진단을 받으면 더 쪽팔린 일이다. 아프리카도 아니고, GDP 10위 안에는 늘 드는 대한민국 서울에서!

"형진아, 에그드랍 사 와라."

"다른 거는 안 될까요?"

"뭐, 컵라면 먹고 싶냐."

"다녀오겠습니다."

형진이 나가고 구 PD는 창문을 열며 분위기를 환기했다.

"뭐, 괜찮은 애들 좀 있어?"

"비슷하죠, 뭐. 오디션은 늘 똑같잖아요. 모래시계형."

"그렇지."

잘하는 애들은 엄청나게 잘하고, 못하는 애들은 이렇게 못할 수 있나 싶을 정도로 못한다. 늘 그렇듯 오디션 서바이벌 지원자는 극과 극으로 나뉘었다.

"아, 그러고 보니 너튜브에 화제 되는 일반인 있던데 보셨어요?"

"너튜브? 갑자기?"

"잠깐 귀 좀 식히려고 들어갔다가 알고리즘에 보여서요."

"김 작가가 이렇게 말할 정도면 괜찮겠네. 혹시 우리 프로에 지원했어?"

"지원했으면 바로 가정 방문했죠."

"뭐야? 그 정도야? 근데 가정방문이라면…. 미성년자야?"

한번 보여달라는 눈치에 김 작가가 너튜브로 들어간다. 최근 기록 상단에 남아 있다.

"진짜 진국이에요. 우리 프로에도 잘 어울렸을 텐데. 어쩜 이렇게 연락이 힘들까."

김 작가는 진심으로 아쉬웠다. 이 예쁜 그림, 정말 잘 소화할 수 있는데 도대체 왜 안 나왔을까.

김 작가가 보여준 영상에 구 PD는 뚱하게 반응한다. 잘하면 얼마나 잘한다고. 그래 봤자 잘 부르는 일반인 수준이려니 했다.

"뭐야, 렛 잇 비? 겨우 이걸로 잘 부른다고 할 수가…."

그러나 10초가 지나고 20초가 지나도 PD의 말은 이어지지 않았다. 그의 눈에 스친 탐욕을 본 김 작가는 예상했다는 듯 웃었다.

"…진짜 안 나왔어?"

"예, 이미 찾아봤죠. 혹시나 해서."

특출난 외모를 가지지 않았지만 스타성이 보였다. 사람들의 표정만 봐도 그게 보이지 않는가.

"다른 프로에 나온 거 아냐?"

"일단 연락 돌렸는데, 방영을 앞둔 오디션 프로 중에 일반인이 나오는 건 없더라고요."

"얘 일반인인 건 확실해? 어디 기획사 소속 아냐?"

"그거야 모르죠."

이미 데뷔를 앞둔 연습생일 순 있다. 다만 그랬다면 정보가 더 많이 풀렸을 것이다. 소속사에서 이런 마케팅 기회를 놓칠 리가 없다.

"나한테 이런 거 왜 보여준 거야. 괜히 기운만 빠지게."

"저만 아쉬워하기 싫어서요."

"김 작가가 내가 뭐 잘못한 게 있나?"

일단 자신을 〈쇼유〉에 끌어들인 것부터가 잘못이라고 말하고 싶은 김 작가는 비소를 흘리며 폴더를 살폈다. 이미 합격자와 불합격자가 나뉜 폴더에서 '보결' 폴더가 눈에 띈다. 여긴엔 애매한 지원자들을 넣어놨다. 합격할 실력은 아닌데 그렇다고 버리기엔 좀 아쉬운 지원자들.

"PD님, 계속 고민돼서 그런데 하나만 봐주실래요?"

특히 걸리는 애가 하나 있었다. 정말 평범해 사실상 합격할 정도로 스타성이 뛰어난 것도 아니고 소스도 풍부하지 않으며 그렇다고 실력이 특출나지도 않았다. 다만 불합격시키기 어려운 건….

"불합격인데?"

바로 판단을 내린 구 PD는 이걸 왜 들으라고 했는지 의아했다. 무반주 랩에는 특출난 게 없었다. 하지만 김 작가는 아랑곳하지 않고 바로 옆에 있는 영상을 눌렀다. 이번엔 MR이 있는 영상으로.

'기대가 전혀 안 되는데.'

긴장한 어린 얼굴은 스타성도 매력도 소스도 실력도 갖추고 있는 게 없었다.

"오?"

그때 들려오는 비트에 구 PD는 아까처럼 입을 다물었다. 나쁘지 않다며 고개를 까딱인다. 밋밋하게 느껴졌던 랩이 산다. 잘 만들어진 비트다. 게다가 곧 들려온 훅이….

"어?"

미쳤다. 이게 내 매력이라고 아우성친다. 생각지도 못한 반전에 구 PD는 눈을 번쩍 떴다.

"이거…. 자작곡 확실해?"

"네, 확인했어요."

구 PD의 마음이 합격 쪽으로 기울었다. 이 정도 작곡 센스라면 아쉬운 실력은 문제 되지 않는다. 발성과 랩핑은 트레이닝을 받으면 고쳐질 문제다. 평범해 보였던 아이는 이 작곡 센스 하나로 뽑을 가치가 있었다. 심지어 중학생! 어린 천재에 대한 소스가 머릿속을 스쳤다.

"이건 된다."

"그럼 합격시키겠습니다."

김 작가가 침착하게 고개를 끄덕였다. 보결 폴더에 들어 있던 한 영상이 '합격' 폴더에 들어간다. 합격자들에겐 조만간 단체로 연락을 돌릴 것이다. 2차 오디션에 대한 공지와 함께 2주 뒤 첫 촬영을 시작할 거라고.

\* \* \*

이틀 뒤, 연락을 받은 장진수가 환호성을 질렀다.

"흐흐. 흐흐…."

헤일로는 저 변태 같은 웃음이 거슬렸다. 그러나 웃음의 주인공은 무슨 비난을 해도 행복해하는 얼굴이다. 그는 도저히 봐줄 수 없어 외면하며 저럴 줄 알았으면 처음부터 도와주지 않았을 거라고 후회했다.

"진수야."

"예, 형. 흐흐흐."

"촬영은 언제야?"

"2주 뒤쯤?"

한진영의 물음에 장진수가 곧장 답변했다. 답변 속도를 보면 저 질문을 받길 기다렸던 것 같다.

"생각보다 늦네."

"아, 지금 순차적으로 발표하는 중이라고 하더라고요. 아직 심사가 덜 된 사람도 있다고."

"아, 하긴 이번엔 발표 자체가 일찍 난 거 같기도 하다."

"그죠. 방영도 이전보다 일찍 한대요."

〈쇼유〉 시즌 2가 지난 크리스마스에 방영했으니 〈쇼유〉 시즌 3은 이른 감이 있다. 보통 한 달은 걸렸을 심사를 2주 차에 순차적으로 발표하는 데다가 촬영도 대략 2주 뒤인 11월 23일과 24일에 진행할 예정이다. 그리고 다음 달 7일에 첫 방영이다. 그사이 풀어야 할 티저나 예고편을 고려하면 제작진은 강행군을 거듭해야 했다.

"어, 엔스가 돈이 급한가?"

"그보다 프로그램이 급한 거죠. 음주운전 터져서 이렇게 된 거."

장진수가 양손으로 가위질했다. 그제야 한진영이 이해했다는 듯 고개를 끄덕였다. 앞 프로그램에 문제가 생겨서 인기 프로그램을 앞당겼다는 어른들만의 사정이 있었다.

"힘들겠네."

"전 좋은데요? 빨리 TV에 나올 수 있는 거니까."

2차에 떨어질 가능성은 까맣게 잊어버린 게 분명하다. 장진수는 의기양양을 넘어 어깨가 하늘 위로 솟아버렸다.

"해일아, 쟤한테 그만 깝죽거리라고 소원 좀 빌어라."

배공학이 보다못해 말했다. 이대로면 종일 시시덕거릴 것 같다.

"네? 웬 소원이요?"

"너희 내기했잖아."

"무슨 내기를. 아니, 그거 아직 안 끝났는데요?!"

지난 주말 그들은 노해일의 영상이 조회 수 1만을 넘을지 내기했다. 어제 확인했던 바로는 한참 멀었었기에 장진수는 갑작스러운 말에 고개를 갸웃했다.

"해일이 나온 영상 조회 수를 건 거면 이미 끝난 거 아냐?"

"그게 무슨, 말도 안 되는···."

"해일이 버스킹 영상 백만 보고 있던데."

"네?"

"맞네."

김덕수가 동조하자 장진수의 콧구멍이 벌렁거렸다.

"아니 그건 에바죠!"

그가 내기를 걸었던 건 노해일의 앨범이다. 버스킹 영상이고 뭐고 그건 무효였다.

"그런 게 어딨어! 야, 노해일 니가 말해봐. 우리 내기한 건 네 영상이잖아."

"해일이가 나온 게 해일이 영상 아닌가?"

말장난과 다름없지만 객관적으로 틀린 말은 아니다. 그들이 내기를 걸 때 정확히 어떤 영상이라고 지정한 건 아니었으니까.

"그··· 해일아. 아니지?"

내기를 걸 땐 장진수는 버스킹 영상이 너튜브에 올라가서 백만에 다다를 걸 예상하지 못했다. 이후로 완전히 잊어버렸으니까. 억울해 죽겠는데 그의 편을 들어줄 형들은 아무도 없다. 이게 다 업보다.

"내기 아직 안 끝났죠."

혜일로는 이제 웃음기가 사라진 장진수의 표정에 통쾌함을 느꼈다. 그러나 그는 어린애한테 이 악물고 이길 마음은 없다. 아직 시간도 꽤 남아 있고, 버스킹 영상에 비하면 저조한 조회 수지만 매일 들어갈 때마다 갱신되는 반응이 만족스럽다.

"맞지, 맞지. 역시 노해일! 네가 남자다!"

그는 '투쟁'의 영상이라면 제가 이길 수 있다고 생각하는 장진수의 코를 납작 눌러줄 날을 기다린다. 어떤 근거도 없지만 질 것 같지 않은 건 왜일까.

"지금 조회 수 몇인데?"

"3,000이요."

"음."

한진영과 배공학이 미묘한 신음을 흘렸다. 채널 아트도 없는 채널이니 잘 나왔다고 할 수 있지만, 앞으로 남은 시간 동안 내기에 이길 만한 조회 수가 나올지는 미지수였다.

"당장 버스킹 영상 가서 이게 해일이 계정이라고 하면, 만은 쉽게 찍을 거 같은데."

"만이 뭐야 10만도 가볍게 찍을걸?"

"헐, 에반데."

"진수야, 인생은 실전이야."

장진수는 형들이 왜 더 친한 자신이 아닌 노해일을 응원하는지 이해할 수 없었다.

"야, 노해일. 남자 대 남자로 정정당당하게 싸우자."

낄낄대는 어른들과 놀아나는 줄 모르고 진지하게 구는 장진수를 보며, 헤일로는 혀를 찼다.

'애가 넷이다.'

이 순간에도 알람을 꺼놓은 너튜브는 계속 울리고 있다. 해킹된 것마냥 혼잡한 이모티콘과 약자, 장문으로 어지럽긴 하지만 대충 노래가 좋다, 계속 듣고 싶다, 내 플레이리스트에 올려도 되냐는 팬들의 애원 등이다. 신인 때 그의 인기도 이러했다. 혼잡하고, 광기에 절어 있었다. 이미 익숙하다고 할 수 있다. 그리하여 헤일로는 대댓글이 이상할 정도로 많이 달린 댓글도 무심코 넘겼다.


[안녕하세요 'Special Gemstone Radio'입니다. 귀하의 앨범 struggle을 잘 듣고 있습니다. 오늘의 플레이리스트에서 귀하의 음악을 추천해도 되겠습니까?] (번역 취소)

* * *

캄캄한 방 안, 파괴적인 기타 연주가 숨통을 쥐고 흔든다. 배가 불뚝 나온 남자는 기타를 현란하게 연주하는 척하다가 헉헉거리며 거친 숨을 내뱉었다. 남자는 지난밤 우연히 본 6분 30초짜리 영상이 자신을 미치게 만들 줄 상상도 못 했다.

'스페셜 젬스톤 라디오(Special Gemstone Radio)', 줄여서 SGR 채널의 주인 스톤 챔버는 록을 사랑했다. 모두가 한물 지난 음악이라 하지만 그는 3년 전부터 꾸준히 플레이리스트를 만들고 라디오 채널을 운영했다. 여전히 록이 죽지 않았다는 것을 사람들에게 보여주기 위해, 그리고 더 많은 사람에게 록을 들려주기 위해. 그렇게 꾸준히 록, 가끔은 브리튼 팝 위주로 음악을 추천했던 그의 채널은 어느 날 알고리즘으로 떡상했고, 지금은 백만이 넘는 구독자를 가진 인기 채널이 되었다.

지난밤에도 그는 꾸준히 플레이리스트를 만들고 있었다. 이번에 올릴 영상은 힙합이 아닌 '히피'였고 그에 걸맞은 노래를 찾았다. '히피', '록', '보헤미안' 위주로 사운드 클라우드 앱에서 음악을 건져냈던 그는 잠깐 쉬려고 너튜브에 들어갔다. '투쟁'은 사실 일을 하다가 찾은 것도 아니었다. 기존 영상의 최신 댓글을 쉬면서 모니터링하려던 참에 '당신이 반드시 들어야 할 퍼킹한 곡'이라는 댓글을 발견했다.

"오호."

어떤 팬이 한 영상을 추천했다. 종종 있는 일이었다. 그의 채널 구독자들은 그와 비슷한 취향을 가진 사람들로서 간혹 음악을 추천하기도 했다. 그중에는 진짜 좋은 음악도 있었고 그저 그런 음악도 있었다. 설사 홍보나 광고 같아도 적어도 20초가량은 듣곤 했던 스톤은 이 팬이 올드팬이란 걸 기억했다. 그는 꽤 괜찮은 곡들을 추천하곤 했다. 그가 욕을 쓰는 건 처음 보지만 그러려니 하며 하이퍼링크를 눌렀다. 이 사람은 얼마나 인터넷 망령이길래 조회 수 3,000짜리 딱 하나 있는 영상도 보나 했다.

음악을 듣기 전에 그는 먼저 곡의 정보를 확인했다. 작곡 작사 노래까지 HALO라는 한 사람(혹은 단체)으로 이루어져 있다. 공식 유통사 마크가 없는 걸 보면 인디밴드나 아마추어일 게 뻔하다. 계정도 갓 만들어진 것이고 올라온 건 한 앨범의 수록곡으로 보이는 네 곡. 제목은 마음에 들지만 제목이 좋다고 노래가 좋으면, 플레이리스트가 그의 직업이 되는 일은 없었을 것이다.

'그래도 반응은 좋네.'

조회 수에 비해 '좋아요'와 댓글이 많다. 이건 정말 노래가 좋거나 절대적으로 마이너하거나 둘 중 하나였다.

"어디 한번 들어볼까?" 하며 그는 헤드폰을 가져왔다. 그에겐 텔레비전보다 큰 오디오가 있지만 당연히 쓸 생각이 없었다. 하지만 지금에 와서 그는 자신의 선택을 후회한다. 이걸 처음부터 오디오로 빵빵하게 들어야 했다고.

시작은 잔잔한 피아노 선율이다.

"재즌가?"

나쁘지 않았다. 그리고 점점 반전되는 분위기….

"오, 괜찮은데….".

그리고 스톤 챔버는 몰랐다. 이후로 자신이 한마디도 하지 않았다는 걸. 격렬하게 들려온 일렉 기타와 거칠게 지르는 발성, 그 야성적인 음악에 숨통이 턱 막혔다. 온몸이 마비된 것 같았다. 아니, 떨고 있었던가? 그는 자리에서 벌떡 일어났다.

"이게 뭐야…!"

머리는 당장 다음 곡을 틀라고 하고, 육체는 당장 뛰쳐나가 싸우라고 한다.

"이게 아마추어라고?"

이런 노래를 만든 게 아마추어일 리 없다. 이미 이름을 알린 기성 가수다. 목소리는 젊지만 음악 스타일이 그랬다. 옛날 20세기 영국을 지배했던 음악들이 떠오른다. 댓글 반응은 거기까지 생각하지 않은 듯하지만 평생 록과 브리튼 팝을 들어왔던 스톤 챔버는 확신했다. 머릿속에 여러 이름이 스쳐 지나갔다.

'도대체 누구지? 이런 음악을 아무나 할 수 있을 리가 없는데.'

어떤 음흉한 뮤지션이 과연 제 곡을 발굴할 수 있는지 제 팬을, 아니 세상을 대상으로 시험하는 것 같았다. 자기를 알아볼 수 있냐는 듯. 언젠가 방영됐던 예능 〈더 마스크드 싱어 UK(The Masked Singer UK)〉처럼 내 정체가 무엇일까 찾아보라는 것 같았다.

"나만 이렇게 생각하는 게 아닐걸?"

스톤 챔버는 이 도전장을 엄숙하게 받아들였다. 흥분한 마음을 진정시키며 그는 댓글을 썼다.

"'귀하의 앨범 〈투쟁〉을 잘 듣고 있습니다. 부디-' 아니지. '제발' 아니 이건 너무 간절해. '오늘의 플레이리스트에서 선생님' 아니. 잘 가다 왜 이래. '귀하의 죽여주는'⋯."

계속 비속어가 나왔다. 삭제 버튼을 누르며 스톤 챔버는 문장을 마무리했다.

'귀하의 음악을 추천해도 되겠습니까?'

* * *

헤일로가 노해일의 어머니와 대화를 시도한 건 분명 좋은 선택이었다. 그러나 그는 돌변한 그녀의 태도에 간혹 당혹스러웠다. 집에 돌아오자마자 어머니가 기다렸다는 듯 그를 반겼다.

"해일아, 이리 와볼래? 엄마가 할 말이 있는데."

"뭔데요?"

그녀는 적극적이고 열정적이었다.

"엄마가 가수가 되려면 어떻게 해야 하는지 찾아봤거든."

"네."

"보통 소속사와 계약한다고 하더라고. 연습생으로 훈련받다가 데뷔한다고."

정론이긴 했다. 헤일로는 고개를 끄덕였다.

"보통 그렇죠."

아들의 무심한 태도에 어머니는 의아한 듯 고개를 기울였다.

"왜? 별로 생각 없니? 아니면 혹시 기획사에서 못 들어갈까봐?"

"그런 건 아니고요."

헤일로가 기획사에 못 들어간다는 건 우스운 말이다. 그는 이미 스카우트 명함을 받지 않았던가. 다 버리긴 했지만 들어가고자 한다면 들어갈 수 있을 것이다. 헤일로에게 기획사는 필요치 않다. 기획사는 학생들을 모아 전문적으로 트레이닝 시키는 곳이다. 학생 단계가 아닌 그가 굳이 들어가서 배워야 할 필요도 계약으로 묶일 이유도 없다.

"전 제 음악을 하고 싶어요. 누구의 방해도 받지 않고."

이 자리에 있는 게 헤일로가 아닌, 다른 아이였다면 그냥 제멋대로 하겠다는 억지였다. 박승아가 본 게 아무것도 없었다면 그렇게 여겼을 것이다. 그러나 헤일로는 최소한 보여준 것이 있었다. 통기타를 따로 배우지도 않았는데 능숙하게 연주하고 작곡도 하며 사람을 울리는 노래를 부르지 않았는가.

"네 음악을 하고 싶다고."

박승아는 말을 잃었다. 어이가 없는 게 아니라 정말 뭐라고 해야할지 몰랐다. 사실 그녀는 아들과 제대로 대화한 후 대하는 게 어려웠다. 우려되는 점이 있어 좀 찾아보고는 있지만, 여전히 그녀는 음악이나 업계에 대해 무지하다. 괜히 건드렸다간 악영향을 미칠 것 같다.

"그럼, 엄마가 어떻게 도와주면 좋을까?"

박승아는 한 걸음 물러나기로 했다. 정보를 찾는 건 미루고 아들과 대화를 해보기로 한 것이다.

"음⋯."

생각지도 못한 질문에 헤일로는 고민했다.

'필요한 거라. 다르게 말하면 자신에게 부족한 것, 지금 당장에 없는 것. 우선 생각나는 건 역시나⋯.'

"체력이 부족해요."

"응?"

"폐활량, 지구력, 체력, 근력. 전반적인 게 부족해요. 한 곡만 불러도 다리가 후들거리고."

"그럼 운동을 해야겠구나. 엄마가 한번 헬스클럽 알아볼게. 또?"

'또?'

순식간에 밝아진 그녀가 이상하게 보여 잠깐 헤일로는 말을 잃었다. 요구하는데 왜 좋아하는지 모를 일이다.

"음⋯ 집에서 작곡할 수 있으면 좋겠어요."

다른 문제라면 아무래도 작업실이다. 아지트에 가는 것도 좋지만 가려면 1시간이나 걸렸다. 게다가 그의 소유도 아니라, 언제나 자신의 작업실을 갖고 싶다는 욕구가 있었다.

"그건 한번 알아봐야겠다. 그리고?"

"이왕이면 악기도 한번 손보고 싶어요. 아무래도 초보용이라."

"이건 쉽네. 새로 하나 사자. 또?"

"…이제 없어요."

헤일로는 제 요구가 늘어날수록 행복해하는 그녀가 의아했다. 더욱이 대가를 바라지도 않으니 말이다.

"언제 같이 사러 갈까?"

"언제든 좋아요."

헤일로의 대답에 박승아는 활짝 웃었다.

"그럼 내일 가자. 악기 살 수 있는 곳 좀 찾아볼게. 나간 김에 옷도 사고 가방도 사고 필요한 거 다 사자. 맛있는 것도 먹고. 너희 아빠 골려주게."

"좋아요."

사치를 언제나 환영해왔던 헤일로는 기분 좋게 대답했다. 지금은 대개 교복을 입고 다니지만 이제 편한 옷을 입고 싶었다. 단, 아직 한 번도 보지 못한 노해일의 아버지 이야기가 나오니 아직 과제가 하나 더 남아 있음을 실감했다.

"그런데 아버지는 언제쯤 오세요?"

"너희 아빠? 연구 마치고 크리스마스 전에는 돌아오실 거야. 미리 크리스마스 선물 사놓을까?"

"선물로 한 곡 마련할까요?"

"어머, 아빠가 정말 좋아하실 거야. 엄마처럼."

농담으로 한 말에 어머니가 입을 막으며 놀랄 정도로 좋아하니 헤일로는 취소할 수도 없게 됐다.

"그리고 그 곡, 아버지께 가장 먼저 들려준 다음에 너튜브에 올리자. 사람들이 벌써 다음 노래가 없냐고 찾던데."

"너튜브요?"

어리둥절한 아들의 표정을 본 박승아가 순간 아차 했다. 아들이 너튜브 영상에 대해 굳이 말하지 않는 걸 보면 숨기려던 모양인데 이미 보았으니 어찌해야 할까, 고민하던 그녀는 결국 깨끗하게 실토했다.

"네 너튜브에 말이야."

"제 너튜브요?"

"거기에 노래를 올렸잖니."

'노래?'

헤일로는 기억을 더듬어봤지만 어머니에게 들려준 노래는 하나밖에 없었다.

'설마.'

그는 노해일이 사랑한 누군가가 보길 바라며 'wave_r'에 올린 '고백' 영상을 떠올렸다.

"'고백'을 보셨어요?"

"응."

어머니가 수줍게 말했다.

"와!" 하고 헤일로는 저도 모르게 감탄했다. 수많은 채널 속에 묻힐 줄 알았던 노해일의 계정이, 설마 그 곡이 진짜 주인에게 닿았을 줄은 몰랐다. 좀 얼떨떨했다.

"네 계정에 다른 곡도 올려야지. 다들 좋아할 거야."

"다들이라면?"

"어머 설마 몰랐니?"

박승아는 흐뭇한 표정으로 너튜브를 열었다. 그녀의 계정엔 딱 두 개 구독된 채널이 있었다. 해일의 버스킹이 올라간 채널과

'wave_r'. 그 채널에 찍힌 구독자 숫자에 헤일로는 놀랐다.

"5,000?"

아들의 반응에 그녀는 자신의 너튜브 계정이 잘되는 것마냥 뿌듯했다.

헤일로도 생각보다 많은 구독자 수가 당황스러우면서도 마음에 들었다. 노해일과 자신의 합작이 나름 성공한 것 같아서.

'근데 내 채널은 조회 수가 몇이었더라.'

자신의 채널에까지 사고가 닿았을 때, 헤일로는 돌연 헛숨을 들이켰다. 자신의 채널도 알려지지 않은 것치고 빠르게 발전한다고 생각했고, 벌써 3,000명이 들었다고 좋아했는데 노해일의 노래가 그의 노래보다 훨씬 인기가 많았다. 심지어 구독자 수가 그의 앨범 〈투쟁〉의 조회 수보다 많지 않은가. 이 어설픈 어린애 노래가 자신의 노래보다 더 사랑받고 있다니⋯. 자신이 편곡하고 직접 불렀지만 작곡가로서 자존심이 상한다.

"어쩌다 알게 됐어. 누가 버스킹 영상에서 언급하더라고. 이걸 도대체 어떻게 찾았는지. 세상에 예리한 사람 참 많아."

흘리듯 말하는 어머니의 말에 헤일로는 어쩌다 노해일의 계정이 그녀에게 도달했는지 대충 이해했다.

'그게 그렇게 연결이 됐구나.'

나비효과라고 볼 수 있다. 그래도 헤일로의 구겨진 자존심은 복구가 안 된다. 그는 이를 악물었다. 이 나이에 중학생 꼬마한테 경쟁심을 느낄 줄 몰랐다. 한시라도 빨리 달려야 한다. 이 꼬맹이의 것과 비교도 안 되도록. 빨리 남은 앨범을 세상에 알리고 더 나아가 새로운 곡을 쓰는 거다. HALO의 과거는 단지 알려야 할 과제일 뿐, 그가 나아가야 할 건 미래다.

* * *

"근처에 마땅한 악기 상가가 없네. 어떡할래? 종로에 먼저 갈까 아니면 밥을 먼저 먹고 갈까?"

박승아는 집 근처에 괜찮은 악기점이 없는 게 아쉬웠다. 이 넓은 서울에 악기상 검색 결과는 종로만 나왔다. 분명 근처에도 괜찮은 데가 있을 텐데 모르는 것이 안타까웠다.

그러나 헤일로가 보기에 낙원상가에 가는 건 나쁘지 않은 선택이었다. 원래 악기는 직접 매장을 방문하여 상태까지 꼼꼼히 확인한 후 구매해야 한다. 아무리 공장에서 양산형으로 찍어낸다고 하더라도 음향과 터치감이 다르다. 주문 제작이 불가능하다면 직접 연주해보고 고르는 게 나았다.

낙원상가는 원래 시장 상인들의 점포였으나 1970년쯤 악기점이 하나둘 입주하며 악기 상가로 유명해졌다. 악기점이 모인 백화점이라 할 수 있다.

헤일로는 솔직히 잘 상상이 되지 않았다. 악기점이 모인 거리는 갔어도 악기점으로 이루어진 백화점은 처음이라, 개인적으로 기대가 많이 되었다. 물론, 한 조각의 빵이 새들의 노래보다 나은 법이다.

"밥부터 먹고 가죠."

"좋아. 근처에서 먹고 가자. 마침, 버거집이 하나 생겼다고 하는데 어떻니? 해외 유명 셰프의 버거인데 스테이크 굽기를 정할 수 있다고 했던가?"

"좋아요."

원래 줄을 서는 집인데 타이밍 좋게 빨리 들어갔다. 3만 원에 달하는 버거 세트는 맛이 꽤 괜찮았다. 신선한 양상추, 그리고 일반적인 패티가 아닌 수제 패티도 좋았다. 한입 크게 머금은 헤일로는 눈을 번쩍 떴다. 이곳에 와서 먹은 음식 중 맛이 없었던 것은 한 번도 없다. 이쯤 되면 한평생 먹어왔던 그의 고향 음식이 잘못된 게 아닐까 싶었다. 시간이 흐르면서 맛있는 음식이 생겼을 수도 있지만 말이다. 헤일로는 그렇게 식사를 끝내고 곧장 종로로 갈 생각이었다. 그런데….

"어머 동생분, 코트 너무 잘 어울려요."

"동생이요? 호호호."

"동생 아니에요? 너무 어려 보여서 당연히 사이좋은 남매인 줄 알고…."

그는 어쩌다 백화점 상층에 올라 쇼핑하고 있었다. 사실, 쇼핑 자체는 나쁘지 않았다. 교복만 입고 다니는 게 싫었던 터라 옷을 사는 것 자체는 흥미롭고 재밌었다. 다만 늘 누군가가 가져다준 옷을 입던 헤일로는 금세 쇼핑에 시큰둥해졌다.

'슬슬 종로에 가고 싶은데.'

종로에 가기도 전에 배가 다시 꺼질 것 같아 헤일로는 어머니를 바라봤다. 그러나 그녀는 말릴 수 있는 상태가 아니었다. 직원의 훌륭한 아부를 기분 좋게 받아들이며 아들의 옷을 고르고 있었다. 화기애애하게 대화하는 어머니와 직원, 즐거운 그들을 뒤로하고 헤일로는 고개를 돌려 매장 거울을 바라봤다. 거울 안에 노해일은 새롭게 세팅된 상태였다. 안에 받쳐 입은 티셔츠부터 코트, 신발까지 모두 새로 구매했다.

헤일로는 제 앞머리를 올렸다. 슬슬 눈을 찌르며 거슬리는 단계에 이르렀다. 덥수룩한 이 앞머리를 이제 잘라야 할 것 같았다. 앞머리를 든 헤일로는 노해일의 피부를 보고 잠깐 감탄했다. 역시 어려서 그런지 피부가 좋다. 주름도 주근깨도 걱정할 필요가 없고 오히려 솜털이 나 있다. 술도 흡연도 하지 않은 진짜 어린애. 노해일의 얼굴을 이렇게 자세히 보는 것이 처음이라서 헤일로는 한참 바라보다 물러섰다.

낙원상가에 도착한 건 해 떨어지기 직전이었다. 4시가 넘어서며 역광이 든 상가 내부는 한가로웠다. 멀리서 들려오는 악기 소리를 제외하면 대개 고요했다. 그러니까 호구 같아 보이는 두 사람이 들어가기 전까지는 말이다. 백화점을 상상했던 헤일로는 가게에서 나와 그들에게 말을 걸며 금방이라도 안으로 잡아끌 것 같은 주인들을 보고 놀랐다. 백화점이 아니라 스트리트 마켓 같지 않은가.

"언니, 들어와서 악기 구경하시고 가세요!"

"찾으시는 악기 있나요? 관현악기부터 피아노, 위층에 드럼도 있습니다."

손님이 없는 시간이라 그들에게 관심이 집중되었다.

"어디에 들어가면 좋을까?"

헤일로는 진열된 기타를 주시하며 상점들을 둘러보았다. 그가 기타를 사러 왔다는 걸 깨달은 상점 주인 몇몇이 들어오라고 소리쳤다. 그러나 그는 아랑곳하지 않고 쇼윈도에 진열된 기타를 보며 걸어갔다. 박승아는 쌩하고 지나가는 아들의 모습에 '제대로 보려면 직접 들어가서 보는 게 좋지 않을까?' 하고 생각했다.

그쯤 헤일로는 한 곳에 멈춰 섰다. 상가 가장 안쪽에 있는 오래된 가게였다. 악기와 낡은 간판, 그리고 가게 벽에 있는 괘종시계까지 고풍스러운 분위기가 났다. 진열장엔 세련된 빨간색 전자기타부터 통기타까지 진열되어 있었다. 다른 가게와 큰 차이가 없는 진열장이지만 가장 구석에 있는 유선형의 포크 기타는 달랐다.

'좀 비슷한가?'

왜인지 깁슨에서 헤일로를 위해 만들어준 기타를 떠올리게 했다. 비슷한 하얀색에 유선형 바디.

"보는 눈이 좋구먼."

손님을 발견하고 가게에서 노인이 나왔다. 안경을 쓴 노인은 얼핏 봐도 장인 같았다. 낙원상가는 단순히 악기만 파는 소매상이 아니라 수리도 해준다. 실제 장인도 있을 것이다.

"여기서 가장 쓸 만한 놈이라네."

"그렇게 보이네요."

상가마다 기타가 진열되어 있지만 스트링의 상태를 보고 진열의 목적이 강하다는 걸 알았다. 물론 스트링이야 갈면 된다지만 바디를 보건대 그의 음악에 걸맞은 소리가 날 것 같지 않았다. 노해일의 기타와 비슷한 것도 몇 개 있어 그가 이곳에 와서 기타를 샀음을 알았다.

"이게 마음에 드니 해일아?"

박승아는 바이올린과 다른 현악기를 구경하다가 헤일로에게 다가가 물었다.

"마음에 들긴 한데 당장 필요한 건 포크가 아니라서요."

"그럼?"

"일렉 기타를 좀 볼 수 있을까요?"

헤일로의 물음에 노인이 안쪽을 가리켰다. 더 많은 악기가 안에 있다. 헤일로는 순순히 안으로 들어갔다.

"우선, 이쪽이 아치 톱, 저쪽이 솔리드라네. 우리 가게에선 이 두 기타만 다루지. 찾는 건?"

"솔리드죠."

"그럼 저쪽으로 가야겠군."

몸체를 손등으로 툭툭 두드려본 헤일로는 노인의 안내를 따랐다.

"이건 펜더식. 모두 아는 지미 헨드릭스가 애용하는 악기로 유명하지. 그리고 이쪽은… 깁슨."

그의 세계와 똑같은 이름이다. 내적 친밀감을 느낀 헤일로는 깁슨 기타를 유심히 바라보았다. 그가 관심 있다고 생각한 노인이 유명한 연주자들을 줄줄이 말해줬지만, 헤일로는 몇 명을 빼고 대부분 들어도 잘 몰랐다. 아무래도 이쪽 세계에 대해 아는 게 부족한 탓이다. 그래도 전자기타의 특징은 낯익었다. 완전히 다른 세계는 아니라는 듯 같은 깁슨일지도 모른다. 기존의 현악기 특징을 가지곤 했으니까.

헤일로는 바디를 쓱 쓸었다. 악기에 몰두한 노해일을 바라보며 박승아가 다가왔다.

"보통 가격은 어느 정도 하나요?"

"아드님은 눈이 좋은 편이라서 꽤 나올 것 같군요."

"예?"

노인이 허허 웃으며 말했다.

"아드님이 유심히 보는 스트라토는 두 장, 레스폴 스페셜은 한 장 반 정도 합니다."

"한 장이라면?"

"당연히 백이지요."

'비싸다.'

물론 악기니 비싼 건 당연했지만 박승아의 눈엔 가볍고 조잡해 보일 뿐이라 100만 원 내에서 살 수 있을 줄 알았다. 그렇다고 아들이 저렇게 열중해서 보고 있는데 그냥 가자고 할 수가 없어 그녀는 큰맘 먹고 한 대 사주기로 했다.

"흠."

노인과 박승아는 짧다면 짧고 길다면 긴 시간을 기다렸다. 둘 다 어린 중학생의 선택에 영향을 줄 생각이 없었다. 박승아야 기타를 봐도 뭐가 좋은지 모르는 탓이었다면 노인은 오랜 관록으로 알아봤다. 저 소년은 주관이 뚜렷해서 무슨 말을 해도 듣지 않을 것이라는 걸. 그리고 음악 하는 아이라는 것도. 노인은 문득 저렇게 열렬히 기타를 바라보는 아이는 무슨 음악을 할지 궁금해졌다. 상가 1층에 있는 재즈클럽에서 재즈를 들을 수 있긴 하지만 워낙 젊은이들이 찾는 곳이라 발길을 끊은 지 오래였다.

"한번 연주해볼 테냐?"

노인의 제안에 헤일로가 고개를 들었다. 노인의 다른 말은 다 흘려들으면서 이런 건 잘 듣는 아이는 영악했다. 모범생처럼 보이는 인상과 전혀 어울리지 않는다.

"연주요?"

"악기는 써봐야 잘 맞는 짝꿍인지 알 수 있지."

표정의 큰 변화는 없지만 반응을 보이자 노인이 다시 제안했다.

"혹시 모르지. 괜찮은 연주를 하면 가격을 깎아줄 수도 있고. 연주해보고 마음에 들지 않으면 그냥 두고 가면 되지 않겠니.”

‘이 양반 꽤 심심한 모양이지.’

헤일로는 악기는 이미 마음에 들었지만 기대 어린 어머니와 노인의 권유에 기타를 잡았다.

“좋아요.”

일렉 기타에 연결할 헤드셋 앰프는 따로 보이지 않았다. 노인은 그가 어떤 연주를 하든 상관하지 않겠다는 듯 그냥 앰프를 연결했다. 헤일로는 하얀색의 깁슨 기타를 들고 줄을 당겼다. 생각보다 큰 소리에 박승아가 어깨를 잠깐 움츠렸다. 악기점에서 악기 소리가 나는 건 이상하지 않다. 바깥의 다른 상가들은 그러려니 하며 그들에게 큰 관심을 내보이지 않았다.

헤일로는 다시 한번 줄을 당겼다. 이번엔 제대로 자세를 잡았다. 꼿꼿하게 허리가 펴지고 눈이 빛났다. 곡은 이미 골랐다. 오랜만에 연주하는 곡이다. 아직 이 세상에 알려지지 않은 그의 두 번째 앨범 〈다시, 봄(Spring again)〉의 타이틀 곡이다. 헤일로는 씩 웃었다.

그의 질풍노도의 시기를 반영한 첫 번째 앨범 〈투쟁〉은 10대에 발매되었고, 두 번째 앨범은 스무 살에 발매되었다. 차트 위에 앨범 수록곡을 줄 세우며 그저 모든 게 좋았던 시절, 어쩌면 그때의 감정이 그대로 두 번째 앨범에 반영되었을지도 모른다. 집에서 나왔을 때 그에게 음악은 유일한 것인 동시에 고통을 주는 존재였다. 음악은 시련의 계기였으며 시험의 대상이었다. 하지만 그의 곡이 세상에 알려지며 그를 둘러싼 세상이 180도로 바뀌었다. 그 변화가 분명 곡에 영향을 주었다.

그의 첫 번째 앨범 〈투쟁〉이 호불호가 꽤 나뉘었다면, 두 번째 앨범은 가장 대중적인 앨범으로서 가장 오랫동안 왕관을 차지했다. 이 당시 그는 모든 게 좋았다. 새로 사귄 친구들과 애인, 그를 인정해주는 사람들, 음악과 세상 모두 좋았다. 곧 익숙해졌지만 이때가 그의 인생에서 가장 분홍빛에 가까웠던 시간이었다. 온몸으로 행복하다고 표현하고 다녔던 시절.

부드러운 선율의 바이올린, 우아한 하프, 사운드를 풍성하게 채워줄 오케스트라는 없지만 일렉 기타로 승리의 기쁨을 표현하기엔 충분할 거다. 이렇게….

낙원상가를 울리는 일렉 기타에 하나둘 모여 어느새 좁은 입구가 꽉꽉 채워져 나갈 수 없을 정도가 됐다. 피리 부는 아저씨가 아이들을 이끌고 다녔다면, 헤일로가 부른 건 낙원상가 악기점 주인인 중년의 아저씨들이었다. 그들은 무뚝뚝하고 따분해 보였던 표정을 지우고 몽롱한 시선으로 그를 바라보고 있었다.

헤일로가 까딱이던 발을 멈췄다. 음악도 함께 멈췄고 그가 눈을 떴다. 누군가 친 '짝' 하는 박수 소리와 함께 마법이 풀린 듯 여기저기서 박수와 환호가 봇물 터지듯 울렸다.

짝짝짝! 휘이이익!

입구를 열어야 할 노인도 열렬한 눈으로 묵직하게 손뼉을 치고 있다. 손님 접대도 장사도 모두 잊었다. 거세게 뛰어대는 심장을 느낀 건 얼마 만일까. 그들은 언젠가의 젊음으로 돌아간 것 같았다.

헤일로는 어쩌다 미니콘서트장이 되어버린 상점 안에서 씨익 웃어 보였다.

'역시 이거다. 남의 음악을 불렀을 때와 비교할 수 없는 내 음악을 연주하는 즐거움과 행복.'

헤일로는 곧 힘이 빠져 털썩 주저앉으며 거친 숨을 내뱉으면서도 미소를 지을 수 없었다.

이 곡의 제목은 '우리가 다시 만날 때(When we meet again)'이다.

*  *  *

"오, 해일이 왔네. 오랜만."

"요즘 잘 지냈어?"

아지트는 변한 게 없다. 헤일로는 오랜만에 와도 변하지 않은 풍경 속으로 들어갔다. 고개를 까딱하며 인사하자 배공학, 한진영, 김덕수 셋이 반갑게 맞이한다. 그들은 바쁘다면서 항상 여기 있다. 바쁜 게 맞는지, 특히 아지트에 붙박이처럼 있는 김덕수는 진짜 백수인가 싶었다.

"그건 뭐야? 기타 새로 샀어?"

"기타라고?"

반갑게 손을 흔들기만 하던 그들은 헤일로가 메고 온 케이스에 큰 관심을 보였다. 마트에서 파격 세일을 시작한 것처럼 몰려들었다.

"와. 돈 좀 들였네."

"깁슨인가. 맞는 것 같은데."

"상태 좋은데? 어디 가서 샀어?"

헤일로가 보여준 기타는 마호가니 바디에 로즈우드 지판을 가진 전형적인 깁슨 레스폴이었다. 와인색에 깔끔한 광택. 짧은 새에 조율 상태도 확인한 한진영이 가볍게 감탄했다. 200만 원은 넘을 것 같다.

"낙원상가 가서요."

"…잠깐 낙원상가?!"

가만히 고개를 끄덕이던 한진영이 끝에 가서 버럭 소리를 질렀다. 헤일로는 어리둥절한 표정으로 그를 바라봤다.

세상엔 용팔이라는 말이 있다. 용산전자상가 악질 전자기기 판매업자를 칭하는 단어로 손님에게 부품값으로 사기 치는 인간을 의미한다. 이렇듯 전자제품에 대해 용산전자상가가 악명이 높다면, 악기로 가장 악명이 높은 곳은 바로 낙원상가다. 한국에서 악기 상가로 가장 유명한 곳이라 일반인도 쉽게 접근할 수 있는데 까딱하면 시장가보다 배로 높은 가격을 주는 호구 고객, 호갱이 될 수 있다.

"아니, 거기 사기 치는 놈들이 얼마나 많은데. 말하고 가지. 아니면 같이 가거나. 200이 뭐야, 한 250은 깨졌겠다. 얼마야?"

"현금으로…."

"현금 결제까지 했어?"

헤일로는 경악하는 그들을 이해할 수 없었다. 이건 이미 네 거라며 악기를 쥐여주던 노인에게 악의는 전혀 없었기 때문이다. 젖은 눈으로 다음에 악기가 필요하면 꼭 오라고 했다. 명함까지 주면서 어떻게든 구해놓겠다고.

"한, 170이었나."

"뭐라고? 270?"

"사기당한 거 아냐?"

이건 다른 의미로 놀람이었다. 그들은 이게 진짜 깁슨이 맞는지 의심하기 시작했다. 픽업부터 튜너, 제품 보증서 비교까지 마친 이들이 순차적으로 반응했다.

"야, 해일아 이거 어디서 샀냐? 나도 가서 사게."

"정말, 나쁘지 않은데?"

가격 할인을 받게 된 연유까지 설명해주진 않았어도 헤일로는 친절하게 노인의 명함을 보여줬다. 빈말이 아니었던 듯 그들은 기록해두었다. 한참 기타에 대해 떠들다가 그들이 헤일로에게 처음 했던 질문으로 되돌아갔다.

"그러고 보니 요즘 통 안 보인 게 기말고사 때문이야?"

"맞아, 진수가 그러던데 너 3번으로 찍었다며. 큭큭."

"원래 한 번쯤 찍기도 해야지. 다 추억이다."

'그것도 말했나? 장진수 이 자식 하는 짓도 가볍고 입도 가볍군.'

헤일로는 코웃음을 치며 답했다.

"걔는 저보다 점수가 낮던데요."

"진수는 1번으로 찍었나?"

"3번이 국룰인데 진수가 뭘 좀 모르네."

그들은 열심히 푼 게 찍은 것보다 더 낮은 점수가 나올 수 있다는 현실을 부정했다. 더는 언급할 가치도 없어서 헤일로는 어깨를 으쓱하고 말았다. 그는 기타를 다시 케이스에 넣었다. 헤일로가 온 건 이들과 해야 할 일이 있어서라기보다는 지난번 두고 간 노해일의 노트 때문이었다. 컴퓨터 본체 위에 놓여 있는 노트를 챙긴 그는 집으로 돌아가려고 했다.

"어? 벌써 가려고?"

헤일로가 일찍 가는 게 의외였는지 무리 중 한 명이 물었다.

헤일로는 노트를 들어 보였다.

"그냥 이거 찾으러 온 거예요. 다음에 올게요."

"요즘 많이 바빠 보인다. 성적 때문에 혼난 건 아닌 것 같고, 혹시 기획사라도 들어간 거 아냐?"

성적 때문에 혼났다면 헤일로가 저렇게 비싼 기타를 들고 다닐 리 없다.

헤일로는 배공학의 물음에 고개를 저었다.

"그런 건 아니고 요즘 할 게 많아서요."

'내가 말 안 했었나?'

헤일로는 자신이 그들에게 따로 말하지 않았음을 깨달았다. 원래 매니저가 알아서 챙기면 모를까, 그가 다른 사람에게 시시콜콜 자기 일에 대해서 말하고 다니는 성격이 아니다.

어머니는 정말 약속한 그대로 해주었다. 그가 원하는 악기도 같이 가서 사주었고, 집 주변에 헬스장도 같이 알아봤으며, 작업실에 대해서도 진중하게 고민했다. 사실 말뿐인 약속이라 들어주지 않아도 상관없는데, 그가 이제까지와 다른 길을 가니 예전의 부모들처럼 반대할 만도 한데, 조심스럽게 접근하는 그녀는 정말 달랐다. 그들과 비슷하다고 여긴 게 미안할 정도로. 그래서 헤일로도 어색하지만 조심스럽게 다가가고 있다. 그를 사랑해주는 사람이 싫지 않아서 그답지 않게 신중히 행동하려고 한다.

"운동하려고요."

"아하 운동 중요하지!"

그들이 자신을 위아래로 보고 긍정하는 바람에 헤일로는 갑자기 기분이 좀 나빠졌다.

"그래, 키 좀 커야지."

가볍게 던지는 한마디가 자존심을 푹 찔렀다.

"늦게 성장하는 타입이라 열심히 하면 훅 클 거야."

인종이나 선천적인 조건을 무시하더라도 노해일이 또래보다 작은 게 신경 쓰였다.

"나도 어렸을 때 그 소리 들었는데."

만화책을 보던 김덕수가 기어들어 가는 목소리로 말했다.

"…아니더라."

"아. 네가 170이 안 됐…."

"쉿."

눈치 챙기라는 듯 툭 치는 발이 김덕수와 헤일로에게 더 상처 혹은 충격을 남겼다. 헤일로는 190이 넘었던 제 모습과 비쩍 골아 얼굴도 또래 여자애들보다 하얀 노해일과 비교하니 기분이 나빠졌다. 키도 이대로 자라지 않는다면…. 'FUCK' 절대로 그래선 안 된다.

"안녕히 계세요."

헤일로는 정색한 얼굴로 계단을 올라갔다. 뒤에서 그 모습을 지켜본 아지트 3형제가 말했다.

"해일이 열 받았는데? 왜 애를 자극해선."

"일부러 건드린 건 아닌데 저걸로 열 받다니. 애는 애다."

"열 받은 나도 애냐?"

괜히 자존심에 상처 입은 김덕수가 코를 삼켰다.

"진수도 키 얘기하면 성질내잖아."

"진수도 애니까."

"괜히 애들 자극하지 말라고."

"근데 솔직히 재밌잖아."

"그건 그래."

키 큰 놈 둘(184센티미터와 176센티미터)이 괜히 얄미워진 김덕수는 본능적으로 동지를 찾았다.

"진수는 촬영 잘하고 있겠지?"

"진수 싹싹하니까 다들 좋아할 거야."

노해일이 만들어준 곡도 좋으니 2차에는 붙을 수 있지 않을까, 하고 방송 경험이 없는 그들은 막연히 생각했다.

* * *

경기도 고양시 일산의 한 대형 스튜디오에선 12월에 방영할 〈쇼유어 쇼〉 촬영이 한창이었다. 합격자들이 제 무대를 보여주고 심사위원에게 심사를 받는 진정한 촬영이었다. 처음에 들뜬 마음으로 연신 리액션을 하던 장진수도 끝없이 늘어지는 촬영에 지쳐버렸다. 춥고 배고프고 힘들고 졸리고 언제 올지 모를 그의 순서에 집에 가고 싶은 생각이 간절했다. 장진수는 담요를 덮은 채 몸을 비틀었다. 차갑고 딱딱한 플라스틱 의자에 계속 앉아 있자니 엉덩이도 욱신거렸지만 무엇보다 경직된 분위기가 가장 불편한 요인이었다.

'아는 사람 한 명만 있으면 좋을 텐데. 노해일한테 나오라고 할 걸 그랬나' 하고 생각하며 장진수는 새로운 환경에 버려진 고양이처럼 잔뜩 움츠러든 채였다. 그러다 간혹 소리가 들릴 때면 미어캣처럼 고개만 두리번거렸다. 분명, 이 모습을 보고 노해일은 쯧 혀를 차거나 고개를 돌리겠지만 평소엔 기분 나쁠 그 태도가 지금은 절실했다. 재수 없는 노해일의 유일한 장점이라면 어디서나 여유로운 태도였다. 긴장하지 않고 오히려 왕이라도 되는 듯 저를 같잖게 볼 표정을 생각하니 화가 났지만 그래도 긴장이 풀렸다. 아무 말 없이 간간이 시선을 보내며 그를 견제하는 참가자들, 아니 경쟁자들보다는 백배 천배 낫다.

"37번, 매드해터 씨. 백스테이지로 와주세요."

101명의 합격자 중 이제 37번 무대가 진행 중이다. 장진수는 얼마 남지 않은 제 순서에 침을 꼴깍 삼켰다. 56번, 이미 알고 있는 순서를 다시 되새겼다. 그리고 이 순서가 합격 순서일까 괜히 생각해본다. 처음부터 이 순서를 신경 쓴 건 아니었다. 한 자리 번호에 이미 이름이 알려진 사람이 있을 때도 그러려니 했다. 하지만 제 또래의 27번을 보았을 때 신경 쓰이기 시작했다. 지난 시즌, 그러니까 〈쇼유〉 1,2기에서도 장진수와 같은 또래가 출연한 적이 있다. 한 번은 중학생이고 다른 한 번은 초등학생이었다. 이번에도 그럴 거라는 결론을 내리기엔 샘플이 적지만 묘하게 신경 쓰인다.

〈쇼유〉의 지난 시즌 출연자에 대해선 늘 말이 나왔다. 합격할 수가 없는 실력인데 초중등생이 꼭 한 명은 나오니 이를 테면 '급식자 전형', '어리니까도르'가 따로 있는 게 아니냐고. 사실 이게 장진수에게 나쁜 건 아니다. 진짜 있는 전형인지 모르겠지만 있다면 이용하고 싶을 만큼 그는 간절히 합격을 원했다.

처음에 장진수는 이 자리에 있는 초중등생이 자신뿐인 줄 알았다. 그러나 그와 비슷한 또래가 앞선 순서에 나오자 의식할 수밖에 없었다. 이제까지 〈쇼유〉 시즌당 초중등 합격생은 한 명이었기에 저 아이가 더 높은 점수를 받는다면 자신은 떨어질 가능성이 높다.

"잘하던데…."

초조해진 장진수는 저도 모르게 중얼거렸다.

27번은 중학생이라고 생각되지 않을 정도로 실력이 뛰어났다.

랩핑, 발성, 쇼맨십 모든 분야에서 심사위원이 "나이가 전혀 생각나지 않았다"라며 긍정적인 평을 주었다. 심지어 유명 레이블 소속이다. 장진수는 들어가고 싶었던 레이블 소속인 아이를 보며 노해일에게 느꼈던 것과 비슷한 열등감이 생겼다. 다행히도 이미 한 번가져본 느낌이라 절망스럽진 않았다. 게다가 믿는 구석이 있었다. 처음 들었을 때부터 자기 곡이라고 생각했던 노해일이 작곡하고, 제가 작사한 자신의 곡.

장진수는 심호흡하며 무대를 기다렸다. 지원한 이후로도 열심히 연습했으니 실력이 더 나아졌을 거라고 믿었다.

"진수야! 파이팅!"

그의 순서 앞에서 잠깐 쉬는 시간이 주어졌다. 매니저를 따라 레이블 선배에게 인사하고 다니던 27번이 그를 보고 반갑게 달려왔다.

"넌 잘할 수 있을 거야."

쓸데없이 해맑은 27번. 장진수는 재수 없는 노해일에게 하듯이 욕도 하지 못하고 마지못해 대답했다.

"어, 어."

"우리 꼭 같이 붙어서 결승까지 가자!"

주변 사람들이 27번을 보고 질시의 시선을 던진다. 그들도 27번이 당연히 붙을 거로 예상했다.

"그러자."

장진수는 같이 주먹을 쥐어 보였다. 27번이 다녀오라는 듯 손을 흔든다. 처음부터 끝까지 밝은 27번은 장진수를 전혀 의식하지 않는 모습이다.

'그래, 잘하는 거 맞다. 자기도 잘 아니까 저렇게 여유로운 거지.'

그러나 자존심이 상하는 건 어쩔 수 없었다. 27번이 자신의 쇼를 보고 놀라쳤으면 좋겠고 의식했으면 좋겠다. 경쟁자로서 말이다.

"56번. JJ 씨, 무대 준비해주세요."

드디어 그의 순서가 도래했다. 다시 한번 27번이 잘하라는 듯 격려했다.

'나도 보여줄 수 있어.'

코를 납작하게 해줄 거라고 다짐하며 장진수는 백스테이지에 올라갔다. 보여줄 무대는 무반주 랩핑과 자작곡. 1차에 했던 걸 라이브로 할 뿐 달라지는 건 없다. 장진수는 크게 숨을 들이마셨다.

대한민국의 대표 랩퍼, 삼장과 히트곡 제조기로 알려진 프로듀서 녹진이 공동으로 설립한 '프-로스페르(P-Rosper)' 레이블은 장진수가 가장 원한 엔터테인먼트이자 레이블이다. 이 레이블에는 다른 레이블과 차별화되는 특징이 있었는데, 그중 가장 유명한 것은 재능있는 아마추어를 적극적으로 영입하는 행보였다. 여타의 레이블이 기존의 유명한 아티스트를 영입하는 데 힘쓴다면, 'P-R'은 언더그라운드에 묻힌 새로운 아티스트를 발굴해내는 데 힘을 기울였다.

이제까지 그들은 많은 아티스트를 영입했다. 각자 자기만의 색깔이 뚜렷했고 다른 레이블처럼 합작 위주의 작품은 내지 않았다. 누군가는 이게 엔터테인먼트와 레이블이 뒤섞인 실패작이라 비판했지만, 놀랍게도 P-R의 아티스트는 각자의 색깔을 온전히 유지한 채 두꺼운 팬층을 쌓아나갔다. P-R이 선택한 아티스트 중에 단한 명의 실패작이 없다는 점에서 대중은 '믿고 듣는 P-R'이라는 말을 만들기도 했다. P-R은 저희의 행보가 틀리지 않았음을 충분히 증명했다.

그런 P-R 레이블에 '어린 천재'라는 평과 함께 최연소로 영입된 길라온은 〈쇼유〉의 2차 촬영에 나름 잘 적응하고 있다. 매니저는 그를 따라다니며 하나부터 열까지 챙겨주고 무엇보다 종종 인사 다니며 인맥을 넓힐 수 있게 도와줬다. 2차 무대도 성공적으로 마쳤으니 그가 해야 할 건 이 긴 시간을 기다리는 것뿐이다.

"여기 있었냐? 한참 찾았네. 여기서 뭐 해?"

가만히 플라스틱 의자에 앉아 촬영장을 구경하고 있는 길라온에게 매니저가 물을 들고 다가왔다.

"형, 저 진수 무대만 구경하면 안 돼요?"

"진수가 누구야?"

"친구요! 이제 곧 촬영한단 말이에요."

"여기가 학교도 아니고, 무슨 친구…."

매니저는 곧 뭔가를 떠올리고 말을 멈췄다. 그러고 보니 이번 1차 합격자 중에 길라온과 동갑이 하나 있었다. 처음 듣는 이름이라 그는 한 번 듣고 넘겼는데 길라온은 동갑의 존재가 반가웠던 모양이다. 하긴, 출연자 대부분이 성인이었고 미성년자가 있긴 했지만 고등학생이나 중학생에게 〈쇼 유어 쇼〉의 벽은 높았다.

"친구는 무슨 친구. 다 경쟁자지."

매니저는 시큰둥하게 말했다. 앞으로 더 보게 될지 안 될지 모르는 데다 괜히 친하게 지냈다가 한 명이 떨어지면 더 어색해질 것이기 때문이다.

"둘 다 붙으면 좋잖아요."

"그게 되겠어?"

나름 세간의 말들을 인지하고 있는 매니저는 길라온의 말을 부정했다. 〈쇼유〉는 웬만해선 어린 학생을 두 명이나 뽑지 않을 거다. 괜히 '미성년자 전형'이라는 말이 따로 있겠는가. 길라온의 노래를 이미 많이 들어왔던 매니저는 또래 중에 그를 이길 사람은 없다고 확신했다.

"둘 다 잘하면 되는 거죠."

해맑게 말하는 길라온의 순수함에 할 말을 잃은 매니저는 더는 동심을 깨지 않기로 했다. 길라온에게 '그래, 너 하고 싶은 대로 해라'라는 눈빛을 보내고는 동갑내기 실력이 어떤가 한번 들어보기로 했다. 56번의 무반주 랩이 막 시작했다.

"흠⋯."

매니저가 신음을 흘린 건 56번의 무대가 시작된 지 얼마 지나지 않아서였다. 그는 괜히 길라온을 흘끗 살폈다. 길라온은 눈을 감고 음악을 감상하고 있다. 표정에선 실망도 감탄도 보이지 않았다.

'그래도 대충 알지 않을까?'

매니저는 또래보단 괜찮지만 그래도 붙기엔 애매한 실력이라고 판단했다. 적어도 길라온이 있는 한 그랬다. 사실 1차에 어떻게 붙었는지 모르겠다. 심사위원도 비슷한 생각인 듯 표정이 그리 좋지는 않았고 말을 고르는 모습이 종종 보였다. 카메라 감독만이 신나서 그들의 표정을 찍고 있다. 일단 찍었다가 나중에 쓸 것이다. 그는 살짝 굳은 56번의 표정을 보며 확실히 떨어졌다고 생각했다.

"심사는 두 번째 곡을 듣고 판단하겠습니다. 두 번째 곡이 자작곡이라고 했죠?"

"네⋯."

기가 죽은 목소리가 들려왔다. 매니저는 이때까지 전혀 기대하지 않았다. 작곡가, 래퍼, 가수, 아이돌과 유명 프로듀서로 이루어진 심사위원도 그랬다. 하지만 MR이 나올 때 매니저는 고개를 번쩍 들었다.

"오."

고개를 든 건 매니저뿐만이 아니었다. 따분한 촬영 현장에 넋을 놓았던 참가자들, 방송 스태프와 스튜디오 관리자, 무엇보다 심사위원들의 표정이 달라졌다. 번뜩이는 시선, 이채가 서린 눈빛, 살짝 벌어지는 입술로 감상하다 옆 사람에게 뭐라고 떠들었다. 누가 봐도 긍정적인 신호였다.

빠르진 않지만 경쾌한 비트, 어설프게 느껴졌던 가사는 느슨하게 의도했던 것마냥 들려오고, 비트가 아쉬운 랩핑을 딱딱 잡아주니 아슬아슬했던 느낌이 사라진다. 왜 MR을 처음부터 틀어주지 않았을까 싶다. 진작 틀었으면 달리 봤을 것이다. 첫 번째 무대의 아쉬움은 이미 비트로 메꾸어졌다. 그리고 뒤이어 나타난 훅이 그냥 사기 수준이라 매니저는 할 말을 잃었다. 심사위원들이 가사를 따라 부르며 고개를 끄덕인다. 그 누구에게 했던 것보다 열렬한 반응이다.

"이거 뭐야, 미쳤는데?"

플라스틱 의자에 앉아 있는 참가자들도, 저 무대에 있는 게 그들의 경쟁자라는 걸 잊고 웅성거리고 있었다. 그리고 곧 이어나온 훅에 의자가 뒤로 끼익 밀리고 누군가 일어섰다. 뒤이어진 탄식.

"아니… 이건 사기지."

당장 〈쇼 유어 쇼〉 중간 경연곡으로 나와도 전혀 이상하지 않을 걸 오디션에 갖고 오다니. 훅이 귀에 감긴다. 반복성 짙은 코드, 누구나 쉽게 부를 수 있는 쉬운 멜로디가 흘러나왔다. 지난 시즌 '수박' TOP100 차트에 발매 33시간 만에 1위를 달성한 그 곡에 밀리지 않는다. 그 곡은 유명 가수와 사기적인 훅 메이커가 만나서 만들어진 곡이었다. 아마추어가 가져올 만한 게 아니었다. 이 정도면 사실 기획사나 어디 소속된 유능한 프로듀서가 손을 댄 게 분명했다.

"안 좋은데."

매니저는 심각해진 얼굴로 턱을 쓸었다. 이 음악이 좋지 않다는 뜻이 아니다. 이걸 듣고 별로라고 한다면 귀가 이상하거나 취향이 이상하거나 둘 중 하나다. 특히 '수박' 차트를 애용하며 지극히 대중적인 취향을 가진 매니저다. 이 곡은 몇 번이나 반복해서 듣고 싶을 만큼 좋았다. 그래서 문제였다. 그는 길라온을 흘끗 살폈다. 무슨 생각을 하는지 여전히 해맑은 얼굴로 56번의 공연을 보고 있다. 56번이 붙으면 제가 떨어질 수도 있다는 생각은 전혀 하지 않는 모양이다.

"형, 형."

"어, 그래."

길라온이 그의 옷깃을 잡아당겼다. 워낙 비글 같은 성격이라 잠깐 사이 옷이 걸레짝이 되어 있었다.

"진수 붙겠죠?"

"그, 럴 것 같은 분위기네."

뭐라고 말해줘야 할까 고민하다 심사위원을 보고 솔직하게 말하니 길라온의 얼굴이 밝아졌다.

"잘됐다."

"뭐가?"

'도대체 뭐가 잘됐다는 거지.'

경쟁이 전부인 이곳에서 경쟁자가 잘된다는 말은, 내가 떨어질 수 있다는 말과 같다. 그러나 길라온은 예의상, 이미지상 하는 말이 아니라 진심으로 잘됐다고 생각하고 있었다.

"노래 진짜 좋다. 나도, 나도 이 노래 부르고 싶다. 잘 부를 수 있는데."

길라온의 눈이 반짝거렸다.

"형, 저 진수랑 친해져도 되죠?"

"뭐, 마음대로 해라. 내가 네 인간관계에 대해 왈가왈부할 수는 없으니까. 여자관계 복잡한 놈, 돈 문제 복잡한 놈, 그리고 그냥 이상한 놈하고만 안 어울리면 돼."

"진수 우리 레이블로 왔으면 좋겠다."

"이미 소속사 있지 않을까?"

매니저는 저 정도 완성도의 곡이면 분명 굉장히 능력 있는 프로듀서가 만져줬을 거라고 여겼다.

'말은 다 자작곡이라고 하지만 절대 중학생의 실력이….'

"소속사 없다고 했는데."

"응?"

길라온의 말에 매니저가 고개를 번쩍 들었다.

"소속사가 없다고?"

"네, 분명 소속사 없다고 했어요."

"그럼…"

'저게 진짜 자작곡? 저걸 중학생이 만들었다고? 진짜 세상은 넓

고 천재는 많다 이건가? 아무리 그래도 어린 천재가 한자리에 이렇게 모일 수 있다고?'

매니저는 길라온과 56번을 번갈아 보았다.

"자작곡이면, 사장님 눈 돌아가긴 하겠네."

"그쵸? 녹진 사장님은 진짜 좋아할 거 같아요. 삼장 형도 그렇고."

여전히 친해지고 싶어하는 기색으로 긍정만 가득한 길라온의 표정을 보며 매니저는 어쩌면 나쁘지 않다고 생각했다. 저런 노래가 나온 이상 1화의 주인공은 정해졌다. 그 말은 친하게 지낼수록 이득이 될 거란 소리다. 마침 둘은 동갑내기 아닌가. 이런 소스를 방송국 놈들이 무시할 리가 없다.

"친하게 지내라. 카메라 노출 많이 되게."

"그러려고 친해지고 싶은 건 아닌데."

"다 너를 위한 소리야."

"예, 예."

길라온이 흘려들으며 대강 대답했다.

"근데 진짜 노래 좋다."

얼마나 좋았는지 길라온은 저도 모르게 같은 말만 세 번째 반복했다. 그는 머릿속에 맴도는 멜로디를 허밍했다. 사장도 감탄한 흡입력 넘치는 음색이 흘러나왔다. 매니저도 길라온 버전이 더 좋게 들렸다. 노래가 좋으니 누가 부른들 좋지 않겠냐마는.

"특히 이 부분 좋지 않아요? 스포트라이트가 내가 있어야 할 자리에, 돌고 도는 인생은…."

"그냥 혹이 사기야. 방영되면 백퍼 차트에 올라갈걸."

"오! 형도 그렇게 생각해요? 그럼, 몇 위까지 예상해요?"

"글쎄. 그걸 알면 내가 매니저가 아니라 점쟁이를 하고 있겠지?"

"그래도 한 몇 위쯤."

신이 아닌 이상 거기까지 예언할 사람이 있을까. 그래도 노래가 좋으니 대강 예상한다면… 아마추어, 무명, 중학생, 그리고 지난 시즌의 시청률까지 계산한 매니저가 소심히 말했다.

"한 23위?"

"23위? 그 애매한 숫자는 뭐예요. 배스킨라빈스 서티원도 아니고. 노잼."

"여기서 배라가 왜 나와, 이 민트 초코 같은 녀석. 그럼 너는 몇 위 할 거 같은데."

길라온이 활짝 웃는다.

"한 1위?"

"…뭐라고? 몇 위?"

매니저는 귀를 의심했다. 1위가 어디 개나 소나 될 수 있는 순위도 아니고 1위라니.

길라온은 해괴해진 매니저의 표정에도 아랑곳하지 않고 활짝 웃으며 말했다.

"1위, 1위 할 것 같아요."

* * *

"이제 마포로 이동해서 인터뷰 영상 찍겠습니다. 지원자 여러분들은 스태프의 안내에 따라 차례대로 이동해주세요."

길고 길었던 이틀간의 여정이 끝났다. 장진수는 눈을 비비며 일어났다. 낯빛이 어두운 사람, 인상을 찌푸리며 기지개를 켜는 사람,

태연히 하품하는 사람, 개성 강한 다양한 인간군상이 보였다. 사실 개성이라기보다는 결과 때문에 표정이 갈렸을 것이다. 2차 오디션 결과는 인터뷰를 진행하고 해산한 후 알려준다고 했기에 결과가 벌써 나온 건 아니었다. 다만 '공지'가 그렇다는 거였고 결과는 쉽게 예측되었다. 2차 오디션은 시청자의 투표를 받지 않고 오로지 심사위원의 심사로 결정된다. 그들의 심사로 결과는 충분히 알 수 있었다.

'나는 붙은 거겠지?'

장진수의 2차 오디션은 성공적이었다. 심사위원들은 그의 노래를 많이 칭찬해줬고 질문도 많이 했다. 랩핑이나 발성에 대해서 쓴 피드백을 받기도 했지만 그래도 개선할 여지가 있다고 긍정적인 결론을 내렸다. 심사평을 들으며 그가 한 말은 주로 "감사합니다"와 "앞으로 열심히 하겠습니다"밖에 없었다.

장진수는 행복하게 웃으며 버스에 올라탔다. 세미 결승, 더 나아가 결승에 올라 상을 받고 아지트 형들, 부모님과 노해일에게 고맙다고 소감을 전하는 꿈까지 꾼 그는 앞으로 꽃길, 아니 우승 길만 있을 거로 여겼다. 인터뷰를 잠깐 중단하고 작가와 일대일 면담을 하기 전까지는 말이다.

마포구 ENS 방송국에 도착한 출연자 전원이 인터뷰를 진행한 건 아니었다. 불합격이 확정되어 방송에서 내보일 소스도 없다면 단호히 돌려보내는 게 확실했다.

'이게 사회구나.'

장진수는 자신도 그들처럼 될 수 있었다는 사실에 몸을 부르르 떨었다. 그들을 동정하지는 않는다. 동정하기엔 그가 앞으로 나아갈 길이 멀다. 그는 '자만하지 말자'라고 되뇌었다. 다행히도 그의 주변엔 무시무시한 것이 많다. 정체를 전혀 모르겠는 노해일, 이름만 들어도 누구나 "아!" 하고 알아볼 법한 한 자릿수대 순서의 지원자, 무엇보다 지금 가장 신경 쓰이는 동갑 경쟁자인 27번.

'여긴 그래도 엉덩이는 안 아프네.'

번호 순서대로 이루어지는 인터뷰를 기다리며 장진수는 얌전히 무릎 위에 주먹을 올려놓았다. 인터뷰만 마치면 첫 촬영이 완전히 끝난다. 그리고 TV에 나갈 수 있다.

"56번 JJ 씨 들어오세요."

"넵."

TV에서 보았던 대로 인터뷰가 이루어졌다. 인터뷰 방으로 가는 자신을 뒤쫓는 카메라에 장진수는 멍청하게 보이지 않게 또박또박 걸어 나갔다. 그가 곧 도착한 곳은 그리 크지 않은 독방이었다. 인터뷰이를 위해 의자가 하나 마련되어 있고 맞은편에는 카메라가 놓여 있었다.

"이제 인터뷰 시작하겠습니다."

첫 질문은 예상대로 나왔다. 〈쇼유〉의 지원 동기, 자기소개. 장진수는 어렵지 않게 준비한 대로 풀어놓았다.

"JJ 씨는 〈쇼 유어 쇼〉에 지원한 가장 어린 지원자 중 하나입니다. 그런데도 여타 어른 경쟁자들을 제치고 1차에 당당히 붙었는데요. 그 이유가 뭐라고 생각하나요?"

이 역시 이전 시즌에서 본 질문이었기에 무난히 대답했다.

"참, 그리고 JJ 씨에게 자작곡에 대해 질문하지 않을 수 없죠. 심사위원 모두에게 긍정적인 평가를 받은 자작곡을 어떻게 만들었는지 그 에피소드를 얘기해 줄 수 있나요?"

"어… 얘기가 좀 길 수도 있어요."

"길면 저희야 좋습니다. 물론 너무 길면 편집하겠죠?"

카메라 옆에 앉은 VJ가 가위질하는 제스처를 취했다. 장진수도 같이 웃으며 이 곡이 만들어진 날을 떠올린다. 어디서부터 얘기해야 할까.

"사실 처음 제 자작곡 '쇼 바이 쇼(Show by show)'는 완전 달랐어요."

"완전 다르다고요? 조금 더 자세히 말해줄 수 있나요?"

"첫 형태는 좀 조잡하고 어설펐어요."

"그래요? 전혀 그렇게 느껴지지 않았는데."

이때까진 좋았다. VJ가 아빠 미소를 지으며 장진수의 말에 잘 호응해주었다. 하지만 대답이 멈춘 건 장진수가 '친구'를 언급했을 때부터였다.

"걔가 곡을 다듬어줬고…."

"잠깐만요."

특히, 친구가 곡을 다듬어서 완성되었다고 하자, VJ가 말을 끊었다. 대화는 더 이어지지 않았다.

'뭐지?'

장진수는 순진한 얼굴로 VJ의 질문을 기다리는데, VJ는 질문 대신 돌연 일어나 카메라 전원을 눌렀다. 장진수는 그제야 뭔가 잘못됐다는 걸 알았다.

"잠시 여기 있어요."

VJ가 인터뷰실을 떠났다.

장진수는 VJ를 기다리며 오만 상상을 다 했다.

'내가 무슨 말실수를 했나? 왜 그러지? 사실대로 말했는데.'

그리고 20분 후 장진수는 PD 옆에 있던 메인 작가 앞에 앉았다. 영원히 대화할 일은 없을 거로 생각했던 메인 작가와 일대일 면담이라니 장진수는 크게 당황했다.

"친구가 다듬어줬다는 건 얼마나 만졌다는 소리예요? 단순히 피드백? 아니면 뭐, 프로듀싱?"

"제가 만들었던 자작곡에서 비트를 뽑아서 만들어줬어요."

"그러니까 프로듀싱을 해줬다?"

"아니요, 편곡에 프로듀싱까지….."

"작사는 JJ 씨가 했고요?"

"네, 가사는 제가 썼습니다."

날카로운 안경테를 쓴 김 작가는 인상이 뾰족하고 무서웠다. 말투도 딱딱했다. 장진수는 심문을 당하는 기분으로 정자세로 불편하게 앉아 있었다.

한참이나 생각하던 김 작가가 말했다.

"그렇게 말하면 방송에서 못 써요."

"예?"

"깔끔하게 대답을 바꾸죠."

"어, 어떻게요…?"

"JJ 씨가 작사, 작곡을 다 한 거로."

"예?"

장진수는 놀라서 벌떡 일어났다. 작가가 노려봐 다시 앉긴 했지만 고개를 도리도리 저었다.

"실질적으로 작곡은 제가 한 게 아닌데요."

"아니죠. 베이스가 JJ 씨의 자작곡이었잖아요."

"그래도…."

"후."

작가가 길게 한숨을 내쉬자 장진수가 입을 다물었다.

"솔직하게 말할게요. JJ 씨, 아니 우리 진수가 어떤 상황인지."

고압적인 목소리와 반말, 거기에 본명이 언급되자 장진수는 기가 죽었다.

"원래 우린 1차에서 진수를 떨어트리려고 했어."

"예?"

"무반주 영상을 볼 땐 분명 진수는 우리가 원하는 지원자보단 좀 부족했고, 당연히 불합격했었어야 했어. 근데… 자작곡이 좋아서. 실력도 아쉽고 다 아쉬운데 그 자작곡이 너무 좋아서 붙였어. 심사위원 선생님들께 좋은 소리 많이 들었지? 그거랑 똑같아. 우리도 똑같이 생각했어. 자작곡 하나로 충분하다, 모든 아쉬움이 사라졌다! 그래서 진수를 뽑은 거야."

고개 숙인 아이의 정수리를 바라보며 김 작가가 말을 이었다.

"근데 진수가 '친구'를 언급하면서 모든 게 어그러졌네. 아, 혹시 그 '친구'라는 사람이 어디 유명 프로듀서인가? 그럼 말이 달라지긴 하는데."

장진수가 고개를 도리도리 저었다.

김 작가가 그럴 줄 알았다는 듯 말을 이었다.

"그럼 그냥 일반인?"

"예."

김 작가는 일반인이 어떻게 이런 곡을 만들었나 하는 의문을 잠깐 가졌지만, 지금 이 상황에 중요한 건 방송 사고였다. 그녀는 메인 작가로서 어떻게든 원하는 방향으로 방송을 이끌어야 했다.

"자, 여기서 진수가 원하는 대로 했다고 생각해보자. 방송에 진수가 했던 말 그대로 방영되는 거야. 그럼 시청자들은 누굴 봐야 할까?"

"예?"

"스포트라이트는 한 명이 받아야 하는데 한 명이 아닌 둘을 비춰버린 거지. 시청자들은 누굴 봐야 하나 헷갈리고, 진수 혼자 받아야 할 시선이 나눠지겠지. 이게 방송 사고 아니겠어?"

"예⋯."

완전히 이해한 건 아니지만 기가 꺾인 장진수는 대답했다.

"다행히도 이게 생방송이 아니네. 우리에겐 편집이라는 기술이 있고, 진수도 선택할 기회가 있어. 진짜 다행이지? 자, 이제 두 가지 선택지를 줄게. 시간이 없으니 빨리 선택하는 거로 하자."

"네."

"첫 번째, 진수 대신 그 '친구'가 우리 프로에 나오는 거야."

"예?"

"왜? 이 곡을 거의 다 그 '친구'가 만들어준 거라며. 우린 이 곡만 보고 진수를 뽑은 거고. 그럼 그 곡을 다듬어준 '그 친구'가 나오는 게 맞지 않겠어?"

장진수의 눈이 흔들렸다. 생각지도 못한 말에 혼란스러웠다.

"두⋯ 두 번째 선택지는요?"

"두 번째는⋯."

김 작가가 그럴 줄 알았다는 듯 입꼬리를 올렸다.

"이 곡에서 그 '친구'를 없애는 거지. 이런 제안을 줬다. 뭐, 이런 건 괜찮아. 근데 '쇼 바이 쇼'는 오로지 우리 진수, 아니 JJ 씨가 작사 작곡한 거로 치는 거지. 그럼 우리도 좋고, JJ 씨도 조명받으니 좋고. 어때?"

장진수는 심장이 쿵쿵거렸다. 사실 노해일이 네 곡으로 만들었다고 했으니 자신의 곡이라고 말해도 괜찮을 거다. 그렇지만 자신의 곡이라고 하기엔 사실상 천지창조 수준으로 갈아엎었다. 노해일은 장진수가 쓴 비트를 빌려왔다고 하지만 딱히 그런 것 같지도 않았다. 장진수가 '이래도 될까?' 고민하는데 눈앞에 김 작가 대답을 종용했다.

'이건, 이건 아닌 것 같은데.'

그는 끝없이 갈등했다.

"두 번째로 할 거죠? 당연히."

김 작가는 그의 속마음을 읽은 것처럼 말했다.

"그럼 가서 인터뷰 다시 하세요."

그러고는 나가라는 제스처를 취했다.

장진수는 덜덜 떨리는 다리로 일어났다.

'이게 맞나? 제대로 돌아가고 있는 게 맞나? 노해일이 재수 없는 놈이긴 해도 나쁜 놈이 아닌데, 거짓말할 이유가 없는데, 나를 위해 노래를 만들어줬는데….'

그는 이렇게까지 고심한 적이 없다. 가슴 속에 악마가 '괜찮아, 어차피 노해일은 앞으로도 좋은 곡을 만들 거 아냐. 신경 쓰지 마'라고 속삭인다. 하지만 어딘가에 숨어 있던 양심이 '어떤 것으로든

정당화하려 하지 마. 이건 아니야. 설사 노해일이 신경 쓰지 않는다고 해도 안 돼. 우리 정직해지자'라고 한다.

독방에 있던 VJ가 카메라를 켜며 준비됐냐고 물었다. 이제 막 인터뷰를 시작하는 것처럼, 닥터 스트레인지가 시간을 되돌린 것처럼 처음으로 돌아갔다.

"JJ 씨에겐 자작곡에 대한 질문을 하지 않을 수 없죠. 심사위원 모두에게 긍정적인 평가를 받은 자작곡을 어떻게 만들었는지 좀 들을 수 있을까요?"

장진수는 입이 바싹 말랐다.

VJ는 가만히 그의 대답을 기다렸다. 상황이 상황이니만큼 인내심을 가졌다.

장진수는 쿵쿵 뛰는 심장을 느끼며 침을 꼴깍 삼키고 입을 열었다.

"좀 긴 이야기가 될 수도 있어요."

VJ가 눈썹을 움찔했다.

"길면 저희야 좋죠. 편집하면 되니까요."

이번에 VJ는 가위질하지 않았다. 장진수도 따라 웃지 않았고 아까만큼 유쾌한 분위기도 없었다. 자신 만큼 VJ도 이 분위기를 신경 쓰고 있구나 싶어 장진수는 오히려 안심되었다.

"사실 제 자작곡 '쇼 바이 쇼'는 처음에는 완전히 달랐어요."

"어떻게요?"

"처음 형태는 좀 조잡하고 어설펐어요."

"그래요? 전혀 그렇게 느껴지지 않았는데."

경험 많은 VJ는 카메라를 끄지 않고 질문을 바꿨다.

"그렇다면 이전 버전과 달리 어떤 식으로 바뀌었나요?"

아예 노해일을 언급할 수 없도록 질문을 바꾸었다. 시선이 오갔다. 달라진 질문에 장진수가 침을 삼켰다.

"제 친구가…"

VJ가 숨을 참았다. '이런, 결국…. 애 하나 제대로 못 구슬렸다고 깨지겠구나' 싶었다. 같이 혼나거나 편집될 장진수는 두렵지도 않은지 눈을 빛내며 답했다.

"지금의 노래로 만들어줬어요. 지금의 '쇼 바이 쇼'를요."

* * *

헤일로는 고개를 까딱였다. 침대에 등을 기대고 바닥에 다리를 뻗은 채 손가락을 튕겼다. 손가락 전체에 밴드를 감아놓은 지 이미 오래다. 바깥에서 노해일을 부르며 방문을 연 박승아는 열중한 그의 모습에 다시 문을 닫고 나갔다.

처음 만났을 때만 해도 야생 자체였던 일렉 기타는 이제 어느 정도 길들여 그와 나쁘지 않은 페어를 이루고 있다. 헤일로는 일렉 기타의 사운드에 만족하며 2집 앨범은 1집보다 더 좋아질 거로 기대했다. 한 가지 걸리는 게 있다면 바이올린 세션은 MIDI가 아닌 실제 연주자였으면 좋겠다는 점 정도? 2집 앨범 〈다시, 봄〉에서 일렉 기타만큼 중요한 역할을 하는 게 바이올린이다.

"바이올린을 배워볼까?"

옛날엔 배울 생각을 전혀 하지 못했는데 배워도 나쁘지 않을 것 같고 금방 익힐 수 있을 것도 같았다. 당장엔 할 것들이 많아 근미래로 미루고 노해일의 노트 뒷장에 악보를 그렸다. 이제 노해일의 비밀 노트도 완전히 그의 것이 되었다.

그때, 핸드폰이 울렸다. 소리였으면 못 들었을 테지만 침대에서 진동이 울린 터라 혜일로는 천천히 고개를 돌려 핸드폰을 잡았다.

「야, 노해일.」

"말해."

「너 진짜, 나한테 고마워해라.」

'이건 무슨 헛소리지?'

혜일로는 잘못 들었나 싶어 핸드폰을 확인했다. 장진수라는 이름이 선명하게 보였다.

"할 말 없으면 끊는다."

그 말에 전화 너머에서 "재수 없는 새끼, 이 새끼 저 새끼…" 하며 알 수 없는 욕설이 쏟아진다. 결혼은커녕 애인도 없는 녀석이 계속 새끼를 찾아댔다.

「진짜 이럴 줄 알았으면 그냥 구라깠지.」

"뭘 했는데."

「…작가님이, 자작곡 그거, 내가 작곡했다고 하라 했다고.」

"음."

혜일로는 손을 멈칫했다. 장진수가 무슨 말을 하는 건지 바로 이해했다.

"난 상관없는데."

혜일로에겐 단지 시험 곡에 불과해 크게 신경도 쓰이지 않아 뭐라 말해도 상관없었다.

「거짓말을 어떻게 해.」

"그래서 생색내려고 전화했냐?"

「재수 없는 새끼.」

전화 너머에서 다시 중얼거린다. 그를 욕하고 있을 게 뻔했다.

「이렇게 된 거 좋은 곡 하나 더 만들어줘.」

헤일로는 코웃음을 쳤다. 왜 전화해서 생색내나 했더니 역시 본론은 따로 있었다.

"싫은데."

「아, 왜」

"바빠."

저번에야 변덕으로 만들어준 거지만 헤일로는 당장에 해야 할 게 많았다. 하고 싶은 것도 많았고.

「그래도 만들어줘야 할걸?」

'왜 만들어야 하지' 하며 고개를 갸웃하는데 전화 너머에서 싱글벙글한 웃음소리가 들렸다.

「내기, 내가 이겼잖아. 설마 소원 잊은 거 아니지.」

"뭘 말 하나 했더니."

헤일로는 입꼬리를 슬쩍 올렸다. 장진수가 왜 이렇게 뻗대나 했다.

"다시 확인해봐."

「…뭘?」

그의 말에 장진수는 불길함을 느꼈다. 이틀간 이어진 촬영은 물론 그전에도 무대 준비를 하느라 노해일의 계정 따위 확인할 시간이 없었다. 조회 수 상승률을 따질 때 시간 안에 불가능하다고 예상했다.

'그런데 다시 확인해보라고?'

"마침 깜빡 잊고 있었는데."

「끊어봐.」

장진수는 싱글거리는 목소리가 듣기 싫어 전화를 툭 끊고 허겁지겁 너튜브로 들어갔다. 알고리즘에 의해 다양한 영상이 추천되는 홈 채널에서 구독 탭을 누른다.

"헉!"

장진수의 눈이 어느 때보다 커졌다. 그는 저도 모르게 입을 막고 속으로 비명을 질렀다.

"아니, 저번에 봤을 때는 조회 수가 3,000짜리였는데."

그것도 많다고 생각했는데 현재 보이는 구독자 수가 2만 8,000이다. 단 네 개의 영상으로 조회 수도 아니고 구독자 수가 3만이라니, 이건 있을 수 없는 일이다.

장진수는 파들파들 떨면서 영상을 눌러봤다. 당연히 조회 수는 구독자 수보다 몇십 배 더 뛰어 있다. 한 주 동안 일어난 변화에 그는 원인을 찾아보려 했다. 그러다 다 무슨 소용인가 싶어 멈췄다. 내기는 졌고 자신의 계획도 물거품이 되었다.

"내 노래가… 안 돼!!"

촬영장에서 있었던 일은 생각도 나지 않았다. 악마같이 웃는 노해일을 상상한 장진수가 절망했다.

# 8. 예고편

"안녕, 준수야 우리 예전에 봤지?"

"안녕하세요, 장'진'수입니다."

"그래, 진수야. 어서 들어오렴."

장진수는 진짜 들어가도 되나 싶어 노해일 뒤에서 소심하게 등을 툭툭 쳐봤다. 그러다 노해일이 주머니에 손을 넣은 채 들어가는 걸 보고 그제야 쭈뼛거리며 따라 들어갔다. 분명 노해일의 어머니는 자신을 좋아하지 않았던 것 같기에 그는 마치 사약을 받으러 들어가는 기분이었다. 저번과 달리 웃는 낯으로 맞아주는 걸 보면서도 그런 기분을 떨칠 수 없었다.

장진수는 고즈넉한 노해일의 집을 돌아보며 '괜히 온 것 같은데'라고 생각했다. 한 톨의 먼지도 없는 곳에 서 있으려니 맞지 않은 옷을 입은 듯 불편해 죽을 것 같았다. 어머니가 한번 데려오라고 했다며 같이 밥 먹자고 할 때 승낙하는 게 아니었다. 아니면 적어도

246

소원권을 쓰게 하던가. "이게 소원이야?" 하고 묻자 "이거겠냐?"라고 비웃던 노해일이었다. 억지로라도 소원권을 쓰게 했어야 했다. 장진수는 노해일이 어떤 소원을 쓸지 무서운 한편, 그의 어머니는 그냥 더 무서웠다.

"차린 건 없지만 많이 먹으렴."

'이게… 차린 게 없다고?'

장진수의 눈이 흔들렸다. 상다리가 부러질 것 같은데, 반찬이 겹치지 않고 모든 공간을 여백 없이 채우고 있었다. 심지어 대개 고기 반찬이었다.

"혹시 채식주의자거나 알레르기 같은 게 있니?"

"아니요. 아무거나 잘 먹습니다."

"다행이다. 해일이가 고기를 좋아해서 육식 위주로 준비했거든."

장진수는 '지가 세종대왕인 줄 아나'라고 괜히 속으로 욕했지만 겉으론 웃는 낯을 유지했다.

혜일로는 그 얼굴이 피에로 같다는 걸 굳이 알려주지 않았다.

"듣기론 TV에 나온다며."

"예, 예 맞아요."

노해일은 어머니가 밥 위로 올려주는 반찬을 태연하게 받아먹었다. 반면 장진수는 뭘 먹어야 할지 알 수 없을 정도로 많은 반찬을 살펴보며 눈치를 봤다.

"어떤 프로그램이니?"

"〈쇼 유어 쇼〉라는 뮤직 서바이벌 오디션인데요….'

"〈쇼 유어 쇼〉라고?"

"그, 오디션 프로그램 같은 거예요."

"아, 〈슈스케〉 같은 거구나."

"네네, 맞아요."

장진수는 노해일의 어머니가 눈을 반짝거리며 바라보니 한 숟가락도 입에 넣을 수 없었다. 이 와중에 태연하게 쌈을 싸 먹고 있는 노해일이 얄미웠다.

"그건 어떻게 하는 거니?"

〈쇼 유어 쇼〉에 대해서 처음 듣는 것처럼 보이는 그녀를 보며 장진수는 노해일 성격에 부모님한테 이것저것 이야기했을 리 없으려니 하고 이해했다. 수다 떠는 노해일의 모습은 도저히 상상이 안 갔다.

"보통 오디션 프로그램은 서바이벌로 진행해요. 지원자를 받아서 1차로 거르고 촬영하죠. 또 어떤 건 여러 차례 심사하기도 해요."

"〈쇼 유어 쇼〉는 어땠는데?"

"〈쇼 유어 쇼〉도 비슷하게 11월 초까지 지원자를 받았어요. 무반주 영상이랑 무대 영상, 이렇게 두 영상을 제출하면 제작진이 1차 합격자를 선정하고, 전화로 촬영 날짜를 말해줘요."

"아하, 입시와 다를 게 없구나."

"네, 그렇죠."

노해일은 앞에서 아주 먹방을 찍고 있었다. 이를 보고만 있던 장진수도 슬슬 허기를 느끼고 막 젓가락을 들 때였다. 다시 그녀의 목소리가 들렸다.

"힘들겠다."

노해일 어머니의 말에 장진수는 의아했다. 그녀는 노해일이 자신의 곡에 도움을 준 걸 모르고 있는 듯했다. 노해일을 흘끗 보니 밥만 열심히 먹고 있다. 엄마에게 친구에 대한 시시콜콜한 이야기를 안 할 줄은 알았지만, 자기 자랑도 안 할 줄은 몰랐다. 사실대로 말해야 할지 그는 우물쭈물하다가 입을 열었다.

"아니에요. 할 만했어요."

"그래? 열심히 준비했나보구나."

"그것도 그렇고, 해일이가 도와줘서요."

"…우리 해일이가?"

어머니가 노해일을 한 번 바라보곤 의문을 표했다.

"진수를 어떻게 도와줬는데?"

그녀가 이제까지 오디션에 관한 단순한 관심을 보였다면 아들이 거론된 순간부턴 달라졌다. 노해일 어머니의 눈이 부담스러울 정도로 뜨거워졌다. 세상에 자식 칭찬을 듣기 싫어하는 부모가 어딨겠는가. 장진수는 납득할 수 있었다.

"그게…"

어떻게 이야기해야 할까, 잠시 생각하던 장진수는 방송국에서 이미 한 번 이야기했던 걸 상기했다. 그땐 다들 부정적이었지만 이 자리는 다를 것이다. 그는 젓가락을 내려놓고 홍대에서 버스킹한 날부터 차례차례 이야기했다. 그녀는 어느 때보다 열정적이고 적극적으로 호응해줬다. 간혹 왜 말하지 않았냐는 듯, 아들을 바라보는 눈엔 자랑스러움이 차 있다. 보기 좋은 모자의 모습에 장진수도 편하게 이야기를 이어갔다. 한편 부러운 마음이 들었다.

"편곡을 해줬다고?"

"네, 아주머니도 들어보시면 깜짝 놀랄 거예요. 노해…. 해일이가 작곡을 되게 잘해요."

"그렇지!"

그녀가 연신 고개를 끄덕였다. 그 끄덕임엔 확신이 가득 차 있다.

'혹시 노해일 노래를 따로 들어본 적 있나?'

장진수는 일단 그러려니 하고 넘어갔다.

"해일이 덕분에 붙은 거죠."

이건 장진수의 진심이다. 좀 쓸쓸하긴 하지만 그래도 좋은 기회를 얻었다고 생각한다. 유명한 가수, 프로듀서 등에게 멘토링을 받을 일이 얼마나 있겠는가. 노해일이 만들어준 기회, 로또 당첨됐다고 생각하고 잘 받아먹을 것이다.

"그러니?"

박승아는 소녀처럼 좋아하며 두 손을 모았다.

"그거 언제부터 볼 수 있어?"

"첫 예고편은 6일이고, 1화는 그다음 주 금요일에 방영해요."

"곧이구나!"

장진수가 고개를 끄덕였다. 그리고 노해일은 할 말 없나 싶어 고개를 돌렸을 때, 그새 싹 비운 그의 밥그릇을 발견했다.

"아들, 한 공기 더 줄까?"

"아니요, 괜찮아요."

'씨, 난 한 숟갈도 못 먹었는데.'

장진수가 고개를 떨궜다. 그의 그릇엔 밥이 봉긋하게 채워져 있었다. 노해일과 그의 엄마가 대화를 시작했다. 이제야 밥을 먹을 수 있겠다 생각한 장진수는 젓가락을 들어 계란말이로 향했다.

"그러고 보니 6일이면 고등학교 입시 날이네. 너희 고등학교는 어떻게 할 생각이니?"

"억…."

고등학교 얘기를 듣자마자 젓가락이 허공에서 멈췄다. 분명 노해일한테 하는 얘기인데 그도 같이 혼나는 기분이다.

"보통 연습생은 예고로 지원한다고 들었는데."

"예고는 이미 입시 끝났어요, 어머니. 거긴 11월 초에 1차를 시작해서요."

"그래?"

박승아는 예상치 못한 사실에 눈을 휘둥그레 떴다. 그녀는 다시 장진수에게 물었다. 그녀에게 장진수는 전문가처럼 보였다.

"그럼 어떻게 해야 해?"

"어, 예고로 가고 싶다면 일반고에서 편입할 방법이 있고요. 아니면 그냥 일반고에 진학해도 되죠?"

"아아."

"일반고 중에 좀 더 예체능에 친화적인 학교가 있거든요."

그녀는 무언가 곰곰이 생각하는 듯 말이 없었다.

'이제 먹어도 되나?' 하며 장진수의 손이 움찔했을 때 이번엔 노해일이 입을 열었다.

"어머니."

"그래, 해일아."

장진수는 계란말이에 다시 손을 뻗었다. 계란말이 위에 그려진 케첩 스마일이 그에게 먹으라고 말하는 것 같다.

해일로는 여상한 얼굴로 말을 늘어놓았다.

"저에게 하고 싶은 걸 하라고 하셨죠."

"그렇지?"

"저는 계속 음악을 하고 싶어요."

"그래."

어머니가 고개를 끄덕이자 헤일로가 말을 이었다.

장진수는 뜬금없이 왜 저런 소리를 하나 싶었다. 그의 엄마는 이미 아들의 열성 팬이 된 것 같은데.

"그래서 다른 데 눈 돌릴 생각이 없어요."

'잠깐….'

장진수는 숨을 참았다. 예전에 노해일이 고등학교에 안 간다고 했을 때 미친놈인가 하고 넘겼는데, 진심으로 그런 소릴 엄마 앞에서 하려는 태세다. '설마 아니겠지?' 하는 마음으로 장진수는 노해일과 그의 엄마를 번갈아 보았다. 그녀는 아직 노해일이 무슨 말을 하는지 이해 못 한 것 같았다.

"야, 노해…."

밥맛이 뚝 떨어졌다. 지금이라도 말려야 할 것 같아 장진수가 입을 떼는데 노해일은 아랑곳하지 않았다.

"고등학교에 다닐 시간에 저를 위해 살고 싶어요, 어머니."

"그게 무슨…."

시간이 천천히 흐른 것 같았다. 그저 의아한 표정이었던 박승아의 눈과 입이 서서히 벌어졌다. 장진수도 '미친 새끼, 이걸 진짜 말하네'라고 차마 소리 내진 못했지만 입 모양만 움직여 욕했다.

"국가에서 지정한 의무교육으로 충분하다고 생각해요."

가끔가다 한국인인가 의심되는 노해일은 정말로 한국인이라면 하지 않을 소리를 늘어놓았다. 고졸도 아니고 중졸이라니! 대학에 가지 않겠다고 해도 뒷목을 잡고 쓰러질 부모가 얼마나 많은데 고등학교에 안 간다니 이건 뭐라고 말해야 할까?

"해일아?"

박승아의 눈이 흔들렸다. 장진수는 그녀의 심정이 이해가 갔다. 특히, 노해일은 원래 외고 입시반에 있던 모범생이 아닌가. 외고생에서 중졸의 격차란 좀 큰 게 아니었다.

"네."

헤일로는 태연한 얼굴로 대답했다. 진심이었으니까. 그는 고등학교에 갈 생각이 없었다. 오랜만에 학교에 간 건 즐거웠지만 오래할 만한 일은 아니었다. 애들이랑 어울려주는 건 중학교로 족했다.

박승아는 말문이 막혀 아무 말도 못 하고 입만 벙긋댔다.

장진수는 자신도 숨이 턱 막히는 터라 노해일 어머니의 반응이 이상하지 않았다. 그는 어떻게 해야 하나, 혼자 발을 동동 구르다 입을 열었다.

"아 맞다. 노해일, 근데 너희 아버지께도 말씀드려야 하지 않냐?"

"갑자기?"

장진수의 말에 헤일로의 시선이 그에게 꽂혔다.

"그, 그, 그거! 네 노래! 아버님도 네 노래 들어야 하잖아. 어디 출장 가셨다며!"

"그렇지."

대답한 건 노해일이 아니라 그의 어머니였다. 그녀가 반색하며 자리에서 일어났다.

"아버지한테도 〈쇼 유어 쇼〉가 언제 방영하는지 말씀드려야겠다. 돌아오기 전에 먼저 방영하니까. 아버지로서 아들 노래는 꼭 들어야지."

장진수 군이 굳이 아버지 운운하며 끼어든 건 자신이 없을 때 가족들끼리 해결하라는 의미였다. 지금은 숨이 막혀서 밥을 먹을 수가 없으니 말이다. 박승아도 이 자리에서 진학에 관해 결정할 생각은 없었다. 진학은 신중해야 할 문제이니 가족이 다 모인 이후에 의논해도 늦지 않다. 헤일로만 못마땅하게 두 사람을 주시했다. 말을 돌리려는 의도가 뻔히 보이는 그들을 보며 '그래도 내 생각은 안 바뀌는데'라고 생각할 뿐이었다.

\* \* \*

미국 캘리포니아주 태평양 해안을 따라 있는 샌디에이고의 한 캠퍼스, 후드티를 입은 여자가 두리번거리며 복도를 걸었다. '피아트 룩스(Fiat lux)'라고 쓰여 있는 마크가 벽마다 지겹게 반복된다. 그녀는 '빛이 있게 하라'라는 의미의 교훈을 볼 때마다 '깜빡거리는 조명이나 바꾸지' 하고 생각했다. 그녀는 곧 익숙한 명패에서 멈춰 섰고 문을 두드렸다.

"들어오게."

"교수님, 부르셨어요?"

그녀가 존경하는 교수님은 오늘도 클래식한 정장을 입고 있었다. 어제 입은 것과 다른 건 하나도 없다. 그녀는 간혹 랩실 식구들과 교수님의 패션에 관해 토론하곤 했다. 그러니까 옷을 안 갈아입는 건지 아니면 똑같은 옷이 여러 벌 있는 건지. 그러다 그녀는 제 옷차림을 발견했다. 예일대 후드티, 무릎이 튀어나온 청바지, 앞코가 더러워진 흰 운동화. 남한테 패션으로 훈수 둘 상태가 아니었다.

"지난주 세미나에서 발표했던 연구 말인데…"

"지난주요? 아."

1시간 반가량 세미나와 연구 진행 상황에 대해 교수와 이야기하던 그녀는 문득 창 너머 태양이 서서히 지는 걸 보았다. 어느새 시간이 이렇게 흘렀다.

"참, 교수님."

그녀는 돌아가려다 무언가 생각나는 게 있어 멈춰 섰다. 가위바위보에서 져서 그녀가 대표로 물어보기로 한 게 있었다.

"뭐지?"

"혹시, 교수님도 너튜브 보시나요?"

"너튜브?"

그녀는 핸드폰을 들어 보였다. 너튜브를 볼 시간이 전혀 없어 보이는 교수가 고개를 끄덕였다.

"요즘 화제가 되는 영상인데 교수님도 보시면 좋아할 것 같아서요. 교수님 좀 옛날 노래 좋아하시잖아요."

"비틀스가 그렇게 옛날은…"

"제가 태어나기 전에 나왔던 밴드던데."

교수는 입을 다물었다. 맞는 말이라 반박할 수가 없었다.

"한번 보실래요? 버스킹 영상인데."

"…그래."

강 조교는 빠르게 너튜브에 들어갔다. 최근에 보았던 영상이라 곧 찾을 수 있었다.

"여긴 낯이 익는데."

"네, 홍대예요. 한국 애기가 노래하거든요."

"애기?"

"진짜 애기예요."

교수는 '애기'라는 말에 대여섯 살짜리를 상상하고 인상을 찌푸렸다. 귀엽긴 한데 어린애가 옛날 노래를 부른다는 건 좀처럼 상상이 가지 않았다.

곧 사람들이 소란스럽게 떠드는 소리가 들려왔다. 그중에 핸드폰 카메라는 한 남자와 아이들을 향해 있었다. 그러다 한 아이가 마이크 앞에 서고 이윽고 '렛 잇 비' 선율이 들려왔다. 교수가 가장 좋아하는 노래는 아니지만 언제 들어도 훌륭한 곡이었다.

"진짜 음색 좋지 않아요?"

영상에 빠져들 것처럼 행복한 표정의 강 조교가 뭐라고 계속 말했지만 교수에게 그녀의 목소리가 들리지 않았다. 그의 눈엔 영상속 '애기'밖에 없었다. 덥수룩한 앞머리, 작고 마른 체구에 뽀얀 피부, 길바닥에 앉아 지나가는 사람을 관객으로 홍대를 작은 콘서트장으로 만들어버린 아이는 분명 그가 잘 아는 아이였다.

"이게 무슨…"

* * *

"선생님, 학교 언제부터 안 나와도 돼요?"

"그렇게 나오기 싫으냐?"

"예!"

"예에? 넌 앞으로 계속 나와."

"아 쌤!"

기말고사가 끝난 이래로 교실 분위기는 어느 때보다 가벼웠다. 성적에 대한 부담감, 등수에 대한 신경전은 사라진 지 오래다. 한동안 영화, 애니메이션, 마피아 게임이나 카드놀이를 즐기던 아이들은 이제 그것도 지겨워 방학만을 기다리고 있었다.

"그래도 고등학교 지원서는 제출해야지 않겠냐."

"집에 가서 할게요."

"안 할 거잖아."

별말도 아닌데 교실엔 와자지껄 웃음보가 터진다.

"다음 주 수요일이 예비 방학식이니 그때까진 잘 나와라. 물론, 외고, 자율형사립고 지원자는 계속 나와야 한다. 알겠지?"

"그럼 다음 주부터 안 나와도 돼요?"

"지금까지 뭘 들었어, 요놈들아."

'다음 주부터 안 나와도 된다고?'

덥수룩한 앞머리를 들어 올리며, 언제 자를까 고심하던 헤일로가 눈을 번쩍 떴다. 예의상 해주던 등교가 끝에 다다르고 있었다.

단축 수업으로 11시 40분경 학교가 끝났다. 교문 앞에는 어머니가 차를 가져와 기다리고 있었다. 고등학교 진학 문제는 아버지와 상의하기로 하고 보류한 이후 그녀는 그날의 일을 더 꺼내지 않았다. 그렇다고 감정을 담아둔 건 아닌 듯 어머니는 정말로 아무렇지 않게 행동했다.

"어머니, 걱정하지 마세요. 성장이 느릴 뿐 성장판이 아직 활짝 열려 있습니다. 아버님이 장신인 편이니 해일이도 곧 자랄 겁니다."

"어머, 다행이에요."

성장판 검사 후 박승아는 강남에 가 아들에게 일본식 돈카츠를 사주었다. 점심이 좀 지난 시각이었지만 유명한 가게라 줄이 조금 길었다. 그러나 바삭하게 보였던 안심 돈카츠가 입 안에 들어가 사르르 녹자 헤일로는 기다린 시간과 기력이 아깝지 않았다. 비싼 가격 역시 아깝지 않은 훌륭한 맛이다.

집으로 돌아오는 차 안에서 박승아는 문득 생각이 나 물었다.

"그러고 보니 오늘, 그날 아니니?"

헤일로는 무슨 말인가 싶어 운전석의 어머니를 바라보았다.

"진수가 그랬잖아. 6일에 〈쇼 유어 쇼〉 예고편 나온다고."

"아."

'벌써 그렇게 됐나. 두 번째 촬영 어쩌고 하는 걸 듣긴 했는데.'

애초에 본편도 아니고 예고편을 기억할 리 없는 헤일로였다.

"오늘 밤 9시라고 했던가?"

"네, 그럴 거예요."

"너희 아빠한테 알려야 하는데 깜빡했다."

"뭐, 본편도 아니고 예고편이잖아요."

"그런가?"

어머니가 다행이라며 까르르 웃었다.

"그럼 나중에 말해야겠다."

헤일로는 대충 고개를 주억거리며 라디오의 곡에 귀를 기울인다. 그는 장진수가 나온다는 프로그램이 별로 궁금하지도 않았다. 그 시간에 너튜브에 올라온 옛 명곡을 들었으면 들었지 볼 생각은 전혀 없었다.

"해일아, 시간 됐다!"

어머니의 성화가 아니었다면….

저녁 8시 50분, 헤일로는 도축장에 가는 소처럼 어머니에게 이끌려 나왔다. 그녀는 소녀처럼 들뜬 상태였다. 옆에 앉으라며 소파를 툭툭 치는 바람에 마지못해 헤일로는 옆에 털썩 주저앉았다.

'작가 말 안 들었다고 편집됐을 거라던데.'

장진수가 이것까지 말했어야 했다. 어머니가 아무리 길어도 3분 남짓할 예고편을 기대하지 않도록 말이다. 장진수가 편집되었다면 그의 노래도 역시 편집되었을 것이다.

박승아는 같은 멜로디를 읊조리며 예고편을 기다렸다. 익숙한 멜로디였다. 아들이 자신을 위해 만들어준 '고백'의 선율. 너튜브를 통해 여러 번 들은 그녀는 시간 날 때마다 멜로디나 가사를 흥얼거렸다.

20시 57분. 다큐멘터리의 오프닝이 시작되었다. 배를 탄 어부와 만선이 어쩌고 하는 멘트가 스쳐 지나갔고, 깜깜한 밤에 어부가 시를 외운다.

"언제 나온다니?"

어머니는 다큐멘터리에 전혀 관심이 없다는 얼굴로 재촉했다. 예고편은 아마 광고가 끝나고 다큐멘터리가 시작되기 직전에 나올 것이다. 2분 하고 몇십 초 동안 정말 수많은 광고가 나왔다. 자동차 광고, 슈트 광고, 안마의자 광고 등 세상에 광고가 얼마나 많은지…. 옛날보다 훨씬 세련된 광고에 헤일로는 잠시 눈이 가긴 했지만 기다리는 게 있으니 쓸데없이 많게 느껴졌다.

'티저 공개에 이렇게 뜸을 들여야 하나?'

헤일로가 투덜거리는 사이 카운트가 1에서 0으로 바뀌었다.

*** 

"야이씨, 안주를 사 오라니까 뭔 소주를 사 왔어."

"소주 안주가 소주지. 한두 번 뜯나."

투블럭컷, 귓바퀴에 박힌 도마뱀 타투가 인상적인 남자가 코웃음을 치고는 빨간색 소주병을 땄다. 잔이나 그릇은 없다. 빨간색 소주의 안주는 초록색 뚜껑. 소주병의 입구가 딱 입 크기에 맞는 건 다 의도가 있다고 믿는 P-R 레이블 대표 삼장이다.

"모니터링은 직원이 할 텐데 우리까지 해야 해? 게다가 1편도 아니고 티저라며."

"경진이가 꼭 보라던데. 라온이 경쟁자가 꽤 세다고."

"아니, 라온이보다 쎈캐가 있다고?"

P-R 레이블의 유일한 프로듀서인 녹진이 발작하듯 물었다.

그는 진심으로 길라온을 천재라고 여겼다. 그 흡입력 있는 가창력 하며 음색, 스타성, 장르에 구애받지 않는 음악적 재능. 중학교 축제에서 우연히 보게 된 길라온을 바로 영입한 녹진은 적어도 또래 중에 길라온을 이길 애는 없다고 생각했다.

"있다면, 이미 이름이 알려진…."

"어, 시작한다."

삼장은 녹진의 팔불출 같은 말을 잘랐다. 마침 광고가 끝나고 예고편이 시작되고 있었다.

〈쇼 유어 쇼〉는 CY의 엔터테인먼트 채널 ENS에서 2028년부터 방영한 음악 경연 프로그램이다. 처음에는 타 방송사의 힙합 서바이벌프로그램을 베껴 만들었다는 논란이 있었지만, 〈쇼유〉는 음악 장르를 힙합으로 한정 짓지 않으며 차별화된 경연 프로그램으로 인정받았다. 운이 좋았던 건 〈쇼유〉의 출연진은 어떤 이유든 화제의 중심이 되었다. 좋게 말하자면 노이즈마케팅 효과를 잘 받았고, 사실적으로 말하자면 자극적인 맛이 있었다. 출연자들 간의 싸움, 출연자의 사연, 시즌마다 일어나는 멘토와 멘티의 불화로 가장 높은 시청률을 찍기도 했다. 이전 파일럿은 물론 시즌마다 말이 많은 〈쇼유〉였지만 지원자 수와 시청률이 갈수록 늘어나는 건 그들의 경연곡이 결국 대중에게 먹히기 때문이었다. 늘 '수박' 차트 톱텐에 경연곡을 올리는 〈쇼유〉는 성공적인 프로그램이었다.

P-R 레이블의 삼장과 녹진은 그런 이유로 길라온을 시즌 3에 내보내기로 결정했다. 〈쇼유〉의 모든 에피소드가 길라온에게 좋은 경험이 될 거고, 결국 좋은 성적을 가져다줄 것이다. 게다가 그들은 길라온보다 더 눈에 띄는 참가자가 없을 거라고 내심 안심했다. 물론, 이번 참가자 중에 유명인도 있지만 음악 경연 프로그램인 만큼 인지도는 그리 중요하지 않았다. 오히려 무명이 임팩트를 크게 안겨줄 수 있다. 천재 중학생, 음색, 가창력, 귀여운 외모와 스타성 모든 것을 가진 길라온이라면 말이다.

티저는 늘 그랬던 것처럼 형형색색의 무대가 등장하고 차례차례 문구가 떠오르며 록(rock), 발라드(ballad), 팝(pop) 너희들의 음악은 무엇인지 물었다. 그리고 왓에버(Whatever), 그게 무엇이 되든. 쇼 유어 쇼(Show your show)! 보여달라고!

검은 화면에 뜨는 프로그램명을 보며 삼장과 녹진은 제목 하나는 정말 잘 지었다고 생각했다. 이보다 더 이 프로그램의 기획 의도를 소화할 로고는 없을 것이다.

이윽고 할리우드의 히어로 영화처럼 공식 오프닝이 올라간다.

새로운 참가자들의 무대가 웹툰처럼 지나가며 'YOU'라는 글자가 완성되었다. 히어로 영화처럼 웅장하게 울리던 음악이 끝나고 3초간 정적이 되더니 음악이 달라졌다.

"오, 비트 좋은데?"

"그러게? 이번 오프닝 비트 잘 뽑았다. 메인 브금 인가?"

가사는 들려오지 않았지만 비트가 울렸다. 계속 생각날 정도로 감칠맛 있는 비트였다. 비트는 그리 빠르지도 느리지도 않았는데 그래서 듣기엔 더 좋았다. 잔잔하면서도 앞으로 기운차게 달려갈 거라는 느낌을 안겨주었다.

예고편에 지원자의 무대나 인터뷰가 나온다. 누군가의 무대, 각오 혹은 망가진 무대. 삼장과 녹진은 홀린 듯이 고개를 끄덕였다가 고개를 저었다.

"라온이다."

설마 길라온이 안 나오나 싶었는데 거의 끝에 가서 나왔다. 녹진이 아빠 미소를 지었다. '티저의 엔딩 주인공은 길라온이구나' 싶었다. 웬만한 여자 가수 뺨치는 가성에 전율이 확 끼친다. 안 봐도 성공적인 무대였다. 그때 장면이 바뀌며 길라온 또래의 남자아이가 나왔다. 굉장히 평범하게 생긴 중학생이었다. 눈꼬리가 조금 올라간 중학생은 사실 지원자들 사이에서 눈에 띄지 않았다. 심지어 3초간 나온 무반주 랩도 평이했다. 그 아이에게 관심을 가진 사람은 아무도 없다. 녹진이 "쯧쯧" 하며 안타까움을 표하는 사이 삼장은 위화감을 느꼈다. 불합격자라면 이렇게까지 연출을 할 리가 없다. 그때 카메라가 무대에 있는 중학생을 비추었고 반복적으로 들리던 비트가 절정으로 차올랐다.

"허!"

녹진이 눈을 번쩍 뜬다. 그가 BGM(Back Ground Music)이라고 생각했던 건 단순히 BGM이 아니라….

[스포트라이트가 내가 있어야 할 자리에 돌고 도는 서클은 인생의 이유를 알려줄까 해]

카메라가 점점 올라가 천장에 달린 조명을 비추며 화면이 암전된다.

'2030. 12. 16. Fri 9 PM. Show your show S. 3 첫 방송'

"…."

"…."

삼장과 녹진 둘 다 한동안 아무 말도 하지 못했다. 다큐멘터리 내레이션을 제외하면 방 안은 고요했다. 소주병을 든 채 화면을 보는 삼장과 눈을 감은 녹진. 그들은 단지, 길라온이 주인공이 아니라서 실망하지는 않았다.

"오…."

한참 있다가 녹진이 탄성을 질렀다.

"쟤 뭐야."

서서히 그의 표정이 변한다. 놀라움에서 감탄 그리고 탐욕. 처음 길라온을 보았을 때와 같았다. 레이블에 데려와 도장을 찍을 때까지 안달 난 얼굴.

"쟤 데려오자."

이럴 줄 알았다. 녹진은 저 훅 하나로 눈이 돌아간 것 같았다. 비트만 해도 싹이 보이지만 저런 훅은 아무나 뽑을 수 있는 게 아니었다.

흥분한 녹진과 달리 삼장은 침착했다. 그러나 그의 머릿속엔 온

갓 계산이 오가고 있었다. 그도 녹진처럼 음악을 사랑하고 온통 음악뿐인 삶을 살아가지만 한 가지 다른 게 있었다. 레이블의 대표로서 이성적으로 접근해야 했다.

"〈쇼유〉에서 메인 브금이 아니라 지원자의 곡을 쓴 건 이번이 처음이지?"

"처음이고 뭐고 나였어도 썼어. 저건 써야지. 예고편에 터트린 건 좀 아깝지만. 그만큼 뒷부분도 좋다는 거겠지? 아아, 듣고 싶다."

예고편이 어땠는가는 머릿속에 남아 있지 않았다. 두 사람의 머릿속에는 BGM인 줄 알았던 음악이 반복되고 있었다.

"사실 저 곡 만져준 프로듀서를 더 데려오고 싶어."

녹진의 말에 삼장이 고개를 갸웃했다.

"프로듀서라니?"

"저걸 중학생이 혼자 만들었을 리가 없어. 그건 라온이라도 불가능해. 멜로디나 펀치 라인은 영감으로 가져왔을 순 있는데 완성도는 아니야. 딱 봐도 전문가가 건드렸어. 이 바닥은 좁으니 내가 아는 사람일 텐데. 도대체 누구지?"

"일단 경진이가 말한 '경쟁자'는 누군지 알겠네."

"음, 확실히. 라온이 이번에 좀 힘들겠다."

길라온의 매니저 경진이 말했던 사람이 누구인가에 대한 논의는 필요하지 않았다. 일단 이 예고편을 본 사람이라면 PD가 누굴 메인으로 꼽고 있는지 바로 알 수 있을 거다. 애초에 지원자의 곡을 메인 BGM처럼 갖다 쓰지 않았는가. 기존에 만들어 놓았던 메인 BGM을 폐기할 정도로 훨씬 좋다고 판단한 거다. 실제로도 그랬고.

"만약 자작곡이면 어떡할래?"

"자작곡이기야 하겠지."

"아니. 프로듀싱을 안 받았다면."

"그건… 말이 안 되는데."

녹진은 부정했지만 삼장은 경진의 보고를 떠올렸다. 경진은 '무소속'이라고 했다. 녹진은 결코 그럴 리 없다며 연신 중얼거렸으나 삼장이 대답을 요구하자 마지못해 답했다.

"만에 하나라도 그렇다면 데려와야지. 어떻게 해서든. 근데 전문가 손 탔다니까."

"프로듀서로서 이 곡의 가치를 말해봐."

녹진의 표정이 어처구니없다는 듯 변한다. '너도 좋았잖아. 이걸 굳이 설명해야 하냐'는 표정이다.

삼장도 당연히 좋은 건 알고 있었다. 훅을 들었을 때 저 곡을 부르고 싶다고 본능적인 욕심이 생겼으니까. 하지만 이건 어쩔 수 없는 뮤지션의 숙명이다. 야구판에 '좌완 강속구 투수는 지옥에 가서라도 데려온다'라는 말이 있듯 이쪽 업계에는 '좋은 곡이라면 모든 걸 팔아서라도 받아야 한다'라는 말이 있다. 극단적인 표현이지만 뮤지션 모두가 공감할 것이다. 뮤지션은 늘 더 좋은 곡에 갈증을 느꼈다.

"굳이 말하자면… 그래, 분석을 안 하고 들었어."

녹진이 마지못해 한마디 했다.

직업정신이란 것 때문에 늘 곡의 형태나 코드를 분석하며 들었던 그가, 오랜만에 분석하지 않고 감상했단다. 삼장은 충분하다고 생각했다.

"스포트라이트가…. 곡 중독성 미쳤네. 한 번밖에 안 들었는데 벌써 따라 부르는 것 봐. 래퍼로서 할 말은 아니지만, 랩 대충 써도 통할 것 같아. 사실 길거리에 아무나 데려와도 다 잘 부를걸. 그냥 훅이 사기야. 와, 도대체 누가 이런 훅을 뽑았지?"

삼장은 녹진의 추리를 흘려들으며 소주병을 손가락으로 튕겼다. 청아한 소리가 울려 퍼진다. 더는 술이 당기지 않았다. 대표로서 머릿속이 복잡했다. 영입은 이후에 할 일이다. 지금은 이 사기적인 곡을 쓴 천재와 상대할 길라온을 어떻게 케어하면 좋을지 고심해야 했다. 길라온이야 스스로 잘하겠지만 예고편의 임팩트가 심상치 않다. 다른 참가자 누가 있었는지 생각도 안 날 정도로.

\* \* \*

〈쇼유〉 시즌 3의 예고편이 공개된 건 12월 6일 금요일 21시였고, 예고편 공개와 함께 인터넷 기사들이 한꺼번에 올라왔다. 반응이 오기 시작한 건 그로부터 몇 시간이 흐른 다음 날 새벽. 〈쇼유〉의 지난 시즌 팬들이 하나둘 커뮤니티에 접속하기 시작했다.

[〈쇼유〉 예고편 봤냐?]
[〈쇼유〉 라인업 화려한 거 봐라.]

처음에는 라인업에 대한 이야기였다. 이미 누군가는 SNS에 공개하긴 했지만, 의외의 얼굴도 보였다. 언더의 유명 뮤지션부터 인플루언서까지.

[드디어 '조'의 시대가 왔다.]

[경! 너튜브 크리에이터 웅담, 세 번의 도전 끝에 합격. 축!]

[ENS 예능 다 터지더니 급했긴 급했나 봄.]

[원래 새해 방송 아니었나? 이걸 한 달 땡겼네.]

[보인다 보인다 급하게 찍다가 ㅈ망하는 미래가.]

  └ 님 미래는 안 보임?

[엔스 이것도 망하면 어캄.]


예고편 초반부터 유명한 얼굴을 다 때려 박은 것에서 절대 본편을 사수하라는 의지가 보였다.


[근데 시즌3 티저 좀 잘 뽑은 듯?]

[몬가몬가임.]

[동생 새끼랑 같이 보는데 오프닝 끝나고부터 둘 다 암말도 안 함 ㄹㅇ잘 만듦.]


이윽고 예고편에 대해 본격적으로 이야기가 흘러나왔다. 일주일이나 남았는데도, 벌써 불판을 데우기 시작한 사람부터 참가자당 분량을 분석한 사람도 있었다.


[〈쇼유〉 급식 전형은 실존하네ㅋㅋ 게다가 이번엔 두 명.]

  └ 한 명은 급식 전형 무시하고 뽑을 만하던데?

  └ ㄱㄹㅇ?

  └ 이번엔 뽑을 만하지 않았냐? 시즌 2만큼은 아니던데.

  └ 이 얘긴 진짜 매년 나오는 듯.

[마지막에 나온 애는 누구임? ㄱㄹㅇ말고 급식 일진처럼 생긴 애.]
└ PD 아들인듯.

티저의 역할이 본편에 관한 관심이라면 성공했다. 비난 댓글이든 음모론이든 트래픽지수가 성공을 증명했다. 매초 글들이 갱신되었고 페이지도 순식간에 넘어간다. 그중에서도 반복적인 글이 있었다.

[(매우 급함X1000) 〈쇼유〉3 예고편 노래 제목 뭐임? 잼민이가 스포트라이트 어쩌고 하던 거ㅇㅇ ㅅㅂ 혼자 미친놈처럼 흥얼거리고 있음. 내일 출근해야 하는데ㅅㅂㅅㅂㅅㅂ]
└ 스포트라이트가 내가 있어야 할 자리에~~
└ ㅅㅂ진짜 급하다고.
└ 돌고도는 서클은.
└ 인생의 이유를.
└ 알려줄까해~
└ ㅅㅂ제목만 말해.
└ 윗놈들 다 제목찾다가 불탄놈들임ㅋㅋㅋ
[스포트라이트하던 그 노래 제목 찾는다.]
└ 아직 음원 안 나왔다고.
└ 커뮤에 스포트라이트 찾는 놈 ㅈㄴ 많네. 핑프새끼들 다나가뒤져라.
└ 진짜 안 나와서 그럴걸?
└ 언제 나오는데?
[노래 듣고 찾아본 거 이번이 처음인데 제목 뭐임?]

[음원 '줘']

[나 일단 1화는 무조건 볼 듯ㅇㅇ 스포트라이트 무조건 나오는 거 맞지?]

[예고편 엔딩 노래만 잘라왔다. …mp4. 잼민이는 진짜 전설이다. 원곡 듣고 싶네.]


이는 일부에 불과했다. 진정한 시작은 태양이 밝아오면서 찾아왔다.

> KA톡 +999
> ○○○:진수야 너 <쇼유> 나와?
> △△△:진수야 너랑 같은 초등학교 나온 민영인데 혹시 기억나니?
>        우리 6학년 때…

장진수는 처음으로 시끄러운 진동과 함께 아침을 맞이했다. 그야말로 이제까지와 다른 새로운 아침이었다. 그를 아는 모두가 그를 찾았고 알 수 없는 전화들이 부재중으로 찍혀 있다 못해 폰의 전원이 나갔다. 그저 예고편에 자신이 꽤 멋있게 나왔다고 생각했던 장진수는 TV에 나온다는 게 어떤 의미인지 조금 알 수 있었다. 설레면서 굉장히 무섭다는 것도. 다행히 노해일이나 아지트 형들의 카톡은 평소와 같았다. 형들은 예고편 봤다는 등의 짧은 메시지를 주기도 했다. 그런데 노해일은….

"역시나 이 새끼는."

저번에 보낸 카톡도 확인을 안 했다. 장진수는 노해일이 참 한결같은 놈이다 싶었다. 어쩌면 예고편을 보지 않았을 수도 있을 것이다.

장진수는 주말 내내 커뮤니티에서 살았다. 사람들이 자신에 대해 뭐라고 하는지 찾아봤다. 그리고 정말로 많은 사람들이 자신보다 노래에 대해 반응한다는 것도 알았다. '쇼 바이 쇼'에 대한 이야기를 모조리 눌러본 그의 입꼬리는 내려갈 줄 몰랐다. 모든 게시물을 다 본 후 그는 노해일에게 전화를 걸었다. 어떻게든 자랑해야겠다고 하는데 신호가 여섯 번 정도 울리더니 툭 끊겼다.

"…어?"

잘못 눌렀나 싶어 다시 걸었다. 이번에도 정확히 여섯 번 울리고 끊겼다.

"아니, 잠깐 이 새끼."

장진수의 얼굴에 웃음기가 싹 걷혔다. 여섯 번 울리고 끊기는 건 한 번도 안 당해봤지만 누구나 아는….

"차단했어?"

어이가 없어서 웃음도 안 나왔다. 자기가 자랑하면 얼마나 한다고 그거 하나 들어주기 싫어서 차단하느냔 말이다. 아니 좀 더 옛날에 차단당했을지도 모른다. 고맙다가도 고마워할 수가 없는… 한결같아서 더 재수 없는 놈이라 생각했다.

장진수는 패딩을 걸쳐 입었다. 형들한테 자랑하면 된다. 나가자마자 거실에서 짙은 술 냄새가 났다. 익숙하게 굴러다니는 병들을 발로 차고 집에서 나왔다. 집에는 다행히 아무도 없었다.

\* \* \*

〈쇼 유어 쇼〉 예고편이 시작되자마자 어머니는 장진수가 언제

나오는지 헤일로에게 재촉하듯 물었다. 헤일로는 예고편 BMG으로 깔린 비트를 알아챘지만 굳이 말하지 않았다. '내가 만든 만큼 나쁘지 않군' 하며 감상했을 뿐이다. 그러다 엔딩에서 장진수를 보았다. 이때 감상도 '편집은 안 됐네' 정도로 단순했다. 헤일로는 비트를 가져다 쓴 만큼 장진수가 나올 거로 예상하긴 했다. 역시나 제작진은 장진수를 버리지 않기로 한 모양이다. 앞으로 어떻게 될지 모르겠지만.

예고편은 거기서 끝났다. 그 뒤엔 흥미로운 내용의 다큐멘터리가 이어졌다. 늙은 어부의 이야기. 헤일로가 이건 뭐지 하며 눈을 깜빡거릴 때 다큐멘터리의 엔딩곡이 흘러나오고 있었다. 감동적이면서도 낭만적인 이야기였다. 초라하고 외로워 보였던 노인이 얼마나 인생을 유유자적 멋있게 사는지. 특히, 노인이 밤에 배에서 소주 한잔을 걸치며 시를 읊을 때 헤일로의 손가락은 꿈틀거렸다.

'옆에서 기타 치며 한술 걸치고 싶네. 바닷바람, 뜨거운 라면, 술과 음악. 딱 내가 꿈꾸는 낭만이 아닌가. 캬!'

아쉽게도 어머니는 이 낭만을 느끼지 못했다. 예고편이 끝나자마자 방 안에 들어가버렸다. 심지어 꽤 갑작스럽게. 장진수가 예고편 엔딩 하이라이트를 차지했을 때 그녀가 벌떡 일어났다. 두 손을 맞잡고 좀처럼 가만히 있지 못하며 거실을 배회하더니 핸드폰을 가지고 방 안으로 들어가버렸다.

'피곤하신가?'

10시도 안 된 꽤 이른 시간인데 자신의 곡에 대해 한마디도 없이 들어가는 어머니를 보며 헤일로는 취향에 꽤 안 맞았나 싶었다.

그러나 다음날, 헤일로는 익숙한 멜로디에 저도 모르게 고개를 돌리고는 주방에서 언제나처럼 멜로디를 흥얼거리고 있는 어머니를 발견했다. 그리고 무언가를 깨달았다. 그녀가 요리할 때마다 읊조렸던 멜로디가 달라졌다. 분명, '고백'의 멜로디를 흥얼거렸던 그녀인데 멜로디의 코드도 박자도 달라졌다. 전형적으로 '쇼 바이 쇼'의 코드를 따라간다. 예고편에서 나온 건 7초가량의 훅, 그녀는 그 부분만 무한반복으로 따라 불렀다.

한참이나 어머니의 허밍을 듣던 헤일로가 입을 열었다.

"전곡 불러드릴까요?"

"어?"

"개랑 똑같진 않지만…."

똑같긴 무슨, 헤일로가 훨씬 잘할 것이다. 랩은 단 한 번도 한 적 없어도 그는 자신 있었다.

"듣고 싶으시면."

박승아는 한참 고민하다가 결국 그녀는 고개를 저었다.

"괜찮아. 엄마는 다른 사람들이랑 들을래."

'다른 사람? 스포는 싫다는 건가?'

대답을 완전히 이해할 순 없었지만 고개를 끄덕였다.

그녀가 다시 고개를 돌려 요리에 집중한 지 정확히 5초 후.

"해일아 근데!"

아들의 이름을 다급하게 불렀다.

"방영된 뒤에 들려줘."

"좋아요."

헤일로가 선선히 고개를 끄덕이자 어머니의 얼굴이 더 밝아졌다. 그녀는 다시 흥얼흥얼하기 시작했다.

"스포트라이트가 내가 있어야 할 자리에….'

한 번 듣고 저렇게 흥얼거릴 정도면 마음에 들었나 보다. 헤일로는 다시 소파에 늘어졌다. 몸을 가만히 두지 못할 정도로 심심했지만 쉴 수밖에 없었다. 일렉 기타를 하도 쳐대 손가락의 통증이 심해졌기 때문이다. 굳은살이 잘 붙으면 괜찮아질 것이고 그러면 2집 녹음에 돌입할 예정이었다.

'언제쯤 몸이 단단해질까.'

헤일로는 연약한 몸뚱이를 불평했다. 사실 손가락만 문제가 아니었다. 관절에도 통증이 생겼다. 특히 무릎은 저릿저릿하고 가끔 욱신거렸다. 운동으로 생기는 근육통과는 좀 달랐다. 그렇다고 못 움직일 통증은 아니었다. 적당히 거슬리는 정도.

그때 '지이잉' 하는 진동 소리가 들렸다. 핸드폰이 아니라 진동 모드로 바꿔놓은 인터폰이 울린 것이다. 박승아는 택배 올 건 없다며 의아해하며 "설마 그이가 벌써 왔나?"라고 혼잣말하고는 인터폰을 확인했다.

"어머! 해일아."

그녀가 밝은 얼굴로 인터폰을 가리켰다. 그러곤 헤일로가 누군지 묻기도 전에 현관문을 열어주었다.

"안녕, 헉, 하세요. 헉헉."

얇은 패딩을 입은 장진수가 오들오들 떨며 현관 앞에 서 있었다. 그리고 곧 식사에 초대되었을 때와 비슷한 모양새가 되었다.

"배고프지? 많이 먹으렴."

"잘 먹겠습니다."

다만 그때 장진수는 거의 먹지 않았다면 오늘은 굶어 죽은 귀신이라도 붙은 듯 수저를 들자마자 우걱우걱 먹었다. 박승아가 얼떨결에 한 공기 더 챙겨주자 거절하지 않고 감사하다며 받아먹었다. 그렇게 한참이나 식사가 이루어지다 마침내 대화다운 대화를 할 수 있었다.

"사람들이 몰려서 도망쳤다며. 괜찮니?"

"네? 네네. 괜찮아요."

"어떻게 된 거야?"

박승아의 물음에 장진수는 몇 분 전의 일을 떠올렸다.

홍대 아지트로 가려고 얇은 패딩을 입고 나온 장진수는 지하철 입구 앞에서 그를 알아본 사람과 만났다.

*"혹시 〈쇼유〉 나오신 분 아니세요?"*

*"예고편 그 꼬마애, 아니 스포트라이트 부르신 분 맞죠?"*

"같이 사진 찍어달라고 하길래 좋다고 했는데 그러다…."

"사람들이 몰렸구나."

"네. 생각보다 너무 많이 몰려서 당황했는데 생각나는 곳이 여기밖에 없더라고요. 갑자기 찾아와서 정말 죄송합니다."

"아니야, 진수야 잘했어. 다치지 않아 다행이다. 다음에도 언제든 오렴."

장진수는 예의상 하는 말인 걸 알지만 이렇게 말해주는 노해일의 어머니가 너무 고마워 밝게 웃으며 고개를 크게 끄덕였다.

"참, 어제 아줌마도 예고편 봤단다."

"정말요?"

"응, 해일이랑 같이. 진수 엄청 멋있게 나오던데?"

노해일도 함께 봤다는 말에 장진수의 얼굴이 금세 환해졌다. 장

진수는 하고 싶은 말이 많아 다 씹지도 않은 음식을 급하게 꿀꺽 삼
키고는 말했다.

"해일이 노래 들으셨어요? 제가 부른 게 해일이가 만들어준 노
랜데."

"응, 들었어. 진수 노래 정말 잘 부르더라."

"그, 래요? 흐… 흐흐."

모자같이 화기애애한 두 사람의 분위기에 헤일로는 피식 웃음
이 났다. 노래가 어떻다, 무대가 어땠다, 촬영 분위기는 이렇더라
하며 장진수가 풀어놓는 이야기에 박승아는 소녀처럼 웃으며 긍정
해주었다. 그러자 장진수는 더 신이 나 떠들어댔는데 간혹 거들먹
거리며 헤일로를 쳐다보곤 했다. 잔잔한 물이 깊이 흐른다는 말이
있는데 장진수는 좀 겸손해져야 할 것 같다.

"진수 부모님께서도 정말 자랑스러워하시겠다."

어머니가 웃으며 말했다.

"나라면 정말 자랑스러울 거야."

그녀는 자랑스럽다는 눈으로 노해일을 쳐다보았다.

"뭐, 저희 부모님은 별로 관심 없으세요."

장진수는 어물쩍 대답하며 술병이 굴러다니는 집을 떠올렸다.
아버지는 술에 취해 있거나 깨어 있으면 코인이나 들여다보고, 어
머니는 집에 들어오지 않은 지 이미 오래다. 두 사람은 자식의 존재
를 잊어버렸을지도 모른다. 그는 어떤 부모는 자식 이름 팔아 빚을
진다는데 그 정도는 아니니 그나마 다행이라고 애써 긍정적으로
생각했다. 장진수의 가족은 완벽한 타인, 이 말이 가장 잘 어울릴
것이다. 그는 분위기가 어색해지기 전에 웃으며 넘겼다.

＊＊＊

세 사람이 늦은 점심을 먹는 시각, 노해일이 사는 레이크타운 지하 2층 주차장, 엘리베이터와 가까운 곳에서 자동차 전조등이 반짝하고 빛났다. 차에서 가장 먼저 빠져나온 구두. 정장 구두에 위로 복사뼈가 툭 튀어나온 검은색 양말, 이어서 스트라이프 정장 바지가 드러났다. 이윽고 SUV 자동차에서 나온 건 장신의 중년 남자다.

또각또각. 바닥을 딛는 구두 소리가 경쾌하다. 남자는 트렁크에서 커다란 캐리어를 꺼내 엘리베이터를 탔다. 1층에서 아파트 거주민 하나가 탑승한 뒤 7층에서 내렸다. 중년의 남자는 전면 유리로 되어 있는 엘리베이터 안에서 팔짱을 낀 채 석촌호수의 전경을 바라보았다. 남자는 깊은 생각에 잠겼다. 그는 사랑하는 아들을 떠올리고 있다. 단순히 해후를 생각하는 게 아니었다. 우유부단한 아들이 무슨 말을 할지 궁금했다.

'그 우유부단한 애가 앞에 나설 성격은 아닌데 의아한 일이네.'

엘리베이터 문이 열리자 걸어 나와 익숙한 번호를 눌렀다.

＊＊＊

헤일로는 예상치 못한 일에 당황했다. 언젠가 이런 날이 올 걸 알았지만 이렇게 일찍 만나게 될 줄 몰랐다. 문을 열고 들어온 차분한 인상의 남자가 누구인지는 보자마자 짐작했다. 노해일이 아버지보다 어머니를 더 닮았다는 데엔 이견이 없지만 입매나 짙은 눈썹은 아버지를 닮아 있었다.

노해일의 아버지, 한국대학교 노윤현 교수가 돌아왔다.

"어머, 어떻게 이렇게 일찍 왔어요?"

갑자기 열린 문에 놀랐던 박승아가 현관으로 갔다. 그녀는 남편이 가져온 캐리어를 보며 잠깐 들른 게 아니라는 걸 깨달았다.

"크리스마스 전에 온다고 약속했잖아요."

"그래도 생각했던 것보다 일러서 놀랐잖아요. 공항에 도착했으면 말이라도 하지."

남자의 로망과 같은 중저음이 들려왔다. 장진수는 노해일의 음색이 어디서 왔는지 알 것 같았다.

"안녕하세요. 해일이 친구 장진수라고 합니다."

장진수는 벌떡 일어나 90도로 인사를 했다. 교수들만의 권위적이면서 절제된 분위기에 절로 고개가 숙여졌다. 남자의 시선이 그에게 닿자 장진수는 심사받는 것처럼 긴장했다.

"반갑구나."

그러나 들려온 부드러운 어투, 옅은 미소에 긴장감이 무뎌졌다. 다행히도 노해일의 아버지는 장진수의 겉모습에 편견을 가지는 어른들과 달리, 긍정적인 반응을 보였다.

"다녀오셨어요."

헤일로가 뒤이어 인사했다. 태연한 표정이지만 거리감이 느껴지는 형식적인 말투였다.

"오랜만이구나. 잘 지냈니?"

"네."

아들이 오랜만에 본 아버지에게 거리감을 느낀다는 것에 서운해할 만한데, 노윤현은 아무렇지도 않게 인사했다. 더 거리를 좁히지 않고 눈으로 헤일로를 살폈다. 무언가 관찰하듯이.

"좀 달라진 것 같구나."

"그런가요?"

확실히 달라지긴 했다. 그런데 뭐가 달라졌는지 표현하기 어려웠다. 적어도 외견은 그의 기억 속 아들과 똑같았기 때문이다.

'그건 대화하다 보면 알게 되겠지.'

일단 짐을 방 안에 가져다 둬야 하니 노윤현은 캐리어를 한 손으로 번쩍 들었다.

"당신 식사는 했어요?"

"대충."

"대충?"

"식사는 됐고 커피 한잔 어때요?"

"좋죠. 원두는?"

"당신이 좋아하는 걸로."

노해일의 어머니와 함께 안방으로 들어간 노해일의 아버지를 뚫어져라 본 장진수는 숟가락을 내려놓았다. 밥이 계속 넘어갈 리가 없었다.

"전 이제 돌아가…."

"이름이 진수라고 했니?"

안타깝게도 진수는 도망갈 타이밍을 놓쳐버렸다.

"네? 네, 네."

"해일이와 같은 반 친구인 거니?"

"네 맞아요."

"아아, 그렇군. 앞으로도 친하게 지내렴."

"네…."

노윤현이 방에서 나와 장진수의 옆에 앉았다. 장진수는 숟가락을 내려놓지도 들지도 못한 채 굳어버렸다. 다행히 그는 장진수에게 더 말을 시키지 않고 조용히 커피를 음미했다. 한동안 식탁이 고요했다.

'별일 없구나.'

돌처럼 굳어 있던 장진수가 서서히 긴장을 풀어갈 때였다. 노윤현이 입을 열었다.

"그러고 보니 최근 재밌는 영상을 보았단다."

"재밌는 거요?"

"강 조교가 너튜브에서 요즘 인기 있는 영상이라며 보여줬지. 그리고 놀란 게 뭔 줄 아니?"

노윤현이 재미있다는 듯 입꼬리를 올리고는 아들을 똑바로 쳐다봤다. 그가 무슨 영상을 말하는지 이 자리에 있는 모두가 알았다.

"요즘 재밌는 걸 하고 다니던데."

"해일이가 버스킹하는 걸 봤군요!"

그가 고개를 끄덕이고는 다시 커피를 마셨다. 그윽한 원두 향이 집 안에 퍼진다.

"뭘 하고 다니는 거냐?"

화를 내는 건지, 아니면 긍정적으로 받아들이는 건지 해일로는 노윤현의 반응을 도저히 알 수 없었다. 뭐랄까 긍정적인 어투는 아닌데 그렇다고 무작정 하지 말라는 말투도 아닌 모호한 구석이 있었다. 사실, 원래의 해일로라면 옛 아버지를 떠올리고 바로 싸웠을 것이다. 그러나 노해일 어머니와의 화해로 좀 더 침착해진 상태였다. 노윤현을 '그의 아버지'처럼 여기지 않고 다른 사람이라 인지하며, 반대하더라도 한번 설득해보려고 했다.

"제가 가장 좋아하는 거요."

헤일로는 당연하다는 듯이 대꾸했다.

말없이 부자의 시선이 오갔다. 그 사이에 낀 장진수는 정말 숨이
막혀 죽을 것 같았다.

"공부는 잘하고 있니?"

"여보, 일단 나랑 이야기를⋯."

어머니가 신경전이 오가는 부자를 보며 끼어들려고 했지만, 헤
일로의 답이 빨랐다.

"'공부'가 어떤 공부냐에 따라 다르겠죠."

"어중간하게 해선 네가 원하는 대학에 못 갈 텐데."

"'제가 원하는 대학'이요?"

"그럼 아니냐?"

아버지가 팔짱을 꼈다. 그건 노해일과 꼭 닮아 있었다. 그는 한참
이나 아들을 바라보더니 말했다.

"못 보던 새 많이 달라졌구나."

노윤현은 새하얗게 질린 아내와 아들의 친구를 발견했다. 그들
은 그가 화났다고 생각하는 모양이었다. 하지만 아니었다. 그는 아
들의 변화가 놀라웠고 좀 흥미로웠다. 자신이 알던 우유부단한 아
들이 아니었다. 그에게 무슨 일이 있었던 건지 알고 싶었다. 노윤현
에게 노해일은 늘 아픈 손가락 같은 아들이었다. 주관이 뚜렷하지
도 않고 우유부단한 데다 재능도 어중간했다. 아무리 봐도 공부 외
의 길이 보이지 않았다. 그런데 그동안 무슨 변화가 있었던 건지.

'이제야 알을 깬 걸까.'

노윤현은 주관이 뚜렷한 사람을 좋아했다. 정확히 말해서 목표

의식이 확고하고, 그걸 그대로 행할 줄 아는 성실함, 실행력을 갖춘 사람을 선호했다. 그런 사람만이 성공한다고 믿는 그는 아들이 성공하길 바랐다. 그래서 지금 이렇게 그를 또렷하게 쳐다보며, 하고 싶은 말을 하는 아들의 모습이 내심 마음에 들었다.

'영원히 한결같은 줄 알았는데.'

사람을 잘 보는 편이라 생각했던 노윤현은 자기가 틀렸다는 걸 인정했다. 자신이 틀렸다는 걸 알려준 대상이 그 누구도 아닌 아들이라는 것이 만족스럽기까지 했다. 물론, 그렇다고 해서 지금 하는 짓을 무조건 받아줄 생각은 없다. 아들의 노래는 꽤 괜찮게 들렸다. 아들의 계정으로 예상되는 너튜브도 봤다. 제 엄마에게 들려주기 위해 쓴 곡을 듣고 꽤 놀라기도 했다.

다만, 그게 다. 노윤현은 아들이 지금 갑자기 음악을 하고 싶다고 해서 무조건 수용하고 방목하는 아버지가 아니다. 특히 이렇게 맥락 없이 이루어진 변화라면 음악을 하고 싶다는 게 사춘기의 단순한 변덕일 수 있다. 또 지금은 진심이라도 나중엔 포기할 수도 있다. 한 치 앞도 모르는 게 바로 인생이다. 아버지로서 단순히 긍정적으로만 바라볼 수는 없다. 하지만 그 전에 그는 아들이 얼마나 진심인가 알고 싶었다.

"네가 잊고 있는 것 같아서 말해주마."

노윤현 교수는 커피잔을 내려놓으며 아들을 주시했다. 툭 하고 치면 터질 화산 같은 아들의 불만 어린 얼굴에 그는 속으로 싱글벙글 웃었다.

"내가 옛날에 너와 약속한 적이 있지. 한국대에 입학하는 그날 아무 조건 없이 입학선물을 주겠다고."

"무슨?"

"많진 않아도 부족하지 않을 정도로. 그래, 9억을 네 계좌에 넣어주기로 했다."

'9억'이라는 숫자에 장진수는 눈을 번쩍 떴다. 노해일이 잘산다고 생각했지만 그렇게 부자인 줄은 몰랐다. 이렇게 큰돈이 오고 가는 걸 보면 진짜 금수저다.

'…부러운 놈.'

어쩔 거냐는 듯 노윤현 교수가 아들의 답을 기다렸다.

'이건, 한국대 가야지.'

장진수는 당연하다는 듯 생각했다. 아무리 노해일이라도 흔들릴 숫자였다. 그때 무슨 말이라도 하려는 듯 노해일의 입꼬리가 살짝 올라가는 게 보였다.

헤일로는 노해일의 아버지를 직시했다. 그는 헤일로가 앨범 하나로 얼마나 많은 수익을 벌어들였는지 상상도 못 할 거다. 당연하다. 헤일로 자신도 모르는 걸 그가 어떻게 알겠는가.

"고민할 게 있니?"

노해일의 아버지는 당연히 아들이 수긍할 거라는 듯 말했다. 곧바로 대답하지 못하는 건 9억이라는 숫자에 현혹되었기 때문이라고 확신했다.

"그냥 한번, 얼마나 차이 날지 생각해봤어요."

마침내 헤일로가 입을 열었다.

"한 몇십 배? 몇백 배 정도 되려나."

노윤현은 아직 노해일의 말 뜻을 이해하지 못했다.

"보통 끝없이 늘어나는 숫자에 십억을 나누면 얼마인가요? 제가 수학은 약한 편이라서요."

아들의 말을 뒤늦게 이해한 그는 실소했다.

"네가 돈의 가치를 잘 모르나 본데 공무원이 31년 일해야 12억 정도를 가져간다."

"그럼 제가 31년 일하면 어느 정도 벌 거 같으세요?"

아버지는 대답 없이 그를 바라봤다. 헤일로에게 뜨거운 시선이 꽂힌다. 그 신경전에 어머니도 끼어들지 못했다.

"너는 네가 얼마나 벌 수 있다고 생각하는데?"

"저야 모르죠?"

노윤현이 그러느냐는 듯이 웃자 헤일로가 따라 웃었다.

"그걸 하나하나 세고 있진 않을 테니."

"뭐?"

이전에도 그랬듯 그의 재산을 관리해줄 사람을 따로 둘 것이다. 그는 보고를 받겠지만 대충 흘려듣고는 다시 들여다보고 고민하지 않을 것이다. 얼마를 쓰든 그보다 더 많이 돈이 들어올 테니.

"도대체 무슨 자신감인지 모르겠구나. 아무것도 모르는 중학생이라 그렇게 말할 수 있는 건지. 아니면…."

노윤현의 눈이 예리하게 빛난다. 헤일로는 노해일의 아버지가 무조건 반대하려는 건 아니라는 것을 처음부터 느꼈다. 말투는 분명 부정적이지만 나를 한번 설득해보라는 듯이 바라보니 혼란스럽긴 했다.

"내가 모르는 무언가가 따로 있는 건지."

"해일이 노래 한번 들어보면 알 거예요."

박승아가 끼어들었다. 그녀는 이미 남편이 아들의 노래 '고백'을 들었다는 걸 몰랐다.

노윤현이 찬찬히 고개를 젓는다.

"네가 어떻게 네 엄마를 설득했는지 알겠다만 나는 감정에 호소하는 건 좋아하지 않는다. 그런 건 대개 증명할 자신이 없을 때 하는 거거든."

헤일로도 같은 방법이 두 번 통할 거로 생각지 않았다. 사실 노해일 아버지같이 이성이 강한 사람을 만났다면 처음도 통하지 않았을 방법이다. 오히려 좋았다. 감정적인 사람을 설득하는 것보단 이성적이고 합리적인 사람을 설득하는 게 오히려 쉽다. 그들은 적당한 근거를 보여주면 오케이 한다. 눈앞의 남자는 어떤 말을 해도 듣지 않았던 그의 친부와 비교할 수 없다. 그는 노해일의 아버지가 한없이 이성적이며 실리가 있으면 설득이 가능했던 이전의 레코드사 사장 같다고 생각했다. 그래서 한 가지 중요한 사실을 잊었다. 노윤현이 노해일의 '아버지'라는 것을.

"그래도 처음이구나. 네가 뭘 하고 싶다고 주장하는 건. 훨씬 마음에 들어."

노윤현이 자랑스럽다는 눈으로 아들을 보고 있었다.

박승아는 안방에 들어오자마자 남편의 등짝을 때렸다.

"당신, 오자마자 애한테…!"

짝 소리가 났지만 노윤현은 움찔도 안 했다. 오히려 의아해하며 묻는다.

"도대체 무슨 일이 있었던 거예요? 내가 없던 사이에."

노윤현은 무엇이 그렇게 아들을 바꾸어놓았는지 궁금했다.

"얘기하자면 길어요."

"우리의 밤도 길죠."

박승아가 눈을 흘기며 그를 노려보았다. 그녀는 남편이 오랜만에 본 아들과 잘 지내기는커녕 다그쳐서 마음에 들지 않았다.

"따로 해야 할 말이 있었는데 그건 내일로 미루죠."

"뭔데? 중요한 거예요?"

"응."

진학 관련 이야기도 해야 하는데 분위기가 분위기인지라 박승아는 지금 이야기해선 안 된다고 판단했다.

"해일이가 날 위해 노래 만들어준 거 알아요? 당신도 그걸 보면."

"이미 들었어요. 찾기 쉽던데."

"그런데도 애한테 공부나 하라고 했어요?"

"애가 어떤 생각을 가지고 사는지 알아야지. 그리고 나는 여전히 어중간하면 그냥 공부하는 게 맞다고 생각해."

"어떻게 그 노래를 듣고서 그런 말을 할 수 있어요?"

틀린 말은 아니었다. 박승아도 특별히 잘하는 게 없다면 공부하는 게 맞다고 여겼고 그래서 목표가 한국대가 된 거다. 하지만 아들의 곡을 듣고 마음이 달라졌다. 한국대에 입학한 아들은 세상에 많아도 어머니를 위해 음악을 만들어주는 아들은 하나도 없을 거다.

"그럼 언제 해일이의 재능을 믿고 지지해줄 건데요?"

"그건 앞으로 재가 증명해야지."

"마음에 든다며."

그 당당함이 마음에 들긴 했다. 그래도 이건 이거고, 저건 저거다.

노윤현은 거만하게 말했다.

"내 아들이라면 당연히 그래야 하는 거 아냐?"

그 표정이 노해일의 것과 똑 닮아 박승아는 미워할 수도 없었다.

거실에 앉아 있는 장진수의 얼굴이 핼쑥하다. 왜 그런지 모르겠지만 잔뜩 체해 숨도 제대로 못 쉬었다.

"야, 다시는 나 부르지도 말고 초대하지도 마. 너희 집 다시 오나 봐라."

그는 노해일이 가져다준 구급상자 안에서 소화제를 찾아 먹었다.

"너희 아버지 진짜 무섭다. 화나신 거 아니냐?"

"아닌 것 같던데."

"저게 아니라고? 그럼 화나시면 얼마나 무서운 거야. 아니, 근데 넌 뭘 믿고 그렇게 말하냐. 9억 아니 10억이 누구 집 개 이름이야?"

장진수는 제가 다 아까워 입이 썼다. 10억이 아무나 가질 수 있는 돈도 아니고…. 한편으론 노해일과 달리 혹했던 자신이 쪽팔려서 괜히 화를 냈다.

"개 이름으론 좀 록(rock)하네."

헤일로는 한번 상상해보았다. 개 이름이 빌리언(billion).

헤일로의 말에 장진수가 동의하며 웃었다. 한참이나 웃던 장진수는 가려다 말고 의미심장한 표정으로 말했다.

"그리고 노해일! 〈쇼유〉 1,2화 꼭 봐라."

이미 노해일의 어머니에게 1,2화를 보라고 그렇게 호들갑을 떨어놓고, 똑같은 얘기를 한 번 더 할 줄 몰랐다.

"그렇지 않아도 어머니가 볼걸."

"아니, 어머니 말고 너. 너는 꼭 봐야 해. 내가 편집도 각오하고, 얼마나 잘 말했는지."

헤일로가 코웃음 쳤다.

'편집도 안 됐던데 생색은.'

1화 방영은 12월 13일, 2화는 20일, 아직 한참 남았는데 장진수는 당장 약속을 재촉했다.

"시간 나면."

"아니, 우리 방학인데 시간이 나고 안 나고가 어디 있어. 촬영 가냐? 그리고 니 노래도 나오니까 꼭 봐야지."

그거야 방송을 보지 않아도 알 수 있다. 요즘 세상은 옛날과 달라 TV 프로그램이 너튜브에 올라온다. 헤일로는 최근에 그 사실을 알았다.

"뭐 할 거라도 있어?"

장진수의 의문 어린 시선에 헤일로가 대답했다.

"2집 녹음할 거 같은데."

"벌써?"

1집이 나온 지 아직 한 달도 안 된 거 같은데, 어떻게 곡을 이렇게 기계적으로 뽑아낼 수 있는지 장진수는 신기하기만 했다. 도대체 어떤 곡이 나올까 감탄하다 문득 지난번에 원 테이크로 녹음을 끝냈던 걸 떠올렸다. 그러니까 노해일은 정말 바빠서 못 본다는 게 아니라 보기 싫어서 핑계를 대고 있었다. 생각해보니 열 받아서 목소리 톤이 올라갔다.

"아니, 그래도 〈쇼유〉는 볼 수 있잖아. 녹음도 금방 끝내면서!"

그러나 헤일로는 듣는 척도 안 하며 제 덥수룩한 앞머리를 만졌다.

"바빠."

# 9. 나비의 날갯짓

"여긴 여전하네."

헤일로는 캡을 올리며 주변을 두리번거렸다. 집 근처의 가게들은 매일 똑같은 음악을 내보내는 데 반해, 홍대 거리에선 처음 들어보거나 오래되거나 매우 마이너 성향인 음악을 내보냈다. 나쁘지 않았다. 아니, 오히려 동네와 비슷했다면 실망했을 것이다. 그가 처음 발을 내디뎠던 곳인 만큼 지루해선 안 되었다.

헤일로는 다시 앞머리를 밀어 올려 캡에 쑤셔 넣고 주머니에 손을 넣었다. 이제 완연한 겨울 공기가 서늘하다 못해 싸늘해 단 10초도 손을 꺼내놓기 힘들었다. 특히 헤일로는 이렇게 추운 겨울을 겪어본 적이 없었기에 남들보다 배로 추위를 느꼈다. 잠시라도 가만히 서 있으면 얼음 동상이 될 것 같았다. 그러나 이 추위가 꼭 나쁘지만은 않은 것은, 겨울과 함께 찾아오는 설렘 때문이지 않을까.

"여기도 크리스마스를 챙기는구나."

헤일로는 광장에 들어선 커다란 나무 앞에 멈춰 섰다. 지구 반대편에 있는 이 나라도 같은 날을 기념한다는 게 좀 신선했다. 간혹 커플이나 친구들이 나무 앞에서 멈춰 섰다. 크리스마스가 열흘 정도 남은 터라 트리는 완성되지 않았지만 그래도 '만지지 마세요'라고 쓰여 있는 빈 선물상자 같은 게 놓인 걸 보니 꾸민 흔적이 있었다. 그들은 나무 곁에 서서 똑같은 포즈(하트)를 취한 뒤, 행복한 웃음을 지으며 떠나갔다.

"오, 못 본 새 좀 큰 것 같다?"

아지트에 도착한 헤일로에게 한진영이 반가운 기색을 보이며 말했다.

"역시 애들은 금방 크나?"

"컸다고요?"

"응. 한번 재볼래?"

키가 컸다는 말에 헤일로는 저도 모르게 고개를 끄덕였다.

'거울로 봤을 땐 분명 똑같았는데.'

헤일로의 뜨거운 시선을 받으며 한진영이 옷 치수를 잴 때 쓰는 줄자를 가져왔다.

"오."

한진영이 줄자를 당기며 탄성을 내뱉었다.

"컸네."

가슴 한편에 노해일의 성장에 대한 의심을 가졌던 헤일로가 반색했다.

"얼마나 컸어요?"

"원래 165라고 했나? 그럼 1.4센티미터."

"14센티미터?"

"14센티미터면 안 재도 알았겠다. 1.4센티미터."

욕을 내뱉진 않았지만 헤일로의 표정이 썩어들었다. 1.4센티미터면 키가 큰 게 아니라 발바닥에 살이 쪘다고 하는 게 맞지 않을까. 내심 관절의 통증을 성장통이라고까지 추측했던 그는 '그럼 그렇지' 하며 혀를 찼다. 헤일로는 왜 이런 스트레스를 받아야 하나싶다가도, 노해일이 열여섯 살이란 걸 고려하면 좀 불길했다. 노해일 아버지는 장신인데….

"조금만 기다려봐. 금방 클 거야."

그의 마음을 다 안다는 듯 한진영이 실실 웃으며 말했다. 웃음이계속 흘러나오는 게 격려가 아니라 놀리는 것 같다.

"그래도 진수보다 빨리 크지 않을까?"

아니, 분명 놀리고 있었다. 헤일로는 저보다 어린놈이 저를 놀리고 있다는 게 어이가 없어 혀를 찼다. 말끝마다 장진수와 비교하는건 더 이해가 안 갔다.

"그나저나 해일이 열심히 해야겠네."

"운동이요?"

"아니? 틀린 말은 아니지만 운동 말고 다른 것도 열심히 해야겠다고."

이번엔 또 뭘 말하나 싶었다.

"진수 말이야. 반응 보니까 방송 타면 엄청 유명해질 것 같던데. 빨리 따라잡지 않으면 진수가 나중에 모른 척할지도 모른다?"

헤일로 입장에서는 고려할 가치도 없는 말이었다. 잡담이나 하러 온 게 아닌 그는 곧장 본론을 꺼냈다.

"MIDI 오케스트라 Inst 말인데요."

"신경도 안 쓰네."

한진영이 재미없다고 중얼거렸다.

"참, 내기는 어떻게 됐어?"

"무슨 내기요?"

"진수랑 조회 수 내기한 거 있잖아."

"아."

이미 오래전에 끝난 내기다. 헤일로가 당연하다는 듯 어깨를 으쓱하자 한진영이 눈을 크게 떴다.

"해일이 네가 이겼어? 결국 만을 넘었다고? 하기야 그런 노래가 조회 수가 안 나오기도 힘들지."

한진영은 놀랍다기보다 납득이 갔다.

"그럼 이제 채널명 알려줄 수 있지? 진수 이 자식, 도와주지 말라고 끝까지 안 알려주더니 결국 졌네."

헤일로는 잠깐 헛웃음이 나왔다. 장진수가 그렇게 자신했던 이유가 이거였다. 내기에서 얼마나 이기고 싶었던 걸까?

'HALO_Official', 헤일로도 오랜만에 들어온 채널이었다. 한참 댓글을 즐겨보다가 최근 바빠서 챙기지 못했다. 꽤 많은 댓글과 구독자가 늘어나 있었다. 채널은 여전했다. 채널 아트도 채널 사진도 없는 텅 빈 채널이었지만 한날한시에 올라간 1집 앨범의 수록곡 조회 수는 꽉 찬 수레였다. 댓글엔 계속 보이던 놈들 사이로 새로운 놈들이 나타나 출석표를 남겼다.

"아니, 곡 네 개가 다인데, 구독자 수가⋯."

40여 개에서 400여 개의 영상을 올린 다른 채널과 비교된다. 그것보다 더 무서운 건 '좋아요'와 댓글 수다. 아무리 영어로 된 팝이라도 그렇지. 뭐라고 말하려고 했던 한진영은 아까 그가 했던 말을 떠올리고 입을 다물었다. 노해일은 장진수가 먼저 유명해질 걸 걱정하지 않아도 될 것 같다.

"2집 앨범도 낼 거야?"

한참이나 채널을 구경하던 한진영이 물었다. 그는 쏟아지는 찬사와 음원을 내달라는 요구로 범벅된 댓글을 보곤 스크롤을 올렸다. 또 똑같은 댓글이 보인다. 놀랍게도 닉네임이 다르다.

"네. 지금 만들고 있어요."

"벌써 만들고 있다고?"

"너무 놀아서 늦었지만 그래도 거의 완성됐어요. 12월이 끝나기 전에 올릴 거예요."

"거의 완성이 돼?"

한진영은 저도 모르게 손가락으로 날짜를 세보았다. 그러니까 노해일이 1집 네 곡을 낸 게 한 달 정도 된 것 같은데.

'벌써 곡을 뽑아냈다는 게 가능한가? 그 이후로 또 곡이 나왔다고? 공장인가? 심지어 너무 놀아서 늦었다고? 말도 안 돼.'

한진영은 어이가 없어서 피식 소리 내어 웃었다.

'아니 뭐, 작곡은 했을 수 있지. 근데 퀄리티가 괜찮을까?'

그렇게 애써 자기 위안을 했지만 1집의 수록곡 퀄리티를 떠올리곤 사고가 멈췄다. 그런 곡을 만든 애가 대충 만든다는 건 더 말이 안 되어서. 한진영은 이전처럼 뭐라고 말해야 할지 알 수 없었다.

아지트에서 나온 혜일로는 핸드폰을 확인했다. 어머니의 메시지가 몇 분 전에 와 있었다.

> 엄마: 해일아 오마카세 먹을래? 아버지가 아시는 분이 초대했다는
> 데 어때?

"음."

이곳에 와서 맛없었던 음식은 없다. 헤일로는 오마카세가 뭔진 몰랐지만 일단 좋다고 말한 뒤, 지하철 역사로 향했다.

> 네, 좋아요.
>
> 엄마: 그럼 저녁에 먹자 늦지 않게 오렴. 오늘은 오마카세 먹고 내일
> 은 <쇼유> 1화 보면 되겠다.

메시지만 봐도 박승아의 기대감이 느껴졌다. 월요일부터 1화를 애타게 찾았지만 수요일쯤 잊어버릴 줄 알았는데, 결국 기억했다. 하긴 잊긴 힘들지도 모른다. 제작사에서 돈을 얼마나 썼는지 몰라도 버스 정류장 옥외광고나 너튜브에 지겹도록 나왔다.

"너 이번에 <쇼유> 예고편 봤냐?"

"봤지. 이번에 엔스가 이 악물었던데."

심지어 길거리에 지나가는 학생들도 <쇼유> 얘기를 했다. 헤일로는 이쯤 되니 지겨워졌다. 크리스마스 캐럴을 듣는 게 나을 정도였다. 헤일로는 그들이 멀어질 때까지 잠시 멈춰 섰다.

산타만큼 하얀 머리카락을 가진 여자 사진이 유리창에 붙어 있다. 그 안에 분주하게 움직이는 미용사들, 그리고 유리에 비친 캡을 쓴 166.4센티미터의 남자아이 한 명이 눈에 들어왔다. 아이는 거추장스러운 앞머리를 모두 캡에 욱여넣은 상태였다.

'마침 머리 자르려고 했는데. 머리나 자를까.'

헤일로는 확 밀어버려도 나쁘지 않겠다고 생각했다. 그는 가끔 머리를 밀어버리고 싶긴 했다. 매니저와 그의 직원들의 반대로 못했지만 그런 유혹이 들었다. 그러나 헤어 살롱에 들어왔을 때 그를 전담하게 된 미용사는 떨떠름하게 반응했다.

"다 밀어달라고요? 진심으로 하는 말인가요? 아직 군대 갈 나이는 아닌 것 같은데… 두발 자유지만 선생님들이 안 좋아하실 텐데."

미용사는 직접적으로 언급하진 않았지만 온몸으로 '안 어울린다'고 말하고 있었다.

헤일로는 과연 어울리지 않을까, 하고 거울 속의 저를 빤히 바라보았다. 진짜 헤일로였다면 무슨 머리를 하든지 잘 어울렸을 것이다. 그러나 거울 앞에 앉아 있는 건 노해일이다.

"친구들한테 동자 소리 들을 수도 있어요."

"동자요?"

"요즘 애들은 모르나? 애기 스님."

헤일로는 눈을 부릅떴다. 그건 싫었다. 남자답게 보이고 싶은 거지, 애기 스님처럼 보이고 싶은 건 아니었다.

'그럼 머리를 어떻게 자르는 게 좋을까.'

"뭔가 스타일에 확 변화를 주고 싶으면 파마나 염색 어때요?"

미용사가 한참이나 고민하는 헤일로에게 물었다.

"방학이니까. 평소 하고 싶은 색으로 염색해보는 게 어때요?"

그러곤 염색 책을 헤일로에게 안겨주었다. 염색까진 생각해본 적 없어 헤일로는 뚱하게 바라보았다. '염색은 무슨 염색!' 하면서도 혹시나 하는 생각에 책을 넘겨봤지만 하나같이 마음에 드는 게 없었다. 역시 다 밀어달라고 하려는 때였다. 마지막 페이지의 모델이 눈에 들어왔다.

"그게 마음에 들어요? 꽤 오래 걸릴 텐데."

헤일로는 의자를 툭툭 두드렸다. 다 밀어버리는 게 아니라면 이게 좋을 거 같다. 헤일로는 어머니에게 '조금 늦을 수 있다'는 문자를 보냈다. 미용사가 머릿결이 상하지 않게 잘 해주겠다며 수건을 그의 목에 둘러주었다. 미용사의 손길을 받으며 헤일로는 눈을 감았다.

눈을 떴을 때, 시간이 한참이나 흘러 있었다.

'좀 괜찮나?'

헤일로는 익숙하면서도 약간 어색한 머리를 만져보며 캡을 다시 썼다. 머리가 거슬려서라기보다 캡을 들고 다니기 싫어서였다. 머리를 건드리지 말라는 미용사의 말이 떠올랐지만 모자의 압력 정도는 괜찮을 거로 여겼다.

헤일로는 2호선에 올라타 환승역을 확인했다. 늘 2호선만 탔던 그는 환승이 낯설었지만 어렵지 않았다. 운이 좋아서 환승 후 자리에 앉을 수 있었다. 문에 가장 가까운 자리에 앉은 그는 머리를 기둥에 기대었다. 이대로 쭉 가면 된다. 따뜻한 공기에 긴장이 풀린다.

헤일로는 지하철을 둘러보았다. 성탄절을 기다리며 설렘이 가득했던 홍대와 달랐다. 지하철 라인은 2에서 1로 줄어들었는데 사람들의 얼굴에는 라인 하나가 더 늘어났다. 성탄절을 기다리기보단 당장 하루하루를 견디며 살아가는 사람들….

지하철이 정차했다가 다시 출발한다. 누군가가 나가고 또 다른 누군가가 들어왔지만 크게 달라지지 않았다. 그때였다. 정차했던

지하철이 다시 출발했을 때 피아노 비슷한 소리가 들려왔다. 작게 웅성거리는 소리를 제외하면 고요했던 지하철인지라 대부분이 고개를 돌렸다.

그들을 따라 고개를 돌린 헤일로는 노년에 가까운 중년을 발견했다. 그는 겨울임에도 불구하고 반바지에 슬리퍼 차림이었고, 더 놀라운 건 멜로디언을 꺼내 들고 연주를 하고 있었다. 고향에선 가끔 봤지만 이곳에 온 이래로 헤일로는 열차에서 악기를 연주하는 사람은 처음 봤다.

"잡상인인가?"

잡상인 같지는 않았다. 중년 남자는 다른 가방 없이 정말 멜로디언만 들고 있었다. 철컹거리는 열차 안 사람들은 멜로디언을 든 중년 남자에게 호기심 어린 시선을 보냈다.

'다이내믹 코리아(Dynamic Korea).' 이 구호는 대한민국의 지속적인 역사의 발전을 구체화한 것으로, 주로 놀랄 만한 경제 및 문화 성장을 표현할 때 사용되었다. 하지만 긍정적인 상황에만 쓰이는 건 아니었다. 믿기 힘든 충격적인 사건을 발견했을 때 흔히 '다이내믹 코리아' 혹은 '다이내믹 서울'이라고 경탄을 표했다. 헤일로는 몰랐지만 1호선은 다이내믹 서울을 보여주는 대표적인 장소였다. 가장 오래된 지하철이니만큼 1호선은 다양한 인간 군상과 빌런을 마주치기로 유명했다. 오죽하면 '강한 자만이 살아남을 수 있다'는 말이 돌까.

잊을 만하면 주기적으로 나타나는 1호선 빌런. 그중에서 멜로디언을 든 중년 남자는 이제까지 존재했던 빌런(다크로드, 원펀맨, 자르반 84세 등)에 비하면 약과였다. 누군가 이미 신고했을 것이다. 곧 역무원이 올 테니 이제 저 빌런을 신경 쓰지 않아도 된다.

그러나 중년 남자가 멜로디언을 불었을 때 "으악!" 하고 사람들이 놀라 귀를 막았다. 그래도 음악이 나올 거로 생각했는데 소음이 들려왔기 때문이다. 사운드가 부드럽고 고운 멜로디언으로 소음을 만들 수 있다는 게 놀라웠다. 누군가는 "뭐야" 하며 인상을 찌푸리고, 점점 커지는 소음에 "야 자리 옮기자" 하며 다급하게 칸을 옮기는 사람도 있었다. 과연 1호선이다.

"흠…."

헤일로는 팔짱을 끼고 멜로디언 연주자를 주시했다. 버스킹(?)이라는 게 반드시 잘하는 사람만 하는 게 아니었으니 실망하진 않았다. 잘하면 좋겠지만 못해도 괜찮았다. 실력과 상관없이 관객과 호흡하려는 용기만으로 박수를 보낼 가치가 있다. 악에 받치듯 "부으우!" 공기를 불어 넣는 반바지 차림의 중년 남자가 정말 관객과 호흡하려는 건진 모르겠지만.

자신의 음악에 심취한 중년 남자가 점점 헤일로에게 걸어왔다. 정확히, 헤일로가 있는 중앙으로 다가오는 것이다. 그가 걸을 때마다 모세의 기적처럼 길이 열렸다. 남자와 사람들 사이에 보이지 않는 막이 있는 것 같았다. 어떻게 보면 무대 같아 보이기도 했다. 무대와 관중석의 거리가 끝까지 유지되었다. 소음이 점점 커졌다. 다른 건 몰라도 폐활량 하나는 중년 남자라고 할 수 없을 만큼 좋았다. 당장에 폐활량으로 결투한다면 헤일로가 질 것 같았다. 요즘 폐활량을 기르는 운동을 하고 있으나 오래 누적된 세월에 못 미쳤다.

뿌우뿌부.

연주가 점점 고조되고 소음도 걷잡을 수 없었다. 얼마나 소리가 컸는지 옆 칸의 사람들이 궁금증을 참지 못하고 문을 열었다 다시 닫았다.

'어디서 들어본 것 같은데.'

헤일로가 아는 노래는 아직 많지 않지만 언뜻 들리는 게 있었다. 도대체 무슨 음악인가 싶어 귀를 기울이자 머릿속에 떠오르는 이름이 있었다. 확신하기 힘들었다. 그래도 이 연주에서 완급 없는 호흡을 지운다면 이 곡은….

'설마 캐럴인가?'

그렇게 생각하니 그렇게 들리는 것 같기도 하다. 캐럴을 부르는 건 이상하지 않다. 아직 열흘이나 남았어도 원래 크리스마스는 당일이 아닌 한 주 전부터 시작하는 법이다. 중년 남자가 설레발을 친게 아니라 원래 이쯤 온 세계가 크리스마스로 들썩였다. 학교에선 크리스마스 방학이 시작되고, 도시는 크리스마스 축제를 준비하며, 광장 한가운데 트리가 들어서는 게 늘 이쯤이었다.

원래 헤일로도 이맘때쯤 그의 곡과 함께 캐럴을 불러달라는 요청으로 일정이 가득 찼다. 캐럴이 지겹기도 했지만 크리스마스 자체는 좋아했다. 술과 파티, 사람… 그가 좋아하는 모든 것들이 이날 항상 준비되어 있다. 또한 무슨 일인가 일어날 것 같은 분위기도 좋았다. 서른이 넘어설 때까지 기대했던 것처럼 특별한 일이 일어나진 않았지만. 그래도 매년 속아주는 게 크리스마스였다.

'선곡이 나쁘지 않네.'

지루하던 참에 중년 남자의 선곡은 나쁘지 않았다. 헤일로의 주변이 다 물러난 터라 남자의 근처에는 그밖에 없었다. 그래서 헤일로는 그를 더 유심히 볼 수 있었고 그 역시 마찬가지였다. 두 사람의 눈이 마주쳤다.

"살살 불어요."

호흡에 힘을 빼면 더 괜찮아질 것 같아 헤일로가 충고했다. 헤일로의 목소리를 들은 남자가 움찔했다. 자기가 들은 게 맞나 싶어 고개를 살짝 든다. 모자 사이로 눈이 다시 마주친다. 중년 남자의 호흡이 미세하게나마 약해졌다.

"조금 더."

다시 한번 말하자 중년 남자가 고민하는 듯하더니 진짜 힘을 뺐다. 아까보다 소음이 덜해졌다. 여전히 아쉬운 점이 있었지만 남자가 전하려 했던 음악이 충분히 전달됐다.

4분의 2박자, 경쾌한 멜로디. 캐럴이 맞다. 멜로디 자체는 몰라도 익숙한 건 캐럴이었기 때문이었다.

"캐럴 맞죠?"

잠깐 당황한 듯한 중년 남자가 고개를 얼핏 끄덕였다.

"노래 좋네."

딱 크리스마스와 훌륭히 어울린다. 그 하나로 캐럴은 역할을 다했다. 헤일로가 곡에 대한 칭찬을 했을 뿐인데 왜인지 남자의 표정이 펴졌다. 소음이 좀 덜해지자 호기심과 우려가 깃든 사람들이 조금씩 돌아와 앉았다.

다음 역까지 멀지 않았다. 헤일로는 곧 다음 역에 내려야 한다는 걸 상기했다. 그와 동시에 자리에서 벌떡 일어섰다. 남자의 시선이 그를 쫓아왔다. 집중력이 흔들렸는지 멜로디언에서 삑사리가 났다. 헤일로는 문으로 가는 대신 남자 앞에 털썩 주저앉았다. 그리고 어설픈 연주가 끝날 때까지 듣고는 박수를 쳤다.

"좋은 연주였어요."

남자는 별말을 하지 않았다. 칭찬을 들을 거라고 생각하지 못했는지 입만 뻐끔거렸다.

헤일로는 주변을 쓱 둘러보며 입꼬리를 올렸다. 이대로 캐럴을 끝내긴 뭔가 아쉬웠다.

"저도 괜찮은 캐럴 하나 아는데."

지하철의 안내방송이 울렸다. 다음 역까지 30초 정도 남았지만, 헤일로는 사람들의 시선이 저에게 꽂혔다는 걸 안 순간 흥이 났다. 이런 기회를 놓칠 순 없다.

"답례로 들려드릴까요?"

거절은 없었다.

반복적인 멜로디로만 이루어진 캐럴. 세상 대부분의 캐럴은 쉬운 코드로 이루어져 있지만, 헤일로가 아는 캐럴은 초등학생도 연주할 줄 아는 가장 대중적인 것이었다. 헤일로가 눈앞에 있는 건반을 눌렀고, 중년 남자는 저도 모르게 숨을 불어넣었다. 음악이 완성된다. 어설프지만 완벽한 합주였다.

빠르게 달려가는 지하철. 반복적인 멜로디가 캐럴을 완성하고 곡이 끝났을 때 헤일로가 입을 열었다.

"모두 메리크리스마스!"

인사를 마친 소년은 사람들이 붙잡기도 전에 순식간에 열차 밖으로 달려 나갔다.

"어어…"

분명 1호선의 흔한 빌런일 뿐인데 사람들은 마치 한여름 밤의 꿈을 꾼 것 같았다. 아니, 누군가 바라왔던 크리스마스의 특별한 기적이 움켜쥐기도 전에 멋대로 사라져버렸다.

"야… 안 내려?

"어, 어… 내려야지."

전철 안에 있던 한 소녀가 얼떨떨한 얼굴로 자리에서 일어났다. 그건 캐럴을 함께 들었던 소녀의 친구도 마찬가지였다.

"헉, 헉."

헤일로는 거친 숨을 내뱉었다. 누가 쫓아오진 않는지 뒤를 돌아봤으나 따라오는 사람은 없었다. '사고 쳤나?' 하는 생각과 함께 미소가 튀어나온다. 역시 가만히 있는 건 헤일로의 체질에 안 맞았다. 매니저가 봤다면 멱살을 붙잡혔을지도 모르지만, 그는 관심이 즐거웠다.

'이게 나인데 어떡하겠어.'

흥분한 심장이 막 바다에서 건져낸 생선같이 벌떡 뛰어댄다. 헤일로는 제 가슴을 눌렀다. 식당까지 전속력으로 달려 도착했을 땐 숨이 턱까지 차올라 있었다.

* * *

"어머. 무슨 일 있었니?"

박승아가 헉헉거리는 아들을 보며 깜짝 놀랐다.

"아니요. 그냥 배가 고파서 뛰어왔어요."

"음식이 도망가는 것도 아닌데. 잠깐! 해일아, 머리가?"

어머니가 캡 사이로 보이는 은발을 보고 놀랐다. 헤일로는 장난스럽게 웃으며 캡을 다시 벗어 보여줬다. 은발이 쏟아져 나왔다. 변덕이었다. 염색 대신 탈색을 선택한 것은 염색 책자에 있던 이국적인 외모의 모델이 과거의 누군가를 떠오르게 했기 때문이다. 그가 태어나서 본 남자 중에 가장 괜찮은 놈! 원래 그의 머리도 이렇게 은발로 탈색했었다. 다음 발매할 앨범의 이미지와 맞아떨어지게.

"네 아빠가 기절할지도 모르겠다."

새하얗게 탈색된 머리칼을 보고 기절할 것 같은 표정을 지은 건 노해일의 아버지가 아니라 어머니였다.

"…어울리는 것 같아."

짧아진 앞머리로 이목구비가 다 드러났다. 예전보다 인상이 시원시원해졌고 그녀를 닮은 눈이 드러났다. 은발이라는 색 때문인지 모르겠다. 그녀는 생글생글 웃는 아들이 어딘가 낯설게 느껴졌다. 동시에 신비롭고 특별해 보이기도 했다.

"탈색하면 관리가 힘들다던데."

"그건 앞으로 제가 잘 관리해야겠죠."

헤일로가 어머니의 손을 잡았다. 그녀는 아들의 따뜻한 온기를 느끼며 손을 맞잡아줬다.

"그래, 들어가자."

일본식 다다미방 안에 있던 노윤현은 아들의 백발을 보고는 말했다.

"고등학교에 진학할 생각이 전혀 없어 보이는구나."

고등학교 진학에 대해 말을 꺼낸 월요일 이후에도 묵묵부답으로 일관한 아들에게 아버지가 처음으로 꺼낸 말이었다.

"네, 아시다시피."

헤일로는 태연하게 대답하며 앞자리에 앉았다.

어머니가 그의 머리 색을 보고 얼굴이 하얗게 질렸다면, 아버지는 무심했다. 그는 아들이 무지개색 머리를 했어도 신경 쓰지 않았을 것이다.

"네 의지를 피력하는 건 좋다만, 네 엄마가 곧 기절하겠구나."

"잘 어울린다고 하시던데요."

"깔끔해 보이기는 하다."

머리만 염색한 게 아니라 눈을 가리던 앞머리까지 잘라 확실히 인상이 잘 드러났다. 지저분하다고 생각하던 참에 잘 잘랐다고 노윤현 교수는 생각했다.

"여보, 식사는요?"

"오마카세 기본 코스로 시켰어요. 술은 생략하고."

술을 좋아하지 않는 박승아가 만족스럽게 고개를 끄덕였다. 헤일로는 그녀가 넘겨주는 메뉴판을 읽어보았다.

'오마카세가 뭐지?'

메뉴판에 친절한 설명은 없지만(있어도 읽지 않겠지만) 날생선 사진이 붙어 있었다.

'날생선? 채소도 아니고 어떻게 날것을 먹지?'

오마카세가 '주방 특선' 요리를 말하는 건 줄도 모르고, 헤일로는 인상을 찌푸렸다. 메뉴판 사진은 잘 장식되어 있지만 그래도 거부감이 들었다. 이곳에 온 이래로 맛없는 음식을 먹은 적이 없으니, 맛이야 있겠으나 그래도 날것은 싫다고… 생각했지만, 츠케모노(일본식 야채 절임)와 동시에 나온 전채요리 5종이 헤일로의 편견을 단번에 날려버렸다. 수비드 수란부터 평생 본 적 없는 요리들은 '맛있다'라는 칭찬이 부족할 정도였다.

"맛있니? 더 먹을래?"

"아직 애피타이저일 뿐인데 벌써 배 채우면 안 되지. 적당히 먹자."

"성장기니까 괜찮지 않을까요?"

"그럼 다 먹고 추가로 시키면 되지."

'이게 애피타이저라니.'

헤일로는 어느새 빈 그릇에 입맛을 다셨다. 곧 메인 디시인 오마카세가 등장했다. 날것에 대한 거부감은 사라진 지 오래다.

헤일로는 침을 꿀꺽 삼켰다.

"원래 오마카세는 다찌(카운터 테이블)에서 먹어야 제맛이지만, 얘기할 것도 있고 해서 개인실로 달라고 했어요. 다음에는 다찌에서 먹죠."

"좋은 선택이에요."

얘기해야 할 건 당연히 이제 얼마 남지 않은 진학 문제일 거다. 생선회와 조림 요리를 다 먹고 식사 메뉴를 선택한 뒤 개인실이 고요해졌다. 헤일로는 아버지가 먼저 입을 열거라 생각했지만, 어머니의 말이 먼저였다.

"해일아, 엄마는 있잖아. 계속 고민해봤지만 고등학교는 가야 한다고 생각해. 고등학교는 아무 때나 갈 수 있는 곳이 아니잖아? 그리고 시간 낭비처럼 보여도 다 필요할 때가 있어. 단지 국영수를 말하는 게 아니야. 그곳에서 얻을 수 있는 경험, 뭐 그런 거지. 또, 고등학교 친구들이 평생 간다는 말도 있잖아. 엄마는 네가 뭘 하든지 지지해줄 거지만, 중졸은… 한국 사회에서도 그렇고, 앞으로 너의 진로에 대해서도 좋지 않은 선택이라고 생각해. 예고 쪽으로 한번 생각해보는 게 어떨까?"

그녀의 제안은 상투적이었다. 그러나 분명 원론적이고 사회규범에 맞는 이야기였다. 헤일로도 누군가 고등학교를 뛰쳐나와 그처럼 되겠다고 하면… '나는 한번 해보라고 할 것 같은데'라고 생각했지만, 보통은 반대할 것이라는 걸 안다. 모든 것이 경험에서부터 만들어진다. 그도 당장 일상에서 영감을 찾고 그것을 소리로, 더 나아가 음악으로 만드는 것처럼 말이다. 분명 고등학교도 그곳에서만 할 수 있는 특별한 경험을 줄 것이다.

그러나 헤일로는 여전히 '굳이'다. 굳이 대화가 안 통하는 아이들이랑 어울리고, 굳이 사회가 만든 코스를 따르며, 굳이 8시간에 달하는 시간을 낭비해야만 하는가. 심지어 당장 필요성도 호기심도 들지 않는 데다 재미도 없다.

그는 해야 할 게 많다. 단순히 과거의 헤일로가 되겠다는 게 아니다. 과거의 헤일로 앨범을 만드는 건 그 흔적을 남기기 위해서지, 그에게 중요한 건 따로 있다. 현재, 그리고 미래. 그는 2집 앨범을 녹음하면서 새로운 곡을 쓰고 있다. 어떤 곡은 폐기되어 쓰레기통에 직행했고 어떤 건 습작으로 처박혔지만, 꾸준히 새로운 것을 만들고 있다. 과거의 헤일로가 되는 건 너무 쉽다. 너무 쉽고 이미 잘될 걸 알기에 긴장되지 않는다. 성취감도 없으며 재미도 없다. 그는 또 다른 성취를 원했다. 그리고 그것은 보통 긴장과 스트레스를 동반한다. 빨리 과거의 기록을 끝내고 앞으로 나아가고 싶은 이때, 고등학교에서 시간을 버린다는 선택지는 그에게 없었다.

"고등학교에서 또 다른 경험을 할 수 있다는 건 동의해요. 어머니가 절 걱정하고 있다는 것도 잘 알고요."

어머니의 얼굴이 밝아졌지만 안타깝게도 헤일로가 설득된 건 아니다.

"그래도 여전히 전 같은 생각이에요. 어머니의 눈엔 고집부리는 애처럼 보일지도 모르겠지만. 앞으로 가야 할 길이 먼 지금, 고등학교에 가는 건 시간 낭비라고 생각해요. 전 지금처럼 하고 싶어요. 또 고등학교에서 얻을 가치보다 고등학교에 가지 않았을 때 얻을 가치가 더 클 테고요."

헤일로가 '그렇지 않냐는 듯' 아버지를 쳐다보았다. 노윤현은 팔짱을 낀 채 눈을 감고 아내와 아들의 대화를 듣고 있었다.

"헤일아, 그건 모르는 거야."

박승아는 화내지 않고 몇 번 다시 말을 꺼내려다가 "당신 말 좀 해봐요"라며 도와달라는 듯이 노윤현의 옆구리를 툭 찔렀다. 그는 그제야 눈을 뜨고는 한참이나 아들을 뚫어져라 쳐다보다 입을 뗐다.

"난 여전히 네가 무슨 자신감인지 모르겠구나."

"아니, 그거 말고! 좀더 부드럽게."

박승아가 노윤현의 무릎을 탁 쳤다. 그가 아들을 혼낸다고 생각한 모양이었다. 그러나 그는 그럴 의도가 아니었다. 단지 그 근거가 부족하다는 걸 지적하고자 했다.

"그래도 우물쭈물하는 것보다 훨씬 낫구나. 내 아들이라면 주관이 뚜렷해야 하는 법이지. 논리적으로 말하는 모습도 보기 좋다."

"당신…."

혼내지 말라고 하니 무슨 면접관처럼 칭찬하고 있는 노윤현에 박승아는 답답하기만 했다. 그래도 믿음이 있었다. 논리적이고 이성적인 남편이 아들을 옳은 길로 이끌어줄 것이다.

"하나만 묻겠다. 진심으로 하고 싶니?"

아버지는 뜬금없게 물었다.

진학 문제를 어서 끝내고 싶던 어머니의 표정이 좋을 리 없었다.

"네."

헤일로는 당연하다는 듯 대답했다. 잠깐의 고민도 없이 바로 나온 대답이었다.

"공부하기 싫어서, 혹은 그냥 TV에 나온 사람들이 멋져 보여서, 쉬워 보여서 그러는 게 아니고?"

노윤현은 아들의 열정을 반겼지만 그 열정을 이해하는 건 아니었다. 그는 자신의 아들처럼 무언가에 불꽃처럼 빠져든 적이 없었다. 자기 길이 있는 것마냥 물처럼 흘러갔다.

"9억을 포기하고 10년, 20년 동안 단칸방에서 배곯으며 후회 안할 자신이 있어? 그동안 경제적으로 고민할 필요 없었던 네가 그걸 견딜 수 있을까?"

노윤현은 아들을 의심했고 불명확한 미래에 대해 끊임없이 우려를 표했다. 실제로 노해일은 경제적으로나 물리적으로 고통을 겪은 적은 없다. '노해일'은 그랬다. 그러나 그 속에 있는 헤일로는 달랐다. 애초에 그는 불명확한 상황 속에서 태어났다. 그는 굶주렸으며 모든 걸 포기하고 싶은 상황에 놓여봤다. 그 당시 그에게 다가오는 사람 중 선의를 가진 사람은 없었으며, 웃으며 다가온 사람들은 빨간 모자를 노리는 늑대에 가까웠다.

아버지가 덧붙였다.

"분명히 말하지만 난 경제적으로 도와주지 않을 거다. 너는 이미 내 제안을 거절했으니 비정하다고 생각해도 어쩔 수 없다. 네가 골골대고 있어도 안 도와줘. 내 노후준비를 해야 하거든. 난 은퇴하면

네 엄마와 세계 일주를 할 거다."

"연락도 하지 말까요?"

"그럼 호적에서 팔 거야. 연락은 해야지. 나랑 네 엄마는 도시파라 전화가 불통되는 일은 없을 거다."

둘 다 진지하게 말을 내놓는 동시에 입꼬리가 올라갔다.

박승아는 부자가 쓸데없는 소리를 하는 게 지독히도 닮았다고 생각했다.

"투자를 받지 않았으니 돌려드릴 것도 없죠?"

아들의 말에 노윤현 교수는 속으로 웃음을 터트렸다. 이쯤 되니 궁금해졌다. 제 아들이 고등학교에 가지 않는다면 뭘 할지. 너튜브인가 뭔가를 한다고는 들었는데 그걸로 만족할지. 그것보다 더 큰 무언가를 할지 아니면 낙오될지 잘 모르겠다.

아버지가 아들에게 툭 던지듯 말했다.

"그럼 해봐."

"아니?! 여보!"

가만히 듣던 박승아는 찬물 세례를 맞은 것처럼 화들짝 놀랐다. 말릴 새도 없이 부자의 대화가 이어졌다.

"단, 딱 1년 만이다. 네 나이에서 1년 정도의 손실은 충분히 메꿀 수 있을 테니 말이다."

벌써 실패를 가정하자 헤일로의 코가 실룩였다. 마음에 들지 않았다.

"정말 그게 인생을 바칠 정도인지 아니면 단순히 취미로 만족할 수 있는지 딱 1년이면 충분하다고 생각한다."

"그럼 헤일이 고등학교는요?"

박승아는 배신당해 어이없는 표정이었다. 남편이 월요일에 진학 문제에 관해 이야기하고, 목요일까지 질질 끈 이유가 자신을 도와주기 위함이 아니었던 것이다. 하지만 노윤현은 다른 길을 떠올렸다. 좀 더 효율적인 길을. 그 길을 갈 수 있다면 굳이 3년 동안 남들 다 하는 걸 하지 않아도 될 것이다.

"역시 코스가 편하긴 해. 사람들이 괜히 코스를 좋아하는 게 아니라니까."

그가 갑자기 젓가락을 들어 올리더니 코스로 나온 참치를 음미했다.

"지금 무슨 소리를 하는 거예요?"

아내의 반응에 노윤현은 아랑곳하지 않고 아들에게 말했다.

"뭘 먹어야 할지, 어떤 것부터 먹어야 할지 모를 땐 그냥 코스가 좋아. 주방장이 알아서 줄 테니. 우리는 그냥 주방장이 차려주는 걸 순서대로 먹으면 되잖아. 얼마나 편하니?"

때마침 식사가 왔다. "주문하신 식사 나왔습니다"라는 말과 함께 문이 스르륵 열리고 셰프가 요리를 내주었다. 연어알 명란 비빔밥과 삼계탕이 그들이 선택한 식사였다.

"하지만 뭘 먹어야 할지 안다면 굳이 코스 요리를 시킬 필요가 없겠지."

아버지가 삼계탕 뚜껑을 열며 말했다.

"그냥 전문점에 가서 사 먹는 게 제일 맛있거든."

인삼 향이 방 안을 채웠다. 노윤현이 "캬!" 하고 탄성을 내뱉었다. 헤일로도 연어알 명란 비빔밥을 비볐다. 그리고 한 숟가락 떴을 때 아버지 목소리가 파도처럼 밀려왔다.

"요즘 세상이 참 잘 되어 있다. 나 때는 초등학교 6년, 중학교 3년, 고등학교 3년, 그리고 대학교. 이 길이 분명했는데 요즘은 아니야. 요즘 애들은 굳이 초중고에 12년을 바칠 필요가 없어. 대학에 가고 싶으면 검정고시로도 충분하지. 그렇게 보면 고등학교는 좀 비효율적일지도 몰라."

그는 삼계탕을 한 숟가락 크게 뜨며 말을 이었다.

"아, 당신도 강 조교 알지. 강 조교가 그런 케이스야. 영재학교에 들어가서 초등학생 나이에 중등 과정 모두 끝내고 검정고시로 고등학교 졸업, 바로 대학교 입학. 효율적으로 누구보다 빨리 내 노예가 되었지."

"노예요?"

"실수. 조교, 아니 이제 강사지."

다음 학기부터 한국대에 시간강사를 하게 됐다고 덧붙였다.

"근데 다시 말하지만, 너에게 주는 자유는 딱 1년뿐이야."

사람 좋은 얼굴로 술술 말하던 아버지가 정색했다.

"그때까지 만족할 만한 결과도 없고 계속 헤맨다면, 넌 나와 네 엄마가 원하는 대로 하는 거야. 검정고시를 치르고 한국대를 목표로. 반항할 생각하지 말고. 그래도 한국대에 입학만 한다면 재산 물려주겠다는 제안은 유효하니 잘 해보거라."

그러곤 그는 "이 집 삼계탕은 좀 짜네"라고 중얼거리며 수저를 탁탁 털었다.

박승아는 집에 돌아오자마자 남편에게 항의했다.

"어떻게 그렇게 쉽게 말할 수가 있어요?"

아내와 따로 상의 없이 독단적인 결정을 내린 노윤현은 소매를 풀며 그녀를 살폈다.

"쉬운 결정은 아니고 영리한 결정이지."

"뭐가 영리한데?"

"저 녀석을 설득하기에."

"설득? 설득은 당신이 당한 것 같은데."

그녀는 남편이 고등학교 문제에 대해 바로 마음대로 하라고 말할 줄 몰랐다.

"이 게임은 뭘 해도 내가 이기는 게임이야. 난 손해 보는 거 없어."

"아니, 지금 입에서 손해라는 말이 나와요?"

"생각해 봐."

노윤현은 박승아의 옆에 앉았다. 자극에도 침대가 흔들리지 않는 편안함을 보여줬다.

"난 1년이라는 시간을 비용으로 저 녀석의 앞으로의 인생을 산거야. 앞으로 우리 말 잘 들을 거 아니야. 그리고 내 시간을 걸었나. 저 녀석의 시간을 걸었지."

"그…."

"해일이가 안 되면 안 되는 걸로 우리 뜻대로 하고, 잘 되면 잘 되는 거로 좋은 거야. 단순하게 생각해."

박승아는 그래도 이해할 수 없었다. 잘 설득하면 1년이라는 시간을 걸지 않아도 될 것이었다. 아들이 음악과 학업을 둘 다 성취할 수 있도록 말이다. 하지만 노윤현이 반박했다.

"무언가를 열정적으로 한다는 것도 좋은 경험이야. 그냥 다른 애들이 하는 대로 따라 하는 것보다 훨씬 생산적이고 건설적이지."

설렁설렁하는 꼴이 보이면 바로 끼어들겠지만 말이다. 마지막으로 노윤현은 최근 수익 창출에 대한 보호자 동의를 위해 보았던 아들의 너튜브 채널을 떠올렸다. 규모가 아직 크지 않고 또 수익이 얼마나 나올지 모르겠지만 '조회 수', '좋아요', '댓글'의 숫자가 '가치'를 보여줬다. 수익이 얼마나 나오든 돈을 버는 경험은 아들에게 도움이 될 것이다. 돈이 안 되더라도 포트폴리오로선 충분하다.

'군이 국내에 집착할 필요는 없지.'

꾸준히 활동한다면 한국대만을 고집할 필요가 없어 보였다. 그는 그 숫자에서 아들의 가치를 발견했다.

* * *

금요일 오후, 기운 해가 잠실 레이크타운의 창으로 발을 걸어놓았다.

장진수: 꼭 봐라.

헤일로는 눈을 뜨자마자 협박 메시지 같은 걸 봤다. 그는 혀를 차며 침대에서 내려왔다. 밤새 작업하고 잠시 눈을 붙인 터라 몽롱한 시선으로 시계를 보니 오후 4시였다. 흔한 일이다. 메일을 확인해 보니 아직 너튜브 본사에서 답신이 오진 않았다. 그들이 성실히 일할 리 없다.

"오늘 〈쇼유〉 1화 하지 않니? 저녁에 치킨 먹으면서 볼까?"

박승아는 여전히 진학 문제에 대해 납득하지 못했지만, 오늘 방송될 〈쇼 유어 쇼〉를 잊진 않았다. 그녀는 누군가에게 문자를 보내고 있었다.

〈쇼유〉를 볼 생각이 전혀 없던 헤일로지만 치킨이라는 말에 입을 열었다.

"전 양념 반 프라이드 반이요."

When I was young, the world was like a car running towards me
(어린 시절, 세상은 나를 향해 달려드는 차 같았어)

헤일로는 허밍했다. 그동안 열심히 러닝하고, 발성 연습을 해서 그런지 이전보다 소리가 훨씬 시원하게 뻗었다. 미성인 목소리를 거칠게 뽑아냈다. 원래 그의 목소리와 완전히 다르지만 방식은 똑같다. 헤일로는 작은 괴리감에 아랑곳하지 않았다. 그는 프로였고 어떤 상태이든 완벽하게 연주하고 노래할 줄 알았다. 감기 증상이 있을 때 콘서트를 강행했던 것에 비하면 지금은 천국을 나는 상태일 거다.

헤일로는 내일 날짜로 스튜디오를 예약해뒀다. HY스튜디오 강영민이 또 곡을 만들었냐며 기겁했지만 이제 슬슬 그러려니 할 것이다. 2집 〈다시, 봄〉의 MR을 미리 보낸 이후엔 답도 없다.

'이제 적응할 때가 되긴 했지.'

헤드폰 사이로 완성된 MR이 들려왔다. 예전에 일렉만으로 '우리가 다시 만날 때'를 완성했다면, 이번에는 오케스트라까지 완성했다. 일렉 기타 위에 덧대어진 바이올린은 봄바람처럼 선율을 감싸고 플루트, 오보에 등의 목관악기와 하프가 사운드를 풍성하게 채웠다. 같은 곡임에도 완전히 다른 느낌이 들었다. 사용한 세션이 한둘이 아니니 당연했다. 헤일로는 눈을 감고 침대에 기대었다. 연습은 모두 끝냈으니 집에서 더는 부르지 않을 것이다.

언제나 그렇듯 그에게 노래가 들려왔다. 이미 완성된 노래가. 그러다 어느 순간 밖이 소란스러워졌다. 만족스러운 표정으로 음원을 듣던 헤일로는 천천히 일어났다. 드디어 치킨이 온 것이다. 그리고 치킨이 왔다는 건 어머니가 기다리고 기다리던 '그 시간'이 되었다는 것이다. 방문을 열자 화려하게 기름 꽃이 핀 치킨이 그를 반겨줬다. 다만 그걸 들고 있는 사람이….

"네가 왜 여기 있어?"

"어머니가 같이 치킨 먹자고 초대해주셨거든?"

"촬영은….'

"없으니까 왔지."

장진수가 퉁명스럽게 대답했다.

장진수가 현관 비밀번호를 알 리 없으니 집에 있는 누군가가 열어준 건 분명하다. 그리고 그건 어머니일 것이다. 아버지는 집에 안 계셨으니. 헤일로는 문득 낮에 그녀가 누군가한테 메시지를 보내던 걸 떠올렸다.

'그게 장진수였나? 언제부터 연락했지?'

헤일로가 의문 어린 시선으로 바라보자 치킨을 들고 있던 장진수가 억울하다는 듯 말했다.

"이건, 내가 가져온 게 아니라 엘리베이터에서 배달원을 만나서….'

요구하지도 않는 치킨에 대한 변명을 늘어놓는 장진수를 보며 헤일로는 대충 알 것 같았다. 박승아는 〈쇼 유어 쇼〉에 대해 듣게 된 이래로, 정확히는 아들이 노래를 만들었다는 걸 듣게 된 이래로 장진수에게 부쩍 친근감을 가졌다. 간혹 혜일로에게 "진수는 밥 잘 먹고 다니니?" 하고 물을 정도였다. 혜일로는 그녀가 예전에 장진수가 찾아왔을 때 연락처를 받았을지도 모른다고 짐작했다. 장진수는 수다쟁이였고 또 그녀가 원하는 것을 잘 말해줬다. 이를테면 그녀의 아들에 관한 이야기나 아들이 앞으로 나아갈지도 모를 연예계에 관한 이야기 등등. 충분히 이해가 갔다.

"진수야 잘 지냈니?"

"안녕하세요! 어머니!"

노해일의 어머니만 보면 잔뜩 얼었던 장진수는 이제 제2의 아들이 된 듯 먼저 다가갔다. 그녀 또한 장진수를 반겼다.

"밥은 잘 먹고 다니니? 어머 마른 것 좀 봐."

"네, 촬영 때 빼고 잘 먹고 다녀요."

"촬영장에서 굶겨?"

"아니요, 굶긴다기보다는 주는데 잘 안 들어가요. 그냥 촬영 끝나고 집에 가서 먹는 게 편하죠."

"많이 힘들겠다."

"힘들었는데 어머니께서 치킨 사주셔서 다시 팔팔해졌어요!"

"많이 먹고 가렴."

박승아는 싹싹하게 대답하는 장신수를 바라보며 머리를 쓰다듬었다. 장진수가 눈을 접으며 웃는데도 묘하게 힘든 기색이 남아 있어 그녀는 애잔한 마음이 들었다. 서너 번 진행한 촬영이 여전히 힘든 모양이었다. 그녀는 머그잔에 콜라를 따라주며 소파로 장진수를 이끌었다.

"해일이 아빠는 쫓아냈으니 우리 셋이 편하게 보자."

쫓아냈다는 말에 장진수가 화들짝 놀랐다. 눈치를 보며 노해일에게 입만 벙긋하며 "싸우셨냐?"고 물었다.

박승아가 그 반응을 보며 까르르 웃었다.

"사실 동문회에 간 거야. 대학 동문회였나 대학원 동문회였나. 아들이 만든 곡보다 술이 더 좋다 이거지."

투덜거리는 박승아를 보며 장진수는 내심 안심했다. 노해일의 집에 올 때마다 고래 싸움에 얻어터진 새우가 되니 걱정이 안 될 수 없다.

"오, 나온다."

텔레비전에서 때마침 〈쇼 유어 쇼〉 1화 오프닝이 흘러나왔다.

헤일로는 프라이드 치킨 다리를 입에 가져갔다. 고소한 기름 냄새와 함께 와사삭 튀김이 부스러지는 소리가 고막에 꽂혔다.

\* \* \*

"이제 시작하네."

〈데일리 페이퍼〉의 송오정 기자는 알트탭(작업 전환)을 눌렀다. 한참 보던 커뮤니티의 게시글 '1호선 빌런과 빌런이 만나면'이 닫히고 워드로 전환되었다. ENS 홍보국에서 받은 자료가 나열되었다. 11시 30분까지 엠바고가 걸려 있다. 135분 길이의 〈쇼유〉 1화가 끝나면 곳곳에서 동시다발적으로 기사가 올라갈 것이다.

"무슨 1화가 135분이나 돼?"

후반부도 아니고 1화에 2시간을 때려 박는 건 무슨 편집인지 모르겠다. 물론, 그만큼 기사로 쓸 만한 게 많아질 테니 그에겐 좋은 소식이긴 하다.

'노잼만 아니면 돼. 근데 걔는 언제 나오지?'

송 기자는 적어도 1화만큼은 나쁘지 않다 싶었다. 예고편에서 화제가 되었던 게 1화에 들어가는 2차 예선전이 아닌가. '쇼'는 어떨지 모르겠지만, 인디에 관심 있다면 한 번쯤 이름을 들어봤을 인디 뮤지션과 몇십만 구독자를 가진 유명 인플루언서까지 늘 그랬듯 이번 시즌 지원자도 화려해 볼 맛이 났다. 이번 경쟁률도 살벌했을 것이다. 아마추어라면 진짜 괜찮은 실력이 아니고서야 나올 수 없는 라인업이다.

'참, 이번에 나온 중학생도 괜찮았지.'

송 기자는 P-R 레이블 소속 길라온을 떠올렸다. 어린아이답지 않은 감성과 가창력, 아역배우 같은 외모까지 미래가 기대되는 유망주 1순위였다. 특히 예고편에서 보여준 실력은 웬만한 성인 가수에 견주어도 부족하지 않았다. 길라온을 본다면 매년 생기는 '특별 전형' 논란도 수면 위로 오르지 않을 것이다.

"그런데 제일 궁금한 놈은 따로 있지. 걔는 가장 마지막에 나오려나."

그가 PD였으면 그렇게 했을 것 같다. 예고편 이후 모든 관심이 쏠렸던 참가자니 후반에 배치에서 관심을 오래 이어갈 것이다.

〈쇼 유어 쇼〉 1화가 시작되었다. 예고편에선 쓰지 않았던 메인 BGM이 들려오며 오프닝이 시작되었다. 영상은 광고 없이 곧장 시작되었다. 늘 그렇듯 '멘토'이자 프로듀싱을 맡을 다섯 명의 심사위원의 소개가 맨 처음이었다.

"오!"

송 기자는 화려한 출연진에 새삼 감탄했다. 포지션이 겹치지 않고 각자의 영역에서 잘나가는 스타들이다. 꽤 다양한 음악 프로그램에 나와 이름을 알린 스타 작곡가 김명진과 해외에서 활동 중인 래퍼 카이저, 사람을 울리는 음악으로 앨범을 냈다 하면 차트를 지배하는 음원 퀸 리브, 유명 아이돌 그룹 콜드브루 멤버 원더, 마지막으로 대중적인 곡을 잘 만드는 프로듀서 황제일까지 라인업이 쟁쟁했다.

어떤 멘티를 받고 싶은지에 대한 짤막한 인터뷰가 지나간 후 이어서 지원자들의 무대를 보여줬다. 반응을 위해 지원자의 쇼를 반복적으로 보여주는 편집은 늘 그렇듯 욕을 먹을 거란 생각이 들었다. 시즌 3에 이르기까지 절대 고치지 않는 걸 보면 구 PD 고집도 놀라웠다. 역시나 커뮤니티에 PD에 대한 욕이 바로 올라왔다. 이전 시즌보다 더 욕이 많은 걸 보면 화려한 출발이었다. 욕도 결국 관심이니 이전 시즌보다 더 관심받고 있다는 증거다.

당연히 그 원인은 예고편이다. 아직 예고편의 주인공이 나오지 않았지만 나쁘지 않다. 인플루언서는 예능감이 꽤 뛰어났고 인디 뮤지션 조조는 이름값을 했다. 심사위원의 반응도 보기 좋았다. 어떤 쇼에는 독설과 조언을, 괜찮은 쇼에는 피드백과 박수 갈채, 찬사를 내뱉었다. 그 극적인 반응이 촬영장에선 비극이었겠지만 보는 입장에선 재미있었다. 그리고 드디어 유망주가 나왔다.

[안녕하세요, 27번 길라온입니다.]

무대에 나와서 긴장감 없이 번호표를 고쳐 붙이는 모습이 인상적이다. 살살 웃는 걸 보면 어딜 가나 사랑받을 상이다. 이미 심사위원이 단체로 아빠 미소로 웃고 있었다. 짧은 인터뷰와 함께 길라온의 무대가 시작되었다.

무대가 어두워지고 하이라이트 조명 하나가 길라온의 머리 위에 떨어졌다.

[바람이 찬 오늘 그대에게 가는 길이 멀게 느껴져요]

감미로운 목소리가 가슴을 쩡하게 자극했다.

[그대가 항상 내 곁에 있는 건 그대가 나를 더 사랑했기 때문이란 것을 이제야 알게 되었어요. 이곳은 춥군요]

어느새 심사위원들이 무대에 몰두했고 곧 절절한 가창이 터져 나왔다.

[그대를 다시 만나면 좋을 텐데, 그대가 몰라주어도 좋으니 그대에게 다가갈 수 있다면]

중학생이란 나이가 생각나지 않았다. 노래가 끝나자, 발라드 가수 리브와 아이돌 윈더가 벌떡 일어나 손뼉을 쳤다.

[들어주셔서 감사합니다!]

길라온은 노래가 끝나자마자 감성에서 빠져나와 다시 생글생글 웃었다.

송 기자는 길라온의 무대를 담담하게 보다가 시간을 확인했다. 곧 10시 30분이다. 중간광고가 나오긴 했지만 쇼의 중간에 나오기엔 과할 정도로 여운이 오래 남은 무대였다. 중학생이라는 어린 나이와 어울리지 않은 절절함이 있었다. 시청자들은 이미 우승자를 정해놓고 더 엄격한 잣대로 지원자들을 바라볼 것이다. 그런데도 굳이 초반에 유명인을 배치하고 길라온을 중반에 넣은 건, 길라온만큼 혹은 그 이상 임팩트를 보여줄 사람이 있다는 것이었다.

'쟤보다 더 잘할 수 있다고?'

날카로운 기자의 눈으로 〈쇼유〉를 보던 그는 저도 모르게 프로그램에 몰입하고 있었다.

곧 2부가 시작되었다.

* * *

"꽤안네."

헤일로는 양념치킨 다리를 뜯다가 감탄했다. 옆에 있는 두 사람은 말이 없다. 치킨의 존재도 잊고 있는 것 같았다. 아마 이따가 닭다리만 사라진 걸 보고 깜짝 놀랄 것이다.

"어머 어린 데 잘한다."

"진짜, 그때도 잘한다고 생각했는데 정말 잘하네요."

두 사람은 27번 길라온을 진지하게 칭찬했다.

헤일로가 봐도 보통 감성을 가진 어린애는 아니었다. 장진수와 동갑이라고 하던데. 헤일로는 장진수가 앞으로 더 열심히 해야겠다고 생각했다.

"너는 쟤 어떻게 생각해?"

장진수는 노해일을 돌아보며 물었다.

'어떻게 생각하긴. 따로 말할 게 있나.'

헤일로는 입에 있는 걸 꿀꺽 삼키고는 대답했다.

"노래 잘 부르네."

"그렇지?"

"나보단 아니지만."

장진수의 표정이 차게 식었다. 못 들은 척 텔레비전으로 고개를 돌렸다.

헤일로에겐 길라온이 부른 노래의 여운이 길게 남았다.

'절절한 사랑 노래라니.'

누군가가 떠올랐다. 왜 요즘 애들은 이런 절절한 사랑 노래를 좋아하는지 모르겠다. 그는 저 나이 때는 물론이고 평생 사랑 노래를 부르지 않아 이해할 수 없었다.

"그래도."

헤일로가 입을 열자 장진수가 다시 바라봤다.

"내 취향은 아니야."

"어?"

"차라리 랩이 낫지."

시원시원하게 할 말을 내뱉고 제 감정을 솔직하게 분출하며 샤우팅을 지르고 가끔 악기도 때려 부숴야지, '날 사랑해줘요', '보고 싶어요' 같은 감성은 이해하기 힘들었다.

"그렇지?"

장진수를 칭찬한 건 아니었는데 그가 변태처럼 히죽 웃었다.

헤일로는 착각을 깨주는 대신 치킨 날개를 들며 딴생각에 빠져 있었다.

'다리 더 먹고 싶은데. 치킨은 왜 다리가 두 개밖에 없을까.'

2부가 시작되며 출연진 각자의 이야기가 나왔다. 내용이 늘어질 만하면 1호선 빌런 같은 독특한 지원자를 보여주기도 했다. 사연도 하나씩은 꼭 나왔다. 흔하지만 항상 통하는 클리셰다. 시간이 흘러 11시에 다다르자 장진수의 얼굴이 하얗게 질렸다.

"나 혹시 편집 당한 거 아냐? 지금까지 안 나올 수가 없는데."

예고편에 나왔으니 편집된 건 아닐 테고 다만 1화에 안 나올 수도 있다. 그 가능성을 전혀 생각지 못한 장진수는 '편집'만 중얼거렸다. '역시 말 잘 들을 걸 그랬나?' 하는 후회가 밀려오기도 했다. 얼굴빛이 하얗다가 회색빛이었다가 파랗게까지 변했다.

그쯤 〈쇼유〉 무대에 익숙한 얼굴이 나왔다. 드디어 자신이 등장하고 장진수는 일주일간 앓던 변비를 해소한 표정을 지었다.

"다행이다."

무대를 시작하기에 앞서 인터뷰가 나왔다.

잔뜩 긴장한 장진수는 보는 시청자까지 어색하게 했다.

[안.녕.하.세.요. JJ입니다.]

"헉!"

카메라에 비친 제 모습이 이렇게 우스꽝스러운 줄 몰랐던 장진수는 돌처럼 굳었고, 헤일로는 콜라를 마시다 허공에 뿜었다.

"풉! 컥컥. JJ?"

사레가 들려 목에 따끔하게 통증이 올라오는데도 웃음을 참을 수 없었다. 사실 다른 사람이 했으면 평범한 예명으로 들렸을지 모른다. 그런데 예명을 진지하게 말하는 장진수가 너무 중학생 같아서 웃음이 나왔다. 아마 저 예명을 짓고 잘 지었다고 뿌듯해했을 것이다. 게다가 카메라 속 장진수는 숨도 안 쉬고 동공마저 경직되어 예명이 아니라 제품명을 대는 것 같았다.

"아니, 그냥 이니셜이잖아."

장진수의 얼굴이 새빨갛게 달아올랐다. 그러면서 원래 '제이드 장'이라고 지으려고 했다는 걸 숨겼다.

"멋진데 왜 그래, 해일아. 진수 민망하겠다."

"하하하!"

"작작 웃어."

장진수가 민망해서 치킨을 하나 집어 입에 넣었다. 하필 닭가슴 살이라 퍽퍽했다. 그러는 와중에도 인터뷰는 잘 진행되고 있었다. 자기소개, 지원 동기, 각오까지 PD 픽이란 걸 한 번에 보여주듯 다른 사람보다 훨씬 길었다. 무대로 화면이 전환됐다.

"엇!"

장진수가 흠칫 놀랐다. 하필 무반주 무대다. 긴장해서 실수를 평소보다 배로 했던, 민망할 정도로 형편없던 무대다. 그 무대 위에서 장진수는 열심히 랩을 하지만 지원자 중 누구보다 형편없어 1차에서 어떻게 붙어나 싶을 정도였다. 잘한 무대가 아닌 못한 무대를 보여줄 줄 몰랐던 장진수의 동공이 흔들렸다. 당연히 심사위원의 표정은 어느 때보다 처참했다. '흥' 코웃음 치며 비소하는 참가자가 스쳐 지나가고 인터뷰가 흘러나왔다. 한 참가자가 직접적으로 '미성년자 전형'을 언급했다.

심사위원으로 화면이 다시 전환된다. 그들은 무슨 말을 할지 대화하다가 작가의 신호를 받고 "두 번째 곡을 듣고 판단하겠습니다"라고 했다. 그러면서도 왜 두 번째 무대까지 봐야 하는지 이해하지 못하는 듯 "굳이?"라고 말하는 심사위원의 입 모양이 비쳤다. 특히, 길라온을 그렇게 칭찬했던 프로듀서 황제일은 표정 관리에 실패했다. 래퍼 카이저도 곧 독설이 튀어나올 것 같았다. 길라온에게 꼭 멘티가 되어달라고 했던 리브와 원더는 안쓰럽게 바라보았다. 아무도 장진수가 잘할 거로 기대하지 않았다. 이렇게까지 해야 하나 싶을 정도로 파헤쳐지는 아이가 불쌍하다고 여길 뿐이었다.

그때였다. MR이 켜지며 비트가 들려왔다. 팔짱을 끼고 있던 카이저가 고개를 갸웃갸웃했다. 뒤이어 원더의 눈이 점점 커졌고, 심각했던 황제일 프로듀서의 표정이 조금씩 풀어졌다. 고개를 흔드는 리브와 눈을 감는 작곡가 김명진.

장진수가 랩을 시작했다. 크게 달라진 건 없었다. 오직 달라진 건 앞선 무대와 달리 반주가 더해졌을 뿐이다. 하지만 비트에 맞춰진 랩이 듣기 편안해지며, 모든 게 달라졌다. 원더가 용기를 내라는 듯 눈을 마주치며 고개를 끄덕였다. 장진수의 랩도 점차 능숙해졌다. 눈에 환히 보이는 변화였다. "와!" 하며 리브가 입을 벌렸다. 그녀의 눈이 장진수에게서 벗어나지 않았다.

그리고 마침내 일주일간 커뮤니티를 달군 훅이 들려왔다.

[스포트라이트가 내가 있어야 할 자리에 돌고 도는 서클은 인생의 이유를 알려줄까 해]

예고편에 나온 바로 그 부분.

리브가 두 팔을 위로 번쩍 들며 "꺅" 비명을 질렀다.

[넌 완벽하지 않다고 하는데 왓에버 내가 그리는 꿈들은 요령을 피우는 너와는 달라]

카이저가 몸을 앞으로 내밀었다.

[내 앞에 펼쳐진 영겁의 절벽 위 산책로를 걷는 넌 단순히 절벽이 끝을 향해 달려가 넌 모를 거야]

무엇보다 인상적인 것은… 장진수가 그 어느 때보다 자신감 있게 웃고 있다는 것이다.

[They never meet again]

인터뷰부터 무반주 무대까지 부족하게만 보였던 아이가 무대에 적응한 모습은 묘한 쾌감을 일으켰다.

＊＊＊

[두 눈을 감으면…]

다시 벌스 2가 들려왔다. 송 기자는 흥분감을 누르지 못한 채 가슴에 손을 올리고 있었다. 심장 소리가 들린다. 밤 11시 10분, 한참 카페인 음료를 들이켜야 할 시간인데 심장이 뛰었다. 노래에 지배당한 듯 양쪽 귀에서 56번의 곡이 들려온다. 예고편 때부터 좋다고 생각하긴 했다. 그런데 이렇게까지 좋을 줄은 몰랐다. 어떻게 흘러갈까 싶었던 멜로디가 완벽하게 이어진다. 단조롭게 들려왔던 비트는 훅을 위해 정교하게 설계되어 있었다.

"하아."

뒤늦게 탄식이 튀어나왔다. 심사위원의 심사는 귀에 들려오지도 않는다. 그냥 다시 무대를 보고 싶은 마음만이 남았다. 1부의 주인공으로 보였던 길라온이 떠오르지도 않았다. 1화의 주인공이 여기 있는데 조연이 눈에 들어오겠는가.

서사부터 완벽했다. 보는 사람마저 어색하게 만드는 인터뷰, 망가진 무대, 다시 돌이킬 수 없어 보이던 기대가 돌아오며 기승전결이 완성되었다. 괜히 구 PD가 예고편을 그렇게 만든 게 아니었다.

홍보팀이 준 문구는 이제 머릿속에 남아 있지도 않았다. 올리기야 하겠지만 56번에 관한 생각만 머릿속에 차올랐다. 그러다 송 기자는 알고 있던 관계자의 번호를 떠올렸다. 다급하게 전화를 걸자 예상했다는 듯 바로 받았다.

"아니, 이런 걸 이제까지 숨겼던 거예요? 좀 섭섭한데."

「어때요? 우리 1화 좀 괜찮게 나왔죠?」

"아니, 괜찮다가 문제야? 그게 지금 중요한 게 아니라 56번! 56번에 대한 정보 좀 더 풀어주시죠."

「흠… 지원자에 대한 정보는 극비입니다만.」

"에이, 그럴 거예요? 진짜 풀 거 없어? 분명, 있을 텐데."

송 기자는 능글맞게 굴며 초조한 기색을 숨겼다. 물론 상대방은 이미 알아챘을 거다. 그저 서로 모르는 체할 뿐이다. 이미 누군가 전화를 했을 수 있다. 송 기자가 56번의 무대를 보며 넋을 잃은 사이.

"뭐, 하나 있긴 한데."

"뭔데요?"

송 기자가 급하게 수첩을 찾았다. 바로 앞에 노트북이 있는데 바보처럼 수첩을 찾아 헤맸다.

「홍보팀 쪽에서 나온 아이디언데 PD님과 작가님 그리고 제작진 전원 만장일치를 한 게 있어요.」

"그게 뭔데!"

상대방의 말이 이어지지 않는다. 그럴수록 애타는 송 기자였다. 그는 대답을 기다렸다. 전화가 끊겼나 몇 번 확인했을 정도로 상대방은 쉽게 이야기해주지 않았다.

「지금 몇 시예요?」

"11시 반 됐나? 근데 뜬금없이 시간은 왜….

9시에 시작했던 〈쇼 유어 쇼〉 1화는 지원자의 2차 예선을 135분에 담아냈다. 벌써 2시간이나 경과 되어서 시계의 시침이 12에 가까워지려 하고 있었다. 송 기자는 괜히 투덜거렸다가 입을 다물었다. 불현듯 머릿속을 스쳐 지나가는 게 있었다.

"혹시? 이따 뭐 있나?"

상대방에게 대답이 들려오지 않았다. 뭐가 있는 게 확실했다.

"몇 시에 뭐가 있는 건데?"

「제가 말할 수 있는 건 여기까지예요!」

툭, 전화가 끊겼다. 송 기자는 허탈한 얼굴로 핸드폰을 보았다.

* * *

[스포트라이트가 내가 있어야 할 자리에]

9평짜리 원룸, 침대에 누워 패드로 예능을 보던 대학생은 '오!' 하며 입을 벌렸다.

[돌고 도는 서클은 인생의 이유를 알려줄까 해]

깜깜한 방 안에서 핸드폰을 멍하니 쳐다본 직장인 남자가 정신을 차리고 후다닥 키보드를 갈겼다.

[너는 완벽하지 않다고 하는데 왓에버]

누군가는 운전하면서 귀를 기울였다.

[내가 그리는 꿈들은]

야식을 즐기던 남매도 잠시 대화를 멈추고 텔레비전을 보았다.

[요령을 피우는 너와는 달라]

초조하게 모니터 화면을 보고 있던 세 사람의 얼굴이 점점 환해졌다. 시청자들 누구도 기대하지 않았던 무대였으나 카메라에 비추어진 심사위원의 표정이 그들에게도 옮겨갔다.

방송국에서 밤을 새운 구PD는 시청률을 받고 반색하며 역시 기다리고 있을 작가에게 문자를 넣었다. 그러면서 초조히 시계를 바라본다. 점점 그 '시간'이 가까워져왔다. 동화책에서 마법의 시간은 밤과 새벽을 가르는 자정이지만, PD와 제작진들은 뜨겁게 불판을 달굴 수 있는 시간을 선택했다. 불타는 금요일을 보낸 직장인이 다음날 슬슬 일어나 너튜브에 올라온 클립을 보길 기다리며, '모두'가 접근할 수 있는 시간으로 설정했다.

접근성이 가장 높은 시간이 도대체 언제인가?

수많은 마케터가 한 번씩 고민해봤을 법한 난제다. 국가, 세대, 연령, 성별 등 어떤 그룹에 속하느냐에 따라 달라지는데 그걸 어떻게 특정 지을 수 있을까. 게다가 '개인의 삶'이 강조되는 이 시대에서 '사람마다 다르다'라는 무적의 논리가 늘 우세했다. 그러나 구 PD는 가장 최적의 시간을 '이때'라고 확신했다. 설사 주말 출근을 하더라도 통상적으로 '이때'에 사람들은 같은 행동을 한다. 누가 만들어놓은 건지 모르겠지만 아주 오랜 시간 동안 만들어온 행동 양상이다. 쉬는 시간을 허용하지 않는 악덕 기업이라도 꼭 허용하는 시간, 게다가 생각보다 긴 시간이라 '음악 앱'을 누르거나 커뮤니티에 한 번쯤 들어갈 수 있다. 바로 정오, 12시 정각. 〈Show your show〉 시즌 3 앨범의 음원이 동시에 풀렸다.

구 PD는 초조하게 F5를 연타하며 간절히 바랐다. 나비의 날갯짓이 폭풍이 되어 한 나라를 휩쓸기를.

\* \* \*

HY스튜디오 강영민은 유리창 너머의 백발 소년을 바라봤다. 태연하게 인사를 하며 들어오는 소년은 처음에 못 알아볼 정도로 인상이 확 변해 어색했지만 볼수록 잘 어울리는 것 같다. 처음 봤을 때의 그 소심한 인상이 하나도 생각나지 않는다. 잘생겼다거나 그런 건 아닌데 뭐라고 해야 할까… 그는 5분 동안 고민하고 답을 내렸다. 이상하게 눈에 띄었다. 옆에 잘생긴 연예인이 선다면 당연히 연예인부터 바라보겠지만 곧 시선은 소년에게 고정될 거다. 단순히 머리 색이 특이해서가 아니다. 뭐랄까. 이곳이 무대도 아닌데 세상이 저 아이를 향해 조명을 비추고 있는 느낌이었다. 스타는 타고난다는 말이 저 소년 하나로 실감 났다. 특히 노래를 부를 때 영화나 드라마 속 주인공 같다는 생각이 들었다. 뭐 사실 분위기나 외모가 어떻다 하더라도 이런 노래를 부르는 실력이면 안 뜰 수가 없다. 어떤 외모든 그냥 매력이라 불리겠지.

"어때요?"

녹음실에서 헤일로가 나왔다. 늘 그렇듯 자신만만한 모습이다. 멍한 표정의 강영민을 발견한 헤일로가 삐죽 웃었다.

"설마 딴짓한 건 아니죠?"

'감히 내 노래를 네가?'라고 묻는 듯해 강영민은 얼른 고개를 저었다.

"당연히 들었지."

들었다 뿐인가. 지겨울 정도로, 아니 즐겁게 그냥 종일 들었다. 메일로 MR을 미리 받고 음원을 열었을 때, 기본적으로 보여준 게 있으니 잘하리란 건 알았다. 하지만 정신을 차리고 보니 무한반복 재생하고 있었다. 솔직히 말해 이번 앨범이 그의 취향에 꼭 맞았다. 〈투쟁〉은 듣다 보면 기가 빨리는데 〈다시, 봄〉의 수록곡은 분위기도 밝고, 멜로디도 장조였다. 보다 대중적이라고 할까. 귀가 편안해서 계속 듣다 보니 어느새 MR이 귓가에서 맴도는 경지에 이르렀다.

어떻게 이런 곡을 만들 수가 있을까. 발라드, 처절하고 전투적인 로큰롤에 이어 브리티시 팝까지. 베리에이션도 말이 안 되는데 곡의 퀄리티는 도대체 뭔가. 각 장르에서 두각을 보였던 사람들의 재능을 한 몸에 쑤셔 박아 넣은 것 같다. 이젠 '범주 바깥'이라고 볼 수밖에 없다. 더 믿기 힘든 건 누군가 평생 노력해도 안 될 노래를 겨우 한 달 만에 공장처럼 찍어냈다는 거다.

'그렇게 만든 노래가 하나 더 있긴 하지….'

강영민은 문득 하나 더 생각나는 게 있었다.

"참 〈쇼유〉 봤다. 저번에 왔던 학생 친구가 56번 맞지?"

강영민은 누구 때문에 새벽이 날아가서 본방을 챙겨 보지 못하고 클립으로 봤다. 그는 생각난 김에 너튜브를 열었다.

"반응이 심상치 않던데 말이야. 특히 학생 곡."

녹음할 때도 좋았는데 커다란 화면을 보니까 역시 달랐다. 음향 좋은 곳에 연출이 덧붙여지니 그 노래를 위해 방송이 만들어진 것 같았다. 앞선 무대를 망친 것까지 훌륭한 연출이었다. 진짜인 줄 알고 걱정했는데 56번이 확 변한 걸 보고 연출임을 알았다. 강영민은 설마 진짜 실수한 무대를 방송에서 보여줬다고 생각지 않으며 무대와 곡을 칭찬했다.

헤일로가 부드럽게 웃었다. 특별히 흥분했다기보다는 당연하게 받아들이는 것이다. '너희들이 내 곡을 좋아할 줄 알았어' 내지는 '내 곡인데 당연하지' 같은 표정이다.

"친구 엄청 바쁘겠다. 연락은 되니?"

"네, 뭐."

"잘 지낸대? 요즘 촬영하느라 바쁠 텐데. 힘들기도 할 테고. 촬영이란 게 쉬운 게 아니니까."

연락은 모르겠고 당장 어제 같이 치킨을 먹으며 〈쇼유〉 1화를 보았다. 제 모습이 마음에 든 건지 몰라도 한참 유심히 봤다. 편집

당했을까봐 걱정할 때와 달리 무언가 생각이 많은 얼굴이었다.

그날 장진수는 집에 가기 전에 혜일로에게 무언가 하고 싶은 말이 있는 것처럼 굴었다. 그래서 먼저 물었다.

*"무슨 일 있냐?"*

*"그…."*

할 말이 있는 듯 입술을 달싹이던 장진수는 한참 고민하더니 결국 "아니다"라고만 했다. 주먹을 꽉 쥔 비장한 모습에 혜일로는 뭐라고 해야 할까 고민했다.

*"야, 노해일. 있잖아."*

*"왜."*

*"그, 이제 나 도와주지 않아도 돼."*

도와줄 생각도 없었지만 그렇게 말하지 않은 건 장진수의 얼굴이 사뭇 진지했기 때문이다.

*"내기에서 이겼으면 곡 하나 더 만들어달라고 하려 했는데, 어차피 진 데다가 그 곡을 받고 잘 되었다 하더라도 내가 스스로 잘한 건지 모르겠더라고. 물론 네 곡이 항상 잘된다는 보장도 없지만… 그러니까 이번엔 힘들어도 내가 스스로 해볼게."*

잠깐 반박하고 싶은 게 있었지만 혜일로는 입을 열지 않았다. 어쩐지 끼어들어선 안 될 것 같았다. 업계의 선배로서 혹은 인생을 조금 더 살아본 어른으로서 장진수가 촬영장에서 무언가 많이 겪고 느꼈다는 것만은 분명 알 수 있었다.

*"그래."*

짤막한 대답에 장진수가 고개를 끄덕이며 엘리베이터에 올라탔다. 그러곤 한층 해맑아진 얼굴로 손을 흔들었다. 뭔가 많은 걸 본 것 같았다.

혜일로는 그 기억을 떠올리고 피식 웃었다.

"잘 지내더라고요."

하얀 머리가 멀어진다. 아무 생각 없이 하얀 머리를 물끄러미 본 강영민은 컴퓨터로 돌아왔다. 시계를 보니 12시 22분, 한참 점심을 먹어야 할 땐데 이상하게 배가 고프지 않았다. 이미 허기가 다른 것으로 채워져서일까.

강영민은 헤드폰을 쓰고 녹음을 들었다. 그가 거의 손댈 것도 없었다. 컴퓨터엔 〈쇼유〉에 대한 검색 페이지가 떠 있다. 아까 검색하다가 그대로 방치한 것이다. 그는 검색창을 닫으려다가 그대로 멈췄다.

"오."

지난밤 9시에 시작한 〈쇼 유어 쇼〉 1화가 끝난 이래로 기사에 블로그에 검색창 연관검색어까지 들썩이고 있었다. 10여 년 전처럼 실시간검색어가 있었다면 10위까지 〈쇼유〉가 점령하고 있었으리라. 그만큼 관심이 뜨거웠다.

> 쇼 유어 쇼의 특별 전형은 존재하는가?
> 〈쇼유〉 1화… 평균 시청률 2.3% 최고 시청률 3.1% 순탄한 시작

기사를 대충 구경하며 페이지를 닫으려던 강영민은 가장 상단에 있는 공식 기사를 보고 흠칫 놀랐다.

> 〈쇼유〉 제작진 큰 결정, 지원 곡 음원으로 발매

"음원이라고?"

강영민은 PC '수박' 애플리케이션에 들어가 음원을 검색했다. 가장 먼저 생각 난 곡은 '쇼 바이 쇼'다. 다른 건 몰라도 기사에서 언급한 '그 곡'이었다.

"진짜… 음원이 풀렸네?!"

* * *

커다란 폭탄이 두 개 나 터진 것 같았다. 한 번은 어제 JJ가 반전 무대를 보여줬을 때, 그리고 12시 1분쯤, 누군가 음원이 올라온 것 같다고 말을 꺼냈을 때다.

'누가 쇼 바이 쇼 금지어에 넣어주면 안 됨?'이라고 누군가 항의할 정도로 56번과 그의 노래 '쇼 바이 쇼'의 화력은 뜨거웠다.

[이게 중딩이 만든 자작곡? 이게 중딩이 만든 자작곡? 이게 중딩이 만든 자작곡?]

[와 JJ 처음에 실수 많이 해서 쟤 도대체 어떻게 들어왔냐고 여친이랑 욕했는데. 쇼바쇼 만들었으면 뽑아야지.] (비추 669)

[황제일 프로듀서 표정 변천사.jpg]

[쇼바쇼 부른 중딩 꽤 생기지 않았냐 크면 ㄹㅇ 인기 많을 듯.]

└ 진수니?

└ 56번 본명 진수임?

└ ㅇㅇ 장진수 진수야 랩 좀 치더라.

[본인 음대 작곡 전공인데 쇼바쇼 절대로 저 중딩 자작곡 아님. 곡의 짜임새를 보면 무조건 프로임. 아는 형(업계에서 이미 일하고 있는 작곡가)

도 백퍼 누가 만져줬다고 했음. 대중성을 정확히 알고 설계할 수 있는 프로임. 그런 사람 별로 없으니 아마 찾아보면 나올 듯. 최소 30대에 업계에서 열 손가락 안에 드는 사람 코드 뜯어보면 (더 보기)]

예고편 엔딩에 이어 1화 엔딩의 임팩트는 컸다. 심사위원부터 참가자들을 다 뜯어보던 〈쇼유〉 열혈 시청자들이 이젠 오직 '쇼 바이 쇼'와 56번 JJ에 대해 떠들었다. 다른 참가자의 글이나 팬의 항의가 묻힐 정도로 큰 관심이었다. 그러던 찰나 누군가가 게시글을 올렸다.

[어 지금 '수박'에 쇼바쇼 올라왔는데?]
└ 구라ㄴ
└ 병먹금.

일주일 동안 애타게 찾고 물먹었던 주제라 다들 무시했다. 하지만 같은 글이 하나 더 올라오자 하나둘씩 고개를 내밀었다. 그리고 마침내 누군가가 '수박'에 뜬 음원 주소를 올렸다. 그 순간 서버가 터졌다.

P-R 레이블 대표실 문이 벌컥 열렸다. 길라온의 매니저 김경진이 어리숙한 얼굴로 들어왔다.

"대표님. 부르셨어요?"

"빨리 왔네."

김경진은 P-R 레이블의 대표 삼장 앞으로 다가갔다. 뭘 하고 있나 유심히 봤더니 모니터에 '수박' 차트가 띄워져 있었다. 1위부터

10위까지 모두 그가 듣던 곡들이 여전히 차트를 점령하고 있었다. 그는 한동안 저 차트가 바뀔 일이 없다고 확신했다.

"오늘 라온이 곡도 올라왔지?"

"네, 그렇죠."

김경진은 새삼스럽다는 듯 대답했다.

미성년자인 길라온의 보호자로서 김경진이 미팅에 참여했고 삼장도 보고를 받았다. 두 사람 다 오늘 길라온의 곡이 '수박' 및 음원 스트리밍 서비스에 올라갈 걸 알고 있었다. 심지어 김경진은 삼장이 부르기 전까지 차트를 계속 모니터링하고 있었다.

"어때 보여?"

삼장은 대표직을 맡게 된 이래로 직원들에게 동향이나 의견을 자주 물어봤다. 김경진도 여러 번 질문을 받아봤기에 거리낌 없이 대답했다.

"좀 어려울 것 같습니다."

"왜? 라온이 곡이 별론가?"

"아니요, 라온이 곡은 언제나 좋죠. 다만 아시잖아요."

지금 차트가 꽉 차 있다. 단순히 음원으로 차 있단 소리가 아니다. 쟁쟁한 경쟁자, 예컨대 원로 가수, 트로트 황제, 음원 퀸, 아이돌의 앨범 수록곡들이 차트를 수놓고 있었다. 길라온은 이제 막 방송에 데뷔했을 뿐이고 1화에 겨우 몇 분 등장했다. 1535세대에 초점이 맞춰진 〈쇼유〉에서 보여준 장르는 무난한 발라드다. 괜찮은 모습을 보여줬다곤 하지만 임팩트를 다 빼앗겨버린 지금, 김경진은 솔직히 100위 안에만 진입해도 훌륭하다고 생각했다. 진입한다면 길라온의 천재성이 다시 한번 입증되는 것이다. 그들은 길라온이 앞으로 잘 세공해야 할 다이아몬드 원석이라는 걸 잊지 않았다.

삼장은 한동안 말이 없었다. 김경진이 슬그머니 입을 뗐다.

"이만 내려가봐도 되겠습니까?"

"아니, 있어봐. 그럼 이 곡은?"

"그….."

김경진은 뭘 이런 걸 물어보나 싶었다. 참 곤란한 질문이다. 길라온의 노래가 100위 안에 들긴 힘들 거라고 평가한 자신이 경쟁자 곡을 더 높게 치면 좀 그렇지 않나 싶어 눈치를 보며 답을 골랐다. 여론이 심상치 않은 거로 봐서 100위 내 진입은 충분하다.

"100위 안에는 들어갈 것 같습니다."

소심한 답변에 삼장이 작게 웃었다. 그 웃음소리에 김경진이 더 눈치를 보았다.

"근데 시간이 좀 걸리겠죠. 무명이니까."

지금 경쟁자가 셌다. 얼마 전 23위를 점쳤던 건 차트가 이렇게 될 줄 몰랐기 때문이다. 보름 전과 현재는 전혀 달랐다. 그때는 소위 말해서 빈집이었다. 지금은 누가 연말 아니랄까봐 크리스마스 편곡, 신곡, 커버 등 음원이 쏟아져나왔다. 마치 12월 극장가가 붐비는 것 같다.

"그래? 그럼 얼마나 걸릴 거 같은데."

어려운 질문이다. 이런 걸 알면 그가 비트코인을 하든 주식을 하든, 여의도에서 큰돈 벌고 살았을 거다.

"틀려도 괜찮으니까 말해봐."

삼장이 재촉했다.

생각해야 할 건 많은데 그의 대표님은 인내심이 참 부족했다. 음원 퀸 리브의 크리스마스 캐럴과 원로 가수의 발라드 앨범, 중견 아이돌 그룹의 정규앨범이 공개된 시점이다. 김경진은 '수박' 차트의 집계 방식이 최근 24시간 이용량과 최근 1시간 이용량을 반반씩 합산한다는 걸 고려했다.

"곡이 좋으니까 한 1주에서 2주?"

김경진은 삼장의 표정을 살폈다. 무슨 생각을 하는지 도저히 알 수 없었다.

"이제 나가봐도 되겠습니까?"

눈치를 보며 김경진은 나가고 싶다는 의지를 표명했다. 아무런 대답이 들려오지 않는다. 김경진은 긍정이라고 받아들이며 뒷걸음질 쳤다. 문을 열려고 할 때 삼장의 목소리가 나지막하게 들려왔다.

"그런데 난 왜 며칠 안 걸릴 것 같지?"

# 10. 태양이라 불리는 소년

'수박(Watermelon)'. 해외에서 검색하면 익숙한 초록색 과일이 상세하게 떠오르겠지만, 한국에서는 다르다. 한국에선 어떤 검색 엔진을 이용하더라도 유료 음원 서비스인 '수박'이 가장 먼저 검색 된다. 2000년 4월 1일에 서비스를 시작한 '수박'은 우리나라에서 가장 오래된 상용 음원 플랫폼으로 국내에서 가장 많은 가입자를 보유하고 있다. 미국인이 음악 차트로 '빌보드'를 떠올리는 것처럼 한국인은 보통 '수박'을 떠올렸다. '수박'에선 매일 수백 개의 음원 이 풀린다. 그중엔 유명한 아이돌이나 인기 가수의 곡도 존재했고, 꾸준히 음악 활동하는 인디 뮤지션들의 곡도 있다. 또한 일반인도 '버킷리스트'로서 '수박'에 음원을 올리곤 했다. 범람하는 음원 속 에서 더 좋은 곡을 가입자에게 제공하기 위해, '수박'은 톱 100이 라는 차트를 만들었다. 차트의 집계 기준은 시간당 이용량이었고 매시간 업데이트되었다.

분명 '수박'의 차트 100은 적어도 국내에선 빌보드보다 더 높은 음원 신뢰성을 차지했다. 하지만 사재기 등의 논란이 터지며 '수박'은 차트 집계 서비스를 정비했다. 사재기와 일부 팬들의 총공으로 인한 차트 왜곡을 방지하기 위해 집계 단위에 하루 이용량을 포함시킨 것이다. 또한, 하루당 아이디 이용량에도 제한을 걸며 왜곡을 막기 위해 노력했다. 시도는 성공적이었다. 차트 왜곡이 줄어들었고 가입자도 만족했다. 다만 차트가 안정되며 음원 순위 변동 폭이 좁아졌다. 차트 왜곡은 막았지만 이전보다 최신곡이 기존 인기곡을 제치고 올라갈 확률이 낮아졌다.

그래서 김경진은 '쇼 바이 쇼'가 차트 진입하는 데 며칠 이상 걸릴 거라고 예상했다. 현재 상위권에 강한 경쟁자의 곡이 포진하고 있으며, 의도적인 공세가 없더라도 인지도에 확연한 차이가 있었다. 케이블 방송에서 시청률이 무난하게 잘 나왔다고는 하지만, 지상파 잘나가는 예능에 비하면 〈쇼유〉는 '새 발의 피'였다. 그래서 김경진은 토요일 9시쯤 차트를 보고 두 눈을 의심했다.

"어?"

- (NEW) Show by show (Show your show S. 3 지원곡) | JJ

〈쇼유〉지원 곡들이 음원으로 등록된 건 정오였다. 이건 곧, 겨우 9시간밖에 이 음원을 재생할 시간이 없었단 소리다. 힙합 커뮤니티나 〈쇼유〉게시판에서 반응이 좋긴 했지만 그곳의 이용자만으로 이런 수치는 불가능했다. 김경진은 눈을 비비고 순위를 확인했다. 여전히 '쇼 바이 쇼'는 차트 끄트머리에 있었다. 99위, 굉장히 아슬아슬한 순위라도 차트인은 확실했다.

"아니…."

머릿속으로 "그런데 난 왜 며칠 안 걸릴 거 같지?"라고 하던 삼장의 의미심장했던 목소리가 스쳐갔다. 대표는 뭘 알고 있었나, 소름이 끼쳤다. 동시에 어디선가 진동이 울렸다. 공포 게임을 하다 누가 뒤에서 건드리기라도 한 것처럼 화들짝 놀랐다. 김경진은 그저 핸드폰 진동이라는 걸 깨닫고 굉장히 민망했다. 길라온의 전화였다.

"라온아. 무슨 일이야?"

「형!」

여느 때와 같이 활기찬 목소리가 들려왔다.

「형형형형! 봤어요?」

"뭘?"

「진수 노래 차트인 한 거! 진수한테 축하한다고 카톡 해야겠다.」

"…번호도 아니?"

「당연하죠! 친군데!」

김경진은 길라온이 중학교에서 반장도 하는 '인싸'라는 걸 기억해냈다. 길라온은 자고 일어났더니 반장이 되어 있었다고 했다. 도대체 언제 번호를 받았는지 모르겠다. '아싸'의 표본인 김경진은 이 친화력이 그저 신기했다. 이게 말로만 듣던 연예인의 사교성인가.

"넌 안 아쉽니?"

김경진은 저도 모르게 묻고는 아차 했다. 가장 신경 쓰이는 건 아티스트인데 매니저가 이런 말을 하는 건 좀 아니었다. 길라온이 아무리 어려도 알 거 다 아는 나이이다. 게다가 눈치도 빠르고.

「뭐가요?」

건너편에서 해맑은 목소리가 들려왔다. 눈치를 못 챘나 싶어 김경진이 그냥 넘어가려고 했다.

"아냐, 아냐."

「제 노래요?」

역시 눈치가 빠르다. 김경진이 찔린 마음에 입을 다물자, 곧 건너 편에서 아무렇지 않은 목소리가 들려왔다.

「질투하기엔 진수 노래는 진짜 올라가야 하는 곡인걸요. 나도 이 런 노래 부르고 싶다.」

김경진은 여전히 신경 쓰였다. 이놈의 입, 주기적으로 사고 치니 뜯어버리는 게 나을 것 같다.

「형, 저 진수한테 작곡 가르쳐달라고 할까요? 아님 녹진 형한테 일대일로 전수를… 아! 진수한테 답장 왔다! 형 끊어요.」

길라온은 하고 싶은 말만 하고 정말 끊어버렸다. 딱 길라온다워 서 김경진은 피식 웃었다. 그러곤 보다 가벼워진 마음으로 '쇼 바이 쇼' 음원의 추이를 지켜봤다. 이 노래의 순위가 올라갈수록 〈쇼유〉 에 관한 관심도 성장할 테다.

가만히 앨범을 보던 김경진이 고개를 기울였다.

"근데…. 회사가 없다고 하지 않았나?"

소속사 이름이 쓰여 있는 건 아니었다. 다만 흔히 소속사가 있는 가수처럼 곡 정보에 또 다른 이름이 있었다.

"노해일이 누구지?"

\* \* \*

음원의 반응이 좋았다. 그리고 무엇보다 빨랐다. 방송의 영향일 수도 있고 주중보다 여유로운 주말이기 때문일 수도 있다. 어찌 됐 든 토요일 밤 9시에 공개된 차트에 끝자락이지만 '쇼 바이 쇼'가 올라갔다. 그 때문에 〈쇼유〉 단톡방도 시끄러웠다.

어느 소속사의 신인이었으면 그러려니 하고 넘어갔을지도 모른다. 하지만 그 노래가 겨우 중학생의 곡이라는 데다 〈쇼유〉 1화가 클립으로 여러 SNS에 올라갈 만큼 화제성도 있었다. 특히 리액션 영상이 그렇게 많이 올라왔다. 하긴 드라마틱한 반전, 거기서 오는 카타르시스 때문에 리액션하기 좋았을 거다.

[하루 만에 톱 100ㄷㄷ]
[언제 적 싱잉랩임〈〈〈이랬던 본인 26시간째 듣고 있음 스포트라이트 너무 좋아ㅠㅠㅠㅠ]
└ 음원 나온 지 하루가 안 지났는데.
[다른 건 모르겠는데. 왜 이 노래 메인 브금으로 했는지 알겠다. 딱 〈쇼유〉가 원하는 색깔임. 니들이 뭐라고 하든 난 내 쇼를 하겠다.]
[가사 좋다. 진수 공부 좀 치나?
내 앞에 펼쳐진 영겁의 절벽 = 수직
산책로를 걷는 넌 = 수평
끝을 향해 달려가 = 극한
They never meet again = 수직과 수평은 다시 못 만나니까ㅇㅇ]
└ 오 그러네?

일요일 오후 9시. 다시 한번 차트가 업데이트되었고 '쇼 바이 쇼'는 차트에 있었다. 더 높은 곳에.

- 48위. Show by show (Show your show S. 3 지원곡) | JJ

곡이 좋지 않거나 듣는 사람만 들었다면 가라앉았을 것이다. 그러나 순위가 계속 올라가는 건 〈쇼유〉 1화를 보지 않은 대중도 이 곡을 듣기 시작했다는 말이다.

'수박'에서 제공하는 서비스 중 하나인 차트 보드에 들어가면 누구나 특정 음원의 실시간 음원 스트리밍 이용자 수 변동률을 볼 수 있다. 그 변동 그래프를 그대로 캡처한 누군가가 단톡방에 올렸다. 감탄이 절로 나올 정도로 유연한 우상향 그래프였다.

[ '쇼바쇼' 상승 곡선 예쁜 거 봐라. 될 곡은 된다.]

〈쇼 유어 쇼〉 시즌 3은 시즌 1과 2보다 일찍 시작했다. 응당 크리스마스쯤 시작한다는 인식이 있어서 시작한 걸 모르는 사람이 많았다.

[〈쇼유〉 언제 시작함? 벌써 준결승 갔음?]
└ 얘는 뭔소리야.

'쇼 바이 쇼'의 순위 상승은 곧 〈쇼유〉에 관한 관심을 이끌었고 더 나아가 쇼를 보여준 '뮤지션'에 집중하게 했다. 특히 영재와 천재에 관심이 많은 대한민국이라(어느 나라가 그렇지 않겠냐만) 천재 중학생의 등장에 떠들썩했다.

[PD새끼 센스 존나 없네. 다른 놈들한텐 비하인드 이딴 거 물으면서 왜 56번은 좆같이 못하는 인터뷰만 보여주냐. 다음 화에서 좀 터나?]

아직 1화만 방영되었다는 사실을 잊고 '56번'에 대해 알 방법이 없다며 불만을 털어놓은 사람부터 '일부러 못하는 연기 지리네. 연출수준ㅋ' 하며 일단 까는 사람, '56번이랑 초등학교 같이 나왔는데 저런 재능있는지 ㄹㅇ 몰랐음. 그냥 공부 못하고 음침한 애였는데'라는 일명 동창에, '쇼바쇼 음원도 좋은데 무대 영상 꼭 보세요. 무대가 찐입니다'라는 홍보팀까지 대부분 '쇼 바이 쇼' 음원과 장진수에 대해서만 이야기했다. 음원 정보까지 들어가 읽는 건 업계 관계자나 깊게 음원을 파는 고인물로 극소수였다.

[공동작곡으로 이름 올라간 노해일이 누구임?]

└ 노씨 성이 흔하진 않은데.

└ 이쪽 일 하는데 처음 들음.

[내가 절대 중학생 실력 아니라고 했지? jpeg 앨범 정보 봐라. 사실상 저 사람이 다 만들어줬을 듯ㅋ 쇼바쇼가 어떻게 중학생 실력임ㅋㅋ]

└ 다 알겠는데. 이 새끼 열폭 오지네.

└ 중학생 실력일 리가 없지ㅇㅈㄹ 그래서 저게 누군데? 무명 아님?

└ (글쓴이) 무명인 게 중요한 게 아니라 56번 순수 단독 자작곡이 아니라고. 니들이 안 믿었잖아ㅋ

└ 그래서 업계 손가락 안에 든다는 사람이 누군데?

커뮤니티와 단톡방, SNS 페이지에 들어가 살펴보던 장진수는 음원 정보 사진을 내려받았다. 곧장 카톡으로 사진을 노해일에게 전송했다. PD님과 작가님한테 찍히면서까지 고집을 부린 결과물. 노해일이 연락을 안 받아서 어머님께 허락받고 이름을 올렸다. 너튜브 계정 두 개에 본명도 있어 도대체 어떤 이름으로 해야 하나 심각하게 고민했다. 당사자는 답이 없고 그리하여 선택한 건 본명이었다.

'프로듀서도 기재했으면 좋았을 텐데.'

음원 명을 제대로 신경 쓰지 못한 착오였다. 그래도 장진수는 앨범 정보에 노해일의 이름을 꿋꿋이 기입하여 정의를 지킨 것이 뿌듯했다. 그리고 막연히 다음엔 자신의 단독 곡을 발매할 거라고 다짐했다. 이 곡을 이길 수 있을진 모르지만 더 열심히 노력해서 이처럼 많은 사랑을 받는 음원을 만들고 싶다.

\* \* \*

지이잉. 헤일로는 핸드폰을 확인했다. 방금 두 사람의 톡이 도착했다. 한 사람은 어머니, 그리고 다른 사람은 장진수. 놀랍게도 두 사람 짠 것처럼 똑같은 내용을 첨부하고 있었다.

Show by show 장진수(JJ)
앨범 : Show your show S . 3
발매일 : 2030. 12. 14
장르 : 힙합
작사 JJ | 작곡 JJ 노해일 | 편곡 노해일

헤일로는 묘한 시선으로 이미지를 바라보았다. 이 묘한 감정을 표현하기 힘든 탓에 아무 말도 할 수 없었다. 남의 곡에 이렇게 이름을 붙인 적이 없어서 신기하기도 했다. 타인의 작품에 자신의 이름이 박혀 있는 게 생각보다 괜찮았다. 후배를 이끌어주는 좋은 선배가 된 것 같은 기분이다.

"근데 왜 헤일로가 아니라 노해일이지?"

장진수가 들었다면 열 받았을 생각을 하며 헤일로는 짧게 중얼거리긴 했지만 사실 상관없었다. 중요한 건 따로 있었다. 월요일 오전 메일을 받은 헤일로는 따끈따끈한 앨범 파일을 확인했다.

〈노해일 Spring again 앨범_Final_1215 수정_진짜진짜최종_이게진짜끝〉

음원이 더 선명하게, 그리고 그가 상상하던 대로 완성되어 왔다. 주말 내내 강영민을 괴롭히며 수정 요청을 넣었던 헤일로는 곧장, 여섯 곡을 한 달 동안 잠잠했던 채널에 투하했다. 생각난 김에 댓글로 많은 요청을 받았던 1집 Inst 음원 파일도 올렸다. 영상 길이가 길진 않아도 양이 많아 시간이 좀 걸렸다. 파일이 업로드되는 동안 헤일로는 그동안 방치했던 채널을 살펴보았다. 한참 〈쇼유〉로 시끄러운 국내와 달리 해외 구독자들이 99퍼센트를 차지하고 있는 자신의 채널은 태평양처럼 고요할 터였다.

"음? 아니네…."

가장 먼저 눈에 띈 건 구독자 수다. 내기에 이긴 후 따로 들어와 보지 않았는데 꾸준히 상승하고 있었다. 그런데 이상한 건 댓글 수였다. '좋아요' 수가 일정하게 상승세를 타고 있다면 댓글은 이상할 정도로 많았다. 헤일로는 네 개의 영상 중 타이틀인 '투쟁' 영상을 눌러보았다. 그리고 흠칫 놀라고 말았다.


[AMEN AMEN AMEN AMEN AMEN AMEN]

[오 태양이시여 세상이 어둠에 잠겼습니다.]

어딘가 익숙한 광기 어린 댓글과 찬양에 당황한 건 아니었다. 오히려 이런 찬양들은 익숙했다. 헤일로가 막 데뷔하던 시절, 그를 따라다니며 '훌리건'이나 '광신도' 따위로 불린 일부 팬의 모습이었으니까. 다만 그들과 하는 짓이 정말로 똑같아 놀랐다. 팬들도 그를 '태양'이라고 불렀고 비슷한 의미로 'Your highness(전하)'나 'Lord(각하)'를 쓰기도 했다.

[채널아트의 공백은 미디어로 만들어진 사회를 비판하기 위함이요, 오로지 음악을 증명하기 위한 승부사의 낭만이다.]
[태양은 오늘도 응답이 없으시어다.]

게다가 이와 같은 미화도 익숙했다. 방치할 동안 도대체 무슨 일이 일어났는지 알 길 없는 헤일로는 스크롤을 쭉 내려 확인했다. 그리고 이전의 역사와 똑같이 흘러가는 댓글을 발견했다. 사람들끼리 의견이 맞지 않아 다투다가 마지막엔 서로에게 살인 예고장을 날리며 끝이 났다.

"쯧" 하고 혀를 찬 헤일로는 댓글을 다시 보았다. 뭐라고 해야 할까. 그때와 달리 그가 팬들에게 공개한 건 음원뿐인데도 같은 모습을 보이는 팬들에 내심 만족스러웠다. 이건 정말로 음원으로 인정받은 거니까. 그래도 옛날처럼 팬들이 문제를 일으키지 않길 바랐다. 사실 무슨 짓을 해도 상관없다. 다만 같이 엮여서 욕먹는 게 싫을 뿐이다. 욕을 먹더라도 자신이 한 짓에 대해서만 먹고 싶었다. 그래도 다행히 이들은 소수였다. 사고 치고 다니기엔 극히 적은 수로 신경 쓰지 않아도 될 것 같았다.

"근데 이 오해는 어쩌지?"

신경 쓰이는 건 다른 거였다. 팬들끼리 싸움이 난 원인이기도 한데 그들은 자꾸 그의 정체를 추리하고 있었다. 특정 가수로 추리하며 일부러 정체를 숨기고 있는 거로 여겼다. 이건 그냥 오해였다. 그는 의도적으로 숨으려는 목적이 없었다. 다만 노해일의 모습과 헤일로의 음악이 이질적인 부분이 있어 굳이 드러내지 않았을 뿐이다. 노해일이 좀 더 그의 모습과 비슷해졌을 때 드러내려고 했다.

"뭐, 괜찮겠지."

깊이 고민하지 않았다. 진지하게 토론하면서 답은 다 틀리는 게 귀엽기도 했고, 언젠가 풀릴 오해라고 생각했다.

댓글을 보는 사이 2집 앨범 여섯 곡과 Inst가 모두 업로드되었다. 헤일로는 적당히 댓글을 보다가 나가기로 했다. 댓글 반응은 거의 비슷했다. 음원으로 내달라. 누구누구인 것 같다. 그리고 자주 보이는 닉네임들. 그런데 헤일로는 실수로 찬양 글 하나에 '좋아요'를 누른지도 모른 채 스크롤을 계속 내리다 댓글 사이에서 공식적인 문장 하나를 발견했다.

"어, 이건…."

어떤 음원 유통사의 러브콜(연락 방법을 제발 알려달라는 애원과 무조건적인 찬양을 러브콜이라고 부를 수 있다면)이 있었다. 그가 따로 메일 주소를 알리지 않아 댓글 창에 이런 방식으로 메시지를 남긴 것 같았다.

"유통사라…."

음반사에 대한 거부감은 있지만 언젠가 계약해야 한다는 걸 아는 그는 여러 러브콜을 훔쳐보다가 당장 선택하기 대신, 채널 페이지에 메일을 입력했다.

"길게 생각해야지."

헤일로는 엔터를 누르고 컴퓨터를 껐다. 슬슬 운동 갈 시간이었다.

* * *

국내가 〈쇼유〉로 한참 소란스러울 때 국외, 특히 바다 건너 지구 반대편은 고요했다. 늘 사건 사고가 터지는 곳이지만 한국 땅과 비교할 수 없는 만큼 넓었기에 대양은 웬만한 폭풍에 흔들리지 않듯 일각 평온해 보였다. 그러나 보이는 게 다가 아니다. 눈에 보이는 빙산이 다였다면 타이타닉이 침몰하지 않았을 것이다. 태풍이 오기 전 하늘은 유독 조용하고 고요했다. 바다엔 365일 24/7 물이 쏟아져 들어오며 파도가 일지만 전체적으로 고요하고 적막하다.

우리가 사는 세상도 그렇다. 웬만한 자극에도 아랑곳하지 않고 한결같이 잔잔한 모습을 보여준다. 그곳에 파동을 일으키기 위해 세계 각지에서 매일 새로운 것들이 나온다. 새로운 패션과 새로운 예술, 새로운 문화와 새로운 음악. 유행을 누리는 새로운 세대와 함께 새로운 얼굴이 매스컴에 나타나 새로운 별이 되곤 했다. 이러한 세상에서 '구시대'의 문화는 금방 묻힐 유산일지도 모른다.

하지만 세상엔 '문화는 돌고 돈다'는 말이 있다. 새로운 문화도 언젠가 익숙해지기 마련이고, 그때 사람들은 지난날 것을 그리워한다. '예전의 것'이 다시 새롭게 느껴지기 때문이다.

패션 업계에 '유행 주기(Trend Cycle)'라는 게 있다. 유행의 주기를 통계적으로 정의한 것인데 실상 전반적인 문화 사업에서 사용됐다. 유행 주기는 보통 세 가지로 나뉜다. 일시적일 경우엔 1년, 좀 더 큰 경우엔 5~10년, 메가 히트일 때는 20~30년 주기로 유행이 돌아온다고 한다. 이에 대한 논증은 충분하다.

다만 누군가는 이렇게 생각할지도 모른다. 좀 무책임한 거 아닌가? 주기의 편차가 커도 너무 크다. 유행이 1년에서 30년 사이에 돌아온다는 건 누구나 말할 수 있다. 누군가 10년 안에 유행이 온다고 예언하는 것과 다름없다. 게다가 이쯤 유행이 올 것 같아도 오지 않을 수 있고, '아직 오기엔 멀었어'라고 생각한 유행이 일찍 찾아올 수 있다. 그때 '유행 주기'론의 열렬한 맹신자는 이렇게 말한다. "전자의 경우엔 그 사람의 직관이 실패한 거고 후자의 경우엔 무척 특이한 경우"라고. 이 특이한 경우에 대해 그는 한 단어로 설명했다. '충격(shock).' 유행은 주기적으로 찾아오는 것인데 누군가 유행 주기를 건드린 것이다.

아무리 평온한 바다라 해도 거대한 폭탄을 때려 넣으면 이변이 일어난다. 물론, 보통 충격은 일시적이고 단편적이다. 아무리 거대한 폭탄이라도 충격파의 영향을 벗어나면 곧 잠잠해졌다. 하지만 모든 충격이 다 같진 않다. 단순히 폭탄을 때려 넣은 게 아닌, 판의 지각변동으로 발생한 충격이라면? 그렇다면 단순히 충격파의 문제로 끝나지 않는다. 바다 밑바닥에 균열을 일으켜 영원히 흔적을 남길 것이다. 더하여 만약 원래부터 지각이 불안정했던 곳이라면 어떨까? 예컨대 그런 거다. 아직 유행이 돌아올 시기는 아니지만 사람들이 갈증을 앓고 있는 것, 언제든 찾아와주기만 한다면 조금 혹은 과하게 관심을 가질 수 있는 것이 있다면, 언젠가 찾아올 기류를 위해 지각이 이미 뜨거워지고 있다면, 상상도 못 한 거대한 해일이 눈 깜짝할 새 삶의 터전을 덮칠 것이다.

어거스트 베일은 주변 사람들이 가진 욕망을 알고 있다. 한때 세계를 이끌던 제국의 위용과 가장 아름다웠던 그 시절의 문화를 그리워한다는 걸. 특히, 이곳엔 전통적인 브릭 팝과 로큰롤에 대한 갈증이 강하게 남아 있다. 계기만 있다면 어디선가 물줄기가 터져 나와 둑을 무너트리리라. 그가 변화를 일으킬 주인공은 아니다. 음악을 사랑하지 않았던 적은 없으나 안타깝게도 그에겐 음악적 재능이 없었다. 다행히도 하나님은 관대하셔서 그에게 다른 재능을 안겨주었으며 그 덕에 평생 음악 속에서 살 수 있었다. 그가 사랑하는 음악을 대중에게 제공하고, 사랑하는 아티스트를 지켜줄 거대한 울타리를 만들며.

어거스트는 볕이 잘 드는 카페테리아에 앉아 오가는 사람들을 구경했다. 한 손에 든 에스프레소를 음미하고 있는 그는 모든 경제적 활동을 끝내고 남은 인생을 즐기는 노인처럼 보였다. 이 한가해 보이는 영감이 사실 글로벌 레이블인 '아우구스트 레코드'의 창업주라는 걸 아는 사람은 많지 않을 것이다. 물론 그는 믿을 수 있는 전문 CEO에게 경영권을 위임한 후 소유만 한 채 노년을 즐겁게 보내고 있다.

"한참 찾았습니다."

어거스트는 선글라스를 내렸다.

반가운 얼굴이 의자를 끌어내며 그를 향해 투덜거렸다.

"'거기'라고 말씀하시면 제가 어떻게 압니까?"

"잘 찾아와놓곤 왜 그러는가."

"제 직원들이 덕분에 고생했죠."

그에게서 일조권을 빼앗아 간 건장한 남자는 못 본 사이 머리숱을 걱정해야 할 중년이 되어 있었다.

"그동안 잘 지내셨습니까, 어르신. 요즘 연락이 안 되어서 슬슬 변호사를 불러야 하나 싶었습니다."

"허허, 변호사라니. 아직 창창한 나이야."

"건강은 좀 챙기시는 것 같군요."

"아직 인생이 즐거우니 좀 챙겨야지 않겠나."

살벌한 대화를 주거니 받거니 하며 대화의 문을 열었다.

"하긴 요즘 '취미'에 푹 빠지셨다고 들었습니다. 계속 이야기가 들려오더군요. 혹시나 취미가 질리신다면 언제라도 얘기해주십시오. 제가 책임지고 인수하겠습니다."

"허허허, 예끼 이 사람아. 이젠 늙은이 밥상까지 뺏어가려고?"

"요즘 성장세가 위협적이라는 보고가 들어옵니다. 살살 상대해주십시오."

중년의 남자가 마주 앉아 생크림이 잔뜩 올라간 커피를 마셨다. 이제 말씨는 더욱 최고경영자다워졌지만 취향은 참 한결같았다. 어거스트는 '당뇨에 걸려봐야 조심하려나' 생각하며 혀를 끌끌 찼다.

"그래서 보자고 하신 건⋯."

"뭐 따로 이유가 있겠나. 그냥 생각이 나서 연락한 거지."

"그렇습니까?"

중년 남자가 전혀 믿지 않는다는 표정을 지었다. 아주 오래전부터 어거스트를 옆에서 모셔온 그는 노인의 성정을 잘 알고 있었다.

"저도 최근 어르신 생각이 나긴 했습니다."

"그래?"

"말씀드렸다시피, 어르신의 취미가 취미 수준을 넘어서서 이젠 제 직원이 공을 들이던 아티스트까지 빼가시더군요."

뼈가 있는 말에 노인이 딴청을 피우자 중년도 짙게 웃으며 더 직설적으로 말했다.

"존 레슬리, 미카엘. 더 말씀드릴까요?"

"아니, 자네 직원이 부족한 걸 내 탓을 하면 어떡하나?"

"그래서 말인데 취미는 언제까지 하실 예정입니까?"

중년이 이 자리에 나온 진짜 이유를 꺼냈다.

어거스트 베일이 은퇴 후 취미 삼아 설립한 음원 유통사(aggregator) '베일(VEIL)'이 취미 수준을 아득히 넘어섰다. 지역 범위를 넘어 유럽 인디 유통시장을 장악할 정도다. 그가 언제까지 취미생활을 할지 모르겠지만 모회사는 아우구스트 레코드다. 중년은 슬슬 어거스트의 회사를 위협적이라고 느꼈고, 그만큼 탐이 나기도 했다. 위협적인 적은 늘 꿀단지 하나 이상을 껴안고 있으니.

"취미란 질리지 않는 법이지."

"그럼 왜 부르셨는데요."

그는 능글맞은 노인네에게 열이 받아 저도 모르게 구두닦이 소년일 때 말버릇이 나왔다.

어거스트가 그제야 본론을 꺼냈다.

"뭐, 별거 있나. 요즘 핫한 그 친구에 대해서 얘기하고 싶은 거지. 자네도 알다시피 늙으면 잡담을 나누고 싶어도 친구가 없거든. 이건 자네한테 하는 조언이기도 해. 젊을 때 잘해둬."

"어르신 자제분들은 어디에다 두고요?"

"뭐 걔들이 내 말을 듣고 싶겠나. 내 유언장이 더 듣고 싶을걸?"

반쯤 날카로운 농담에 중년의 남자가 고개를 끄덕였다.

"2집 올린 거. 들으셨습니까?"

"물론. 내가 그 친구 채널에 처음으로 댓글까지 남겼다니까?"

어거스트가 눈을 감았다. 듣지 않아도 감미로운 봄의 소리가 천천히 가까워졌다. 듣고 또 듣고 들었는데도 여전히 곡에 집중하다 보면 자연스레 미소가 지어지고, 괜스레 눈시울이 붉어졌다. 늙으면 여성호르몬이 많아진다고 안 하던 짓을 한다. 그래도 그 음악을 통해 아무것도 모르고 세상을 아름답게 바라보던 어린 날로 돌아간 것 같아 싫지 않았다.

괜히 업계에 소문이 돈 게 아니다. 가장 먼저 유행을 확인하고 선도해야 하는 연예계인 만큼 모두가 눈을 뜨고, 귀를 기울이며 살아간다. 겉으론 백조처럼 고고해 보여도 살아남으려면 열심히 발을 굴려야 한다. 그러다 보니 정말 좋은 음악이라면 아무리 저 심해에 묻혀 있더라도 사람을 타고 흘러들어오기 마련이다. 그 또한 가장 신뢰하는 프로듀서한테 듣고 알게 됐다.

그렇게 열성적인 건 오랜만이라 늙은 몸을 이끌고 너튜브를 열었고 '투쟁'을 들었다. 그리고 음악이 끝날 때까지 그는 눈을 부릅뜨고 있었다. 새로운 스타가 등장하는 줄 알았더니 초창기 로큰롤을 인도했던 대스타의 귀환이었다. 업계에서 민감하게 반응하는 것도 같은 이유였다. 그 당시의 대스타가 다시 귀환한다고 여겼기 때문이다. 이렇게 엄청난 습작을 들고.

"어르신은 그가 누구라고 생각합니까?"

"자네는 누구라고 생각하는데?"

"음… 사실 음악 스타일은, 엘비스 프레슬리, 척 베리, 리틀 리처드가 생각나는데."

"그냥 로큰롤의 창시자를 다 갖다났구면."

노인이 허허롭게 웃었다.

중년의 남자는 그럴 리 없다는 걸 알면서도 열성적으로 말하고 있다. 그건, 그가 '태양'의 노래를 그만한 가치로 여기고 있다는 것이라 볼 수 있었다. 확실히 '태양'의 음악엔 그 시절의 느낌이 가득하다. 괜히 5,60대로 추측하는 게 아니다.

"…가 아닐까요?"

중년 남자의 말도 그 주류에 가까웠다. 그 또한 이런 음악을 만든 사람을 그 정도 연령이라 추측하고 있었다.

"근데 목소리가 너무 젊지 않은가?"

노인의 지적에 중년의 남자가 잠시 말을 잃었다. 그랬다. 댓글에서도 그렇고 만나는 아티스트마다 '태양'을 말할 때 개처럼 싸우는 이유는 목소리의 영향이 컸다. 분명 음악 스타일이나 장르, 기교는 90년대 대중의 사랑을 받았던 록스타가 분명한데 목소리가 너무 젊었다. 또 목소리가 젊은 것만 문제가 아니라 호흡이나 발성도 완전하지 않았다. 그게 2집에선 사라졌지만 토론이 시작된 건 1집이었다.

"둘 중 하나죠. 음악을 그만두고 오래 쉬었거나 '팀'이거나. 그런데 한 달 만에 호흡 발성 다 고쳐놓은 거 보면 분명 관록이 있는 가수예요."

한 번 해본 적이 있는 사람이 아니고서야 이렇게 빨리 발전할 수가 없었다.

"'팀'이라고 믿기 싫은 건 아니고?"

"뭐, 그럴 수도 있죠."

중년의 남자는 솔직히 인정했다.

"태양은 원래 하나니까."

어거스트는 고개를 끄덕였다. 사실 그도 '태양'이 팀이라고 생각하진 않았다. MIDI 프로그램을 이용한 거로 봐선 밴드가 아니라 개인이다. 처음부터 밴드가 없었을 수도 있고 아니면 해체했을 수도 있겠다.

"잘 들었네."

어거스트가 잔을 내려놓고 베레모를 썼다. 중년의 남자가 눈을 부릅떴다.

"잠깐, 어르신의 의견은요?"

"일이 생겨서 가봐야 할 것 같네."

"갑자기 이러시깁니까?"

중년의 남자가 다급하게 지갑에서 100파운드를 꺼내 잔 밑에 깔고 어거스트의 뒤를 쫓았다.

"어르신은 계산하셨습니까?"

"저기가 내 단골집이야. 사장이 알아서 기억한다고."

"어르신 재산이 얼만데, 아직도 외상을 하세요."

"오늘은 자네가 대신 내주지 않았나, 괜찮네."

중년의 남자가 뒤를 돌아보았다. 카페테리아의 사장이 100파운드를 발견하고 즐거워하고 있었다. 그는 이익을 추구하는 사업가다. 스케줄을 취소하고 이 자리에 온 건 노인의 외상값을 갚아주며 손해를 보기 위함이 아니었다.

"진짜 가세요?"

"내가 괜한 소리 하는 거 봤나."

어처구니가 없었다. 노인은 그의 부름에도 아랑곳하지 않고 신속하게 트램에 올라탔다. 커피값 갚기 싫어서 도망가는 철없는 노인 같기도 했다. 오이스터 카드(Oyster Card)를 가져오지 않은 중년은 트램을 허탈하게 쳐다보았다.

"경."

뒤에 물러나 있던 수행원들이 다가왔다. 중년의 남자는 얼굴을 굳혔고 곧 그의 앞에 자동차가 세워졌다. 그는 진지하게 생각했다. 저 영감이 도대체 무슨 이유로 자신을 불렀을지, 그 성정에 그냥 이유 없이 부르지 않았을 테다. 갑자기 가버린 건 목적을 달성했기 때문이리라. 문득 한 가지 스쳐 지나가는 게 있었다. 노인이 처음으로 댓글을 썼다고 했고, 태양에 대해 자신의 의견을 열성적으로 들었다. 원래 자기 말만 하는 영감이.

"설마?"

남자는 달려가는 차 안에서 패드로 '그'의 채널을 열었다. 태양이 올려준 여섯 개의 곡과 네 개의 Inst 영상에 대해 감격하는 찬송가 사이로 몇몇 익숙한 레이블과 유통사의 열렬한 러브콜을 볼 수 있다. 최근까지 태양이 연락 방법을 공개하지 않았기 때문이다. 남자는 댓글을 주르륵 내렸다. 그리고 곧 발견했다. 한참이나 그의 말을 듣다가 사라진 영감이 무슨 목적이었는지. 남자가 허탈하게 웃었다.

"어르신!"

목구멍에서 무언가가 그르렁 끓는다. 곧 남자의 얼굴이 차갑게 변했다. 노인은 그의 의중을 떠본 것이다. 그가 태양 영입 경쟁에 뛰어들지, 않을지. 그리고 답을 얻었으니 가버린 것이다. 그 또한 답을 얻었다. 방금의 대화에선 결국 손해를 입었지만 전쟁은 전투 하나로 끝나지 않는 법이다.

"이번엔 쉽게 안 집니다, 어르신. 태양은 저도 탐이 나거든요."

그리고 이건 그가 유리한 승부다. 영감이 취미생활로 운영하는 유통사 베일은 '독립적인' 인디 아티스트를 위해 유통 서비스만 제공했다. 메이저 레이블과 비교했을 때 불리할 수밖에 없다. 과거의 영광을 다시 찾고 싶은 중년 혹은 노년의 가수라면 당연히 레이블을 선택할 것이다.

* * *

헤일로는 귀를 긁었다. 왜인지 귀가 가렵다.

'누가 내 욕하나?'

이전에 비하면 굉장히 얌전히 사는 터라 아무리 생각해도 자신을 욕할 사람은 없었다. 헤일로는 고개를 갸웃하며 메일에 집중했다. 영어로 이루어진 메일이 주르륵 나열된다. 레이블, 유통, 광고…. 이 중에서 누구도 그를 한국에 사는 한국인으로 여기는 것 같지 않았다. 다행히도 그는 한국어보다 영어가 더 익숙한 사람이었다.

헤일로는 제안서를 살펴봤다. 형식적으로 보낸 성의 없는 것도 있었고, 우리가 왜 널 영입하고 싶은지 정성 들여 쓴 것도 있었다. 안타깝게도 제안서의 반 이상을 차지하는 레이블의 영입 제안은 받아들일 수 없다. 그는 아직 어느 레이블에도 속할 생각은 없었다. 다만 '유통'만 관련된 회사라면 나쁘지 않았다. 깔끔하게 계약 조건을 메일에 입력한 한 유통사를 보며 헤일로는 마지막 문구를 읽었다. 직접 얼굴을 맞대고 계약에 대해 더 자세히 이야기하고 싶다며, 날짜와 주소만 알려주면 당장 미팅할 수 있다고 쓰여 있었다. 혹은 불가능하다면 항공편과 숙소를 잡아줄 테니 직접 회사를 방문해달라는 제안이었다.

"방문해달라고?"

회사의 주소가 눈에 들어온 순간, 헤일로는 턱을 괴었다.

\* \* \*

대서양의 파도가 서서히 일렁거리기 시작할 무렵, 주말 동안 소란스러웠던 한국은 주중이 되어 잠잠… 해지지 않고 오히려 극점을 찍었다.

- (급상승) Show by show (Show your show S. 3 지원곡) | JJ

"와, 좋다고 생각은 했는데. 사람들 귀는 역시 똑같나 봐요. 결국, 올라왔네."

"뭘? 아, '쇼바쇼'."

"네, 신인이 곧 누나 곡도 이기는 거 아네요?"

그녀가 피식 웃으며 빨대로 쪼르륵 물을 마셨다. 대한민국의 음원 퀸으로 불리는 리브는 올해 30이 되었지만, 여전히 20대같이 청순한 외모를 자랑했다. 그녀는 파란색 이온음료 광고를 찍어도 될 정도로 "캬!" 하고 시원하게 탄성을 터트리며 머리를 매만졌다.

"곡이 잘되면 방송도 잘되니 나야 좋지. 근데, 쉽게 1위를 내주진 않을 거야."

신경도 안 쓰는 척하더니, 곧 들려온 말에 매니저가 키득키득 웃었다. 반은 농담, 반은 진심으로 말한 것 같았다. 음원 퀸의 자존심! 스태프들이 "오오!" 하며 엄지를 올렸다.

"뭐, 누나 상대하려면 한참 남았죠. 콜드브루 앨범도 이번에 괜찮게 나왔고, 좀비처럼 살아 돌아오는 캐럴도 이겨야 하고."

'쇼 바이 쇼'가 1위가 되려면 아직 갈 길이 멀다. 그가 방금 언급한 모든 곡은 톱텐 안에 있는 쟁쟁한 곡이었다.

월요일 오후 9시, '쇼 바이 쇼'는 기어이 톱텐 안에 들어왔다. 누군가 '쇼 바이 쇼'의 차트 보드를 보고 예쁘다고 했는데 틀리지 않았다. 기울기가 무척 가파른 우상향 그래프는 단 한 번도 꺾이지 않았다. 이유는 하나였다. 곡이 좋으니까. 더 자세히 말하자면 훅이 사기 수준이다. 사실 누가 불렀어도 잘 됐을 거라는 의견이 있을 정도다.

"안녕하세요, 감독님!"

리브는 밴에서 나와 스태프 모두에게 하나하나 인사를 하며 촬영장 안으로 들어갔다. 일산 스튜디오에서 진행하는 오늘 촬영분은 이제 일대일 대결에서 떨어진 참가자들의 패자부활전이다. 그리고 다음 촬영에서 멘토와 멘티 페어가 만들어질 것이다. 당연히 모든 멘토는 같이 페어를 이루고 싶은 멘티를 생각해두었다. 리브는 은연중에 길라온을 눈으로 좇으며 미리 나와 있는 참가자들과 인사했다.

일대일 대결에서 이긴 참가자들은 그녀의 인사에 어쩔 줄 몰라 했고, 오늘 패자부활전을 진행할 참가자들은…. 다소 안타까웠다. 승리자들이 여유로운 모습으로 자기들끼리 친하게 지내는 데 반해, 이들은 두 가지의 반응을 보였다.

"안녕하세요, 리브 님."

분명 기회가 있음에도 패색이 짙은 부류는 그녀에게 힘없이 고개를 숙였고, 다른 하나는 어떻게든 살아남기 위해 애를 썼다.

"진수야, 목마르지 않아? 음료수 마실래? 형이 사줄게."

"진수야, 춥지?"

그들은 다크호스, 그러니까 패자부활전을 진행할 참가자 중 부활이 확실한 단 한 명의 참가자와 어떻게든 친해지려고 노력했다. 현재 '수박' 차트를 점령하고 있는 참가자인 만큼 뭐라도 얻어먹으려는 눈치였다. 그리고 카메라 노출도 신경을 쓰는 거다. 10대 때 오랜 무명을 겪은 리브는 그들을 충분히 이해할 수 있었다.

"괘, 괜찮아요."

또한 갑자기 친한 척하는 주변 어른들을 어색하게 대하는 아이의 처지도 이해가 갔다.

리브는 눈을 데구루루 굴려 PD와 활발하게 대화 중인 황제일 프로듀서를 살폈다. 참가자들이 56번의 부활을 확신하는 건 크게 두 가지 이유가 있다. 먼저, '쇼 바이 쇼'의 위력. 〈쇼유〉의 지원 곡 중 유일하게 '수박' 차트에 들어간(심지어 톱텐에 안착한) 곡이라, 실력이 웬만큼 아쉬워도 PD가 56번 카드를 쉽게 버리진 못할 거다. 다만, 56번을 위해 규칙을 억지로 바꿀 수 없으니 떨어질 가능성이 아예 없지는 않았다.

그런데도 참가자들은 황제일 프로듀서 때문에 56번의 부활을 확신했다. 분명 2차전 무반주 무대 때 금방이라도 독설을 내뱉을 것 같던 표정이 '쇼 바이 쇼'를 듣자마자 급변했다. 그러고 나서 대놓고 장진수에게 러브콜을 보내기까지 했다. 그렇게 집요하면서도 노골적인 러브콜이 없었다. 왜 황제일 프로듀서가 눈이 돌아갔는지는 이해한다.

그래도 리브나 다른 멘토들 눈엔 조금 과해 보였다. 그는 다음 촬영 때 진행할 페어 전을 전혀 고려하지 않고 무조건 56번을 찍어놓은 상태였다. 설사 56번이 패자부활전에서 떨어진다고 할지라도 뽑을 것 같았다. 멘토로서 딱 하나 주어지는 와일드카드를 쓸 것이다. 나쁘진 않다. 정말 페어가 되고 싶고 '쇼 바이 쇼'를 만든 56번의 잠재력을 무시할 순 없으니 말이다.

하지만 한 가지 마음에 걸리는 건 '쇼 바이 쇼' 음원에 같이 이름을 올린 작곡자이자 편곡자의 존재였다. 만약 황제일 프로듀서가 와일드카드로 살린 56번이 그만큼의 잠재력을 보여주지 못한다면, 그와 친하게 지내려고 했던 참가자들은 어떻게 나올까? 그걸 본 시청자들은? 특히 그들이 56번이 아닌 다른 누군가의 팬들이라면….

"안녕하세요."

"헉! 안녕하세요. 리브 선배님! 팬이에요! 56번 JJ입니다!"

벌떡 일어나 그녀에게 선망의 눈길을 보내는 56번은 너무 어리다. 아마 그녀처럼 상처를 많이 받을 거다. 상처를 입지 않을 방법은 없다. 견디는 수밖에….

"'쇼바쇼' 잘 듣고 있어요."

"여, 영광입니다! 저도 선배님 노래 매일매일 들어요!"

"리브 씨, 왔어요?"

PD가 부르자 리브는 56번에게 다시 한번 웃어 보이고 고개를 돌렸다. 그녀는 자신의 뒤를 빤히 쳐다보는 시선을 느꼈다. 또각또각 걸어 나가며 그녀는 속으로 소년을 격려했다. 그녀가 소년을 위해 할 수 있는 건 없었다. 스스로 견딘 자만이 살아남는 세상이기에.

*  *  *

> 축하합니다. NUTUBE HALO_OFFICIAL 채널의 NUTUBE 파트너 프로그램 참여가 승인되었으며, 이제 NUTUBE에서 수익을 창출할 수 있습니다.

"드디어…."

헤일로는 오래 걸렸던 승인 메일을 확인했다. 드디어 너튜브 회사가 일했고 수익 창출 허가 메일이 도착했다. 곧 너튜브와 연결된 그의 계좌에 돈이 들어올 거다. 다만 안타깝게도 오늘 당장 들어오는 건 아니다. 안내문에 의하면 수익 확정은 매달 10일이고 보통 21일에 입금된다고 한다. 그러니까 헤일로는 다음 달부터 수익금을 받을 수 있는 셈이다.

아무튼 수익이 들어온다니 엉덩이가 들썩였다. 헤일로는 환하게 웃으며 초록색 창을 켰다. 사고 싶은 게 많았는데 잘됐다. 물론 어머니에게 말하면 사주긴 하지만, 모든 것을 요구하진 않았다. 어머니의 돈은 그의 돈이 아니었다. 또한 그녀는 이미 약속을 지켰기에 헤일로는 그것으로 충분했다. 나머지는 직접 사면 된다.

헤일로는 그동안 보아왔던 장비들을 장바구니에 담았다. 이 세상은 단지 방송국뿐만 아니라 전반적으로 효율적으로 발전했다. 굳이 백화점이나 시장에 가지 않아도 물건을 고를 수 있었고, 집으로 배달까지 해줬다. 게다가 구매자들의 리뷰도 볼 수 있다. 헤일로는 각가지 악기와 컴퓨터 부품, 그리고 그냥 마음에 드는 물건들을 담았다. 얼마든지 살 수 있는 만큼 살 생각으로 합계에 1,000만 원이 찍힌 이후로 금액을 확인하지 않았다.

며칠 후 촬영을 끝내고 놀러 온 장진수가 이를 보고 기겁했다.

"야, 무슨 파산 날 일 있냐?"

"넌 또 왜 우리 집에 있냐?"

"편의점에서 삼각김밥 먹다가 어머님과 마주쳐서….'

같은 동네라 마주칠 일이 참 많다.

"너튜브 수익 허가받았다는 건 들었는데, 그래도 너무 막 쓰는 거 아냐? 수익이 들어와봤자 얼마나 들어온다고."

"왜 안 되는데?"

당연하다는 듯 묻자, 장진수는 잠시 할 말을 잃었다. 금수저는 원래 다 이런지… 금수저가 아닌 그는 알 수 없었다.

"우리같이 불안정한 일을 하는 애들은 미리 재테크를 해야 해. 비트코인 같은 거 하지 말고 적금이나 안전자산에 투자하고."

그러곤 장진수가 엑셀을 작성했다. 헤일로가 옛날 자기 자산관리자처럼 익숙해 보이는 장진수를 신기해하며 바라보니, 그는 "오지랖이 심했냐?" 하며 뒤통수를 긁었다.

"난 너처럼 용돈 못 받으니까 알바하면서 일찍부터 돈 관리를 해봐서 그래."

장진수는 꽤 능숙하게 엑셀을 작성해나갔다.

"쨌든, 지금은 좀 모아놓고 나중에 작업실을 구하는 게 어때."

"작업실?"

"응, 일단 네가 골라놓은 장비는 사는 것도 문제지만 관리하는 것도 문제잖아. 작업실을 먼저 구하는 게 낫지… 않을까?"

헤일로도 생각해보지 않은 건 아니다. 다만 부동산을 검색했을 때 그의 너튜브 수익과 액수 단위가 달라서 바로 접었다. 이 수익으로 얼마나 기다려야 할지 알 수 없었다.

"월세도 못 낼 텐데."

"지금 수익으론 절대 불가능하지. 특히 근처에서 구하고 싶다면."

장진수가 고개를 끄덕이더니, 너튜브를 열었다. 그리고 수익 창출 조건을 살폈다.

"수익 창출을 늘리는 방법을 생각해보자고. 예를 들자면, 광고를 넣는 거야."

장진수가 각종 광고를 보여줬지만 헤일로는 탐탁지 않았다. 음원에 광고라니? 음악이 끊기고 광고가 나온다는 생각만 해도 끔찍하다. 영상이 아니라 배너 형식이라도 마음에 들지 않았다. 앨범에 필요 없는 메모장을 덕지덕지 붙여놓은 것 같았다.

"다른 건?"

헤일로의 대답에 장진수가 그럴 줄 알았다는 듯 고개를 끄덕였다.

"그럼 하나밖에 없지. 영상 길이를 늘이는 수밖에."

"음원 길이를 억지로 늘이는 건⋯."

"아니, 그거 말고. 네가 음원만 올려서 모르는 모양인데 다른 사람들은 커버도 올리고 메이킹 비디오도 찍고 브이로그 같은 것도 찍어 올리잖아. 추가로 긴 영상을 올리면 수익이 늘어날 거야."

그러다 장진수는 문득 노해일의 버스킹 영상을 떠올렸다.

"메이킹 비디오나 뮤직비디오는 어때?"

장진수는 노해일이 자신을 드러내기 좋아하고 무엇보다 1집, 2집 앨범 수록곡 모두 뮤직비디오 만들기 좋은 노래니 괜찮을 거로 생각했다. 좀 정신 나간 것 같은 댓글 반응을 보면 너튜브 구독자들은 노해일이 뭘 하든 좋아할 것 같았다. 그러나 관심 없어 보이는 노해일의 표정을 보고는 자기 말을 반쯤 흘려듣고 있는 게 분명하다 싶었다. 그리고 늘 그렇듯 그러려니 했다. 이미 노해일이 하는 일이 많아서 레이블에 들어가거나 직접 사람을 고용하지 않는 한 불가능하지만, 그것도 수익이 들어온 이후에나 생각해볼 수 있다.

'수익이 들어온 이후에도 귀찮다고 안 하려나….'

장진수는 가끔 노해일이 무슨 생각을 하는지 머리를 열어보고 싶었다. 그러면 노해일은 열어보고 잘 꿰매놓으라고 방치할지도 모른다.

장진수가 잔인한 상상을 하는 사이 헤일로는 수익 창출에 대해서 나름 진지하게 생각하고 있었다. 물론 장진수가 제안하는 방법은 아니었다. 헤일로는 그에게 온 수많은 메일을 떠올렸다. 지금은 다 삭제하고 하나만 남은 상태였다.

"결정했다."

"뭘?"

그는 드디어 결정했다. 음원 유통사와 계약하기로.

"얘들아, 밥 먹자."

헤일로는 방을 나오며 또 소파 근처에 놓여 있는 팸플릿을 발견했다. 관심을 끌려는 것처럼 다 펼쳐져 있다. 활짝 펼쳐 있는 팸플릿을 보며 그는 한쪽 입꼬리를 슬쩍 올리고는 무시했다.

"저게 뭐야?"

"무시해."

장진수가 호기심 어린 얼굴로 다가갔다가 장문의 영어를 보고 기겁해서 돌아왔다.

"논문 그런 거야?"

대학교 홍보 팸플릿이었다. 그것도 해외에 있는 유명 대학교. 저 것들을 어디에서 구해왔는지 모르겠지만 누가 구했는지 잘 알았 다. 어쩐지 순순히 허락해주는 것 같더라니, 아버지는 아예 이쪽을 생각한 것 같았다.

"넌 저거 다 읽을 수 있어?"

"응."

"와, 어떻게…. 아, 맞다. 너 모범생이었지? 잊고 있었네."

노해일이면 몰라도 헤일로는 모범생이 아니었지만, 설명할 방 도가 없어 대충 고개를 끄덕였다.

식사하는 내내 아버지는 무언가 기대하는 표정으로 은근히 아 들을 바라봤다. 아들의 입에서 특정 대학교의 이름이 나오길 기다 렸다. 아들이 관심을 갖도록 버클리나 줄리아드 같은 음대 팸플릿 도 용의주도하게 준비해두었다.

헤일로는 여전히 대학교에 관심이 없었지만 그래도 의사를 밝 히고, 해야 할 말을 할 생각이었다.

"드릴 말씀이 있어요."

아들의 말에 아버지가 잠깐 멈칫한 사이 어머니가 대답했다.

"뭐든 말해보렴."

"소속사에 따로 들어가고 싶진 않다고 이미 말씀드렸지만 음원 을 많은 사람이 들었으면 해서요. 그래서 음원 유통사와 계약해보 려고 하는 데 어떠세요?"

"소속사와 유통사가… 어떻게 다른 건데?"

박승아는 아직 이 방면에 대해서 잘 알지 못했다. 헤일로가 친절 히 설명해줬다.

"보통 매니지먼트에서 하는 간섭, 아니 매니징, 관리 없이 유통 부분만 담당하는 데죠."

"그러니까 소속사에서 유통팀만 따로 나온 데라고 보면 되니?"

"네, 맞아요. 그리고 부차적인 서비스도 제공하고요."

메일로 온 제안서에는 그렇게 쓰여 있었다. 단순한 유통뿐만 아니라, ISRO(국제표준녹음 코드) 및 UPC(범용상품 코드)의 발급을 도와주고, 너튜브 로열티 징수, 스트리밍 리포트 등의 서비스를 제공한다고 했다. 이는 식사 후 헤일로가 어머니, 아버지에게 보여주면 되는 사항이다.

"해일이 넌 어디와 계약하고 싶은데?"

유니버스 레코드(Universe Record), 소나 뮤직(Sona's Music), 위너 뮤직(Winner Music) 등 박승아가 대충 아는 이름을 나열하며 물었지만 모두 메이저 레이블이었고 그중 음원 유통사는 없다. 아무래도 일반인이 음원 유통사에 대해 들어볼 일이 많이 없었을 테니 당연했다. 음원 유통사는 그런 레이블, 정확히 음반사만큼 적극적으로 나서는 곳이 아니라 뒤에서 보조해주는 역할을 한다.

"못 들어보셨을 거예요."

"해외 기업이군."

노윤현의 말에 헤일로가 고개를 끄덕였다. 헤일로의 채널 자체가 거의 외국 계정이었으니 당연할 거다.

"메일은 식사 후에 보여드릴게요. 다만, 의논할 게 있어서요."

"뭔데?"

헤일로는 지난밤 보았던 문구를 떠올렸다.

"그쪽에서 미팅하고 싶다는데."

"그건 당연한 거 아니니?"

박승아의 말에 노윤현도 동의했다.

"자기들이 직접 와도 되고 아니면 와달라고 요청이 와서 어떻게 할까 하고요."

"너는 어떻게 하고 싶은데."

"전…."

헤일로는 유통사의 주소를 떠올렸다. '런던', 그리운 이름이다. 글자에서부터 고향의 향기가 물씬 올라왔다.

"가고 싶어요."

헤일로의 말에 식사가 끝났다. 숟가락을 내려놓은 아버지가 말했다.

"원래 계약할 땐 대면해야지. 한번 보고 나서 결정하자."

식사 후 한참이나 계약서를 들여다본 노윤현은 마침내 입을 열었다.

"그래, 직접 한번 가보는 게 좋겠구나."

헤일로가 반색하며 '다녀오겠다'고 대답하려는 찰나, 다시 한번 말소리가 들렸다.

"다 같이."

"예?"

"연말에서 연초는 큰 일정이 없으니 가는 김에 여행도 할까요, 여보?"

"좋아요!"

아버지의 말에 어머니가 벌떡 일어나 신나게 안방으로 들어가 28인치 캐리어 두 개를 꺼내왔다. 당연히 혼자 갈 생각이었던 헤일로는 입술만 달싹였다. 여행을 기대하는 그녀에게 어떤 말도 할 수 없었다.

* * *

어거스트 베일은 새벽 5시 클래식을 들으며 일어나 하루를 시작한다. 정확히 1시간 뒤 각종 영양소가 채워진 샐러드와 스콘으로 아침을 먹는다. 식사할 때는 다른 것에 신경 쓰지 않고 오로지 식사에만 전념한다. 식사가 끝난 뒤에 정장을 갖춰 입고 유유히 산책을 한다. 템스 강변을 거닐며 사람들을 구경하다 보면 시간이 훌쩍 지나간다. 슬슬 지칠 때쯤 그는 단골 카페테리아가 오픈하기도 전에 자리를 차지하고 앉았다. 늘 그렇듯 카페테리아의 주인장이 그에게 에스프레소를 건네며 허리를 숙였다.

"어르신, 오늘 하루도 잘 부탁드립니다."

"허허, 내가 뭘 한다고. 여기 와서 공짜 커피를 얻어먹는 못된 늙은이가 아닌가."

"못되다니요. 이곳이 다 어르신 것인 걸요. 평생 커피를 대접할 테니 오래오래 오세요."

"요즘 보는 놈들마다 나만 보면 오래 살라고 잔소리한단 말이야. 자네가 그러지 않아도 오래 살 거야."

카페테리아 주인장이 밝게 미소 지으며 다시 한번 고개를 숙였다. 그의 삶을 연명하게 해준 노인에게 오랫동안 은혜를 보답할 수 있길 바랐다.

주인장은 고즈넉한 아침을 맞이하며 카페테리아로 들어갔다. 원래는 텔레비전을 틀었을 시각, 오늘은 그가 우연히 듣게 된 음원을 틀었다. 이 음원을 듣기 위해 그는 제 아들의 계정을 뺏어 왔다. 너튜브 외에 어떤 곳에도 이 음원이 없었기 때문이다. 이윽고 음악이 들려온다. 음악에 까다로운 편인 노인이 모자를 내려놓고 감상하는 게 보이자, 주인장은 마음 놓고 카페 문에 명패를 'closed'에서 'open'으로 바꾸었다.

봄이 찾아온다. 성탄절로 바쁜 겨울에. 출근길을 재촉하는 사람들 중 몇몇이 카페에서 흘러나오는 음악에 귀를 기울였다. 지독하게 온 거리를 채우는 캐럴 사이로 어울리지 않는 음악이 신선했다.

"참, 사람 귀는 다 똑같군."

어거스트는 사람들을 구경하며 중얼거렸다. 너튜브 외에 어떤 음원 스토어에도 풀리지 않아 꽤 오랜 시간이 걸릴 줄 알았는데 아니었다. 호불호가 갈렸던 '태양'의 1집이 광신도를 만들어냈다면 2집은 이지 리스닝(BGM처럼 듣기 좋은 음악)인 음원들로 이루어져 있어 대중에게 빠르게 퍼져나가고 있다. 초기 로큰롤 시대의 정취와 고풍스러운 오케스트라의 음향, 무엇보다 경쾌하게 음악을 이끄는 일렉기타가 현대 팝과 그 시대의 팝을 적절하게 버무려놓은 것 같았다.

절대로 신인일 순 없다. 태양의 목소리에 대해서 많은 의견이 갈리고 있지만, 그 누구도 신인이나 아마추어라고 생각하지 않았다. 아주 오랫동안 음악을 해온 사람이며, 이런 곡을 음원 스토어도 아니고 그냥 너튜브에 던져놓은 걸 보면 돈을 더 바라지 않는 뮤지션이 분명했다. 이 부분만큼은 노인도 동의했다. 다만, 문제는 짐작되는 사람이 없다는 것이다. 초기 로큰롤 시대가 언제인가. 5,60년대 인기 가수라면 지금까지 살아 있는 사람이 많지 않았다. 5,60년대의 정취를 기억하는 7,80년대 가수라면 몇 놈들이 생각나긴 했다.

그래도 꼭 한 가지가 걸린다. 목소리! 사람의 눈이 그 사람의 영혼을 반영한다는 말이 있는 것처럼 목소리는 그 사람의 나이테다. 목소리에는 살아온 세월과 흐름이 반영되어 있다. 어떻게 살아왔는지 목소리만 들어도 구분이 된다. 평소 어떻게 발성하는지, 술은 보통 얼마나 마시고 자기관리를 어떻게 해왔는지 알 수 있다.

"모르겠군."

결국 어거스트는 이번에도 '태양'을 추리하는 데 실패했다. 내일도 추리할 수 있다는 것에 만족하며 산뜻한 미소가 나온다. 기분 좋은 실패다. 지루한 노년을 즐겁게 만들어주는 것이 바로 '태양'을 추리하는 것이었다. 그리고 슬쩍 의심 가는 사람한테 연락해서 떠보는 게 또 얼마나 재밌던지. 영화 속의 제임스 본드가 된 것 같다. 인생의 낙이다.

"보스!"

유유자적 아침을 보내는 데 멀리서 익숙한 여성이 뛰어왔다. 그녀는 트렌치코트를 휘날리며 다급하게 달려와 거친 숨을 내뱉었다.

'회사에 무슨 일이 생겼나?'

노인은 가만히 여성이 말하기를 기다렸다.

"…드디어, 드디어 왔어요!"

"무엇이?"

노인은 주어를 듣지 못하고 되물었다.

발갛게 달아오른 볼, 한참이나 들뜬 얼굴을 보며 두 아이의 엄마를 그렇게 만드는 것이 무엇일지 생각해보았다.

'로또? 에이, 당첨되었다면, 나한테 달려올 게 아니라 은행장한테 달려갔겠지. 그렇다면 뭐지?'

노인의 머릿속에 순차적으로 스타들이 떠올랐다. 그들이 회사에 방문했다고 생각하면 그녀의 반응이 이해가 갔다. 그중 가장 그녀가 좋아할 만한 사람이라면….

"디카프리오라도 왔어?"

"보스, 디카프리오와도 친하세요?"

"좋은 친구라네. 그럼 로다주?"

"와! 로버트 씨 다시 앨범 낸대요?"

그럴 리가 없다.

그녀가 푸석한 금발을 귀에 꽂으며 활짝 웃었다.

"'그'에게서 답이 왔어요!"

"그…?"

세상에 '그'가 몇 명인데, 불친절한 지칭어에 투덜거렸다가 노인은 고개를 번쩍 들었다. 불현듯 한 인물이 머릿속을 스쳐 지나갔다.

"미스터 HALO요."

노인은 저도 모르게 자리에서 일어섰다. 추리하는 게 인생의 낙이라고 했지만 들뜨는 건 어쩔 수 없다. 추리를 못 하면 어떤가. 가장 보고 싶은 인물을 보는 것인데. 게다가 남들의 추리가 빗나가는 걸 보며 흑막처럼 낄낄거리는 것도 또 하나의 인생의 낙이 될 것이다.

"미팅 스케줄은?"

늘 미팅할 때 직접 갔던 노인이다. 이번에도 어디든 갈 수 있었다. 그곳이 버뮤다 삼각지대라도 즐겁게 응할 생각이었다.

"미스터 HALO는 직접 오신다고 응답하셨어요. 항공편과 숙소는 알아서 구하겠다고 거절하셨고요."

"흠. 그래?"

'아직 미팅일 뿐이고 계약 확정이 아니니 너희의 서비스를 받지 않겠다, 이건가.'

노인이 껄껄 웃음을 터트렸다.

"어디선가 많이 보던 방식이군, 하하하."

곧 보게 될 스타는 어떤 얼굴을 가지고 있을지 기다려졌다. 노인은 에스프레소를 남겨두고 여자와 함께 자리를 떠났다.

\* \* \*

- 2위. Show by show (Show your show S.3 지원곡) │ JJ
- 1위. 크리스마스를 기다리며 (Single) │ 리브

톱텐 안에 든 순간부터 전쟁이었다. '쇼 바이 쇼'를 의식한 콜드 브루의 팬이 단결했고, 한층 올라갈수록 단단해졌다. 특히, 음원 퀸의 곡이 도무지 떨어질 생각을 하지 않았다. 당연하겠지만 리브가 괜히 음원 퀸이라 불리는 게 아니다. 음원을 냈다 하면 그녀의 앨범이 1위부터 10위까지 주르륵 나열되는 건 예삿일이었고, 3,4주는 기본으로 유지됐다. 대중은 다른 가수의 앨범 발매일은 몰라도 리브의 앨범 수록곡은 다 알았다. 게다가 크리스마스 캐럴 효과까지 있으니, 다른 때였으면 충분히 1위를 했을 곡인데 '쇼 바이 쇼'가 2위로 만족해야 하는 걸 아쉬워하는 사람들이 많았다.

'쇼 바이 쇼'는 2위와 4위를 오가며 다른 곡들과 싸웠다. 사실상 톱텐의 모든 곡이 보이지 않은 곳에서 살벌한 전투를 지속했다. 그리고 또 다른 곳에서도 전투가 일어났다. 조금 전에.

*"해일이 어머님 오랜만이에요."*

박승아는 지친 몸으로 침대에 털썩 주저앉았다. 몸이 힘든 게 아

니라 정신이 고단하다.

"그런데 왜 갔어?"

"꼭 오라잖아요. 마지막으로 인사만 하고 오려고 했는데."

노윤현은 힘이 빠진 박승아를 바라봤다.

"뭐라고 하는데?"

"특목고 합격 발표도 났겠다, 늘 똑같죠."

"어차피 서류전형 아닌가?"

"그러니까요."

"여전하네."

박승아는 고개를 끄덕였다. 거긴 참 여전하다. 그러다 문득 깨닫는다. 아들이 진로를 바꾸지 않았다면 자신 또한 그곳에 속했을 거란 걸. 아들의 성적에 일희일비하고 대학에 가는 그날까지 마음 놓지 못했을 터다. 지금에 와서 생각해보면 다 부질없다. 좋은 고등학교든 좋은 대학교든 다 더 나은 인생을 살려고 가는 곳이다. 아들은 지금 웃으며 하고 싶은 일을 하고, 밤을 새우며 사람들이 인정하고 사랑해주는 인생을 살고 있으니 그녀의 바람은 이미 이루어졌다.

학부모회에서 만난 엄마들이 '해일이가 기말고사를 망쳤다'며, 혹은 '특목고에 원서를 접수하지 않았다'며, 은근히 무시하는 건 노해일이 얼마나 좋은 인생을 살아가고 있는지 모르기 때문이다. 그녀의 아들이 얼마나 사랑받고 얼마나 재능있는지.

'뭐, 그건 곧 알게 되려나?'

부모의 도움 없이 '수박' 차트에 이름을 올리고, 해외 기업과 계약을 하러 나가는 걸 보면 아들이 대중에게 알려지기까지도 얼마 남지 않아 보인다. 그래서 박승아는 엄마들의 무시가 전혀 신경 쓰이지 않았다. 아직 엄마들에게는 '쇼 바이 쇼'나 너튜브에 대한 이야기를 하지 않았다. 계속 무시하고 깎아내리라고 내버려두었다.

좀 음흉한 마음일지도 모르겠다. 그렇게 무시한 애가 자기 아이보다 더 잘됐다는 걸 알게 될 때 얼마나 부끄럽고 부러울까. 딱 그때의 표정만 보고 싶었다. 그러다 박승아는 천장을 보며 누웠다. 다른 엄마들이 그렇게 나왔는데 전혀 걱정이 안 되는 게 신기했다. 간혹 꿈을 꾸나 싶다. 매일 아들의 채널을 보다가 배시시 웃는 게 일상이다. 세상에 이렇게 행복한 엄마는 또 없을 것이다.

다만 걱정되는 건 세상엔 나쁜 사람이 많아서 아이가 잘되면 잘될수록 물어뜯으려고 할 것이다. 하나라도 흠을 잡으려 하고 하나라도 실수하면 비웃고 욕하겠지. 그녀는 그 연약하고 여린 아이가 상처 입을까 걱정되었다. 그래서 남들처럼 고등학교에 진학하라고 한 것이고 아들과 남편의 의견에 반대한 것이다.

요즘 연예인은 음악이나 연기로 충분하지 않다. 역사적 지식, 언어, 악기 한두 가지는 물론이고 모든 방면에 만능이어야 했다. 제일 걱정되는 게 언어다. 어디 기획사 소속이면 언어도 가르친다고 하는데 노해일은 그게 아니다. 국어는 늘 잘했지만 영어는 늘 아슬아슬해서 걱정이었다. 박승아는 진지하게 고민했다.

"언어를 좀 가르치는 게 좋을까."

\*\*\*

"Bonjour. 실례지만, 지하철을 타려면 어디로 가야 하나요?"

"어디를 가는데요?"

"숙소는 신라호텔인데 식사부터 하려고요. 혹시….."

박승아는 외국인과 대화하는 아들을 멍하니 쳐다봤다.

"그래도 숙소에 짐을 두고 오는 걸 추천해요. 지금은 괜찮아도 한국엔 언덕이 많아서 금방 지치거든요. 신라호텔까지 가는 버스 리무진이 따로 있다는 데 그걸 이용하세요. 남산 노선을 타시면 돼요."

"Oh! Merci, Ange.(오! 고마워요, 천사님.)"

그러니까 그녀의 아들이 영어도 아니고 프랑스어로 대화하고 있었다. 원어민처럼 유창하게.

"해일아, 언제부터 프랑스어를 그렇게 잘했니?"

헤일로는 당황한 부모님을 발견하고 아차 했다. 다행히 생각나는 건 있었다.

"학교에서… 요."

학교에 프랑스어 수업이 따로 있었다. 물론 학교에서 가르친 프랑스어가 초등학교 수준이라는 건 고려하지 않았다.

"학교에서 프랑스어를 배운 건 알겠는데…."

길을 알려주는 것까진 그렇다 칠 수 있었다. 그런데 흔히 말하는 스몰토크까지 해내는 건 웬만한 실력으론 불가능해 보였다.

"언어 걱정은 안 해도 되겠구나."

박승아는 곧 이해하고 넘어갔다. 뭔가 허탈하면서도 속시원했다.

헤일로는 어머니의 팔을 잡고 앞으로 이끌며 화제를 돌렸다.

"이제 어디로 가야 해요?"

"아직 출발까지 한참 남았으니까, 음… 면세점 좀 볼까?"

"제가 잘 어울리는 스카프 골라드릴게요."

"어머, 아들 지금 돈 벌었다고 벌써 선물을 주는 거야?"

헤일로는 어머니와 화기애애하게 대화하며 앞으론 외국어를 쓸

땐 조심해야겠다고 생각했다.

헤일로가 프랑스어를 구사하는 건 이상한 일이 아니다. 이전의 부모님이 네덜란드와 프랑스계 영국인이었기 때문에 가정에서 외국어를 접할 일이 많았다. 게다가 그의 가정이 상류층을 동경하는 중산층이라 교육에 대한 열의도 강했다. 그 열의에 셰익스피어와 괴테가 지긋지긋해질 정도로 읽었다. 그래서 유럽권 메이저 언어는 잘하든 못 하든 대충 할 줄은 알았다. 안 써먹다 보니 거의 다 까먹었지만, 어릴 적 배운 자전거는 10년 안 타도 몸이 기억하는 것처럼 언어도 자연스럽게 흘러나왔다.

[손님 여러분 안녕하십니까? 스카이팀 회원사인 저희 항공은 여러분의 탑승을 진심으로 환영합니다. 좌석벨트를 매주시고 스마트폰 등 전자기기는 비행기 모드로 전환해주십시오.]

지이잉. 여객기 좌석에 몸을 묻을 때쯤 핸드폰이 울렸다. 확인하려고 하니 승무원들이 뒤에서 핸드폰을 잠깐 꺼달라고 요청했다. 헤일로는 대충 문자 배너만 확인했다.

- 1위. Show by show (Show your show S.3 지원곡) | JJ

'으음, 결국 1위가 되었구나.'

헤일로는 씨익 웃으며 핸드폰을 껐다. 어머니는 라면을 먹자고 했지만, 도착할 때까지 잘 생각이다. 여객기의 창 너머로 광활한 하늘이 보였다. 그곳으로 간다는 게 확 와닿았다. 기대감인지 향수인지 모를 감정에 심장이 쿵쿵 뛰었다. 눈을 뜨면 도착해 있을 것이다.

# 11. 태양과 노인

헤일로는 영국에 오자마자 가장 하고 싶은 걸 했다. 유통계약? 아니, 그건 여행의 부차적인 목적일 뿐이다. 그는 언제든 계약을 할 수 있고 그를 놓친다면 그건 회사의 손해다. 그에게 계약은 그리 간절하지 않았다. 하고 싶은 거라면 오히려 이전의 기억에서 세월을 쌓아 올린 고향을 되돌아보는 것이다.

그의 머릿속엔 한참 공사 중인 그 시절이 떠올랐다. 그 위에 시간이 흐르기 시작한다. 마치 타임랩스를 돌린 것처럼 건물이 올라가고 새로운 건물이 들어선다. 거리를 스쳐 지나가는 수많은 사람과 자동차, 계절이 바뀌고 색깔이 차오르며 현재가 만들어졌다.

"생각보다 많이 변하진 않았네."

새벽에 혼자 호텔에서 빠져나온 헤일로는 기타를 멘 채 도로를 거닐었다. 부모님을 두고 빠져나오는 건 어렵지 않았다. 그의 음악 활동을 존중해주는 부모님은 그의 방도 따로 잡아주었다. 아침에 일어나 그가 남긴 '나갔다 오겠다'는 메시지를 보고 기겁할지 모르지만, 그때 연락하면 된다. 그가 먹을 걸 준다고 따라가는 어린애도 아니고 길을 잃어버릴 일도 없으니, 부모님이 걱정할 일은 없을 것이다.

옛 문화를 보존하는 도시는 그의 기억과 크게 달라지진 않았다. 심지어 그가 살던 세계가 아님에도 큰 틀은 비슷했다. 가장 먼저 보고 싶었던 곳은 아무래도 그가 오랫동안 머물렀던 집, 그리고 집만큼 오래 머무른 호텔이다. 호텔의 이름은 기억과 달랐다. 시간도 세계도 다르니 당연하다. 그래도 외형은 기억 속의 그곳과 비슷하여 헤일로는 오랜만에 향수를 느꼈다.

다시 걸어가기 시작했다. 웅장한 트래펄가 광장 분수 앞에 관광객이 몰려 있다. 그들은 은박지 따위로 분장한 행위 예술가를 구경하고 기념사진도 찍었다. 무심한 자국민과 달리 관광객들은 간혹 은발의 소년에게 시선을 던졌다. 은발이라는 특이한 색과 자기 몸만 한 커다란 기타를 메고 돌아다니는 소년은 보통 사람들과 다른 구석이 있었다. 게다가 초연한 표정까지 더해지며 특별해 보였다. 뭐라고 해야 할까, 혼자만 세상에 유리된 것 같았다.

찰칵. 누군가가 저도 모르게 카메라 앵글에 소년을 담았다. 바람에 휘날리는 은발은 새벽의 햇빛을 맞이하며 빛나고 있었다. 세상과 동떨어진 분위기가 그대로 앵글에 있었다. 그는 카메라의 용량을 떠올리며 사진을 지우려고 했다. 그런데 이상하게도 '삭제'를 누르길 망설였다. 불현듯 찍어야 한다고 생각한 로또 번호가 진짜 맞듯, 이 사진 역시 간직해야 한다는 강렬한 직감이 들었다. 무명의 사진 작가는 차마 사진을 지우지 못하고, 다시 여성 모델을 향해 카메라를 돌렸다. 자리 이동을 위해 다시 고개를 돌렸을 때 소년은 어디론가 사라지고 없었다.

헤일로는 런던아이와 빅벤에 점점 가까워졌다. 이윽고 템스강의 바람이 날아왔다. 서울만큼 끔찍하게 춥진 않았지만, 그래도 겨울바람이라는 듯 서늘했다. 빅벤이 있는 사거리에서 그는 방향을 꺾었다. 그가 향하는 곳은 템스강이다. 평일임에도 민소매를 입고 러닝하는 젊은 사람들이 출근길을 가로질렀다. 슬슬 아침이 되어가고 있었다.

* * *

"요즘 한가한가 보구나. 어느 날 책상이 사라지길 원치 않으면 열심히 해야지."

"주주 만나러 간다는 CEO에게 한가하다고 뭐라 하는 사람은 어르신밖에 없을 겁니다."

아우구스트 레코드의 CEO인 존 레오날드가 떨떠름한 얼굴로 아인슈페너를 마셨다. 어거스트 베일을 만날 때면 늘 단 게 당겼다.

"혹시 접촉하셨습니까?"

"뭐, 무슨 접촉? 아서라. 이제 나도 늙어서 더는 힘이 없다."

"어르신의 정력을 말하는 게 아니라는 거 아시잖습니까?"

"아니었어?"

존은 다 알면서 딴소리하는 노인이 얄미웠다.

한참 동안 능글맞은 너구리처럼 농을 던지던 어거스트가 에스프레소를 내려놓으며 대답했다.

"…답신이 없더구나."

"어르신도 그렇습니까?"

"너희도, 그렇구나."

"예. 메일을 확인한 것 같은데 답이 없더군요. 도대체 어디에서 무슨 제안을 했는지. 유니버스는 최근에 계약해서 투자금이 부족할 테고, 소나?"

존의 입에서 메이저 레이블의 이름이 나왔다. 음원 유통사의 이름은 없다. '태양'이 당연히 레이블을 선택할 거라고 여겼다. 젊은 사람이면 몰라도 나이가 있는 사람이면 귀찮은 일을 싫어하기에, 머리부터 발끝까지 케어해줄 레이블을 선호할 것이다.

"뭘 걸었는데 그리 호언장담하는 거냐?"

어거스트가 슬쩍 물었다.

"당연히 최고의 귀환이죠. 저희 레이블 소속인 제나, 아리아드네, 칼의 컬래버 확답을 받았고, 마케팅도 최고로, 콘서트도 원한다면 언제든지 하려고 합니다. 아시다시피 능력 있는 매니저와 하우스매니저, 자산관리자, 변호사 등등도 준비되어 있고요."

"겨우 그게 다야?"

노인이 코웃음을 치자 존이 눈썹을 꿈틀거렸다.

"뭐가 마음에 안 드십니까?"

"참, 틀에 박힌 제안이구나."

"틀에 박히다니요? 당연한 제안인 것을. 어르신은 뭐가 불만족스러우신데요?"

"차별성."

반드시 그 레이블로 가야 한다는 차별성이 필요했다. 가만히 듣던 존도 "하!" 하고 탄성을 내뱉었다.

"저희 레이블이 차별성이 없긴 왜 없습니까! 저희 아티스트 각자 아름다운 개성을 가지고 있습니다. 그들과 컬래버할 수 있다는 게 차별성이죠."

"그것밖에 없는 건 아니고? 마케팅, 콘서트, 매니저 다 판에 박힌 말 아니냐. 그 말을 누가 못 해."

"판에 박힌 게 아니라 당연한 거라니까요. 최고의 귀환을, 영광을 되찾으려고 돌아온 뮤지션에게 가장 필요한 것이잖습니까."

"글쎄. 그가 가장 원하는 것일까?"

존은 노인이 자신을 시험한다고 생각했다. 원래도 이렇게 트집 잡고 끝까지 그의 의견을 물었기 때문이다. 그의 답은 틀리지 않았다.

"설마 어린애들 보는 동화처럼 사랑, 우정, 위기와 극복, 열정 그런 걸 바라시는 건 아니죠?"

"중요한 가치이긴 하지."

"런던 길바닥에 다이아몬드가 굴러다닌다는 소리 하지 마시죠. 이건 비즈니스입니다."

"비즈니스라. 그래, 네 회사니 나도 더 이상 잔소리하진 않겠다."

어거스트의 말에 존은 뭔가 혼이 나는 느낌을 받았다. 자신의 말이 틀리지 않았는데도.

"다만 하나만 물어보자."

"네."

"자넨 주주가 CEO를 임명할 때 가장 우선시하는 걸 뭐라고 생각하나?"

"당연히 능력이죠."

존은 당연하게 대답했다. 그는 어거스트가 자신의 능력을 인정해서 CEO로 만들어줬다고 믿었다. 아무것도 없었던 구두닦이 소년이 CEO가 될 수 있었던 건 경영 능력이 뛰어났기 때문이다.

"그래?"

노인은 긍정도 부정도 표하지 않았다. 존은 노인이 답답했지만 확실한 대답을 들려줄 거라고 기대하지 않았다. 늘 이러했기 때문이다. 그는 속으로 구시렁거리며 아인슈페너를 마저 마셨다.

"뭐, 어차피 태양이 응답한 건 아니니 의미 없는 소리입니다."

"그렇⋯."

존은 눈을 위로 올렸다. 어울리지 않게 말을 길게 끌다가 못 맺은 어거스트가 어딘가를 주시하고 있었다.

"왜 그러십니까?"

존은 노인을 따라 고개를 돌렸다. 그곳엔 별것 없었다. 늘 보이는 건물과 자동차, 간혹 오가는 사람, 그리고 좀 특이한 동양인 남자애 하나. 사실 그 애도 눈에 띌 정도로 새하얀 머리가 아니었으면 눈에 들어올 일이 없었을 거다.

그는 다시 고개를 돌렸다. 노인은 여전히 무언가를 주시하고 있었다. 동공이 일렁이고 눈꼬리가 찡그려졌다. 미세한 변화였지만, 존은 노인이 무언가에 반응하고 있다는 걸 알았다.

"어르신, 왜 그러세요?"

여전히 그의 눈에 들어오는 건 없었다. 그때였다. 어딘가를 보던 어거스트의 입이 열렸다.

"눈이⋯ 부시는구나."

"예?"

'뭔 소리를 하는 거지? 해가 뜬 게 언젠데.'

"존, 나는 단 한 번도 사람 보는 눈이 틀린 적이 없지."

"그렇죠. 어르신이 선택한 모든 사람이 스타가 되었죠. 그렇게 아우구스트를 일구었고. 존경할 따름입니다."

"그런데 그건 내 능력이 아니란다. 다들 믿지 않았지만, 나는 정말로 아무것도 하지 않았어. 내가 그들을 본 게 아니라 그들이 내 눈에 들어온 거야. 보란 듯이 빛이 나서, 보지 않을 수가 없더랬지."

존은 갑자기 어거스트가 왜 넋두리하는지 알 수 없었다. 그러나 분명 저의가 있을 테니 반문하지 않고 들었다. 그는 늘 노인에게서 무언가를 배워왔으니까.

"존, 사람이 태양을 짊어지고 다닐 수 있을까?"

어거스트는 눈을 찡그렸다. 그의 눈에는 태양처럼 강렬한 빛이 보였다.

"혹시 아틀라스를 말하는 겁니까? 아틀라스는 태양이 아니라 지구를 짊어졌습니다."

"자네는 그게 문제야. 늘 숫자와 정보를 파악하려 하지. 정작 중요한 건 따로 있는데."

그러곤 어거스트가 다시 중얼거렸다.

"왜 빛이 나는 걸까?"

"빛의 굴절 때문이죠."

이번에 어거스트는 콧방귀도 뀌지 않았다. 존의 말을 듣지 못한 듯 굴었다.

"저런 빛을 나는 단 한 번도 본 적이 없는데."

탄식 어린 감탄에 존이 단조롭게 대답했다.

"혹시 노망나신 건 아닐까요?"

"흠!"

이번엔 똑똑히 들은 어거스트가 존의 이마를 티스푼으로 때렸다.

'저 영감은 뭔데 아까부터 저렇게 쳐다보지?'

자신과 다른 이유로 머리가 하얀 노인이 찡그린 얼굴로 자기를 쳐다보자 헤일로도 눈싸움을 피하지 않고 쳐다보았다. 그러다 다리가 후들거리는 걸 깨달았다. 아직 연약한 몸뚱이다. 그렇게 러닝을 해줬지만, 이전의 몸보다 근육이 잘 붙지도 않았다. 헤일로는 부모님에게 연락도 할 겸 카페에 들어갔다. 시선이 등 뒤로 따라온다. 헤일로는 에스프레소를 시키고 야외 자리에 털썩 주저앉았다. 기타를 내려놓고 곧 들어가겠다고 문자를 보냈다. 아무래도 어머니는 문자보다 빈 호텔 방을 보고 더 놀란 것 같았다.

에스프레소에서 그윽한 향이 올라왔다. 커피와 잘 어울리는 클래식이 들려와 헤일로는 뺨을 괴고 음악을 감상했다. 그는 주로 격렬한 음악을 좋아하긴 하나 클래식도 좋아했다. '클래식'이란 이름으로 영원히 사람들에게 기억되는 건 그만큼 훌륭한 음악이라는 것이다. 어떻게 보면 모든 음악의 원형이라 할 수 있고 그리하여 가장 완벽한 형태일지도 모른다.

'그래도 취향이란 건 어쩔 수 없나.'

헤일로는 피식 웃고 왼쪽 고개를 돌렸다. 오른쪽에서 들려온 클래식보다 왼쪽에서 들리는 어설픈 재즈 연주에 더 끌렸다. 그윽한 색소폰과 아치탑 기타의 묵직한 음향. 테라스에 앉은 사람들이 클래식보단 건너편에서 들려오는 재즈에 더 귀를 기울이자, 센스 있는 카페 주인장이 클래식 소리를 서서히 줄였다. 남은 건, 끈적한 재즈였다.

최고의 연주자들이 녹음한 클래식보다 아마추어가 연주하는 곡의 완성도가 당연히 떨어짐에도 헤일로는 어설프면서도 기초적인 저들의 연주가 좋았다. 원래 사람은 자기가 갖지 못한 것에 매력을 느낀다고, 헤일로는 뻔뻔하게 그렇게 이해하기로 했다.

지이잉. 얼마간 듣고 있자니 어머니의 문자가 왔다. 어디서 만나자는 기조의 내용이었다. 재즈 연주도 끝나고 있겠다 슬슬 돌아가야겠다는 생각이 들었다.

"참 좋은 노래야."

어거스트의 말에 존도 동의했다. 둘 다 연주자의 실력이 훌륭하다고 생각하진 않았지만 그런대로 듣기 좋은 재즈였다.

"전 이만 가야겠습니다. 너무 오래 떠들었군요."

존이 시계를 보며 말했다. 그새 커피가 차갑게 식었다.

"그래, 먼저 들어가게."

"어르신은 더 계시게요?"

"나는 해야 할 게 있어서."

이제까지 존이 관심을 두지 못하게 하려고 재즈를 열심히 듣던 노인은 고개를 돌렸다. 존이 가면 태양을 짊어진 소년과 대화를….

"헉!"

"왜 그러십니까?"

어거스트가 자리에서 벌떡 일어났다.

"없어. 없어졌어!"

"네? 뭐가요?"

"그새 어디로 간 거지?"

급하게 주변을 살폈으나 하얀 실 한 올도 보이지 않았다.

"뭐가요?"

어거스트는 대답 대신 탄식만 내뱉었다. 그 빛을 놓치고 말았다. 한가로이 있었던 자신이 한심스러웠다. 기회가 있을 때 망설이지 말고 잡아야 한다는 걸 젊은 날 그리 배웠는데도 같은 실수를 반복했다. 그는 허탈하게 소년이 있었던 자리를 바라보았다. 신기루가 아니라는 듯 에스프레소 잔 하나가 덜렁 놓여 있었다.

* * *

"흠…."

캐롤라인은 한숨을 내쉬었다. 오늘따라 보스는 그녀가 내민 계약서를 볼 생각이 없는 것 같다. 좀처럼 일에 집중하지 못하고 신음을 흘렸다.

'오늘이 어떤 날인데!'

늘 사무실에 잔잔히 깔리던 클래식이나 재즈도 틀어놓지 않은 걸 보면 어딘가 한눈이 팔려도 단단히 팔려 있었다.

"도대체 무슨 일이세요?"

제 일을 하던 캐롤라인은 간간이 들려오는 신음에 참지 못하고 물었다.

"기회가 왔을 때 잡아야 하는 것을. 아이고 배야."

무언가 후회가 가득한 한마디다. 캐롤라인은 팔짱을 끼고 어거스트 베일을 바라보다가 그 앞에 블랙 캐모마일 티를 놓아주었다. 향긋한 꽃내음이 올라왔다.

"오늘이 무슨 날인지 아시죠?"

'나도 당신도 모두가 기다리는 날.'

캐롤라인의 시선에 보스가 점점 기운을 차렸다. 후회는 이미 늦은 것, 지나간 시간은 돌아오지 않으니 현재에 집중해야 했다.

"이제 얼마 안 남았어요."

'그'는 3시에 보자고 통보했다. 어거스트와 캐롤라인은 이 통보 방식을 전혀 이상하게 생각하지 않았다. 자신들이 갑인 걸 잘 아는 사람들의 방식이었으니 말이다.

'그래… 운명이란 게 존재한다면 언젠가 만나겠지.'

그는 '소년'에 대한 미련을 흘려보냈다. 그 아이가 성공한다면 언젠가 다시 만날 터다. 물론 다른 놈이 먼저 채갔다면, 몹시 배가 아프겠지만. 어거스트는 캐모마일을 마셨다. 캐모마일의 깨끗한 사과 향이 잡념을 씻어내렸다. 이제 다시 일에 집중할 차례다.

그리고 몇 시간 후. '그'가 도착했다는 메시지를 받고 캐롤라인과 함께 로비에 나간 어거스트는 '그 소년'을 다시 마주할 수 있었다. 도란도란 앉아 있는 동양인 가족 사이에 소년이 한눈에 들어왔다. 어거스트는 놀람과 환희를 느끼며 소년에게 다가갔다. 이름을 부를 수 없는 자처럼 모두가 쉬쉬했던 '태양'이 여기에 있었다. 그가 생각했던 외모도 나이도 인종도 아니지만, 이 소년이 '태양'이란 건 확실했다. 'HALO'라는 이름이 누구보다 잘 어울리는 소년이 었으니까.

* * *

"혼자 나가면 어떡해. 한국은 안전하니까 가만히 두지만, 외국은 아닌 거 알지?"

"일찍 깨서 산책만 다녀온 거예요. 별일 없었어요."

단지 산책이라고 할 수 없는 시간이지만, 아버지와 어머니는 혼내지 않았다. 여행 와서 아이만 두고 숙면한 자신들의 책임도 있다고 생각한 까닭이다.

"다음부터는 무슨 일이 있어도 같이 나가자."

그건 지키지 못할 약속이라는 걸 잘 아는 헤일로는 확답하지 않았다. 어머니에게 브런치를 먹자며 어영부영 말을 돌렸다. 뒤로 아버지의 매서운 시선이 꽂혔다.

"흠, 이걸로 될까?"

미팅 날이라 정장을 입은 노윤현과 박승아는 조금 예민해져 있었다. 동양인에 영어가 모국어가 아닌 만큼 무시당할 수 있다고 생각했다. 반면, 헤일로는 코트 차림으로 여유롭게 부모님을 기다렸다. 중간에 시간이 비어 당일 표를 파는 뮤지컬 티켓 부스에서 티켓팅을 하고 브런치로 피시앤칩스를 먹었다. 아침부터 웬 튀김이냐는 어머니는 살살 녹는 대구 튀김을 먹어보곤 하나 더 시켰다. 그리고 관광버스를 타고 도시를 탐방하던 그들은 2시쯤 되어서야 미팅을 할 회사로 이동했다.

"여기가…."

베일이 유통사라고 해서 딱딱한 물류 기업 혹은 실리콘 밸리의 스타트업 따위를 생각한 어머니는 의외라는 표정을 지었다. 베일의 로비는 회사라기보다는 잘 만들어진 갤러리 같았다. 벽에는 다양한 LP판이 걸려 있고, 정중앙에 작은 무대가 있었다. 누구나 이 무대에서 공연해도 된다는 듯 밴드 장비가 준비되어 있었다.

유럽 시장을 쥐고 있는 음원 유통사치고 작은 사옥에 사기당한 거 아니냐며 걱정했던 그들은, 막상 로비로 들어와서는 걱정을 까맣게 잊고 흥미롭게 돌아다니고 있었다. 특이한 건 로비에 사람이 한 명도 보이지 않는다는 점이다.

"곧 내려온다는데요."

헤일로는 도착했다는 연락을 넣고 벽에 걸린 음반을 마저 살폈다. 대개 모르는 이름이지만 음반의 디자인으로 그들이 어떤 음악을 하는지 보였다. 직접 들어보고 싶은 마음에 턴테이블을 찾아 주위를 두리번거리는 순간, 헤일로는 엘리베이터에서 나온 두 사람과 눈이 마주쳤다. 한 명은 금발을 질끈 묶은, 어머니 나이대의 백인 여성이었다. 클래식한 코트를 입은 여자는 사교적이고 밝은 인상을 풍겼다. 그녀의 뒤에 선 건 배가 조금 튀어나온, 길에서 흔히 볼 법한 노인이었다.

여성이 헤일로와 어머니, 아버지를 보고 잠깐 놀라는가 싶더니 이내 환히 웃었다.

"베일에 오신 걸 환영합니다. HALO 씨, 그리고 가족 여러분. 전 오늘 여러분의 계약을 담당할 캐롤라인 오설리반이라고 합니다. 편하게 캐롤라인이라고 불러주세요."

깔끔하게 자기소개를 마친 캐롤라인이 또각또각 앞으로 다가와 감격스러워하며 손을 내밀었다.

"팬으로서 HALO 씨를 뵙게 되어 영광입니다."

멀뚱하니 서 있는 노윤현에게.

아버지가 천천히 캐롤라인의 손을 바라봤다. 캐롤라인은 이상함을 전혀 눈치채지 못했다. 박승아가 눈을 데구루루 굴리며 아들을 찾았다. 헤일로는 이 상황이 재미있어 팔짱을 긴 채 웃고 있었다. 먼저 나서서 오해를 풀 생각은 전혀 없었다.

댓글에서 그의 정체를 추론하는 이들이 그랬듯 캐롤라인 역시 그를 중년 이상으로 생각했다. 서서히 캐롤라인의 얼굴이 떨리기 시작했다. 비즈니스우먼답게 여전히 미소를 유지하고 있었지만 무언가 실수했다는 걸 깨달았다. 그녀의 동공이 천천히 어머니를 향했다.

"설마… 미세스?"

어머니가 난처하다는 듯 웃었다. 캐롤라인이 재빨리 손을 어머니께 돌렸다.

그 순간 "짝짝짝!" 하고 박수 소리가 울렸다. 이제까지 캐롤라인의 뒤에 서 있던 노인의 것이었다. 노인이 캐롤라인 앞으로 걸어 나왔다. 평범한 런던 할아버지 같던 그가 순식간에 가장 높은 자리에 있는 사람 특유의 기백이 살아 있는 관리자의 모습으로 다가왔다.

"실수는 한 번만으로 족하겠지요. 무례를 용서하십시오, 헤일로 씨. 직원을 잘 관리하지 못한 탓입니다. 다시 인사드리겠습니다."

노인은 노윤현과 눈인사를 한 뒤 지나쳤고, 박승아도 마찬가지로 지나쳤다. 헤일로 앞에선 노인이 허리를 굽혀 눈높이를 맞추었다.

"만나 뵙게 돼서 반갑습니다, 헤일로 씨."

헤일로는 이 노인이 이전에 마주쳤던 사람이라는 걸 깨달았다. 런던 길바닥에서 같은 사람과 두 번 마주칠 확률이 얼마나 될까. 또 그 사람이 그를 알아볼 확률은?

"저도 역시 만나서 반갑습니다."

헤일로가 씩 웃으며 손을 내밀었다.

"헤일로입니다."

어거스트 베일, 그러니까 유통사 베일의 주인이라고 소개한 노인은 헤일로를 찬찬히 이끌며 내부를 안내했다. 자세한 구경은 계약 이후로 미루고 회의실로 이동하는 복도만 소개해주었는데도 꽤 많은 이야기가 나왔다. 베일의 창립 이념과 사업방향(DIY, 즉 Do It Yourself형 뮤지션을 타기팅하고 있다), 그리고 가장 중요한 표준계약 내용 등.

캐롤라인은 아무 말도 하지 않고 뒤따라왔다. 헤일로가 화났다고 생각해 가끔 눈치를 보았다.

헤일로는 재밌는 실수였던 데다 이해도 되는 상황이라 불쾌한 감정은 없었다. 실제로 노해일은 이제 막 성장에 들어간(호텔에서 2센티미터 더 큰 걸 확인했다) 중학생에 불과했다. 제정신인 사람이라면 헤일로라고 생각하지 않을 거다. 물론 '투쟁'을 만들 당시 그도 열여섯 살이었긴 한데, 황폐한 시기를 살아간 만큼 노해일과 큰 차이가 있었다.

'이 사람이 제정신이 아닐 가능성이 큰 거지. 혹은 사람 보는 눈이 좋든가.'

그를 보고 헤일로라고 단번에 깨달은 게 아니라, 소거법을 적용하면 그럴 수 있다. 노해일의 부모는 뮤지션 특유의 분위기가 없으니까.

본론은 미팅룸에서 나왔다. 어거스트는 우리 회사가 널 위해 무얼 해주겠다, 비전이 어떻고 돈은 어떻게 벌겠다는 등 감언이설을 내뱉지 않고 깔끔하게 계약서를 보여주었다. 메일이 압축된 형태였다면 지금은 원본 계약서였다.

"갑은 갑이 기획, 제작한 녹음물에 대한 독점적인 유통권을 을에게 부여하며, 을은 음원 유통 실적에 따른 수익금의 일정 비율을 갑에게 지급한다."

　음원 유통사라고 음반사와 계약서상에 큰 차이가 있는 건 아니었다. 비율 정산을 다루고 있는 건 똑같았고 유일한 차이라면 철저히 유통만을 다루었다. 헤일로는 계약서를 쭉 내려보다가 정산 비율이 정작 공백으로 되어 있는 걸 발견했다.

　"이건 뭐죠?"

　"지금부터 정해야 할 것들이죠."

　어거스트가 만년필을 꺼내었고 의문을 드러내는 헤일로의 앞에서 음반 회원가입비와 너튜브 로열티 징수 수수료의 공란을 채웠다.

　"이건, 일반적인 표준 계약 내용입니다. 싱글 9.99달러, 앨범 29.99달러, 너튜브 로열티 징수 20퍼세트."

　베일과 계약하는 인디 뮤지션은 보통 이 계약서를 받아든다. 다른 유통사와 비교했을 때 낮은 징수 비율에 많은 뮤지션이 만족했다. 자신의 음악에 대한 애정과 믿음이 강할수록 그랬고 실제로 그들은 수익에 만족했다. 하지만 이건 일반 계약서일 뿐! 헤일로와 눈이 마주치자 씩 웃은 어거스트가 계약서를 찢었다. 화들짝 놀란 가족들에게 놀라지 말라는 듯 양손을 들었다. 그사이 캐롤라인이 새 계약서를 안겨주었다.

　"그리고 이것이 헤일로 씨에게 맞춘 새로운 계약서입니다. 싱글 9달러에 앨범 25달러, 너튜브 로열티 커미션은 10퍼센트까지. 담당자가 뮤지션과 정말 간절히 계약하고 싶을 때 내어주는 계약서입니다."

　옆에서 같이 듣던 노윤현이 눈썹을 까딱였다. 회원가입비보단 커미션이 더 눈에 들어왔다. 20퍼센트에서 10퍼센트는 무척 큰 차이였다. 이쪽 계약서를 많이 보진 않았어도 뮤지션에게 꽤 유리한 계약서라는 건 알 것 같았다.

다른 뮤지션이었으면 황송해하며 이미 사인했을 내용이지만 헤일로는 그 비율에 까딱하지도 않고 물었다.

"그리고요?"

노윤현과 박승아는 어거스트와 캐롤라인의 표정을 살폈다. 그들은 아들의 흥정에 당연하다는 반응을 보였다.

어거스트가 활짝 웃으며 이번에도 만년필을 들었다. 펜촉이 계약서에 닿기 직전 입이 열렸다.

"기입하기에 앞서 헤일로 씨에 대한 베일의 진심을 말씀드리고 싶습니다."

순간 캐롤라인이 움찔했다. 아랑곳하지 않고 어거스트가 입을 열었다.

"처음 헤일로 씨의 음악을 들었을 때…."

어쩌면 긴 이야기였다. 처음 그의 음악을 듣고 얼마나 열광했는지, 사실 사측의 진심이라기보다 어거스트의 진심 같기도 했다. 적어도 캐롤라인의 얼굴이 점점 창백해지는 걸 보면 계획된 말은 아님을 알 수 있었다. 하지만 담담하게 옛날이야기를 하는 노인은 믿음직스러웠고, 또 노해일 부모의 마음을 말랑하게 만드는 데도 충분했다.

헤일로는 새삼 감동하진 않았지만 그래도 나쁘지 않았다. 묘한 기분이었다. 회사의 대표라는 사람이 그에게 성적이나 수익에 대해 얘기하지 않고 그의 음악에 대한 감상을 내놓는 건 처음이었다. 그의 음악이 훌륭하다는 건 새삼스럽지도 않은데 이 괴짜 같은 영감과의 합이 나쁘지 않을 것 같았다. 게다가 눈앞의 노인이 그를 가장 먼저 인지하기도 했다. 그에 대해 아무것도 몰랐던 상태에서. 물론, 우연일지도 모른다. 다시 말하자면 미치광이 노인네일 수도 있다. 그런데도 '처음'이란 건 꽤 의미가 있었다. 첫 앨범이나 첫 연인처럼. 노인은 이 세상에서 헤일로를 처음으로 인지했고, 헤일로는 처음으로 자신을 소개했다.

*"만나서 반갑습니다. 헤일로입니다."*

어쩌면 그때, 반쯤 마음이 기울었을지도 모르겠다.

"이것이 헤일로 씨의 영광을 바라는, 베일의 마음입니다."

이윽고 제 이야기를 끝낸 어거스트가 만년필을 들었다.

'무제한 유통비 1달러, 너튜브 로열티 1퍼센트.'

미팅이 끝났다. 그렇다고 계약이 끝난 건 아니었다. 분명 아들에게 말도 안 되게 유리한 계약임이 분명하나, 노해일의 부모는 아는 법조인에게 검토를 받고 싶어했다. 어거스트는 헤일로와의 계약을 확신했기에 사인을 미루는 걸 흔쾌히 받아들였다.

"그럼, 곧 다시 연락드리겠습니다."

인사를 마지막으로 다 함께 자리에서 일어났다.

그때, 어거스트가 입을 열었다.

"실례가 아니라면 헤일로 씨와 따로 이야기해도 되겠습니까?"

이번엔 헤일로가 아닌 그의 부모에게 물었다.

"…지금요?"

"네, 헤일로 씨와 이야기를 해보고 싶어서요."

그들이 의아한 기색을 드러내자 어거스트가 덧붙였다.

"따로 계약을 위해 설득하려는 건 아닙니다. 헤일로 씨가 현재

미성년이란 건 잘 알고 있고, 전 사실 설득하지 않아도 계약이 성사될 거라고 믿습니다. 이야기하고 싶은 건."

헤일로를 바라보는 그의 시선이 뜨겁다. 마치 오래된 팬처럼 하고 싶은 말이 많아 엉덩이가 들썩였다. 아까 회사의 진심이란 말로 속인 찬양이 괜히 나온 게 아니다.

"예비 파트너로서보다는 헤일로란 가수의 팬으로서 대화하고 싶은 거죠."

이제까지 팬심을 어떻게 숨겼나 싶을 정도다.

"해일이 넌?"

어머니가 묻자 헤일로는 고개를 끄덕였다.

"저도 이야기하고 싶어요. 먼저 가셔도 좋아요."

"아니, 널 두고 어떻게 가니?"

"베일을 안내해드리겠습니다. 저희 회사엔 재밌고 특별한 장소가 많아 흥미로우실 겁니다."

한국어로 이야기했지만 대충 대화의 뉘앙스를 눈치챈 캐롤라인이 반색하며 말했다.

"계약하실 때 참고하시면 더 좋고요."

그 말에 박승아는 살짝 혹했다.

"할아버지랑 조금 얘기하고 올래?"

"네, 다녀오세요."

부부가 시선을 나누었다. 곧 노윤현도 고개를 끄덕였다. 헤일로에게 눈빛을 한번 준 부부는 캐롤라인의 안내를 따라 미팅룸을 나섰다.

"혹시 스콜피온을 아시나요?"

해일의 부모와 캐롤라인의 목소리가 점차 멀어졌다.

헤일로는 어거스트가 저를 가만히 바라보고 있자 먼저 입을 열었다.

"편하게 말하세요."

이건 그 또한 편하게 대하겠다는 소리였다.

노인의 웃음이 짙어졌다.

"저는 당신에게 궁금한 게 많습니다. 헤일로 씨."

노인은 헤일로를 편하게 대하지 않고 경어를 썼다. 나이가 어리다고, 만만히 볼 생각이 없었다. 이성적으로 알 수 없는 구석이 있어 더 그랬다. 실제의 '헤일로'는 이상할 정도로 수상한 점이 많았다.

"어떻게 포시 영어를 구사할 수 있고."

동양의 아이가 뚜렷한 RP(Received Pronunciation: 규범 영어)를 사용하는 건 흔치 않은 일이다. 자국민이라면 EE(Estuary English: 실질적인 표준 영어)를 사용하는 게 대다수다. 다문화가정이거나 유학생이라면 모국어의 영향도 흔히 나타났다. 눈앞의 아이는 두 경우가 모두 아니었다. 영국 상류층에서 쓰는 포시다. 그리고 그가 잘못 들은 게 아니라면, 헤일로는 어거스트의 동년배나 쓸 법한 표현을 썼다.

"또 어떻게 그렇게 계약에 능숙할 수 있는지."

언어가 아니더라도 걸리는 건 있었다. 계약서를 태연하게 읽어 내리는 태도가 전혀 아이답지 않았다. 여유롭게 계약서를 읽으며 자신의 권리를 담담히 주장하는 건 톱스타들이 많이 보이는 모습이다. 그들의 모습이 열여섯 살의 헤일로에게서 보여서 의아했다.

"이해해주십시오. 늙으니 호기심이 많아지더군요."

고향에서 계약을 진행한 경험이 있나 싶었지만, 소년의 부모는 계약에 있어 상당한 경계와 긴장을 드러냈다. 적어도 이쪽 업계와 관련해서 계약에 익숙한 사람들이 아니었다.

여기까지 말한 어거스트는 헤일로의 얼굴을 살폈다. 소년은 계속 말해보라는 듯 미소를 띠고 있었다.

"답을 강요하는 건 아닙니다."

궁금하지만 중요한 건 아니다. 어거스트는 헤일로의 기분을 상하게 하면서까지 제 호기심을 채우고 싶은 마음이 없었다. 어쩌면 그의 모든 호기심은 다 지우지 못한 편견에서 비롯된 걸지도 모른다. 헤일로가 그가 상상했던 사람이었다면 나오지 않았을 질문이다.

"이제 와서 그게 뭐가 중요한가 싶군요. 중요한 건, 당신이 태양이란 사실뿐이지요."

가만히 어거스트의 말을 듣던 헤일로는 익숙한 단어를 듣고 눈썹을 꿈틀거렸다.

"태양이요?"

"아. 모르실 수도 있겠군요."

7,80대의 노인이자 예비 계약 상대가 그를 팬들처럼 태양이라고 부르니 의외였을 뿐인데, 어거스트는 조금 신난 얼굴로 '태양'이 그를 의미한다는 걸 알려줬다.

헤일로가 정체를 숨긴 과거의 톱스타라고 생각한 모두가 'HALO'라는 이름마저 부르면 안 되는 것처럼 쉬쉬했고, '그' 혹은 '그분 있잖아'라고만 부르던 와중 그가 한 달 동안 나타나지 않아 미쳐버린 고인물 팬 중 하나가 남긴 댓글 '태양이시여, 세상이 어둠에 잠겼습니다'에서 착안하여 '태양'이라는 애칭이 생겼다는 것이다. 30분가량의 이야기에 헤일로는 어째서 과거와 똑같은 별명을 얻게 됐는지 깨달았다. 과거와 굉장히 다른 이유임에도 결국 같은 이름은 얻게 됐다는 건 신기했다. 새삼 세상에 운명이란 게 있나 싶었다. 아무튼 자신이 태양이 된 것에 대한 이유는 잘 들었고, 이제 헤일로가 물을 차례다.

"저도 마찬가지로 궁금한 게 있습니다."

"무엇이죠?"

어거스트는 그가 무언가를 물어볼 줄 알았다는 듯 은은한 얼굴로 되물었다.

"어떻게 확신하셨어요? 내가 헤일로라고."

이 노인이 헤일로에게 의아한 점이 많은 것처럼 그도 마찬가지였다. 이 노인은 어떻게 자신을 보고 헤일로라고 확신하고 이 미팅룸까지 데려왔는가. 게다가 노인은 증명서류를 따로 요구하지도 않고 계약을 진행했다. 그가 '헤일로'라는 걸 한 치의 의심도 하지 않고 믿었다.

"상상했던 헤일로의 모습은 아니었죠."

헤일로는 노인의 질문에 아무것도 대답해주지 않았지만 노인은 순순히 대답했다.

"어떤 헤일로를 상상했는데요?"

헤일로는 댓글을 토대로 생각해보았다. 나이는 4,50대, 술고래에 애연가, 3대 중량 1,500킬로그램 이상에 신장은 2미터, 눈에서 빔이 나가는 과거의 톱 뮤지션이나 밴드. 그런 대답을 기대했으나 어거스트의 대답은 예상과 달랐다.

"세상의 풍파를 경험하고 극복한 청년."

노인은 그러고 능글맞은 웃음을 흘리며 물었다.

"아닌가요?"

헤일로는 더는 노인에게 그를 어떻게 알아봤는지 묻지 않았다. 사실상 그건 중요한 게 아니라 앞으로 어떻게 할지가 더 중요한 것이니 말이다.

"자, 그럼 이제 좀 더 건설적인 얘기를 해볼까요?"

노윤현과 박승아가 돌아왔을 때 헤일로는 미팅룸을 나왔다.

"잘 얘기했니?"

"네, 괜찮았어요. 회사는 잘 구경하셨어요?"

"예쁘게 잘 꾸며놨더라. 할아버지랑 무슨 이야기를 했어?"

"가면서 이야기해드릴게요."

그들은 어거스트와 회사를 안내해준 캐롤라인에게 눈인사하고 나왔다. 자세한 이야기는 계약서를 검토한 이후에 다시 나눌 예정이었다. 헤일로는 집으로 가는 길에 노인과 나눈 '건설적인' 대화를 잠깐 떠올렸다.

*"HALO'의 정체 관련해서 우리는 이야기할 게 있지."*

어거스트는 콘서트를 비롯한 음악 활동에 간섭하지 않겠다는 뜻을 밝혔다. 헤일로는 당장 실연(實演)할 생각은 없었다. 우선 아직 어린 몸인 관계로 콘서트하다 쓰러질지도 모르는데 이는 헤일로의 자존심이 용납할 수 없었고, 당장 그의 지난 앨범을 녹음하는 데도 급했기 때문이다. 곧 싱글앨범을 낼 거라는 계획에 노인은 공장형 작곡에 다시 한번 놀랐다. 굳이 그리 급하게 할 이유가 있냐고 물었다.

*"성공을 누리고, 팬과 소통하는 게 더 재미있지 않겠나?"*

*"팬과의 소통이 싫은 건 아니지만."*

헤일로는 이미 한 번 성공한 앨범으로 다시 성공을 누리는 건 너무 쉽다고 생각했다. 굳이 따지자면 그는 승부사였고 뻔히 아는 결과보다는 긴장감을 즐겼다. 그의 지난 앨범은 과거에 대한 기록일 뿐, 그는 아직 대중에게 들려주지 않은 앨범으로 새로운 성공을 누리고 싶었다. 그리고 그 첫 시작은 헤일로가 발매하지 못한 열세 번째 앨범 〈새벽이 오기까지는〉이 될 것이다.

한 달에 앨범을 하나씩 찍어내고 있으니, 열세 개 앨범을 다 내려면 1년이 넘게 걸릴 테고, 싱글까지 가면… 2년 정도 걸릴 거로 보고 있다. 길다면 길고, 짧다면 짧은 시간이다. 노해일의 나이를 생각한다면 '금방이지' 싶은 생각에 헤일로는 고개를 끄덕였다.

쉽다는 말을 어거스트는 어떻게 생각했는지 모르겠다. 그러나 아직 세상에 모습을 드러낼 계획이 없다는 말에 굉장히 즐거운 얼굴로 동의했다.

*"애먼 놈 하나 잡고 자기들이 맞다 틀리다 싸울 걸 상상하니 벌써 즐겁군. 껄껄."*

[역시 그는 살아 있었어. #Michael Jackson alive #because of 200 billion debt]
└ oh
└ 이 새끼들 또 시작이네.
└ 그래 지구도 평평해.

노인의 말에 헤일로는 자신도 댓글을 보면 흥미진진할 때가 있어 그의 마음을 이해할 수 있었다. 그리고 언젠가 사실이 밝혀졌을 때 놀랄 팬들의 반응이 기대되었다. 예상되는 건 싫다. 예상된다는 건 지루하다는 뜻이다. 팬들에게 항상 예상치 못한 경악스러운 충격을 남겨주고 싶은 그는, 여전히 새롭게 올라오는 댓글을 보며 미소 지었다.

"그래서 말 안 해줄 거야?"

어머니가 호기심 어린 눈으로 물었다. 아버지도 말은 안 해도 궁금한 눈치였다.

"그냥 앞으로의 계획을 말했죠."

헤일로는 어깨를 으쓱했다.

"더 열심히 하겠다고."

\* \* \*

계약서 검토 요청을 넣는 동안 헤일로와 가족들은 축제로 들뜬 런던을 돌아다녔다. 농담조차 블랙 유머를 추구하는 곳이지만 크리스마스만큼은 어떤 나라, 어느 도시와 비교해도 부족하지 않은 곳이었다.

헤일로는 한참 가족들과 즐거운 시간을 보내다 호텔에서 작곡하겠다는 명목으로 어머니와 아버지만 밖으로 내보냈다. 그들은 그리 믿는 눈치는 아니었지만 내심 데이트하고 싶었는지, 무려 세 번이나 호텔에만 있어야 한다고 강조한 후 나갔다. 잠시 후 창밖으로 그들이 나가는 모습이 보였다. 헤일로는 어머니와 아버지가 팔짱을 끼는 모습을 보며 보기 드물게 애정이 넘치는 부부라고 생각하며, 바로 기타를 둘러맸다.

크리스마스 축제는 술과 음악과 사람이 가득하다. 거리에 나와

잔을 부딪치고, 모르는 사람과도 괜히 이야기를 나눈다. 영화에서나 나올 법한 로맨틱한 상황도, 술과 음악이면 충분히 일어날 수 있다. 크리스마스 스트리트 마켓으로 가득한 트래펄가 광장에서 헤일로는 가장 좋아하는 것이 들려오는 곳으로 걸어갔다.

한쪽에서 들려온 경쾌한 어쿠스틱 기타와 또 다른 기타의 음향이 합주라고 하기엔 격렬하게 맞부딪히고 있다. 자연스레 호기심을 느낄 수밖에 없는 상황이다. 많은 사람이 몰려 있는 분수대로 들어간 헤일로는 후드집업의 모자를 눌러 쓴 남자와 또 다른 남자가 서로를 바라보며 기타를 치고 있는 걸 발견했다. 한 명이 능수능란하게 기타를 흔들면, 다른 한쪽은 피식 웃고 더 정교하게 기타를 친다.

'둘이 실력을 겨루고 있구나.'

보기 드문 광경임에도 한눈에 알아볼 수 있었다. 주변의 관객은 흥미롭게 지켜보다가 더 잘한다고 생각하는 사람에게 환호성을 질렀다. 술을 한 잔씩 걸친 그들은 두 남자가 멱살 잡고 싸워도 환호할 것 같은 분위기다. 그러나 멱살 대신 남자답게 기타로 싸우고 있다. 혹시 모를 사태에 미리 대기하던 경찰관은 좀 안심한다는 얼굴로 그들을 쳐다보았다.

엎치락뒤치락하는 경쟁은, 결국 후드짚업 남자의 승리로 끝났다. 아마추어라고 보기 힘든 실력이었다. 관중은 그의 정체를 궁금해했지만 애써 보려고 하지는 않았다.

"나를 이기고 싶은 도전자는 어디 없나?"

남자가 맥주를 들이켜며 물었다.

후드집업과 커다란 비니 아래로 새하얀 이와 피어싱, 그리고 문신이 드러났다. 그와 눈을 마주친 사람은 어깨를 으쓱이고 뒤로 물러났다. 프로 기타리스트고 뭐고 관심에 목매는 사람임이 분명했다.

"승부는 됐고 괜찮은 곡이나 연주해봐."

"흥이 깨져버렸으니 책임져!"

그를 보며 다른 관중이 외쳤다.

"연주라고? 내 연주는 그리 값싸지 않은데?"

"에일 한 잔이면 충분할걸."

다른 남자가 새 맥주잔을 들어 보이자 남자의 입술이 씰룩였다.

"콜!"

그러고는 다시 기타를 칠 자세를 하며 선곡을 고민했다.

"네 앨범은 없어?"

"그건 내 콘서트 가서 들어."

남자는 한동안 생각하는 듯하더니 갑자기 씩 웃었다.

"내가 요즘 푹 빠진 곡이 있는데."

남자가 맥주로 다시 목을 축였다.

"그게 난도가 꽤 높은 편이거든. 작곡가가 변태가 아닌가 싶을 정도로."

티키타카 해주던 관중은 이번에 기대 어린 눈으로 바라봤다. 얼마나 어려운 곡이길래 그렇게 훌륭한 기교를 보이는 남자가 긴장감을 보이는 건지.

"근데 진짜 좋은 곡이란 말이지. 제목은… '투쟁'."

헤일로는 놀라서 눈을 번쩍 떴다.

익숙한 단어지만 관중들은 고개를 갸웃했다. 제목만 봐선 팝이 아닌, 클래식을 연상케 했다. 사람들은 기타로 클래식을 보여주겠다는 건가 하며 의문을 표했다.

남자가 자세를 잡았다.

헤일로는 그가 든 기타가 포크(어쿠스틱) 기타라는 걸 인지했다. 일렉으로 표현했던 투쟁을, 포크로 어떻게 표현할지 궁금했다. 헤일로는 얼마나 잘하는지 들어보자, 하는 마음으로 팔짱을 꼈다.

잔잔한 선율이 들려왔다. 처음에는 우울한 블루스를 연주한 줄 알고 경직된 사람들이 열광했다. 일렉 기타의 분위기를 다 표현하진 못했지만 분명 괜찮은 연주였다. 몇 가지만 빼면.

"와!!!"

환호성이 광장을 울렸다.

남자가 헉헉거렸다. 기교도 기교지만 고조된 감정에 지친 모습이다. 누군가 그에게 에일 맥주를 건넸다. 남자는 반쯤은 다 흘리며 맥주를 삼켰다. 남자의 눈이 관중을 둘러본다. 그러다 누군가와 눈이 마주쳤을 때 남자가 무릎을 살짝 구부리며 물었다.

"어땠어, 꼬맹이?"

누굴 보고 꼬맹이라고 하는 건지 모르겠다. 헤일로는 팔짱을 낀 채로 말했다.

"기대했던 것보단 좀 아쉬운데."

"천만… 아니, 뭐라고?"

칭찬이 돌아올 줄 알았던 남자는 당황했다.

다른 곡이었다면 헤일로도 칭찬해줬을지도 모르겠다. 그러나 그의 곡을 치며 다섯 번이나 실수했는데 칭찬하긴 그랬다.

"뭐라고 했냐, 꼬맹아?"

"지금까지 다섯 번이나 틀렸어. 도입부 7초에서 한 번, 1분 33초에서 한 번. 그리고… 더 불러줘?"

말문이 막힌 남자가 팔짱을 꼈다. 자기가 실수했다는 건 인지했지만 그걸 관중에게 지적당할 줄 몰랐던 것이다. 남자의 눈이 헤일로의 등 뒤로 향했다. 남자의 입술이 씰룩이며 움직였다.

"난 모르겠는데?"

"그래?"

남자가 히죽 웃었다.

"그러니까 네가 알려줄래, 꼬맹이?"

고개를 까딱이며 헤일로의 기타를 가리켰다.

"내가 엄청나게 존경하는 뮤지션의 곡이라 잘해야 할걸."

"그게 누군데."

"어…."

말문이 막힌 남자는 저보다 스무 살 이상은 어릴지 모를 아이에게 말싸움에 졌다는 걸 깨닫고 말을 돌렸다.

"그래도 괜찮게 연주하면 내가 널 다시 볼지도 모르지. 기타를 가르쳐줄 수도 있고."

헤일로는 가볍게 코웃음을 치고 기타를 꺼냈다.

용감한 청소년의 모습을 관심 있게 바라보던 사람들이 휘파람을 불었다.

"네가 나한테 배워야겠지."

헤일로는 남자의 표정이 이상해지는 걸 보고, 기타를 들었다.

똑같은 '투쟁'이 울려 퍼진다. 같은 포크 기타, 하지만 기타의 품질 때문에 차이가 날지도 모르겠다. 일렉 기타를 가져오지 않아 아쉽긴 하지만 어쿠스틱 버전이라고 해도 헤일로는 어렵지 않다. 그의 음악이었으니까.

기타가 멈췄을 때, 헤일로는 남자를 바라봤다. 들어보니 어떻냐는 의미였는데, 남자는 아무런 말도 하지 못했다.

"어썸(Awesome)!"

반면, 관객들은 손뼉을 쳤다. 그들은 크게 기대하지 않았다가 크리스마스 선물을 받은 것처럼 즐거워했고 경탄했다.

"도대체 뭐야!"

"내 생애 최고의 연주였어, 꼬마야. 저 뺀질이보다 훨씬 잘하네."

"한잔할래?"

몇몇이 그에게 에일 잔을 건넨다. 영국은 여느 나라처럼 만 18세 미만에게 주류 판매를 금지하고 있지만, 음주 자체에 대한 통제는 적은 편이었다. 실제로 16세도 보호자의 관리하에 펍에 출입할 수 있었고, 11세 어린이 여섯 명 중 한 명이 가정에서 매주 음주하고 있다는 통계 결과도 있다.

"안타깝게도 에일은 내 취향이 아니라서."

영국 하면 에일이 유명하지만 헤일로는 에일보다 위스키, 진, 럼 등 도수가 센 걸 즐겼다.

"그래, 아직 오렌지 주스가 맛있을 나이지."

'그 말은 아니었는데.'

헤일로의 표정이 불퉁해지자 농담을 건넨 아저씨가 낄낄대며 웃다가 빈 잔에 지폐 여러 장을 돌돌 말아 쑤셔 넣었다. 새빨간 색의 파운드로 통 큰 팁이었다.

"이렇게 훌륭한 연주를 공짜로 들을 순 없지."

그 시원한 목소리에 다른 사람들도 돈을 채워넣었다. 데뷔하면 앨범을 사겠다, 콘서트에 꼭 가겠다, 슈퍼스타가 되라는 덕담도 해주었다. 어떤 프로그램 오디션에 나가라고 권하는 사람도 있었다. 누구도 그를 기성의 뮤지션이라고 생각하지는 않았다. 그럴 수밖에. 겉보기엔 청소년이었을 뿐이니(그것도 실제 나이보다 어려 보이는).

'저걸 어떻게 처리하지?'

헤일로는 하이파이브 요청에 응한 후 잔이 수용하지 못한 돈을 빤히 바라보았다. 그러던 와중 뒤에 있던 남자가 그의 어깨를 턱 잡았다.

'뭐지?'

헤일로의 눈썹이 까딱였다.

남자의 눈이 불길할 정도로 반짝거린다 싶었다.

"너."

처음엔 시비를 거는 줄 알았다.

"내 밴드로 들어와라. 잘해줄게. 꼭 들어와."

남자는 부끄러워하거나 화가 난 게 아니었다. 단지 상대가 기분 나쁠 정도로 강렬하게 바라보는 게 문제였다.

"벌써 어디 들어간 건 아니지?"

헤일로는 들어갔다고 하려다 고개를 저었다. 아직 도장을 찍진 않았으니, 아직 베일과 계약관계는 아니다.

"아직."

"좋았어."

남자는 전율과 기쁨을 떨쳐내며 말을 이었다.

"너는 천재야. 꼬마야, 너는 기타리스트가 되어야 해. 취미 수준으로 남겨둘 게 아니라는 소리야."

관중들이 단순히 애치고 잘한다 여겼다면, 남자는 소년의 재능을 알아보았다. '투쟁'은 생각했던 것보다 더 복잡한 곡으로 아무나 칠 수 있는 게 아니었다. 그런 걸 여유롭게 해내는 걸 보면…. 남자가 침을 꿀꺽 삼켰다. 재능이 탐이 났고, 이 아이가 채워줄 밴드의 모습이 너무 아름다워서 인내심을 갖기 어려웠다.

"나랑 같이 밴드를 하자. 우리 팀에 최고의 기타리스트가 있거든. 걔가 너에게 많은 걸 알려줄 거야. 유명해지고 싶지 않아? 돈도 명예도 모든 걸 얻을 수 있어."

헤일로가 가만히 듣는 걸 남자는 긍정의 의미로 받아들였다. 그가 침을 튀기며 말했다.

"세계 최고의 밴드를 만드는 거야. 꼬맹이, 너는 기타를 연주하고, 나는 노래를 부르고. 어때?"

헤일로가 씨익 웃었다.

남자도 그를 따라 웃었다. 아이가 분명 좋다고 할 거로 생각했다. 세상에 유명해지는 걸 싫어하는 10대가 어디 있겠는가.

"No."

있었다.

거절을 예상치 못한 남자는 입술을 달싹였다. 그리고 흥분한 상태로 말을 내뱉었다.

"네가 몰라서 그러는데 내가 엄청 대단한 사람이거든? 아무 때나 오는 기회 아니라고."

그러고는 보란 듯 슬쩍 비니 아래의 얼굴을 쓱 보여줬다.

헤일로는 처음 보는 얼굴이라 멀뚱히 바라봤다.

"설마 날 몰라?! 어떻게 모를 수가 있지? 다시 봐봐."

남자는 다시 한번 보라고 비니를 쓱 올렸다. 이번엔 좀 더 올려

이마까지 보였다. 그리고 전갈이 새겨진 비니를 다시 내린다.

"이래도 몰라? 하!"

헤일로가 여상히 바라보자 남자는 자존심이 상했다. 잠깐 고심하며 자리에서 빙글빙글 돌더니 이내 후드를 내리고 비니도 벗었다. 입술에 박은 피어싱과 초록색 머리가 튀어나왔다. 한쪽 뺨에 새겨진 작은 전갈 문신과 함께 목의 문신도 같이 보였다. 커다란 로마자가 그의 목을 두르고 있었다. 'SCORPION.'

"스콜피온."

"그래!"

헤일로는 글자를 그대로 따라 읽었을 뿐인데 남자가 손뼉을 쳤다.

"그래, 바로 나야. 모를 리가 없지. 이제 네가 얼마나 대단한 기회를 놓쳤는지 알겠니?"

"글쎄."

"글쎄?"

"그건 모르겠고, 중요한 건 따로 있는 것 같은데."

헤일로가 고개를 까딱이자 남자가 따라 고개를 돌렸다. 그리고 그는 그를 잡아먹을 것처럼 바라보는 군중을 발견했다.

"스콜피온?"

"저거 스콜피온의 릴 아니야?"

"스콜이 나타났다!"

수군수군하는 소리가 점점 커지더니 파도처럼 커졌다.

"이런!" 하며 남자가 뒤늦게 후드를 올렸지만, 볼 사람은 다 본 후였다. 급하게 제 기타를 챙긴 남자는 도망가려다 말고 외쳤다.

"내일! 이 자리에서 다시 만나자!"

헤일로는 코웃음을 치며 기타를 케이스에 넣었다. 내일 베일과 미팅이 있다. 일정이 없었더라도 나오지 않을 테고. 그와 앞으로도 영원히 만날 일 없을 거 같다.

'그나저나 이건 어떻게 처리하지?'

헤일로는 술 대신 지폐가 차오른 잔을 들어보았다. 곧 어떻게든 쓸 거라며 어깨를 으쓱하고 기타를 멨다. 그는 설마 저 전갈과 다시 만나게 될 줄 꿈에도 상상하지 못했다.

* * *

저녁 시간에 맞춰 베일에 도착했을 때였다.

"어! 넌…! 그 꼬맹이?!"

'이 자식이 왜 여기에 있지?'

헤일로는 미간을 살짝 찌푸렸다. 트래펄가 광장에서 한창 헤매고 있어야 할 남자는, 베일 로비에서 친구들(밴드)과 시끄럽게 떠들고 있었다. 어제 부랑자 같은 패션을 하고 있었다면 오늘은 가죽 재킷에 초록색 머리를 깔끔하게 빗어 올렸다.

"꼬맹이! 내가 오늘 낮에 얼마나 애타게 찾았는데! 왜 안 나왔어?"

"난 약속한 적 없는데."

"그… 그건 그렇지."

남자가 말문이 막혀 입을 다물다가 제 친구들을 돌아보았다.

"얘들아, 얘가 내가 말한 개야. 천재 꼬맹이! 우리의 새로운 멤버가 되기 충분한!"

뒤에 있던 친구가 소년을 흘끗 살피더니 뚱한 표정을 지었고 또 다른 남자가 두 팔을 올리며 말했다.

"미안해, 얘야. 이 친구가 좀 이래."

그가 머리 옆에 손가락을 돌렸다.

"부디 경찰에 신고만 하지 말아줘. 아직 대출 빚을 못 갚았거든. 한 5년만 있으면 돼."

진담인지 농담인지 모를 블랙 조크를 던진 그는 신사처럼 정중히 사과했다.

"무례를 용서하세요, 미세스, 미스터. 저희 리더가 어제 아드님의 기타 연주를 듣고 반해서 우리 밴드로 데려오고 싶어 합니다."

"리더라면…?"

"아, 인사가 늦었죠? 스콜피온입니다. 이쪽이 멤버고, 저는 담당 매니저입니다."

담당 매니저가 노윤현과 박승아에게 이들이 이상한 사람이 아니라고 해명했다. 부부는 베일에 있는 사람이야 뮤지션 아니면 직원일 게 뻔해서 처음부터 우려하지 않았다.

그사이 스콜피온의 리더가 헤일로 앞으로 튀어나왔다.

"결국 재회한 건 네가 우리 멤버가 될 운명이라는 거겠지?"

"아닐걸."

헤일로가 피식 웃었다.

헤일로가 다시 한번 거절하자, 리더가 "왜?" 하며 외쳤다. 다른 건 몰라도 그는 진심으로 소년이 멤버가 되길 원했다. 그는 편견이 없는 사람이다. 30대로 구성된 그룹에 10대 소년을 멤버로 들어오라고 할 정도로 말이다.

"다른 목적으로 온 거거든, 여기에."

헤일로의 말에 리더가 고개를 기울였다. 의문을 표하려고 할 때였다. 익숙한 목소리가 그들 사이로 끼어들었다.

"맞네. 릴, 안타깝게도 멤버 영입은 불가능할 것 같네."

"대표님?"

"그는 오늘 나와 계약할 거거든."

"네?"

상황을 살피며 캐롤라인과 함께 다가온 어거스트 베일이 헤일로를 흘끗 바라보았다. 괜히 '태양'이 아니라는 듯 어디에서나 눈에 띄고, 어디에서나 사람을 끌어들이고 있었다. 그게 스콜피온의 리더인 릴이 될 줄 몰랐지만. 어쨌거나 헤일로에게 잠깐 기다려달라고 한 어거스트는 릴을 타박했다.

"그나저나 돌아가라 했잖은가. 왜 아직도 여기에 있어?"

"오늘따라 회사에 사람이 없길래 무슨 이벤트라도 있나 했죠."

"이벤트는 무슨. 크리스마스에 어떻게 일을 시키겠는가. 그러다 다들 파업하네."

"뭐, 대단한 인물이라도 오는 건 아니고요?"

어거스트는 잠깐 릴을 살피며 '가끔가다 미친 듯한 촉이 발동되는 놈'이라 생각했다. 음악적 재능도 거기서 왔을 정도로 릴은 촉이 날카로울 때가 있었다. 다행히도 그는 그 이상으로 생각하지 않았다. 누가 '태양'이 여기에 왔을 거라고 상상할 수 있겠는가. 이 회사 내에서 '태양'과 계약한다는 걸 알고 있는 사람은 그와 캐롤라인이 다였다. 비밀을 아는 사람은 적을수록 좋다. 릴이 소년에게 관심을 보이는 건 오로지 멤버 영입의 목적뿐이었다.

"대단한 인물이 온다면 극진하게 맞아야지. 이렇게 비면 되겠나?"

"그건 그러죠. 그리고 대단한 인물은 이쪽이 아니라 저쪽으로 갈 테고요."

리더가 마지막 미련을 담아 헤일로를 쳐다보았다.

"혹시 기타리스트의 재능을 키우고 싶다면 우리에게 찾아와. 언제든 받아줄 테니."

헤일로는 당연히 거절하려다 문득 의문을 가졌다.

"내가 잘하는 건 알겠는데. 그렇게까지 날 영입하고 싶은 이유가 뭐야?"

헤일로는 리더가 왜 그렇게까지 자신을 영입하고 싶어 하나 궁금했다. 물론, 자신의 연주에 경탄하는 건 이해하지만, 이미 기타리스트가 있는 밴드에 굳이 데려가려는 걸까 싶었다. 밴드를 오케스트라처럼 꾸리고 싶은 게 아니라면.

"나는 목표가 있어."

리더가 진지하게 입을 열었다.

"최근에 생겼지. 최근에 난 엄청난 사람을 만났어. 그 사람의 음악은, 말로 표현하기 어려운데 섬세하고 우울하면서 강렬하고 압도적인 그런 노래였어. 섬세하면서 강렬하다니 그게 말이 돼? 근데 그 사람의 노래는 그랬어. 정말 말도 안 되는 곡이었다고. 심지어 그는 그런 곡을 습작처럼 아무 데나 올리기까지 했어. 나라면, 절대 하지 않았을 일을 아무렇지 않게, 언제든 만들 수 있다는 듯."

허탈하게 웃은 리더는 허공을 주시했다.

헤일로가 보기에 뭐라고 해야 할까, '현타'를 느낀 동시에 사랑에 넋이 나간 얼간이 같았다.

"그래, 그런 곡을 만들 수 있는 사람이라면, 언제든 다시 만들 수 있겠지. 난 그래도, 그가 비슷한 장르를 내보일 거로 생각했어. 자기 복제 같은 게 일어나도 이상하지 않았지."

그러다 리더가 갑자기 무릎을 꿇었다. 그가 허공에 올린 손가락에 태양이 새겨져 있었다. 최근에 새로 새긴 문신 같았다.

노윤현과 박승아는 화들짝 놀랐지만, 어거스트도 스콜피온의 다른 멤버도 익숙하게 그를 바라보았다. 이런 일이 한두 번 있었던 게 아니었다.

'그래, 미치광이라고 했나.'

"하! 그런데 다음 앨범이… 겨우 한 달 만에 올린 새 앨범은… 내 예상과는 완전히 달랐어. 그 사람이 그런 곡을 만들 거라곤 짐작도 하지 못했지. 마치 다른 사람이 된 것처럼 어떻게 그렇게 아름다운 곡을. 멘델스존이 살아 돌아와 팝을 한다면 그런 음악이 나올까?"

이쯤 되면 리더가 누굴 말하고 있는지 모르는 사람은 없을 것이다. 상황이 상황인지라 어거스트가 능글맞게 웃으며 헤일로를 쳐다보았다. 첫 번째 광신도를 만난 기분이 어떠냐는 것이다.

"나는 그와 어깨를 나란히 두고 싶어. 그와 같은 음악을 만들고 싶고, 그와 함께 음악에 관해 이야기하고 싶고. 어쩌면 그와 친해질 수 있을지도 모르지. 그를 위해서 나는 그와 견줄 수 있는, 아니 발끝은 따라갈 수 있는 사람이 되어야 해."

리더가 벌떡 일어나 헤일로 앞에 섰다.

"천재 꼬맹아, 나와 같이 세계 정상에 가자. 그리고 엄청난 음악을 만들어보자."

리더의 진지한 목표를 들은 헤일로가 담백하게 답했다.

"놉(Nope)."

* * *

"하하하, 열정적인 팬을 만난 기분이 어떤가?"

"다를 게 있나요."

헤일로는 태연하게 대답했다.

어거스트는 그 대답에 다시 껄껄대며 웃기 시작했다. 그는 헤일로의 신선한 반응을 기대했지만 아쉽게도 헤일로는 이미 저런 광신도를 많이 겪어보았다.

'그래도 좀 다른 건 있네.'

예전엔 자신의 외모와 모든 것이 알려진 상태에서 찬양하는 광신도가 많았다면, 지금은 아무것도 모른 채로 찬양하고 있다. 헤일로는 "그가 미남이 아니었다면 부랑자가 되었을 것이다"라고 한 평론가들이 잠깐 떠올랐다. 생각해보면 그들의 말 중 옳은 건 많지 않았다.

어거스트가 'HALO'라는 이름과 노해일의 영문명 'Haeil Roh'의 상관관계를 깨닫고는 흥미로워하는 가운데 계약서 서명이 진행됐다. 헤일로는 베일과 유통계약을 맺었다. 어거스트는 그들이 영국을 떠날 때쯤 글로벌 스트리밍 플랫폼에 음원이 풀릴 거라고 했다. 실제로 프랑스에 도착했을 때 디지털 공식 음원이 발매되었다. 스포티파이를 포함한 전 세계의 음원 스트리밍 플랫폼에 HALO의 1집과 2집 앨범이 올라갔다. 앨범 표지는 영국에 있는 어떤 장소의 흑백사진이었다. 헤일로가 앨범의 배경이라며 말했던 장소를 서비스 삼아 표지로 만들어준 것이다. 헤일로는 제 얼굴이 없는 앨범 표지가 신선하면서 나쁘지 않았다.

계약을 마치고 그들은 곧장 귀국하진 않았다. '여행'이라는 목적에 맞게 영국을 거쳐 프랑스, 이탈리아까지 돌았다. 1월인 만큼 유럽 각지에서 축제가 열렸다. 또한, 유럽이라면 꼭 봐야 할 볼거리가 있었다. 축구, 뮤지컬, 오페라… 거기에 식도락도 빼놓을 수 없다.

헤일로는 간혹 부모 몰래 빠져나가 자기만의 시간을 즐겼다. 새로운 장소에서 새로운 음식을 먹고 새로운 친구를 사귀는 게 사실 진정한 여행 아닌가. 남녀노소 상관없이 그들과 친구가 된 헤일로는 기타는 연주했지만, 노래는 따로 부르지 않았다. 한국에 귀국해서 3집을 만들고 싱글앨범도 생각한다면 목을 아끼는 게 좋을 것 같았다.

2주로 계획했던 여행 일정이 3주까지 늘어나며 항공권 일정도 뒤로 미뤘다. 그들이 인천공항행 비행기에 올라탄 건 1월 중순이 되어서였다.

[손님 여러분, 우리 비행기는 곧 인천국제공항에 도착합니다. 좌석벨트를 매주시고 창문 커튼을 열어주십시오.]

헤일로는 캐리어를 끌고 출입문으로 나왔다. 유럽에서 새로 맞춘 옷을 입은 그에게 이국적인 느낌이 물씬 풍겨 간혹 누군가 흘끗 시선을 던지곤 했다. 이전보다 큰 보폭으로 성큼성큼 걸어간 헤일로는 벽에 붙은 커다란 거울을 보았다. 소년과 청년, 그 경계 사이에 있는 노해일이 그를 바라보고 있었다.

# 12. 나는 헤일로

헤일로는 소파에 등을 대고 책상다리를 한 채 기지개를 켰다. 장시간의 여행에 몸이 뻐근했다. 아직 관절이 저릿저릿하기도 했다. 어머니는 급격한 성장 때문일 수도 있다고 말해주었다. 성장통이 있다는 건 앞으로 더 성장할 수 있다는 것이니, 그 과정이 불편하고 고통스러울지라도 충분히 감내할 수 있었다. 그러나 짐 정리는 감내할 것이 못 된다는 듯 헤일로는 귀찮은 얼굴로 캐리어를 바라보았다. 방문 앞에 대충 던져둔 캐리어에는 아직 짐이 가득했다. 그가 정리해둔 건 가져갔던 기타뿐이었다.

헤일로는 캐리어를 발로 툭 밀쳐두고 방으로 들어가 컴퓨터 앞에 앉았다. 슬슬 3집, 아니 싱글을 먼저 찍어야 할지…. 특별한 날을 위한 곡은 아닌지라 우선순위를 고민하며 메일을 확인했다. 드르륵, 스크롤을 내리자 여행하는 동안 쌓였던 메일이 탑을 이루고 있었다. 그의 음원이 디지털 스트리밍 플랫폼에 출시되었으니 분명 유통계약을 한 걸 알 텐데 여전히 유통사의 메일도 와 있었고, 무엇보다 대형 레코드나 대형 매니지먼트의 러브콜도 끊이지 않았다. 유통과 제작, 매니지먼트는 엄연히 다른 영역이니 간을 보는 것 같았다. 또 UK저작권협회에서도 저작권 등록이 완료되었다는 메일도 왔다. 베른협약을 믿고 원본을 등기로만 보관하고 있던 그를 베일에서 설득했다. 영국에 저작권 등록제도가 따로 존재하진 않으나, 법적 추정력을 위해 등록해놓는 게 최근의 추세라고 알려주었다. 물론 그 최근의 기준은 2000년대 즈음이었다. 한번 만들어놓으면 이후부터 베일에서 등록해줄 수 있다고 해서 영국에 있는 동안 해결했다.

헤일로는 이후 베일에서 보낸 플랫폼 리포트를 확인했다. 플랫폼별로 전날 음원 수익부터 음원 판매 추이와 스트리밍 추이가 찍혀 있었다. 음원 출시 첫날, 점차 시간이 흐르며 저조하던 그래프가 어느 순간 폭발적으로 상향했다. 정확히 음원 출시 후 3일이 된 시점이었다. 음원 플랫폼에 갑자기 '태양 만세'와 각종 이모티콘이 도배되기 시작했다. 아직 너튜브 커뮤니티에 공지도 안 했는데 어떻게 알고 찾아왔는지, 헤일로는 익숙한 이들의 모습에 피식 웃었다. 따로 공지를 쓰지 않아도 되겠다 싶었다.

그런데 공지와 관련해 채널에서 싸움이 난 적이 있다. 원래 구독자끼리 싸우는 경우가 많아 그는 크게 신경 쓰지 않았다. 그가 한창 유럽 여행을 즐기고 있을 때쯤, 이제까지의 무소통에 대해 불만이 생긴 사람이 '소통하지 않는다면 너튜브를 왜 하시는 겁니까?'라는 댓글을 남겼다. 하지만 불길은 '싫어요 999+'와 '태양은 원래 말이 없으시어다', '예로부터 인간은 하늘의 뜻을 직접 구했지'와 같은 대댓글로 진압되었다.

헤일로가 검토하고 있는 플랫폼 리포트 하단에는 '이제 얼마 남지 않았다'는 코멘트와 어거스트 베일이 쓴 것으로 보이는 메시지가 있었다.

'곧 빌보드와 만나겠군요. 기분이 어떻습니까?'

헤일로는 머리 뒤로 손깍지를 끼고 기댔다. 그는 빌보드 뮤직 위크라면 지겨울 정도로 올라봤다. 이번에는 이전보다 더 빨리 오르겠구나 싶을 뿐이다.

귀찮은 업무를 확인하고 헤일로는 손가락을 만지작거리며 MIDI를 켰다. 그러는 와중 진동이 울렸다. 발신인은….

"얘는 여전하네."

대충 한국에 들어왔냐는 내용이었다. 헤일로는 메시지를 쓱 내렸다. 특별한 말이 아니라 대강 보고 끄려고 하는데 마지막 문장이 눈에 걸렸다.

장진수: …그리고 미안해.

그 이후로 온 메시지는 없었다. 헤일로는 굳이 왜냐고 물어볼 생각은 들지 않았다. 물어보지 않아도 대충 알 것 같았다. 한참 TV에 나오고 있을 장진수가 뜬금없이 사과할 이유는 하나밖에 없었다.

'떨어졌구나.'

헤일로는 검색창에 〈쇼 유어 쇼〉를 입력했다. 다른 이름을 검색할 필요 없이 모든 내용이 기사로 요약되어 나왔다. 그동안 무슨 일이 일어났고 시청자 반응이 어떤지 굳이 영상을 보지 않아도 되었다.

"흠."

좀 복잡하지만 떨어지긴 했다. 그 복잡한 과정 때문에 욕도 먹고. 장진수뿐만 아니라 그 팀, 그러니까 멘토와 멘티 페어팀이 같이 욕을 먹고 있었다. 이 모든 것은 헤일로가 영국에 있을 때 방영된 〈쇼 유어 쇼〉 3화에서부터 시작되었다.

장진수의 곡 '쇼 바이 쇼'가 순항하기 시작할 때쯤, 2화에서 2차 합격자들을 발표한 뒤 다음 경연을 소개했다. 바로 '너 나와' 식의 일대일 경연이었다. 장진수는 당시 모두의 관심사였기에 많은 이들에게 '너 나와'를 받았고, 우승 후보 하나와 맞붙었다.

'아. 그래서….'

헤일로는 문득 장진수가 엘리베이터 앞에서 했던 말을 떠올렸다.

*"야, 노해일 있잖아. 이제 나 도와주지 않아도 돼. 힘들어도 내가 스스로 해볼게."*

장진수는 그때 3화 촬영을 앞두고 있었다. 패자부활전에서 지면 완전히 끝. 그렇게 나가고 싶어 했던 〈쇼 유어 쇼〉에서 어떤 결과가 나오든 받아들이겠다는 각오로 그에게 말했던 것이다. 헤일로는 당시 막연히 무슨 일이 있나 보다 짐작했지만, 이젠 완전히 이해했다. '별로'라는 피드백을 받고 뛰쳐나갔던 예전의 장진수의 모습이 아니었다. 청소년 시기를 성장기라고 칭하는 건 단순히 육체만을 말하는 게 아니구나 싶었다.

그리고 장진수의 '성장'은 3차 패자부활전에서 드러났다. 장진수의 실력이 눈에 띄게 발전했고 심사위원 모두가 성장했다고 인정해줬다. 다만 다른 사람들도 같은 자리에 머물러 있지 않았다. 장진수는 수많은 계단을 올라왔지만 단 한 순위 차이로 떨어졌다. 모두가 잘했다 인정하고 장진수는 울면서 고맙다고 하며, 아름다운 엔딩이 났다. 그랬어야 했다.

그런데 3화 마지막 엔딩을 장식한 건 장진수의 눈물 어린 인사가 아니라, 황제일 프로듀서의 와일드카드였다. 결과가 달랐다면 어떻게 되었을지 모르나, 결국 경합에서 떨어졌으니 장진수는 먹지 않아도 될 욕까지 먹고 있었다.

헤일로는 문득 '얘도 굴곡 있게 사는구나' 하는 생각이 들었다.

* * *

빌보드 차트! 누군가의 가슴을 뛰게 만들며 누구나 그 존재를 아는 '빌보드 차트'는 1936년 출간되어 60년 넘게 공신력을 지키고 있었다. 이젠 세계에서 가장 대중성 있고 공신력을 인정받는 차트이자, 전 세계 대중음악의 목표가 되었다. 물론 이 차트도 2020년쯤 신뢰성 논란에 휩싸이긴 했다. 그럼에도 빌보드 차트는 여전히 강력한 영향력을 지니고 있었다.

빌보드 차트에서 메인 차트라고 할 수 있는 두 가지 차트가 있다. 매주 가장 인기 있는 음원의 순위를 매기는 차트 '빌보드 핫 100'과 실물 앨범(Physical Album) 판매량과 음원 다운로드 양을 매기는 '빌보드 200'이었다. 이 중 그 주간에 히트한 곡의 순위를 매기는 '빌보드 핫 100'에 대해 좀 더 이야기해본다면, 여기서 '히트'의 기준이 무엇일까?

시대가 변함에 따라 빌보드 순위는 실물 앨범이나 음원 다운로드 양 등 음원의 소유로만 인기 순위를 매길 수 없었다. 너튜브와 음원 스트리밍 시스템으로 21세기 사람들은 굳이 소유하지 않아도 음원을 누릴 수 있었다. 그리하여 빌보드는 음원 다운로드와 실물 음반 판매량뿐만 아니라, 스트리밍 횟수와 너튜브·오디오 조회 수에 라디오 에어플레이 횟수를 집계하기 시작했다. 이 기준을 아는 사람이라면 빌보드를 굳이 보지 않아도 그 결과를 예측할 수 있을 것이다. 너튜브 조회 수와 음원 스트리밍은 누구나 볼 수 있는 것이었기 때문이다. 특히, 음원 스트리밍과 다운로드 지표는 미국 내 디지털 스트리밍 플랫폼만 들어가 순위를 보면 되었다.

빌보드에 관심이 많은 한 블로거는 최근 스포티파이에서 수상한 움직임을 관찰했다. 영국으로부터 영미권, 그리고 유럽권에서 두 개의 앨범이 수상할 정도로 빨리 순위권에 올랐기 때문이다. 유명한 가수의 앨범도 아니었다. 네 개의 알파벳으로 이루어진 이름은 과학잡지에서밖에 본 적이 없었다. 그렇다고 유니버스 같은 대형 레코드의 앨범이냐 하면 아니었다. 대형 레코드 앨범이라고 하기엔 표지는 전형적인 인디 앨범의 그것이었다. 제작사나 레코드에 소속되지 않은 아티스트가 만든 개인 앨범이었다. 베일이라는 유럽 시장에서 명성 있는 유통사가 유통만 담당하고 있을 뿐이었다. 베일이 순위를 조작할 회사는 아니었지만 의심되는 건 어쩔 수 없었다. 그는 블로그를 킨 후 키보드를 두드리기 시작했다.

[WHO IS HALO?]

\* \* \*

헤일로는 머리를 싸맸다. 그의 앞에 MIDI 프로그램이 놓여 있었고, 1월 중에 끝내려던 3집의 수록곡이 반쯤 만들어져 있었다. 만들던 곡을 30분 정도 더 건드리다 손을 놓았다. 해야 한다는 건 아는데 손을 대지 못했다. 빌보드나 차트로 인해 마음이 들뜬 건 아니었다. 오히려 그랬다면, 괜찮은 노래를 찾아 들으며 분위기를 환기했을 것이다.

다만, 작업에 진척이 없는 이유는, 첫째로 3집에 들어갈 세션 사운드가 마음에 들지 않았기 때문이다. 사실 이건 언젠가 일어날 문제였다. 세션맨 대신 MIDI를 선택한 만큼 아무리 디지털 세션이 잘 되어 있다 해도 실황 연주와 완전히 같을 수 없다. 그래도 이 부분은 해결할 수 있었다. 너튜브와 '수박'의 수익 정산이 시작되었기 때문이다. 마음에 드는 디지털 세션을 찾거나 혹은 실제 세션을 구하면 된다.

'그래서 이건 문제가 될 게 아닌데.'

헤일로는 발을 굴렀다. 그는 그냥 재미가 없었다. 빌보드 간 것은 좋다. 세상이 달라져도 자신의 노래가 여전히 사랑받고 있으니 당연히 좋았다. 그런데 한편으론 당연하다는 생각도 드니 재미가 없어졌다. 그는 이미 한 번 평가받았던 곡이 아닌 새로운 곡으로 평가받고 싶었다. 2년 내로 13집까지 끝내자고 했지만, 막상 하려니 '언제 끝내나' 하는 생각만 들었다. 특히, 시간이 흐를수록, 온 세상에 자신의 발자취를 남겨놓을수록 새로운 것에 대한 갈증이 심해졌다.

그가 한 번도 경험해본 적 없는 먼 미래, 이 세상을 아름답게 수놓고 있는 음악부터 거의 기억이 나지 않는 학창 시절의 재경험과 인지만 하고 있었던 '랩'이란 음악, 가족, 그리고…. 그의 고향조차 거울 속의 모습 같으면서도 이질적인 느낌을 주었다. 거울 속의 그가 결코 같은 손을 들지 않는 것처럼. 어쩌면 여행을 너무 신나게 다녀서 그런지도 모른다. 이 모든 경험에서 나온 영감이 머릿속에 가득 찼다. 배출하려고 몇 개 꺼내보아도 그것들은 그처럼 욕심이 많아 단지 꺼내진 것에 만족하지 않는다. 심지어 그가 영원히 습작으로 남겨둘 멜로디마저 세상에 내보여달라고 주장한다. 그래서 막상 3집에 손이 가지 않게 되는 것이다. 3집을 빨리 끝내야 재밌는 걸 더 빨리 할 수 있는 걸 아는데도.

'다른 곡을 너튜브에 올려볼까?'

헤일로가 그렇게 생각할 때쯤, 메일이 왔다. 베일에서 온 것이었다. 이미 당일 리포트는 받았기에 또 올 게 없는 터라 그는 의아해하며 열어보았다. 메일에는 생각지도 못한 내용이 담겨 있었다. 추측성 기사는 직접 법적 대응 하겠으니 신경 쓰지 말고 작업하라는 것이었다.

"기사?"

그의 인생은 늘 좋은 의미든 나쁜 의미든 기사와 가까웠다. 그래서 새삼스러울 것도 없지만 의아하긴 했다. 아직 그가 특별한 논란을 만든 적은 없기에 도대체 무슨 글이 쓰였나 개인적 호기심이 들었다. 메일에는 찾아보지 말라고 했지만 그는 상처 입는 성격은 아니었기에 기사를 찾아봤다. 기사를 찾는 건 어렵지 않았다. 늘 싸움이 나는 그의 너튜브 채널에 들어가자마자 보이는 URL을 누르기만 하면 됐다.

[WHO IS HALO?]

제목만 봐선 그의 댓글 창에서 매일 일어나던 짓이었다. 하지만 기사글(원본, 블로그)을 주르륵 내리자, 왜 베일에서 직접 법적 대응 하겠다고 했는지 깨달았다. 법적 대응을 의식했는지 직접적으로 HALO라는 가수를 향해 '차트 조작'이라고 말하진 않았지만 심상찮은 순위 상승이라고 말했고, 바로 아래 최근 일어난 조작 이슈들에 대해 언급해놓았다. 누가 보아도 의심이 들 수밖에 없게 의도했다.

"별거 아니네."

헤일로는 자신의 정체라도 맞혔나 했다. 하긴 그의 음악을 하루의 시작부터 끝까지 듣는다는 애청자도 그의 정체를 하나도 못 맞히는데 어떻게 맞히겠는가. 헤일로는 기사에서 다시 댓글로 돌아왔다. 베일에서 알아서 처리할 거로 생각했으니 관심을 껐다. 너튜브 역시 닫으려던 찰나 한 대댓글이 그의 눈에 박혔다. 혼란 틈에 있는 대댓글 하나가 어떻게 보였는지 모르겠지만 아무튼 눈에 띄었다. '좋아요'와 '싫어요' 때문에 더 잘 보였을지도 모른다. 내용 자체는 다른 댓글처럼 헤일로의 정체를 추론하고 찬양하는 구독자의 것이었다. 다만 기사글보다 그의 신경에 더 거슬리게 한 것은…. '그리고 그는 백인이야!'라는 말이다.

어떻게 보면 단순한 추론이고, '싫어요' 테러를 받은 건 인종차별적 발언이기 때문이다. 이 사람이 진짜 차별주의자(racist)인지는 모른다. 헤일로의 음악이 옛 브릿팝의 느낌을 그대로 간직하고 있다는 점에서 확률상 찍었을 것이다. 영국에 거주하고 있는 백인은 80퍼센트를 넘으니까. 하지만 신경이 거슬리는 건 어쩔 수 없었다.

헤일로의 입술이 삐죽 올라갔다.

"내가 백인이 아니면, 안 들을 거야?"

21세기는 보다 발전했기에 인종차별을 하면 법적으로 처벌받는다는 수준을 넘어 사회적으로 쟁점이 되고 세간의 지탄을 받기에, 그를 백인으로 추론한 대댓글은 당연히 '싫어요' 테러를 받았다. '싫어요'가 무려 1,024개였다.

헤일로의 심기를 건드린 건 대댓글이 그저 나쁜 짓을 했기 때문은 아니었다. 그런 것이었다면 이미 욕을 먹고 있으니 무시하고 말았을 거다. 불쾌한 건 단지 '내가 백인이 아니면 어쩌겠다는 거지?' 하는 문제였다. 만약 이 댓글을 남긴 사람의 의도가 분탕이었다면 훌륭한 시도였다. 헤일로 자신도 주목하고 있으니 말이다.

그는 댓글을 내리며 살펴보았다. 대다수가 레이시스트라고 비판했고 누군가는 흑인이거나 다른 인종일 수도 있다며 반박했다. 또 몇몇은 백인이건 뭐건 '그'와 무슨 상관이냐고 했다. 그런가 하면 은근히 댓글에 동조하는 사람도 있었다. 몇십 개의 '좋아요'가 고도의 반어법이 아니라면 동의하고 있다는 것이다. 게다가 이건 인종차별을 하려는 게 아니라 '그'의 정체를 추론하는 것이며 브릿팝에 포시 악센트를 쓰는 그가 영국인이 아니면 누구겠냐는 식으로 글쓴이를 옹호하기도 했다.

헤일로는 턱을 괴었다. 그는 몇 번을 다시 태어나도, 그 형태가 백인이든 흑인이든 뭐든, 설사 휘파람으로 적을 단번에 쓸어버리는 푸른색 피부의 외계인일지라도, 이들이 사랑하는 음악을 만들 자신이 있었다.

'그렇다면 너희도 내 음악을 사랑한다면, 내가 어떤 존재이든 간에 사랑해야 하는 게 아닌가?'

헤일로는 혹시나 자신이 노해일이 되었기에, 더는 백인이 아니기에 더 신경 쓰는 건 아닐까, 하는 생각을 해봤다. 원래 몸이었다면, 같은 댓글을 보고서도 그러려니 하고 넘어갔을까?

"아니."

헤일로는 단번에 반박했다. 누군가 그에게 백인이었기에 성공했다고 말한다면 반박할 것이다. 그리고 "내가 백인이든 길거리에서 굴러다니는 개든 나는 이렇게 되었을 거야"라고 말했을 것이다.

헤일로는 마음에 안 드는 대댓글을 지우는 대신 처음으로 답글을 썼다. 채널을 만든 이래로 하는 첫 소통이었다. 물론 그는 첫 소통이든 두 번째 소통이든 크게 의미를 부여하지 않았다. 그저 막연히 예전 매니저라면 이런 사소한 분란 멘트에 반응하지 말라고 했을 것 같다고 생각할 뿐이었다.

'근데 뭐 그땐 하지 말라고 해서 내가 안 했나?'

이어서 헤일로는 너튜브를 끄고 MIDI를 열었다. 반만 완성된 3집이 보였다. 그는 책상을 툭툭 두드리다 새 폴더를 열었다. 하나쯤 더 추가해도 나쁘지 않겠다는 생각이 들었다. 스물한 살, 3집 앨범을 발표하고 얼마 뒤에 발표한 싱글 앨범이 있었다. 헤일로는 재미있겠다며 입꼬리를 올렸다. 이제 그에 대해 떠드는 사람들에게 이 한마디를 보낼 것이다.

"I am HALO"

헤일로의 3집은 꽤 호불호가 나뉜 편이었다. 1집 〈투쟁〉이 과한 감정과 반항아적인 콘셉트 때문에 호불호가 나뉘었다면, 3집은 한 번도 써보지 않은 세션을 사용한 실험적인 곡으로 이루어져 있었다. 곡 자체의 분위기도 우울하거나 기이했고, 우울증에 걸릴 것 같다며 기피하는 사람도 있었다. 이런 호불호로 3집은 초반 지지부

진한 성장을 겪는다. 이때 정말 많은 말들이 오갔다.

원히트원더다(물론 그는 2집까지 성공했지만), 한물갔다, 운을 다 썼다, 원래 하던 거나 해라 등…. 일주일 후 결국 1위를 쟁취했음에도 꽤 오랫동안 말이 나왔다. 게다가 몇몇은 헤일로의 지난 인기 원인을 파헤치려고 애썼다. 운이라는 말은 흔해서 귀에 들리지 않을 정도였고 외모에 관한 얘기도 많았다. 조금만 얼굴이 비틀어졌다면 아무도 앨범을 사주지 않았을 것이라는 칭찬인지 욕인지 모를 말들도 많았다.

그리고 하나 더, 누군가가 그의 포시 악센트를 지적했다. 그가 엘리트층의 발음으로 사람들의 동경심을 자극한다는 개소리였다. 그런 말들을 모아 만든 노래가 'I am HALO'였다. 그는 그들이 지적한 이야기를 음유시인처럼 혹은 뮤지컬 도입부처럼 이야기했다. 멜로디는 많이 넣지 않았다. 본론은 가사였으니까.

그는 포시 악센트가 들어간 발음으로 대화하듯 말하다가, 코크니(cockney: 흔히 노동자 계급이 쓰는 억양) 악센트로 저를 소개했다. '이런 것도 어울리지 않냐?'라는 의미였다. 또한 그는 자신에 대한 헛소문을 비꼬았고 농담엔 농담으로 받아쳤으며, 누군가의 상상 속에 있는 그를 노래했다.

사실 이 곡은 헤일로의 음악 중 성적이 그리 좋지 않았다. 그의 팬은 재미있다고 좋아했던 거 같은데, 누군가는 지금 비꼬는 거냐고 화를 냈고, 누군가는 좋은 멜로디에 가사를 왜 이런 식으로 쓰냐고 안타까워했다. 무엇보다 수위에 걸려 방송과 라디오에서 틀어주지 않았다. 그래도 헤일로는 이 노래가 좋았다. 자신의 음악을 단 한 번도 부끄러워한 적이 없다는 이유를 제하고도 그에게 이 음악은 의미가 깊었다. 이 곡은 그의 3집 전반에 깔린 알 수 없는 우울을 떨쳐버릴 수 있게 만들었다.

헤일로는 시시덕거리며 저에 대한 루머를 모아 가사를 썼고, 그런 행동을 매니저는 어이없어하며 바라봤다. 헤일로는 이 노래를 듣고 즐거워하던 팬과 자기들의 말이 가사에 그대로 실린 걸 보고 얼굴이 새빨갛게 달아오른 '친구'들에 충분히 만족스러웠다. 한 달을 낄낄거리며 웃었다. 아무 생각 없이 가장 신이 나서 썼던 곡이 아닐까 싶다.

다만, 그때와 현재는 분위기가 꽤 다르다. 그때는 '네가 이러이러해서 혹은 이러이러하지 않아서 유명해졌어'라면 지금은 '너는 이러이러한 사람일 거야'라는 애정과 관심이 담겨 있었다. 헤일로는 이들에게 내가 어떤 모습이든 너희는 날 좋아하게 될 거라고 말하고 싶었다. 다들 즐거웠으면 좋겠다.

헤일로는 자신을 노래했다.

'내가 누구든 어떤 모습을 하든 너희는 나를 영광이라 부르리.'

그 문장이 머릿속에 깊게 남았다.

\* \* \*

블로그의 'Who is HALO?'라는 의심 글은 음원 조작이라는 주제로 황색언론을 탔으나 결과적으로 베일의 강력한 법적 대응으로 삭제처리되었다. 영세한 인터넷 언론사는 대형 레코드인 아우구스트를 등에 업은 베일과 싸울 생각을 하지 않았다.

캐롤라인은 예상보다 싱겁게 끝났다고 생각했다. 하긴 그녀는 베일에서 직접 나서기 전에 이미 저 언론사의 전화통에 불이 났다는 말을 들었다. '그'의 팬은 아직 전 세계적이진 않지만, 마치 어느 나라 한구석에 생겨난 사이비종교처럼 집요하긴 했다. 원문을 쓴 블로거 역시 철퇴를 맞고 도망간 지 오래였다. 글을 삭제한 데 이어 블로그도 비공개로 처리했다. 그들은 손해만 본 채, 역으로 '그'에 대한 노이즈마케팅만 해주었다. '그'에게 걱정하지 말라 메시지를 보낼 것도 없었다.

그런데 좀 더 '그'에게 신경을 쓰라는 명령과 개인적인 팬심 하에 그의 너튜브를 모니터링하던 캐롤라인은 화들짝 놀랐다. 너튜브 채널이 또다시 혼돈에 잠식되어 있었다. 단지 소란이 일어났다 수준이 아니었다. 그녀는 곧 원인을 알아냈다. '그'가 처음으로 너튜브 채널에 글을 올렸다. 커뮤니티에 올린 건 아니었고 2집 앨범 마지막 수록곡 영상 댓글에. 전형적으로 논란이 될 거 같다는 댓글을 고정해놓았기 때문이다. 그리고 그의 팬(과연 팬이라는 귀여운 호칭이 맞는지 모르겠지만)이 바라고 바라던 '응답'을 해주었다.

[백인이 아닌 나는 싫어?]

일단 캐롤라인은 '그'가 저 논란 글에 동조하지 않은 것에 안심했다. 괜히 이런 문제에서 논란을 일으키는 아티스트가 베일에도 간혹 있었기 때문이다. 오히려 괜찮은 반박이었다. 분위기 자체를 유하게 이끌어가며 차별적인 논조를 정확히 반박하는 태도였다. 앞으로 그의 채널에서 비슷한 뉘앙스가 나오지 않을 것 같았다.

그를 여전히 백인이라고 믿고 있는 사람이 사라진 건 아니었다. 그의 말은 다소 중의적으로 해석될 여지가 있었다. 진짜 백인이 아니라고 해석할 수도 있었고 '백인'이라는 수식어가 없는 난 싫냐는 의미로도 해석할 수 있었다. 결국 이들이 정체를 추리할 수 있는 단서는 여전히 없었다.

캐롤라인은 '그'의 응답 밑에 달린 댓글을 읽었다. 진짜가 나타났다며 좋아하는 부류와 그에게 특정 이름을 대며 질문하는 부류, 그를 귀찮게 한 대댓글에 쌍욕을 박는 몇몇으로 나뉘었다. 또한 그의 첫 응답을 받은 것이 레이시스트라는 것에 분노를 느낀 팬까지 있었다. 그녀는 늘 같은 '헤일로 유니버스'라고 모니터링을 끝내고 나서 추이 분석에 들어갔다.

"빌보드 상위는… 어렵겠지?"

헤일로의 곡은 좋은데, 좋다고 무조건 1위를 한다면 모든 회사에서 빌보드 1위를 만들기 위해 고생하지 않을 것이다. 빌보드는 단지 '곡이 좋다'로 결정되지 않는다. 곡이 좋은 건 빌보드 1위를 할 수 있는 조건, 그중에 하나일 뿐이다.

빌보드는 생각보다 복잡했고 운도 필요했으며 신경 쓸 게 많았다. 그런 점에서 헤일로의 현 앨범은 손해를 보고 시작한 게 많았다. 일단, 다른 경쟁작과 달리 그의 앨범은 형식적으로 불리했다. 뮤직비디오며 앨범 표지며 다른 앨범에 기본적으로 있는 것들이 그의 앨범엔 존재하지 않았다. 그것들이 곡의 순위를 결정하지 않지만, 있는 것과 없는 것은 꽤 큰 차이를 냈다.

더하여 그의 앨범이 오로지 디지털음원이라는 것도 불리하게 작용한다. 스트리밍, 너튜브, 디지털 스트리밍 등을 빌보드가 포함하긴 하지만 실물 앨범 판매량도 무시할 수 없다. 물론, 피지컬 음반이 없는 디지털 음반만으로 빌보드 1위를 한 뮤지션도 있다. K-POP

에 전성기를 이끈 한 그룹도 디지털 음반으로 빌보드 핫 1위를 달성했다고 알고 있고, 그 외에도 존재했다. 하지만 그들은 세계적으로 잘 알려진 뮤지션들이며 팬덤의 규모가 글로벌 수준으로 남달랐다.

마지막으로 '그'는 이제 막 알려지기 시작한 '신인(?)'이지 않은가. 빌보드에서 신인이 1위를 한 예도 없진 않으나, 그들도 대다수 미디어에서 이름과 얼굴을 알렸다. 라디오 방송 청취율이 꽤 큰 비중을 차지하고 있는 빌보드인데, 얼굴도 알려지지 않은 가수의 음원을 라디오 DJ들이 단 한 번이라도 들어줄지 걱정이 되었다.

'단 한 번만 들으면 되는데.'

그때 걱정에 잠긴 캐롤라인을 일깨우듯 클라우드가 울렸다. 베일은 음원을 가장 잘 보존하는 클라우드로 각 아티스트를 연결해 놓았는데, 그중 새로 업로드된 파일은 캐롤라인이 지금까지 쭉 보고 있던 '그'에게서 온 것이었다.

"어머!"

캐롤라인은 떨리는 손으로 어거스트 베일에게 연락을 넣으며 조심스럽게 헤드폰을 꺼내 들었다. 빌보드에 대한 불안감은 이미 사그라들었다. 아티스트는 고지를 앞두고 아랑곳하지 않는데 자신은 무얼 하고 있나, 하는 생각이 들었다. 이상하게도 막연히 잘될 거라는 기대가 됐다.

머릿속에서 소리가 울린다.

'Who is HALO?'

누군가 묻자, 헤일로가 답했다. 내가 헤일로라고.

내가 누구든

어떤 모습을 하든

너희는 나를 영광이라 부르리

《영광의 해일로》 2권에서 계속…

## 영광의 해일로 1

**초판 1쇄 인쇄** 2025년 3월 10일
**초판 1쇄 발행** 2025년 3월 31일

**지은이** 하제
**펴낸이** 이진영 배민수
**기획·편집** 밀리&셸리
**디자인** 스튜디오 허브
**마케팅** 태리
**펴낸곳** (주)테라코타 **출판등록** 2023년 1월 13일 제2024-000080호
**주소** 서울시 용산구 원효로 128 e-테크벨리오피스텔 907호
**메일** terracotta_book@naver.com
**인스타그램** @terracotta_book

ⓒ 하제, 2025
ISBN 979-11-93540-19-0 04810
        979-11-93540-18-3 (전6권 세트)

* 이 책의 전부 또는 일부 내용을 재사용하려면 반드시 사전에 저작권자와
  (주)테라코타의 동의를 받아야 합니다.
* 인쇄·제작 및 유통상의 파본 도서는 구입하신 서점에서 바꿔드립니다.
* 책값은 뒤표지에 있습니다.